JN038203

中公文庫

神を統べる者（二）

覚醒ニルヴァーナ篇

荒山　徹

中央公論新社

目次

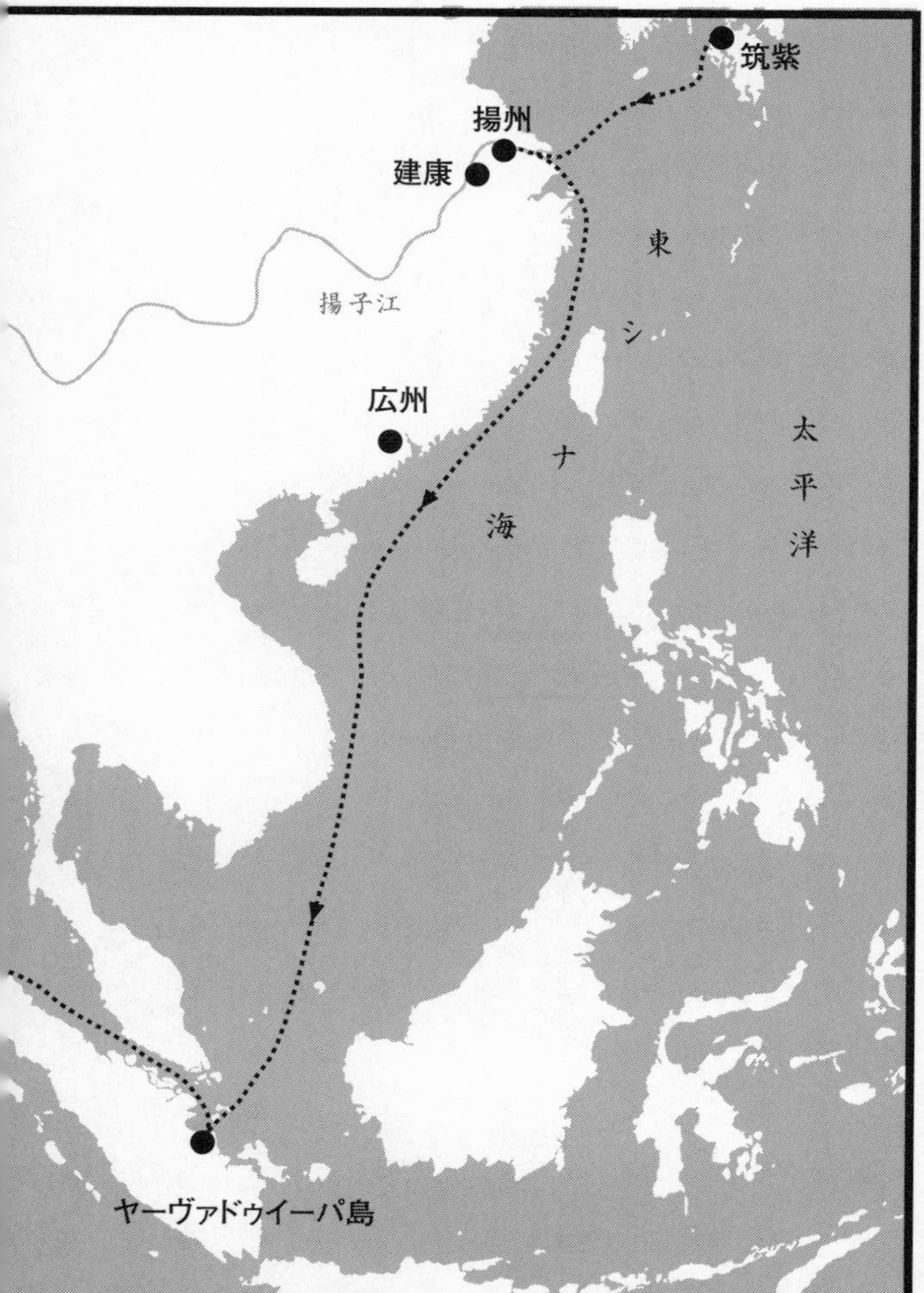

筑紫
揚州
建康
揚子江
広州
東シナ海
太平洋
ヤーヴァドゥイーパ島

厩戸御子航海図
（揚州からナーランダー）

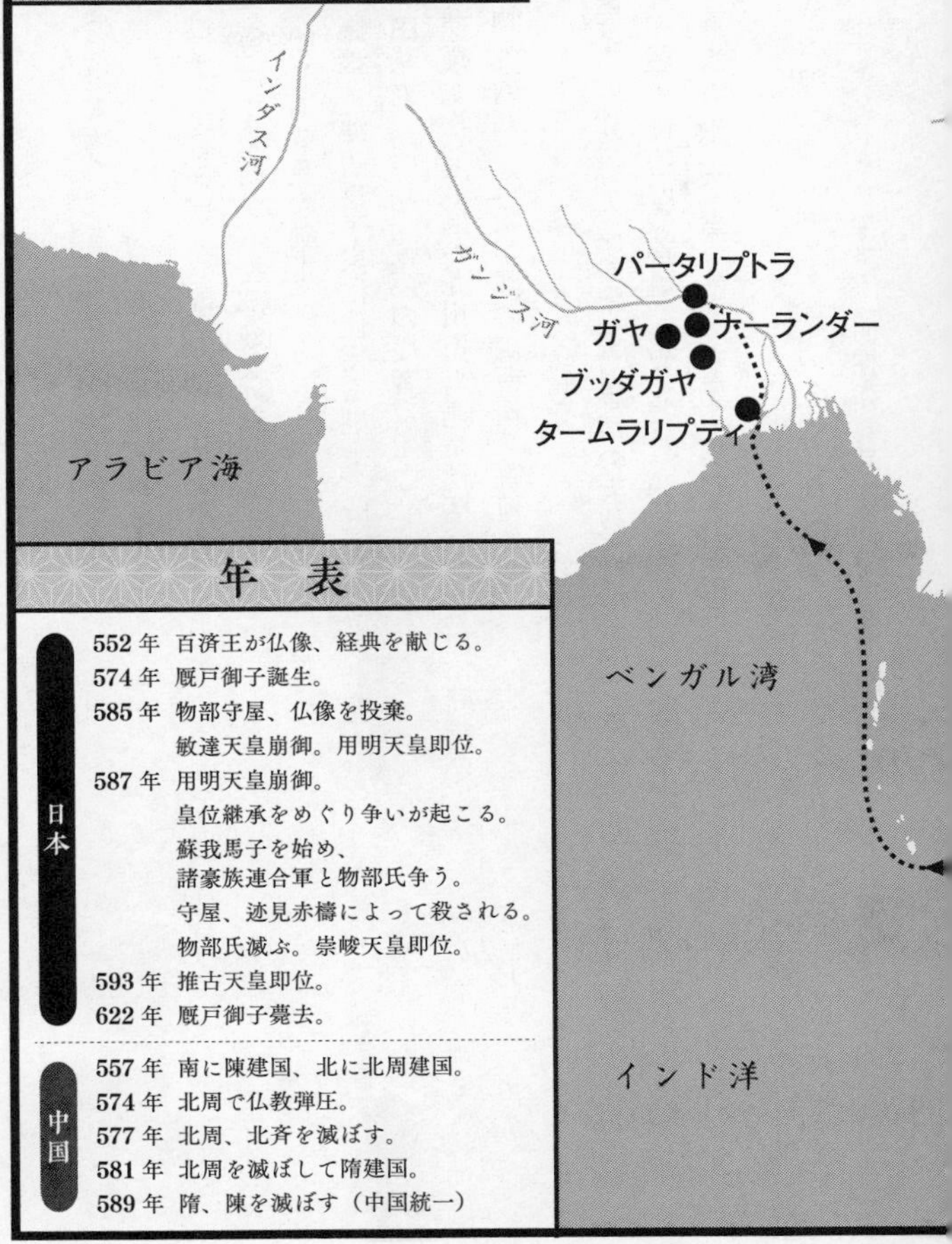

年　表

日本	552年	百済王が仏像、経典を献じる。
	574年	厩戸御子誕生。
	585年	物部守屋、仏像を投棄。 敏達天皇崩御。用明天皇即位。
	587年	用明天皇崩御。 皇位継承をめぐり争いが起こる。 蘇我馬子を始め、 諸豪族連合軍と物部氏争う。 守屋、迹見赤檮によって殺される。 物部氏滅ぶ。崇峻天皇即位。
	593年	推古天皇即位。
	622年	厩戸御子薨去。
中国	557年	南に陳建国、北に北周建国。
	574年	北周で仏教弾圧。
	577年	北周、北斉を滅ぼす。
	581年	北周を滅ぼして隋建国。
	589年	隋、陳を滅ぼす（中国統一）

主な登場人物

厩戸御子《うまやとのみこ》（アシュヴァ）　尋常ならざる力を持つ少年。倭国を追われる。
柚蔓《ゆづる》　厩戸を護衛する物部の女性剣士。
虎杖《いたどり》　同じく蘇我の剣士。
大淵蜷養《おおぶちのになかい》　池辺皇子《いけのべのみこ》家に仕える剣士。厩戸の傅役《もりやく》。死亡。
細螺田葛丸《さになのたくずまる》　同じく厩戸の従者。死亡。
真壁速熯《まかべのはやひ》　物部宗家の九州担当連絡統括官。厩戸に同行。
筑紫物部灘刈《ちくしもののべのなだかり》　筑紫物部の御曹司。厩戸に同行。
蘇我馬子《そがのうまこ》　仏教導入派の筆頭。厩戸の大叔父《おおおじ》。
物部守屋《もののべのもりや》　排仏派の首魁《しゅかい》。馬子と対立しているが、共同で厩戸を国外へ逃がす。
渟中倉太珠敷天皇《ぬなくらのふとたましきのすめらみこと》　敏達《びたつ》天皇。甥の厩戸を排除しようとする。
倍達多法師《ばいたったほうし》（ヴァルディタム）　インド人僧侶。厩戸の師となり、ナーランダーへ誘《いざな》う。
月浄《げつじょう》（チャンドラプニヤ）　伯林寺《はくりんじ》の高僧。倍達多の旧友のインド人僧侶。

九叔道士《きゅうしゅく》　厩戸の霊的才能を見抜き、道教に引き入れるべく誘拐する。
柳雨錫《りゅううしゃく》　道士。九叔の部下。
正英《せいえい》　道士。九叔の部下。
楊広《ようこう》　厩戸と共に九叔に囚《とら》われている北周の将軍の息子。

ドドラティーカ　ウルヴァシー号の船長。
ジャラッドザール　同号船員。虎杖の親友となる。
カウストゥバ　仏教の一派、トライローキヤム教団の托鉢僧《たくはつ》。
ムレーサエール侯爵　タームラリプティの大貴族。商人連合の実力者にして仏教の保護者。
シーラバドラ　厩戸の師となるナーランダーの僧侶。
スジャータ　厩戸が托鉢中に出会い、彼を誘惑する人妻。
アンリバーパ　山賊コーフラー団の女頭目。
黒旋風《くろつむじ》のモンガぺぺ　クックドゥ海賊団一の遣い手。

神を統べる者㈡　覚醒ニルヴァーナ篇

第三部　揚州（承前）

柳雨錫《りゅううしゃく》の全身からどっと脂汗《あぶらあせ》が流れ出る。

「主人、ちょっとつかぬことを訊《たず》ねるが、この店の中に誰ぞ――」

表から聞こえてくる声は、あの熊のような風体《ふうてい》をした坊主に違いない。何ということか、もうここまで追ってきたとは。実にしつこい僧侶だ。いや、げに恐るべき法力の持ち主と恐怖するほかない。この広陵《こうりょう》では見かけない顔だったが、もしや名のある高僧なのでは、という疑念が胸の中に頭を擡《もた》げる。自分は大変な相手を敵に回してしまったのではないだろうか。

この数日、柳雨錫はずっと追い回され通しだった。おちおち眠ってもいられなかった。追跡をかわしたと思ったら、すぐに次の隠れ家に手が伸びてくる。こちらも方術を駆使して間一髪のところで逃れるも、その間隔は日に日に短くなっていた。とても茅山《ぼうざん》には行けなかった。向こうは追手のくせに、こちらが広陵を出ようとすると、不思議と先回りして行く手を阻むのである。

今朝も危険の迫るのを際どいところで察知し、饐《す》えた臭いの漂うどぶ川沿いの荒屋《あばらや》を飛び出した。その直後にあの坊主どもは現われた。折りから川霧が辺り一面に立ち込めていなかったら、確実に追いすがられていたことだろう。連日の疲労が蓄積し、もはや自分の力では追跡者の法力から身を隠せなくなっているのだ。近くの裏町に逃げ込み、この反《たん》物屋《ものや》に身を隠した。霊的な修行を積んでいない普通の人間の目を欺《あざむ》く力ならまだ残っていた。今は建物裏の軒下《のきした》で、行き暮れた迷い児《まよいご》のようにうずくまっているところだ。空は灰色の雲が分厚く垂れこめ、今にも雨が降ってくる気配である。

「いいえ、お坊さま。さっきわたしが店を開けたばかりにございます」

主人が応えている。その通りだ。柳雨錫は彼の背後の影となって店に入ったのだ。

「開店は昼からでございまして、使用人もまだ誰も来ておりません。それが何か」

「人を探しているのだが」

「どのようなお方をお探しです」

「人相風体は不明ながら、大きな荷物を担いでいることだけは確かだ」

「荷物とは？」

「そうだな、まだほんの小さな子供を入れた袋といったものだ」

「子供を？　ま、まさか誘拐じゃあ――」

「それに近いものだ。これなる我が弟子が、少し前にここへ入ってゆくのを見たと申す」

これは嘘《うそ》だろう。主人を納得させるための方便。僧侶は法力でこの店にたどりついたに違いあるまい。「子供をかっさらうだけでは飽き足らず、店の金にまで手を出す魂胆かもしれんぞ」

「そりゃ大変だ。さあ、どうぞ、どうぞ」

柳雨錫は自分が絶体絶命の危地に陥ったことを知った。今はこうしてじっとしていることで体力を恢復《かいふく》しつつ隠形術《おんぎょうじゅつ》を行使していられるが、あの僧侶が近くに迫れば、ひとたまりもあるまい。今すぐ逃げ出すか。それはできない相談だ。この衰弱した身体《からだ》で走り出せば、体力をそちらに使いきってしまい、術は拋棄《ほうき》しなければならなくなる。すぐにも追いつかれてしまうだろう。

殺してしまうか、いっそこの場で——柳雨錫は、傍らに転がした布袋に思案の目を投げた。どうせ奪うことになる命ではないか。いや、それはやはりまずいと自分を戒《いまし》める。茅山で王違知《おういち》さまの裁可を受けてからでないと、たんなる人殺しになってしまう。道士たる者、無意味な殺人に手を染めていいはずがない。

再び声が聞こえてきた。

「ご主人、この階段は二階へ？」僧侶の声でも主人の声でもない。僧侶の手下だろうか。何にせよ店内の捜索が始まったのだ。

「慌てるな、瑞念《ずいねん》。二階ではない。どうやら奥のようだ。そう感じるでな」これは僧侶の声だ。

「しかしお坊さま、その先はもう外でございますが」主人が応じる。

「外？　庭でもあるのかな」

「庭など。すぐ路地《ろじ》になっております」

万事休す――柳雨錫は天を仰ごうとした。その時、彼の上に影が射した。

「こんなところで何をなさっておいでです」

目の前で一頭の馬が足を停めた。柳雨錫は飛び上がらんばかりに驚いた。僧侶と主人のやりとりに気を取られ、この狭い路地に馬が乗り入れてきていたことに今の今まで気づかなかった。役人風の服を着た男が馬上から怪訝《けげん》な目を向けている。つばの広い帽子をかぶり、くすんだ朱色の領巾《ひれ》を顔の下半分にぐるぐると巻きつけていた。

「わたしですよ、兄弟子」

馬の主は領巾を指で押し下げた。いつもは道服の襟を不恰好《ぶかっこう》に押し下げている長い顎《あご》が現われた。

「お、おまえか――おまえこそ何だ、その姿は」

自分が危機に瀕《ひん》していることも忘れ、柳雨錫は呆気に取られて問いを返した。

「九叔《きゅうしゅく》さまのご命令で、伯林寺《はくりんじ》の様子を探りにゆくところです。道服では目立ちますからね。しかし嬉《うれ》しいなあ。兄弟子も気づかなかったのだから、自信を持ちましたよ」

「伯林寺？　何か起きているのか」

「大変なことになっているのですよ、例の倍達多《ばいたった》なる胡僧《こそう》が――」とまで答えたところで正英《せいえい》は最初の問いに立ち戻った。「そんなことより、兄弟子はここで何をしているのです。行き倒れかと思いましたよ」

「おお、そうだった。旱天《かんてん》に慈雨《じう》とはこのことなり」

柳雨錫は布袋を担ぎあげて立ち上がった。


どれほどの日数が経《た》っているのか厩戸《うまやと》は知らない。気に留めなかった。知ろうとも思わない。それほど道教の経典を読むのに没頭していた。蔵書室は最高の読書環境だった。朝になると天井が開いて天然の陽光が燦々《さんさん》と射し込み、陽が落ちると星の数では足りず、何百何千とその数知れぬ燭台の炎が揺らめく蠟燭《ろうそく》の帝国となった。空腹を覚えると決まって女道士が手盆《てぼん》に食事を盛って現われ、眠くなると背後にいつのまにか寝台が用意されていた。尾閭《おろ》（この言葉は『荘子』で覚えた）と湯浴《ゆあ》みの時だけは蔵書室から出なければならなかったけれど。

『老子化胡経《ろうしかこきょう》』はすぐに読み終わった。次に、九叔が真っ先に提示した『老子道徳経』にとりかかった。八十一首の短い散文詩からなっていて、字数にすると五千字ほど。これに後人《こうじん》が長い注釈を施しているので二冊になっていたのだ。それが終わると作者の名前がそのまま書物の題名になっている『荘子《そうし》』三十三篇に手を伸ばし、劉安《りゅうあん》の『淮南子《わいなんし》』を紐解《ひもと》いた。すでに仏典を何百冊と読んでいる厩戸には何ら苦ではなかった。

老子、荘子、淮南子の基本三書を読了すると、九叔はその解説書を読むよう指示した。解説書は後世の道士たちによって数多く書かれており、その解釈の違いを知るのも楽しいことだった。

厩戸は昼夜も忘れ読書に没頭した。黄帝《こうてい》の『九鼎神丹経《きゅうていしんたんきょう》』、老子の弟子太乙元君《たいおつげんくん》の『太清観天経《たいせいかんてんきょう》』、後漢の方士帛和《はくわ》の『三皇文《さんこうぶん》』。そして後漢末の方士である葛洪《かっこう》が著した『抱朴子《ほうぼくし》』内篇五十六篇は、九叔が「これぞ仙人の実在、仙薬の作り方、修道法、教理と実践を集大成したものなのじゃ」と事前に解説した通り、道教の百科事典的な趣きがあって夢中になった。他にも『霊宝経《れいほうきょう》』の名で総称される膨大な数の文献、北魏《ほくぎ》皇帝に仕えた寇謙之《こうけんし》の『雲中音誦新科之誡《うんちゅうおんあんしんかのかい》』と『録図真経《ろくずしんきょう》』、南朝の方士陸修静《りくしゅうせい》の『霊宝五感文《れいほうごかんぶん》』と『陸先生道門科略』、さらには『太上洞真智慧上品大誡《だじょうどうしんちけいじょうほんだいかい》』『霊宝斎説光燭戒罰灯祝願儀《れいほうさいせつこうしょくかいばつとうしゅくがんぎ》』など次々に攻略した。

貪り読みながら厩戸の脳は主に三つの働きをしている。目が追った文字を記憶として定着させる作業が一つ、経典の内容を理解しようと努めるのが一つ、さらに一つは仏法の知識との対照だ。道教と仏法、二つの教えは似ているところもあったが、根本的にはまったく別物だと厩戸は思った。仏法は仏陀《ぶっだ》になることを目指し、道教は神仙を志す。どちらも脱人間という意味では同じだが、仏陀になるのは苦しみに満ちた人間界を文字通り離脱するためであり、神仙になるのは人間界の高みに到達してあらゆる願いを実現するためなのだった。馬子《うまこ》の大叔父《おおおじ》には、どちらかといえば道教のほうが向いているのでは、という考えが頭をかすめ、厩戸はあやうく声をあげて笑いそうになった。道教も仏法も「三宝」という言葉を大切にしているが、その意味するところ別物である。仏法の三宝は仏、法（教え）、僧、道教のほうは精、気、神だ。仏法は肉体以外のものにこそ至高があると認め、道教は精、気、神を鍛錬《たんれん》し肉体を調律することにより肉体そのものを至高にしようという立場だ。厩戸は後者に強く惹《ひ》かれるものを覚えた。乱暴に云ってしまえば、仏法は「この世」の世界の向こうに「あの世」というものがあると設定し、ひたすら仏像を拝み、仏典を唱えればあの世に行けるのだと説く。それに対し道教は、神像も拝み経典も読むが、それ以外に気を鍛錬することで肉体を作り変えてゆこうとする。そこに厩戸は魅力を感じる。仏やあの世は目に見えず、手で触れることもできないけれど、肉体は確かに存在する。しかも、これまでとりたてて肉体というものに意識を向けたことがない。何か建物でも建て替えるように肉体を対象化するというのは実に新鮮な発想だ。

次第に厩戸は、書物に書かれているような身体の動かし方を実践してみたくなった。訴えるより先に九叔のほうから誘ってきた。

「さように根《こん》を詰めて本ばかり読んでおっては毒気が身体に溜《た》まるばかり。導引《どういん》の一つでもやってみる気はないか」

厩戸は飛びつくように同意した。

まず九叔が実践してみせた。獣《けもの》のような動きもあれば、腕と脚を複雑に組み合わせる動作もあり、見ていると、倍達多が日々行なっている瑜伽行《ゆがぎょう》に似ているような気がした。だが具体的にどこがどうだと比較することはできなかった。まだ倍達多から瑜伽を教えてもらってはいなかったからだ。

気、気の流れ、と云われても、仏法でいう仏やあの世と同じで、目に見えるものではない。しかし九叔に云われた通りに身体を動かしてゆくうち、気が流れているということが少しずつ感じられるようになった。その流れの強弱と緩急《かんきゅう》までもがわかった。そのうえ身体の中の諸器官――胃腸や心臓、肝臓《かんぞう》、腎臓《じんぞう》、脾臓《ひぞう》や肺臓、さらには筋肉、各部の骨、血管までもが、ありありと感覚できるようになった。気の流れが一種の感覚器官となって、体内諸器官の各部位の色を見分け、訴えを耳にし、匂いを嗅ぎ、味わい、形に触れることができるようだった。

驚いてそれを九叔に告げた。九叔は驚かなかった。

「やはりそなたは神仙になるべき逸材なのじゃ」

満足の色を浮かべ、新たな体位を次から次へと伝授した。

やればやるほど厩戸は面白くなった。夜空の星を数えるように、風の流れを見分けるように、せせらぎに耳を澄ますように、芽吹き始めた木の枝を観察するように、気という感覚器官で人体内の〝自然〟を知ることができるのだから。気は、彼の体内を脈々と循環していた。

こうして万巻の道書を読む間に導引の修行を続けていると、ふと田葛丸《たくずまる》のことが思い出された。彼と蜷養《になかい》のことはずっと封印してきた。自分を守るため非業《ひごう》の最期《さいご》を遂げた二人のことは忘れようとして忘れられるものではない。彼らの死を目の当《ま》たりにしたことで声が出なくなった。いつも思い出しては泣いていた。忘れよ、と云ったのは倍達多法師だ。筑紫《ちくし》の津を離れたばかりの船の中で、法師は口のきけぬ厩戸に向かって諭した。

「この世における人々の命は定まった相がなく、どれだけ生きられるかわからない。惨《いた》ましく、短くて、苦痛をともなっているのじゃ。生まれた者どもは死を逃れる道がない。熟れた果実が落ちるのと同じく、生まれた人々は死ぬ。それが生ある者どもの定めである。それゆえに賢者は定めを知って悲しまぬ。御子《みこ》は、来た人の道を存じておるか。存ぜぬであろう。去った人の道を知っておるか。知らぬであろう。なのにそうしていたずらに泣き悲しんでおる。泣き悲しんで何か利を得ることができるなら、賢者もそうするはずではないか。御子よ、悲しみに囚《とら》われることなかれ。泣き悲しんでは心の安らぎは得られないのじゃ。ますます苦しみが生じ、身体がやつれるばかりである。そうしたからとて、死んだ人々はどうにもならぬ。嘆き悲しむは無益なり。それよりは、この世の成りゆくさまをよく見よ。死んでしまった者は、もう自分の力の及ばぬものなのだと悟って、嘆きと悲しみとを去れ。家が火事になったら素早く水で消し止めるように、智慧《ちえ》ある聡明《そうめい》な賢者なら、悲しみが起こったのを速やかに滅ぼしてしまいなさい。悲嘆と愛着と憂いの矢を抜くのじゃよ。そうして心の安らぎを得たならば、あらゆる悲しみを超越して、悲しみなき者となり、安らぎに帰するのじゃ」

釈迦《しゃか》の教えだ、と法師は云った。

冷たい教えだ、と厩戸は思った。

声が出せたら反論していただろう。悲しみを受け止め、寄り添い、慰め、癒《いや》してくれるのが仏法じゃないの、と。けれども厩戸は倍達多の言に服した。蜷養と田葛丸の記憶をどうにか封印した。なぜなら倍達多は禍霊《まがつひ》を撃退した聖なる人だから。

だのに、いったん田葛丸のことを思い出してしまうと、再び忘却の彼方《かなた》に押しやるのは難しかった。導引の修行を積めば積むほどそうだった。厩戸は田葛丸からさまざまな術を教わった。その時の感覚と導引とには似通うものを感じる。してみれば、それこそが記憶の封印を解いたのだ。田葛丸は異能集団として知られた細螺《さになの》一族の出身と聞いていた。その術の要諦《ようてい》は大地や風、炎、水、日月星など大自然の力を身体に取り込み、それを肉体能力の延長として活用するというものだ——とは田葛丸が云ったことではないが、数多くの道書を読み漁《あさ》った今では厩戸はそう解釈をし、表現することができる。もしこの場に田葛丸がいたら導引をどう評価するだろう。いや、そもそも田葛丸と蜷養がそばにいれば、九叔が自分を誘拐できたかどうか疑わしい。心強い蜷養、頼もしい田葛丸。二人は厩戸の家臣でありながら、友人であり、ある意味では父あるいは兄も同然だった。なまじ無理に封印していただけに、彼らの記憶、彼らへの哀惜、彼らを失った無念さが奔流《ほんりゅう》のように胸にあふれた。さらには愛馬の摩沙加梨《まさかり》のことまでが生々しく思い出された。厩戸はつとめてその感情を抑制しようとしたが、だめだった。無念さは、ついには憎しみを呼び覚ました。

ある日の導引中、頭の中が彼らのことでいっぱいになり、厩戸は声を放って泣き出した。そんな自分を止めることができなかった。

「どうしたというのじゃ、八耳《やみみ》どの」

彼の操体を見守っていた九叔は、その急変ぶりに狼狽《ろうばい》し、道服の裾を乱して駆け寄ると、厩戸の肩に手をかけて揺すぶった。

「……ぼくは……大切な友だちを……とっても大切な友だちを殺されたの……大好きな馬も……」

それは誰か、どのような状況でか、と九叔は訊《き》かなかった。「八耳どのは貴族の子息なのであろう。貴人の世界には、さような血腥《ちなまぐさ》さがつきものじゃ」あやすように、諭すようにそう云った。

「……復讐したいんだ……憎んではだめなの？　憎んでは……」

厩戸は濡《ぬ》れた顔を九叔の道服の襟元にぐっと押しつけた。九叔は彼の身体をやさしく抱き締めた。

「どうしてだめなものかね。八耳どのを悲しませた者は、その報《むく》いを受けねばならぬ」

「ほんとう？」

「当然のことじゃとも。何ら恥じることではない。さあ、顔をお上げ」

促され、厩戸はおずおずと九叔を見上げた。

「……復讐する方法が身につけられる？　その人、とっても偉いんだ……偉くて、強いんだ」

「ならば――」九叔は厩戸の頭を抱え、やさしく撫《な》でながら再び己の胸へと導いた。目に宿った喜びの色を見られ、不審がられないためだった。「鬼を操って苦しめてやればよかろう――召鬼法という。害虫を共食いさせて得た蠱毒《こどく》で呪い殺すというのはどうじゃ――巫蠱《ふこ》という。雷《いかずち》を浴びせ落命させるも可なり――雷法という」

「なるほど、これで納得がいった」蘇我倉田口筑紫麻呂《そがのくらたぐちのちくしまろ》は幾度もうなずいてみせた。「倍達多法師が生還なされたわけも、なぜ物部《もののべ》の船になど乗ってきたのかも、そして行方不明の少年一人のため法師が伯林寺に籠もって連日読経《どきょう》に邁進《まいしん》している理由も――」

とまで一気に口走ったが、その先は感に堪えたように続かなくなった。

「驚かれて当然です」虎杖《いたどり》は出された飲みものに口をつけてから応じた。最初から最後まで一人で喋《しゃべ》りづめだったのだ。よく冷えた柑橘系《かんきつけい》の果汁は乾いた咽喉《のど》を心地よく潤してくれた。「わたしも振り返ってみて、途方もないと呆《あき》れるほどです。いや呆れてなどいられないのですが」

傍らで、黙って柚蔓《ゆづる》がうなずく。

問いただしたげな筑紫麻呂の目が、改めて柚蔓の顔に注がれた。彼女は口を開かず、その凜《りん》とした表情だけで虎杖の話の内容を肯定していた。

「して成果は」筑紫麻呂は虎杖に視線を戻して訊いた。「まだ得られてはいないというのだな」

「残念ながら。経を唱えているのは倍達多法師だけではありません。月浄《げつじょう》住持の号令一下、伯林寺が一丸となって読経に打ち込んでいますが、今は何も。道教団の霊的防衛の壁は厚く、法力が絶対的に不足しているというのです」

伯林寺では昼夜を分かたず読経が続いている。寺に泊まり込んだ虎杖は寝不足に悩まされ通しだ。本堂から最も離れた庫裏《くり》に避難しているが、大音声《だいおんじょう》の読経は容赦なく追いかけてくる。もし有髪であれば、髪を振り乱して――という形容が相応《ふさわ》しい懸命さで僧侶たちは必死に経を唱えていた。だが厩戸の行方は杳《よう》として知れない。すでに半月余りが経過した。待つことより他に手がない虎杖と柚蔓には、徒《いたずら》に時間ばかりを過ごしたようなものだ。そこで虎杖はこの日、思いきって蘇我商館に足を向けることにした。予定では広陵に到着した翌日には出向いているはずだった。商館長である筑紫麻呂に今回の件を一から説明し、馬子の御下命を伝える必要があった。厩戸のインド留学を支援するようにとの命を。筑紫麻呂は、物部鷲城《のすりき》が柚蔓と守屋《もりや》の間を中継ぎすることになるのと同じ役を、虎杖と馬子との間で務めることになる。

蘇我商館には柚蔓も同行した。彼女が物部鷹嶋《たかしま》、物部鷲城に会った時は常に虎杖も同席したのだから、これは当然だ。伯林寺には速熯《はやひ》が残った。倍達多が厩戸の行方を感知したその時には、ただちに二人の許《もと》に駆けつけることになっている。

広陵における蘇我の商館は、物部のそれに大きく遅れをとって、馬子の父である稲目《いなめ》の代にようやく設置されたものと虎杖は聞いていた。稲目は初代商館長を弟の川堀《かわほり》に任せた。川堀は一年前に亡くなり、嫡男の筑紫麻呂が二代目として父の後を継いだ。馬子と筑紫麻呂は従兄弟《いとこ》という間柄だ。年齢は筑紫麻呂が二歳上で、三十歳とのことだったが、白髪交じりのせいか四十代の後半にも見える。商館の主《あるじ》というより学者然とした風貌の男だった。

虎杖は筑紫麻呂から警戒の目を向けられた。このところ蘇我船の入港はなく、虎杖自身も物部の船でやってきたと前口上で述べたものだから、疑われても仕方のないことだった。筑紫麻呂の冷淡な態度は、馬子から渡されていた青銅《せいどう》の鍵《かぎ》を提示すると一変して軟化した。

虎杖の目には何の変哲もない鍵に見え、馬子もとりたてて来歴を説明しなかったが（というより、これを手渡された時は説明する時間などない逼迫《ひっぱく》した状況だった）、非常時に備え馬子と商館長の間に特別な符牒《ふちょう》が用意されているのだろう。

「法力の、不足か」

筑紫麻呂は腕組みし、話の継《つ》ぎ穂《ほ》を得ようとするかのように目を宙に彷徨《さまよ》わせる。その間に虎杖は室内を見回した。彼らが案内されたのは商館の一階にある客間で、物部商館のそれとは対照的だった。室内にあるのは、円卓と椅子、書棚、箪笥《たんす》、燭台などの調度《ちょうど》類であれ、壺《つぼ》や俑《よう》、書画の装飾品であれ、ことごとく漢土《かんど》のものだ。目がくらくらする極彩色の派手な色遣いといい、精巧に作り込んだ造形といい、漢人の家に来たかに錯覚された。物部の客間は極力倭国《わこく》の風を再現しようと努めているかのように簡素なものだった。

「法力など頼むに足らず」

物部鶩城がこの時はじめて口を開いた。虎杖と柚蔓はまず物部商館に立ち寄り、伯林寺の芳しからざる現況を直接伝えたのだ。すると鶩城は何を思ったか蘇我商館への同行を申し出たのである。鶩城のその言葉は独りごちる響きでなされたが、筑紫麻呂は挑発と受け取ったかのように顎を引き、背筋を反らせた。

「そうではないかな」鶩城は筑紫麻呂、柚蔓、虎杖を等分に見やりながら語を継ぐ。「いっこうに成果の上がらぬのがその証拠。となれば、わしらには他に何かやるべきことがあるはず。ただ待っているだけではなく」

「何を申す」筑紫麻呂は声を荒らげた。「御子はご貴殿の許から連れ去られた。その責任をどうとるおつもりか」

「今は責任を云々《うんぬん》している場合ではない、御曹司」

「そう呼ぶのは止《や》めてほしいと何度云ったらわかってもらえる、鴌城どの。わたしは今ではれっきとしたこの商館の当主だ」

「すまぬな。老いてくると口癖を直すのは難しい。若いそなたにはわからぬじゃろう」

筑紫麻呂はげんなりとした顔になり、鬱憤《うっぷん》の鉾先《ほこさき》を虎杖に向けた。「そのほうもそのほうだ。なぜ到着した日のうちに連絡を寄越さなかった。さすればすぐに当屋敷にお移り願って、かどわかしに遭うようなことなどなかったものを」

虎杖には返す言葉もない。代弁するように鴌城がまた云った。「漢風に染まった蘇我商館のほうが道士の侵入は容易《たやす》いはずだが」

「鴌城さまは」柚蔓が静かに云った。「口喧嘩《くちげんか》を吹きかけに参ったのですか」

柚蔓に窘《たしな》められたのが嬉しいことでもあるかのように鴌城は笑みを浮かべた。「無論そうではない。云ったではないか、法力などは頼みにならぬので、わしらにはわしらでやるべきことあり、と。それを提案しようとした矢先に、御曹司のほうからわしの責任がどうしたのと絡んできたのだ」

　筑紫麻呂が口を開く前に虎杖は素早く云った。「どのような提案です」

「御子を拉致《らち》したのは道士だ。名前も判明しているというではないか。何と申したか――」

「九叔と正英」柚蔓が答える。

「そこまでわかっているのだから、通常の人探しの方法で九叔と正英という道士を捜せばよい。法力なんぞに頼るのは笑止千万」

「お言葉はごもっともですが」虎杖は失望の色を隠さず云った。「伯林寺でもそれはとっくに抜かりなくやっています。主に事務方の僧侶、寺男たちですが、彼らなりの情報網を使って九叔と正英の行方を追っています。僧侶と道士は敵対関係にありますから、日頃から互いの動向には敏感で、双方ともに相手の動きを探り合っているとかで」

「結果はさっぱりなのだろう」

「九叔も正英も」虎杖はうなずいた。「この半月、どの道観や廟《びょう》にも姿を見せてはいないとのこと。まるで突然消息を絶ったようだと寺男たちは口々に申して不思議がっています」

「双方ともに相手の動きを探り合っているだと？　ふん、敵対関係ではそれも限界があろう。相手に秘密を知られまいと守りを堅くする道理だ。道教に親昵《しんじつ》している者ならば、あるいは秘密の所在を嗅ぎつけることができるかもしれん」

鵟城に見つめられた筑紫麻呂が、目に見えて落ち着きを失くし始めたことに虎杖は気づいた。それとなく柚蔓も訝《いぶか》しむ視線を注いでいる。

「な、何が云いたい、鵟城どの」筑紫麻呂は警戒する口調で云った。

「最近、蘇我商館に道士が頻繁に出入りしているそうではないか。主は仏法信仰に飽きて、そのうち道教に宗旨替えするのではないかと使用人の間で噂《うわさ》になっているぞ」

「何を莫迦《ばか》な……そ、それは、わたしも商売上、道士とも付き合わねばならぬ。ご貴殿とて同じはずだ」

「度は越えておらぬ」

「確かに道士を招き、道教の話を聞いたことは幾度かある。道教は漢人の伝統に深く根を下ろしている。道教を理解せぬことには、漢土で商売はやってゆけぬ」

「同感だ。だが、わしは分を守っている。屋敷の中に道教の小祠《しょうし》を作ったりなどはしておらぬ」

筑紫麻呂の顔が蒼白になった。沈黙が室内を支配した。やがて筑紫麻呂はあきらめたような表情を浮かべて口を開いた。「やれやれだよ、まったく。そこまで知られているか」

「我々は、日頃から互いの動向に敏感で、双方ともに相手の動きを探り合っているという間柄だからな」

「限界があると云ったのはご貴殿だろう」

「何事にも例外というものはある」

「このこと、本国に報告済みかな？」

「わたしは信仰に寛容な男でね。他人が何を信じようと気にしたりせぬ」

筑紫麻呂は露骨に安堵《あんど》の溜め息をついた。「道教に惹かれているのは事実だ。そんな自分を止めようがないのだ。わたしはようやくわかってきた。仏にいくら祈ろうと、仏は願いを叶《かな》えてくれぬ。そんな願いなど捨てよ、というのが仏法の教えなのだ。そこへゆくと道教は実にありがたい教えだ。願いを叶えるためのあらゆる方法、秘術が用意されている。わたしが最初に注目したのは――」

「説教を聞きに来たのではない」鷲城は呆れたように遮った。

筑紫麻呂は肩をすくめた。「九叔道士、正英道士の名は聞いている。だが、会ったことはない。わたしのような入門者はお目通りが叶わないほどの高位者であるらしい」

「近づく伝手《つて》ならあるわけだ」

「ないよりはましという程度の伝手だが。よし、ともかくやってみるか。そうだな、出入りの平道士が目を剝《む》きそうな額の寄付を申し出て、九叔先生か正英先生に是非にもお目にかかりたいのだが、とでも持ちかけてみよう」

「気絶するほどの額にしてくれ。折半といこう」

虎杖は呆気に取られた。馬子と守屋を見るかのように冷ややかに反目し合っていた二人が、あっという間に妥結してしまった。まさに急転直下だ。これが商人同士のやり方というものだろうか。が、何はともあれ用は済んだ。

「それでは筑紫麻呂さま、わたしたちはこれで——」

柚蔓に目配せし、立ち上がろうとした。

「しばし」筑紫麻呂が制した「そのほうと二人だけで話がしたい」

「わたしのほうでは、もう何も申し上げることはありませんが」

「かまわんよ」鵟城が柚蔓を促して立ち上がる。「馬子さまから仰せつかってきた密命を心おきなく伝えるがよい」

「そのようなもの何も承っておりませぬ」心外の響きを声に乗せて虎杖は応じる。

「信ぜよと申すか」鵟城は軽い笑い声をたてた。「蘇我大臣ほどの策士が何も託さずに密使を放つなど」

筑紫麻呂は思わずうなずきかけ、既《すんで》のところでその顔を引《ひ》き緊《し》めた。

虎杖は云った。「厩戸御子の命をお護りする。それが大臣から与えられたわたしの任務です」

「虎杖どのの申す通りです」柚蔓が口を添える。「たとえ蘇我大臣がその気だったとしても、そんな時間的な余裕は——」

廊下を慌ただしく走ってくる跫音《あしおと》が聞こえた。「お待ちくださいませ」という狼狽の声ともに扉が勢いよく開かれ、執事の老人を押しのけるように駆け込んできたのは速熯だった。柚蔓と虎杖を認めるや彼は一気に叫んだ。

「すぐ寺に戻ってくれ。大変なことが起きたんだ」

正門をくぐるや、本堂からの読経の声が虎杖の耳にこだました。蟬時雨《せみしぐれ》を聞くような大音量は、このところずっと続いているものだが――。

「はて？」

速熯が足を止め、怪訝の面持ちになる。

「騒ぎならもうおさまりました」

門衛役の僧侶が近づいてきて声をかけた。法慶《ほうけい》という名だった。しかつめらしい顔は相変わらずだが、虎杖たちが倍達多の連れと知って以来、態度は鄭重《ていちょう》なものに変わっている。

「おさまった？　しかし、あれだけの――」

「どんな法難が起ころうとも、負けてなどいられるものか」怒りと闘志を剝き出しにして法慶は咆《ほ》えるように云った。

「変だな。ともかく、本堂へ――」

要領を得ない顔で駆け出した速熯の後を虎杖と柚蔓は追う。あらましは蘇我商館で聞いている。本堂内陣に安置された金銅製の釈迦如来《にょらい》座像。蓮華台《れんげだい》の底辺から螺髪《らはつ》の頂《いただき》まで高さ三丈（約九メートル）という巨大な本尊だ。左右の脇侍《きょうじ》は同じく金銅製の普賢菩薩《ふげんぼさつ》、文殊《もんじゅ》菩薩の立像で、高さは二丈。それが読経中、突然、首が落ちたという。三百人を超す僧侶が一心不乱に経を唱えている最中のこと、その瞬間に気づかぬ者は多かった。三つの首は大きな音をたてて床に激突、内陣を飛び出すや、巨大な兇器となって僧侶たちに迫った。まさに一瞬の出来事であり、後方ではまだ読経が続いていた。幾度も床を跳ね、ごろごろと転がる首は僧侶たちを押し潰し、挽肉《ひきにく》に変えるはずだったが、奇蹟が起きた。三つの首は、僧侶の坐していない空間だけを選ぶかのように跳ね転がっていったのである。別棟の塔頭《たっちゅう》にいた速熯は騒ぎを聞いてただちに本堂に駆けつけた。壁にぶつかって止まった三つの首をその目で見た。切り口は（切り落とされたとしてだが）滑らかで、無理な力を加えた痕跡はいっさいなかった。本堂内は騒然とし、僧侶たちは声高に喚《わめ》きたてていた。事情を呑《の》み込《こ》むと、速熯は異変を報ずべく蘇我商館へ急いだのだった。

三人は本堂に足を踏み入れた。三百人からなる僧侶の大集団が端然と坐して懸命に経を唱えている。虎杖の目にはこの半月の間に見慣れた光景だ。

「ここに首が――」

速熯が指差した厚い壁板には、激突の衝撃の強さを物語るように大きな窪《くぼ》みが三つあった。床板も、ところどころ凹《へこ》んでいる。奥に目を向けると、巨大な白布が垂れ幕のように下がって、内陣を隠している。

糞掃衣《ふんぞうえ》の倍達多が三人の許にやってきた。僧侶集団の最前列にいるはずなのに、まるで後頭部に目でもあるかのようだった。

「法力を打ち返されたのじゃよ」

倍達多の緑眼は血走っていた。

「と云うと？」速熯が焦《じ》れた顔で訊く。

「我々は御子の行方を探すため四方八方に法力――仏の力を放射しております。九叔なる道士は、その法力を単に跳ね返すのではなく、いったん溜め置いたうえで一挙に打ち返してきおったのじゃ。げに恐るべき道士。敵も大勢の道士を動員して呪術戦で対抗しようという肚《はら》に違いない」

「つまり、その……自分たちの力でやられてしまったというわけですか」虎杖は訊いた。

「そうなりますな。だが、あれほどのことが起きながら、怪我人《けがにん》の一人も出なんだ。これぞ仏の力、奇瑞《きずい》というもの。まあ見ていなさい。近く必ず御子の行方を捜し当ててみせようほどに」

倍達多は強がるふうでもなく、合掌《がっしょう》して一礼すると読経集団の中へ戻っていった。

「して、首尾は」

自ら甘汞《かんこう》を精製すべく炉の前に立っていた九叔は振り返って声をかけた。二人の平道士が片膝をつき頭を下げている。剃《そ》り上げた頭を隠すためどちらも頭巾《ずきん》を目深にかぶっていた。二人は順に報告する。

「九叔さまの仰せの通り、本堂のほうで大きな騒ぎが起きた様子、門衛の僧侶が慌てて駆け出してゆきましたので、容易く境内に入るを得ました。ただちにご下命の作業にとりかかったのですが――」

「意外にも騒ぎは早くおさまり、門衛どもの戻ってくるのが目の端に入ったものですから、ここは見とがめられてはならじと、作業半ばで逃げ出してきた次第にございます」

「そのための僧形《そうぎょう》ではないか」

「面目次第もございません」二人は声を合わせて項垂《うなだ》れた。

「揃《そろ》いも揃って胆の小さい。で、幾つ埋めた」

「それが……八つ全部はとても」

「だから、幾つだ」

「半分にございます」

「四つか」九叔は眉《まゆ》をひそめた。しばらく白鬚《しろひげ》をしごいていたが、やがて小さくうなずいた。「まあよい。それだけあれば充分かもしれぬ。ご苦労であった」

ほっとして顔をあげた二人の顎先から大粒の汗が滴り落ちた。

虎杖は妙に目が冴《さ》えて寝つかれず、宿舎の庫裏を出て、本堂の周囲を歩き回っていた。本堂を発信源とする大読経の声は、三仏断首の一件が昼間あっただけに、いつにも増して喧々《けんけん》と夜気をどよもし、夜空にちりばめられた無数の星々をその大音響で揺すり落とすかのようであった。境内のそこかしこに篝火《かがりび》が焚《た》かれているのは昨日までなかったことで、道教側が霊的手段のみならず実力行使にも出るのではないかと警戒しての措置である。槍《やり》を持った僧兵たちが広い境内を油断のない目つきで巡回している。

本堂へと続く石畳の参道に柚蔓が立っていた。正門に近い燈籠《とうろう》の脇。燈籠の基壇《きだん》辺《あた》りにじっと視線を注いでいるようだ。虎杖に気づくと、彼が声をかけるより早く、彼女のほうから口を開いた。「何だと思う」

「何のことだ？」

「これよ」

燈籠の立つ地面を指で示した。「ぼうっと光っているでしょう。何が埋まっているのかしら」

虎杖は柚蔓の傍らに歩を進め、示された地面に目を凝らしてみた。

「光ってるって？」

「よく見て。かすかだけど、土中から紫の光が滲《にじ》み出《だ》してるのがわかって？」

「どこ？」

「四つもあるわ」

「だから、どこだ」

「どこって――」柚蔓は一歩踏み出した。より近くから腕を伸ばそうとしたが、次の瞬間、素早く後ろに飛び退《の》いた。その目は、地面ではなく中空に向けられている。

「おい、どうしたんだ」

「……光よ……四筋の光が伸びてゆく……」

　虎杖は柚蔓がどうかしたのだと思った。伸び上がる光など彼の目には見えない。四本どころか一本も。柚蔓の形のいい顎がさらに仰角になる。彼女だけに見えている光の行く先を追うように。つられて虎杖も夜空を仰いだ。耿々《こうこう》とした星河の中に彼は異常に明るく輝く四つの星があるのを認めた。

「や、あれは」

　虎杖は目をしばたたいた。その瞬間、四つの輝きは消え失せた。「おかしいな、確かに今――」

「落ちてくる」

「何？」

　柚蔓は夜空を見ていなかった。その顎は徐々に下がり、ぴたりと止まった。彼女の目は今や本堂の屋根に向けられている。巨大伽藍《がらん》の大屋根に。「――襲来よ！」

一瞬、虎杖は身構えたが、それらしいものは何も見えなかった。緊張を解きかけた時、凄《すさ》まじい音が轟《とどろ》き渡《わた》り、大屋根の端の一部が吹き飛ぶのを見た。飛び散った瓦《かわら》が細長く渦を巻くように上空に吸い上げられてゆく。耳は轟々《ごうごう》という風のうなりを捉えた。渦巻く風の中で攪拌《かくはん》された瓦と瓦がぶつかり、砕かれる激しい破壊音も聞こえる。すぐに第二撃が来た。今度はより中央寄りの屋根に大穴が穿《うが》たれる。同じく瓦の渦巻きが発生した。第三撃は軒先を、そして第四撃は棟を狙った。大屋根に四つの穴が開いた。その真上に四つの渦巻きが四匹の昇り竜のように回転する光景を虎杖は信じられない思いで見やる。

次の瞬間、渦巻いていた瓦は次々と穴の中に吸い込まれて消えた。読経が止んだ。いや、止んでいた。代わって本堂から聞こえてきたのは阿鼻叫喚《あびきようかん》の悲鳴だった。虎杖は柚蔓の後を追うように石畳を駆け、二人同時に本堂に飛び込んだ。広い堂内は戦場と化していた。頭上から降り注いだ瓦を浴びた僧侶たちが袈裟《けさ》を乱して累々と倒れ伏し、苦痛を訴えながら床の上を這《は》い回り、のたうち回っている。剃り上げた頭はどれも血に染まっていた。しかも、惨劇はまだ終わってはいなかった。四つの竜巻が我が物顔で堂内を蹂躙《じゆうりん》し続ける真っ最中だった。めりめりと音をたてて床板がめくれあがり、壁板が裂けた。傷を負っていない僧侶たちは竜巻から離れようと、慌てふためいて逃げまどい、大混乱の波が生じている。巻き込まれて天井近くまで吹き飛ばされる者、飛び散る瓦を浴びて倒れる者、ぶつかって共倒れになる者が続出する。竜巻は僧侶たちを嬲《なぶ》るように追いかけ回し、追いつめ、包囲し、容赦なく跳ね上げた。これだけの猛烈な竜巻が起きているにもかかわらず、蠟燭の炎は千切《ちぎ》れんばかりに激しく吹きなびくものの、一つとして消えようとしないのは不思議なことだった。

炎を反射させた一条の剣光が虎杖の視界の端を流れた。

「何をする」

虎杖は叫んだ。傍らで柚蔓が剣を鞘走《さやばし》らせたのだ。

柚蔓の目には別のものが——竜巻ではないものが映じていた。それは四体の異形の巨像だった。不思議な髪形に結い上げた頭をしていたり、見たこともない色彩の頭巾をかぶっていたり、金銀宝石の簪《かんざし》を針山のように突き立てていたり、甲冑《かっちゅう》に身を包んでいる者もいれば、大きな斧《おの》のような武器を手にする者もおり、針金のような髭《ひげ》を生やした者もいた。装身具で満身を飾り立てているかと思えば、全身が大きな青銀色の鱗《うろこ》で覆われていたり、分岐した角を生やした者、太い尾を引きずる者など、その形態は四者四様なるも、いずれも漢土の異神と一目でわかる、派手で強烈な漢臭を発散させていた。

戦慄とともに柚蔓は直感した。

——道教の神々！

その四体の神々が、すなわち動く神像が、堂内を縦横無尽《じゅうおうむじん》にのし歩き、僧侶を蹴飛ばし、柚蔓の目にはそう見えた。倍達多はどこにいるの？
踏みにじり、殴りつけ、薙《な》ぎ払《はら》い、摑《つか》んで投げ飛ばしている――柚蔓の目にはそう見えた。

それがためだった、反射的に抜剣に及んでしまったのは。

虎杖に厳しく声をかけられ、我に返った柚蔓は自制した。見えるだけなのだ、と自分に云い聞かせる。それ以上のことは――剣を振るってあの神像を倒す霊力など自分は持ち合わせていない。これはあくまでも霊視であり、つまり霊的な幻影であって、現実には竜巻という自然現象が起きているに過ぎないのだ。霊幻に我を忘れ、目の前に渦巻く狂乱に蒼《そう》惶《こう》と斬り込んでゆけば、僧侶を殺《あや》めかねない。

柚蔓は目を凝らした。

倍達多はどこにいるの？

倍達多は最前列で合掌を続けていた。彼と月浄、智《ち》顗《ぎ》、そして祇《き》洹《かん》ら少数の高僧だけが無傷だった。さしもの竜巻も――道教の四戦闘神も、この小集団には迫らなかった。迫り得ないようであった。高僧たちは密呪《みつじゅ》を唱えていた。

内陣を隠していた大きな白布がその時突然、幕を切って落とすように落下した。内陣が露《あら》わになり、虎杖と柚蔓の肉眼には、無惨にも首を失った三体の仏像が飛び込んだ。それから先の闘争は、柚蔓の霊眼のみが霊視した。光り輝く首なし釈迦如来が金銅像にあるまじき滑らかな動きで立ち上がり、降魔の印を結び、普賢菩薩と文殊菩薩を従え、内陣を踏み越えてくる。

道教の神々はもはや僧侶たちを苛虐《かぎゃく》するどころではなかった。反撃に出た首なし三仏を迎え撃たねばならなくなったからである。神対仏、四神対三仏——両陣営の闘い方は実に対蹠的《たいしょてき》だった。道教の神々は怪奇な武器を振りかざし、あるいはさまざまな威嚇《いかく》の姿態を駆使して肉弾戦に持ち込もうとする。仏たちの武器は光だ。三仏の全身から清浄な、それでいて目も眩《くら》むほど激烈な光、すなわち無量光というものが放射されていた。これがために神々は三仏に近づき得ない。武器は虚しく宙を斬り、鉄拳は虚に向かって繰り出されるばかり。四神も紫色の光を発散していたが、無量光はそれを包み消さんばかりに輝いた。やがて神々は無量光に追い立てられ、内陣へと逃げ込んだ。それを追って仏たちも内陣に戻る。三仏それぞれが立つ位置を頂点として正三角形が形成され、四神はその内側に追いつめられた。あふれ返る無量光の洪水の中で神々の紫光は吸い取られるように希薄になり、淡い影となり、その影もすぐに無量光に呑み込まれて消えてしまった。

虎杖の目には、内陣を隠していた布が落ちるや、堂内を暴れ放題に駆け巡っていた四つの竜巻が突然、軌を一《いつ》にして内陣に向かい始めるのが見えた。竜巻の意志としてではなく、無理ずくに、しかし抗《あらが》い難く引き寄せられてゆくかのようだった。竜巻がすべて内陣に入った瞬間、首なし三仏が倒れた。竜巻の威力に煽《あお》られたのならば後方に転倒するはずだのに、前のめりに倒れたのだ。凄まじい打撃音が堂内に轟き渡り、次の瞬間、あれほど猖《しょう》獗《けつ》を極めた竜巻は一つ残らず消滅していた。

負傷した僧侶たちの救護は夜を徹して行なわれた。講堂が臨時の手当て場所となった。無傷なのは十数人だけで、三百人を超す僧侶が程度の差こそあれ何らかの傷を負っていた。自力で立ち上がれない重傷者は僚僧によって本堂から講堂に運び出された。死者が一人も出なかったのは奇蹟としか云いようがない。

夜が明ける頃、救護活動は一段落した。僧侶たちは負傷した部位を白布で包んで続々と本堂に戻ってきた。床に夥《おびただ》しく散乱する瓦の破片や木切れを押しのけ、それぞれの坐所を確保した僧侶たちが読経を再開するのを、柚蔓と虎杖は唖然《あぜん》として見守るばかりだった。日が完全に昇ってから、二人は燈籠の下の地面を掘り返してみた。門衛僧の法慶らが立ち会った。奇怪な呪符が紫墨で記された四つの牙牌《がはい》が土中から現われ出た。それを手渡された法慶は仁王そのままの憤怒《ふんぬ》の形相となった。

「もういかん」

慧遠《えおん》はやにわに弱音を吐いた。両手で頭を抱え、その場に坐り込む。餓《う》えた熊が力を失ってへたりこむかのようだった。瑞念、裴世清《はいせいせい》、温国宝《おんこくほう》は言葉を失くして慧遠の変貌ぶりを見つめた。強気一辺倒で彼ら三人を引き連れていた総大将が、突然に萎《な》えたのだ。茫漠《ぼうばく》と広がる曠野《こうや》の一角、中空には白日が薄ら寒い光を放っている。冷風が雑草を揺らして吹き過ぎる。

「ああ、だめだ、だめだ。さっぱりわからん。以前はあれほど若の気が烈々と感じられたものだが、もうだめだ……だが、いつからであろう。ひょっとして、あの時からか。反物屋まで追いつめた時だ。突然、ぷっつりと気が断たれた。慌てて外に出てみれば、裏の路地を馬が去ってゆくところ。手綱を握っていたのは役人じみた男だった。荷物らしい荷物もなく。それでやり過ごしたが、ううむ、もしやあの男、道士仲間だったのでは？　そうだ、そうに違いない。それ以外に考えられぬ。ああ、このわしともあろう者が。今頃、若は道士の巣窟に運び込まれ、鉄壁の霊波が障碍《しょうがい》となって立ちはだかったというわけだ。もはやお手上げだ」

慧遠は咆哮《ほうこう》し、振り上げた拳《こぶし》で幾度も幾度も大地を叩《たた》いた。乾いた土が勢いよく飛び散り、擂《す》り鉢《ばち》状の穴が穿たれてゆく。瑞念たちは声を呑んで見つめるよりない。

やがて慧遠は両脚を踏みしめて立ち上がった。

「ええい、弱音を吐いていられるものかよ。わしは仏敵周《しゅう》武《ぶ》帝と闘った慧遠ぞ。こうなったら、命に代えても若を探し出してみせる」天を仰いで声を振り絞ると、三人にギョロリとした目を向けた。「ゆくぞ」

「ど、どこへでございます」

「山だ。洞窟にでも籠もって、我が法力の限りを尽くしてくれん！」

この頃になると厩戸は道教関連の書物に目を通す時間が極端に減っていた。基本的な重要文献はほぼ読み竭《よっ》くしてしまった。未読のものは、後人による焼き直しか、内容の薄い入門書、独りよがりで役に立たない論書の類いに過ぎなかった。今はもっぱら導引と胎息《たいそく》の修錬に一日の時間の大半を費やしている。自分で自分の肉体を開発してゆくのは時の経つのを忘れるほど面白いことだった。それでも日に一度は蔵書室に通った。道教の関連分野である医学書や天文書、鉱物書なども読んでおきたいと思ったからだ。

九叔に導引の指導を受けている道場から蔵書室を往復する途中には、神像の龕《がん》が無数に並ぶ広間がある。

「あれ」

一つの龕の前で厩戸は足を止めた。昨夜までそこにあった神像が見当たらず、片隅に掃き寄せられるように金属のくずが小さな山をなしていた。にわかに興味を覚え、他にもないか見て回った。さらに三つの龕が同じ状態になっていた。最後の龕の前で厩戸は、これが意味するものを考えた。思い出されるのは、ここに連れて来られた日に起きた斗母元君《とぼげんくん》を巡る怪現象だ。しかし厩戸の思考はすぐに中断された。

「思い患うても詮なきことじゃ、八耳どの」

厩戸は背後を振り返った。九叔だった。その傍らに、初めて見る道士が立っていた。緑色の道服が身にぴったりと合い、身体の細さを強調するかのようだ。顔の線もほっそりとして女性的な風貌。鋭さとなよやかさを同時に感じさせ、厩戸はなぜか道士に柳を連想した。

「紹介いたす。我が高弟の柳雨錫道士じゃ。柳道士は大きな務めを抱えているのだが、事情があって、当分の間ここに滞在することとなった。方術に秀でておるゆえ、いずれそなたに望みの術の幾つかを授けさせるといたそう。期待しているがよい」

「この子が九叔さま期待の星というわけですね」柳雨錫は厩戸を静かに見つめた。居心地の悪さを感じさせる視線に厩戸は途惑《とまど》いを覚えた。「正英からたっぷりと聞かされました。道教中興の祖になる逸材だと」

「どうだ、おぬしは何か感じるか」

「わたしの役ではありませんよ、ふふ」

「そうであったな」九叔も小さい笑い声で応じる。「八耳どの、この柳道士は、我が今一人の高弟である正英道士とは正反対の霊的臭覚を備えておるのじゃよ」

「正反対って？」

「正英は霊性の高い有徳の士を見分ける。それとは全く逆に――」続きは自分の口からというように九叔は目で柳雨錫を促した。

「わたしはね、坊や、霊性劣悪な有害人物を見つけ出すことができるのさ」

「有害人物って、悪い人間のこと?」

「ただ悪いというだけではない。生かしておくとこの世に大いなる災厄を齎《もたら》す悪《あ》しき芽、一人を殺すのではなく、その者のために何万、何十万人が無慈悲に死ぬことになる、そういう有害な人物にいずれ成長する子供、それを探知するのが道士としてのわたしの使命。九叔さまのおっしゃるように方術もいろいろ使えるが、それはあくまで我が聖なる使命を果たすための手段に過ぎないのだよ。坊やはどんな方術を習いたいのかな?」

「見つけ出して、どうするの?」

「生かしておくと――そう云っただろう」柳雨錫は柳の葉を思わせるほっそりとした指先で何かを抓《つま》む真似《まね》をした。「世界の災いとならないよう芽のうちに摘み取ってしまわなくては」

　来る日も来る日も読経は続いた。終わりがないかのようであった。竜巻の夜以来、道教側からの襲撃はない。あれが伯林寺僧徒の意気を挫《くじ》くつもりでなされたのなら逆効果だった。僧侶たちは以前にもまして熱を帯び一丸となって読経に邁進したからである。

　門および境内の警戒は強化され、柚蔓と虎杖も巡邏衆《じゅんらしゅう》の中に加わった。速熯は日夜、物部商館と伯林寺を往復し、情報の伝達役を務めている。鷲城と筑紫麻呂は協力して道教側に探りを入れているが、まだ目ぼしい成果は上がっていないとのことであった。

その日の昼前、正門の前で大きな声があがり、虎杖は駆けつけた。別方向から柚蔓も姿を見せた。

「ならん！　ならんと云ったらならん！　何度云わせればわかるのだ！」

門を遮るようにして仁王立ちになり声高にがなりたてているのは法慶だった。その左右に数人の門衛僧が槍を構えて睨《にら》みを利かせている。

「何事です」虎杖は法慶に声をかけた。

「見ての通り」法慶は門前に立つ男を荒々しい仕種で指差した。「とにかく住持に会わせろの一点張り。名も告げず、用件も告げず」

虎杖は男に目を向けた。襤褸《ぼろ》をまとい、帯の代わりに荒縄を無造作に腰に巻きつけている。齢《とし》の頃は三十歳くらい、枯れ木のように痩せて、顔色のよくない男だった。両眼だけが真珠のように高貴な輝きを放っている。頭が剃り上げられているので僧侶ではないかと虎杖は思った。その目で改めて注視すれば、襤褸のような着物は、倍達多のいう糞掃衣のようにも見えてきた。

「どちらさまでしょう」虎杖は声をかけた。「見たところお坊さんのようだが、当寺に何の御用あって」

襤褸衣の男は柔和に笑った。「住持さまにお目にかかって申し上げるつもりでおります」

知性と教養を感じさせる声で云った。

「この通りです」法慶は呆れ果てたように云い、男に向かっては「帰れ！　帰れ、乞食坊主め！」と怒鳴り声を浴びせた。

「いいえ、帰してはだめよ」

その場にいる全員の目が柚蔓に集中した。柚蔓は自分の言葉に途惑ったような表情を浮かべたが、それは一瞬のことに過ぎず、すぐにきっぱりと云った。「わたしが話を通してくるわ」

「待ってったら」駆け出した柚蔓に虎杖は素早く追い縋《すが》った。「どういうわけなんだ。あの坊さんが誰だか知ってるのか」

「そうじゃないのよ。自分でもわからないけど、このまま帰してはいけない気がして」

「………」

足を止めた虎杖をその場に残し、柚蔓は本堂に向かって駆け去っていった。

「要《い》らざることを」法慶が虎杖を睨み、苦々しげに云った。

虎杖は肩をすくめた。門の前を見やれば、襤褸衣の男は一歩退いて悠然と立っている。

虎杖は戦慄した。男の立ち姿は隙だらけのようでいて寸分の隙も感じられない。これは相手を自分と同じ剣士と見立てての虎杖の評価だ。僧侶のようではあるが、剣の遣い手なのではあるまいか。道教側が送り込んできた剣客？　虎杖は身構えた。だが隙はないものの剣気、殺気めいたものも感じられない。隙のなさと剣気、殺気は表裏一体であるはず。どういうことだ——虎杖は混乱した。

その時ふと、門外のやや離れた辺りに別の僧侶がいることに気づいた。竹製の笠《かさ》をかぶっているので顔は隠れてわからないが、僧衣は通常のものを着ている。左手に錫杖《しゃくじょう》を握り、右手は笠のつばに軽く添え、近寄らず、かといって遠ざかりもせず、こちらを秘《ひそ》かに窺《うかが》っている様子である。

「また変なのが現われたようだ」法慶が配下の門衛僧に注意を促した。「目を離すのではないぞ」

襤褸衣の男がいきなり振り返った。竹笠の僧侶を認めた。僧侶に向かって合掌した。僧侶のほうでも身を屈《かが》めて錫杖を地に伏せると、同じく合掌を返した。

「何だ、あいつら、知り合いか？」法慶が首を傾《かし》げる。

僧侶は錫杖を拾い上げると、門に向かって足を運んできた。襤褸衣の男はそれを迎えるでもなく、合掌を解くと再び門に向き直った。

柚蔓が戻ってきた。祇洹《きかん》が同行していた。

「あの者ですか？」祇洹は襤褸衣の男を一瞥《いちべつ》して眉をひそめ、確認を求めるように柚蔓を見返した。柚蔓がうなずいた。祇洹はしぶしぶと男を再び見やった。その表情がすぐに一変したのを虎杖は見た。

「や、お待ちください、祇洹さま」

法慶の制止も聞かず祇洹は門を出ると、男に向かって合掌した。「わたしは祇洹と申します。当寺で執事長を務めております。住持の月浄さまは本堂を離れられませぬので、用向きはどうかわたしにお話し願えないでしょうか」

法慶は啞然とした顔になった。祇洹の表情も声音《こわね》も懇願そのものであったからだ。虎杖はなりゆきを見守った。襤褸衣の男は祇洹に合掌を返した。その間に竹笠の僧侶が歩み寄り、男の間近に迫って足を止めた。

「では、申し上げる」男は振り向きもせず、祇洹を見つめたまま云った。「拙僧は信行《しんぎょう》。所属する寺を持たざる一介の流浪僧侶にして、労役する者に交わり菩薩行を実践する者なり」

「信行さま」と祇洹は再度合掌した。名前を聞き知っていたというのではなく、何かに衝《つ》き動かされるようにそうしたことが虎杖には感じられた。

「旅の途中、拙僧は摩訶不思議《まかふしぎ》な夢を見た」問わず語りに信行は話し始めた。「無量光の雲に乗って尊き釈迦如来さまが現われ、こう告げた。ただちに広陵へゆけ、信行よ、と。拙僧は驚いた。これまではいくら唱えても御仏の来迎《らいごう》はなかったものを。そこで問うた。釈尊よ、なぜ広陵へゆくのでございますか、その地で信行めに何をお望みですか、と。釈尊はお答えになられた。東方より聖なる御子が広陵の地に降り立ったるぞ。仏法にとって意味深き聖人に成長するであろう運命の御子が。その御子の身に法難が降りかかった。ゆけ、信行よ。広陵の伯林寺をたずね、御子を法難から救い出すのだ、と」

男が口を閉ざすと、云うに云われぬ沈黙が門の周囲を支配した。それを破ったのは、竹笠の僧侶があげた興奮を隠さない声だった。

「わたしの見た夢も、寸分違《たが》わず同じです」

信行が彼を振り向いた。虎杖らも視線の先を一斉に僧侶へと転じた。僧侶は竹笠を脱いだ。異邦人の血を引いているらしい彫りの深い容貌が現われた。目は澄んで青く、鼻の高い、三十代も後半の男だ。もの問いたげな祇洹にうなずいて、青い目の僧侶は云った。

「もっとも釈尊は、ただちに広陵へゆけ、吉蔵《きちぞう》よ、と仰せになられたのですが」

厩戸は柳雨錫から禹歩《うほ》の教授を受けた後、方術錬成の道場を出た。柳雨錫による指導は昨日から始まった。講義が大半の、まだ初歩の段階といったところだ。迷路のような通路を今では迷うこともなく抜けて蔵書室へと戻った。夜は更けていた。室内は蠟燭の無数の炎が林を生している。

このところ厩戸は胎息の修錬室をねぐらにすることが多い。神秘の呼吸法に没入するうちに、いつしか寝入ってしまう。眠りは深く、朝は快く目覚めることができた。しかし昨日もそうだったが、方術の実践に足を踏み入れたという興奮からか、遅い時間にもかかわらず妙に目が冴えていた。このまま胎息して寝入る前に、何か一冊でも読んでおこうと考えて蔵書室に戻ってきたのだった。

周りの机に人影はなかった。見渡しても人の気配はない。蔵書室で書を読む道士の数はめっきり減っていた。彼らは最地下の大講堂で昼夜を分かたず催されている秘密の法会《ほうえ》に動員されているらしい。何のための法会か九叔は語らなかったが、自分に関するものであるらしいと既戸は察していた。時折り地底の地鳴りのように大勢で呪文を唱える声が響いてくることがある。

既戸は自分の席の異変に気づいた。椅子が引き出されている。九叔に施術されたこの席には、既戸が近づけば椅子は机の下から引き出され、離れると元のように引っ込むよう術がかけられてある。彼は跫音を潜めて席に近づいた。注意深く机の下をのぞき込む。目の上に掌《てのひら》をかざし、机の上の燭台の明かりを遮っていると、次第に目が暗さに馴《な》れ、ぼんやりと灯《とも》る二つの光が見えてきた。眼光だ。

「誰」

身構えながらも静かに声をかけた。光がせわしなく点滅。またたいている。慄《おのの》く気配が伝わる。

「誰なんだ。しばらく待ったが返事はない。ここはぼくの席だよ」

「しっ、大きな声を出すな」

慌てたような声。子供の声だ、と厩戸は思った。

「きみは誰。どうしてぼくの席にいるの？」

「おまえの席だって？」

「そうだ」

「誰だ」

「ぼく？　ぼくは八耳」

「何者だ。ここで何をしてる。ていうか、ここはどこなんだ」

「訊ねたのはぼくが先だよ。今度はきみが答える番だ」

「おれの訊いたことに答えろ。ここはどこなんだ」

「知るものか」

「何」

「知らないって云ったんだ。道教の施設だってこと以外にはね。だって、攫《さら》われてきたんだもの」

返答が途切れた。

やがて机の下の闇の中から白い顔が現われた。厩戸は驚いた。乱暴な言葉遣いから察して男児だとばかり思っていたのに、長いまつげと大きな瞳が印象的なその繊細な顔立ちは少女のものだったからだ。

「――おれは広《こう》だ」

名乗った後、広という少女のほうでも驚きの表情を浮かべた。

「おまえか！」

「え？」厩戸は途惑いの声を返した。少女の顔に見覚えはない。

「うん、間違いない。港で見た顔だ。あの時おれも港にいたんだ。異国人かと思ったが、ちゃんと漢語をしゃべられるんだな」

「港って……ひと月も前のことだよ」

「ひと月？　もうそんなに経ってるのか。くそっ、おれはその夜に攫われたんだ」

「ぼくもその夜のうちに」

「もしかして、魔法みたいな方法でじゃないか？」

「きみもそうなの？」

二人は声を失くして黙って見つめ合った。やがて広が再び口を開いた。

「で、おまえはどこに閉じ込められていたんだ」

「閉じ込められてなんかいないよ」

「何」

二人はまた口を閉ざした。広の表情が険しくなるのを見て、今度は厩戸のほうから云った。「ねえ、そこから出ておいでよ。ぼくたち、じっくり話し合う必要がありそうだ」

「閉じ込められていたと云っただろう。きっと今頃おれが逃げ出したのに気づいて、みんなで探し回っているに違いないんだ」

「ここはだいじょうぶ。蔵書室だけど、他には誰もいない」

「おれが隠れた時は確かに誰もいなかったさ。でも、わかるもんか。おまえ、あいつらの仲間じゃないいんだろうな」

「ぼくも攫われてきたって云わなかった？」

「それ、道服だろ」

「着せられてるだけだ。仲間だったらすぐに知らせてるし、きみが閉じ込められてたってことも知らなかったんだよ。さ、出ておいで」

短い沈黙の後、答えが返ってきた。「わかった。おまえを信じる……港でちらりと見かけただけなのに、なぜだかおまえのことが気にかかったんだ……ここで出会ったのは、法師さまがおっしゃられた御仏が結ぶ仏縁の出会いってやつかもしれない」

だが、広は出てこなかった。代わりに、白く細い手が伸ばされてきた。「頼む、足がしびれちゃって立てないんだ」

厩戸は広の手を握ろうとした。その瞬間、接触した指先から閃光《せんこう》が放たれた。視界が真っ白になる強烈な光に厩戸の目は眩み、何も見えなくなった。その極光の中に倍達多の顔が浮かび上がった。何かが倒れる大きな音がした。

「見えたり！」

倍達多は叫んで立ち上がった。読経の音響に揺るがされていた夜の本堂は、波が引くように次第に静まり返っていった。月浄、祇洹ら伯林寺の高僧たち、そして智顗、信行、吉蔵らの来訪僧が次々と法衣《ほうえ》の裾をさばいて立ち上がり、倍達多を取り囲んで、次なる言葉を待つ。

倍達多の顔は汗にまみれていた。みるみる苦悶《くもん》の表情に変わり、やがて肩ががっくりと落ちた。「だめじゃ。あの子の姿がはっきりと見えたのじゃが、一瞬のことであった。その後は、どうあっても霊的回路は繋《つな》がらぬ」

「場所は？」月浄が訊く。

倍達多の首は横に振られた。「室内じゃ。暗くてよくわからぬが背後に書棚が見えたで、書斎か蔵書室であろうな」

「その子の様子は？」

「元気そうじゃった……だが……」

「だが？」

「道服がよう似合っておった」

絶望の沈黙が本堂を支配しようとした。

「なぜかの」天台山の智顗が倍達多をうながすように云った。「なぜ一瞬だけ霊的回路が繋がったのであろうか。倍達多さま、何ぞ思い当たる節はございませぬか」

「……もう一人、誰かの顔が見えた……」倍達多は虚空を睨んだまま云った。「齢の頃は、あの子と同じぐらいであろうか。可愛い、おびえきった顔じゃ。あれは女の子かの……や、待てっ」

「どうしたのです」

「いま思い出した。一瞬ではあったが霊的回路は二筋じゃったぞ」

「二筋」襤褸衣の信行が鸚鵡返《おうむがえ》しに繰り返した。「それはつまり我々の回路と別に、もう一筋あったということですかな」

「そういうことになる」

「では、東方よりの聖なる御子を探している者が他にも？」

「あるいは」パルティア人の血を引くという、青い目の吉蔵が口にした。「その女の子を探している者が」

最後列にいた僧侶の中から一人が立ち上がり、忍び足で本堂を出ていった。

「若！　若！　あててっ！」

勢いよく立ち上がった慧遠は、たちまち洞窟の低い岩天井に頭を打ちつけて苦痛の声をあげた。

「どうなさいました、慧遠さま」

傍らで経を唱えていた瑞念が合掌を解いて訊いた。

「見えたのだ」慧遠は腰を屈めた。「若が」

「どこ、どこでございます、広さまは」その後ろから勢いこんで訊いたのは裴世清だ。彼も見よう見真似で読経に参加していた。

「それがな……なにぶんにも一瞬のことで、どこか薄暗い室内だとしか……くそっ、もう少し長く回路が繋がっていたなら……あてっ、あててっ」

腹立ちまぎれに突き上げた拳が天井岩に当たり、慧遠はまたしても悲鳴を上げた。「おい、この洞窟、何とかならんのか」

「坐《すわ》る高さがあればよいと仰せになられたのは慧遠さまでございます。雨露さえしのげれば、あとはどうということはない、と」

「そうであった」慧遠は腰を下ろし、顰《しか》めた顔で狭い洞窟内を見回した。快適さなど二の次。他に探している余裕はなかった。天井も低いが、奥行きもなく、とにかく狭い。四人も入れば満員という大きさ、いや小ささだ。

「おや、国宝の姿が見当たらんな」

「山を下りました。買い出しに行ったのです」裴世清が答える。

「買い出しだと？　勝手な真似を！」

「慧遠さま」瑞念が溜め息をついて云った。「わたしたち、ここに籠もってどれぐらいになるとお思いです。手持ちの食糧は尽きたので、やむなく温国宝さまはお出かけになられたのです」

「ひもじさなど何だ」慧遠が吼《ほ》えた瞬間、その音にも増して大きく腹が鳴った。

　大きな音は、机が引っくり返ったからだった。甌戸は目をしばたたいた。真っ白な閃光は消滅していた。網膜に残像さえない。無数の蠟燭の炎が揺らめく夜の蔵書室に戻っている。しゃがみこんだ少女と目が合った。

「何だ、今のは」

　咎《とが》めるように、警戒するように少女は訊いた。

「わからない」甌戸は正直に首を横に振る。目の前で怯《おび》える少女より、一瞬前に確かに見えた倍達多の黒い顔に気を取られていた。

「嘘だ。何をやったんだ、今」

「嘘じゃない。ぼくは、ただきみを引っ張り出そうとしただけだよ」

　蔵書室の入口に跫音を聞いた。顔を上げると、九叔と正英が数人の道士を背後に従え入ってきたところだった。

「おやおや、何の音かと思えば」九叔は広を認め、目尻を下げた。「お騒がせの黒兎《くろうさぎ》め、こんなところに隠れていたとは」厩戸に向かっては一礼した。「よくぞ見つけてくださいましたな、八耳どの」

この場の状況を一瞥して、厩戸が机を引っくり返したと見て取ったようだ。

「ちっくしょう！」

広が駆け出した。逃げるその背に向かって、九叔の右手の人差し指が突き出される。手が届く距離ではない。広は押し倒されたように転倒した。

「縛歩《ばくほ》の術」

九叔はやや自慢げに口にした。それを信じてよいのか厩戸は内心首を傾げる。広は足を縺《もつ》れさせて、自分から倒れたようにも見えた。足がしびれていると本人も云っていた。

「柳道士を呼んで参れ」

九叔に命じられ、道士の一人が蔵書室から駆け出してゆく。残りの道士は広を取り囲んだ。

広は起き上がる気力を失くしたかのように、倒れたまま背を丸め、めそめそと泣き始めた。駆け寄って抱き起こしてやりたいという衝動を厩戸は懸命に抑えなければならなかった。広に触れたら、またあの白い閃光が起きるのではないか。倍達多の顔が出現したあの光のことは、なぜか九叔に知られたくなかった。

「隠れてたんだ」九叔に駆け寄り、訴えるように云った。「ぼくの机の下に。びっくりしちゃった」

「何か悪さはされなんだかな」

「ううん、怖かったけど」首を横に振る。「机を倒してやった」

「見事な対応じゃ」

「あの子は誰？　どうして逃げているの？」

九叔は答えをためらった。代わりに正英が口を開いた。

「幼い子供を苛《いじ》めているようにも見えましょうが、そうではありません。ちゃんとした理由あってのこと。とは申せ、八耳さまがお気になさる必要はございません」

厩戸は納得のいかない表情をつくってみせた。それを見やって九叔は心を決めたように云った。

「いや、ここはきちんと説明しておくとしよう。このあいだ柳道士についてわしが云ったことを覚えているかな？」

「正英道士とは正反対の霊的臭覚を備えているって」

「柳道士はさらに何と申しておった」

「……霊性劣悪な有害人物を見つけ出すことができるって……生かしておくとこの世に大いなる災厄を齎《もたら》す悪しき芽、一人を殺すのではなく、その者のために何万、何十万人が無慈悲に死ぬことになる、そういう有害な人物にいずれ成長する子供、それを探知するのが道士としての自分の使命だって……まさか、じゃあ、あの子が？」

九叔は重々しくうなずいた。

「でも――」

「とてもそうは見えぬと云いたいのじゃろう。だが柳道士の臭覚は確かだ。八耳どの、そなたは仙種、あの黒兎は悪しき芽――二人は対極にあるのじゃよ」

「おれは悪しき芽なんかじゃない」広が弱々しく云った。「なんでこんな目に遭わせるんだよ」

「悪しき芽ではないと云い張るのなら、自分が何者であるかを告げてみよ」

広は答えない。

「見ての通り、自分の名前すら明かそうとせぬ。これを以《もっ》てしても何か後ろ暗いところのある子だとわかるであろう」

厩戸はうなずく。うなずいておく。自分だって八耳という名前にしてからが偽名なのだが。

「九叔さま、お手数をおかけしました」

柳雨錫が入ってきた。倒れた広に鋭い視線を注いで声をかけた。「牢へ戻るぞ黒兎」

「八耳どののお手柄じゃよ」九叔が云った。

「それはそれは。ご褒美《ほうび》に何かお望みの方術を一つ教えてあげましょう」

「この子をどうするの」厩戸は訊かずにはいられなかった。

「芽のうちに摘み取ってしまわなくては——先だってはそう申し上げましたが」柳雨錫は厩戸を安心させるように云った。「ここで執行するわけではありません。わたしはあくまで悪しき芽を見つけ出す役。最終的には茅山が決めることです」

「じゃあ、なぜここに閉じこめておくの？」

「ちょっとした事情がありましてね」

柳雨錫は肩をすくめると、道士たちに命じた。「そいつを引っ立てろ」

広は乱暴に身を起こされた。一瞬、きっと厩戸を睨んだが、その顔はすぐに力なく項垂れ、引きずられるがまま蔵書室から連れ出されていった。


「——何だ、いったい」

瑞念に肩を揺すぶられて慧遠は読経を中断した。

「温国宝さんが帰ってきました」

「ん？　ああ、そうか。喰い物を仕入れに行っていたのであったな。ご苦労である」

振り返った慧遠は、洞窟の狭い入口を塞ぐように立っていた温国宝が脇に退き、その後ろから思ってもみなかった人物が現われたのを見て驚きを口にした。

「やあ、あなたは！」

「やれやれ、こんな山の中にいらしたとは。いたずらに町の中を探し回っていては無駄骨に終わるところでした。市場で温国宝さんと出会えたのは、まさに御仏のお導き」

と法開寺の道恭《どうきょう》和尚のほうでも感に堪えたようにそう云ってから、一転して切迫した表情となり、用件を告げた。「どうか法師さま、これからわたしと一緒に伯林寺へお越しになっていただきたいのです」


大講堂に召集される道士は日を追ってその数を増し、すでに五百人を超えていた。紫の香烟《こうえん》がゆるやかな波のようにたゆたう中、彼らは香棒を両手に持ち、呪文の大合唱に余念がなかった。めいめいの前には、砂を盛った香炉が置かれている。手に持てないほど香棒が短くなると、それを香炉に刺し、新たな香棒に火をつけるのだ。砂の上は既に灰が厚く覆っていた。この情景を伯林寺の僧侶たちが見たらさぞや驚くことだろう。床几《しょうぎ》に腰を据えた道士たちは身の回りにさまざまな法具、守護神像、供え物を並べ立てている。足の踏み場もないとはこのことだ。僧侶の簡素さとは対極に位置する設《しつら》えである。寺でいえば内陣に相当する空間に置かれた巨大神像群も、派手さの粋を凝らしたものであった。

最前列では九叔、正英、柳雨錫が熱心に呪文を唱えている。長い呪文と呪文の間に、九叔は道士たちを振り返って激励の拳を振り上げる。

「よく聴け、皆の者、坊主どもはいよいよ攻勢を強めて参ったぞ。敵もさるもの、よほどの法力使いを取り揃えたと見える。このままではこちらの位置を探知されてしまいかねん。ここで負けては今までの苦労が水の泡じゃ。今朝、茅山に救援要請の使者を送ったで、どんなにつらくとも、もう少し持ちこたえてくれい」

諾、と応じる声が大講堂にこだまし、ただちに次なる呪文の合唱が始まった。

九叔は、しかし自分で訓示したほどには心配しているわけではなかった。確かに仏法側の法力が強まったのを感じるが、そうむざむざと防御を破られまいという鞏固《きょうこ》な確信が彼にはあった。

「どうなっているのだ、寺は」物部鵟城《のすりき》が訊く。

「とてつもない大物を助っ人《すけと》に迎えたとかで、意気は上がっています」速熯は答える。

「大物だと？　誰だ」

「名前は明かしてくれませんでしたが、その名を知らない僧侶は漢土にいないほどの名僧だとか」

「ということは、北から来た僧であろうな。周の名僧といえば……いや、そんなことより、効果のほどは？」

「意気は上がっていますが、効果と云えるものはまだ何も。鵟城さまのほうは如何《いかが》でしょ

「何やら有望な端緒を摑んだようだと筑紫麻呂が今朝、使いを寄越して参った。ああ見えて慎重な男ゆえ、一刻も早い吉左右《きっそう》を待ちわびているところだ」

長い迷路のような地下通路を厩戸は歩いていた。一般信者が足を踏み入れない領域だが、一人の道士にも出逢わなかった。このところ九叔も正英も柳雨錫もめったに厩戸の前に姿を見せなくなっている。柳雨錫による禹歩の指導は事実上、中断していた。三人は厩戸が蔵書室か修錬室にいると思っていることだろう。こうして放っておかれるぐらいに厩戸は彼らの信頼を勝ち得ていた。行動を起こすなら今を措《お》いてない。

何が行なわれているのか、厩戸はうすうす察していた。最初、九叔は自信満々だった。――今度ばかりはヴァルディタムも八耳どのの信頼に応えられるかどうか。ここにおわす道教の神々が、やつの法力など簡単にはねかえすであろうからな。

その余裕がなくなってきたということだろう。

あの白い閃光の中に厩戸は倍達多を見た。ならばやるべきことは一つ。なぜ少女の居場所を感じるのか、自分でもわからない。こんなことはこれまで一度もなかった。しかし確信めいたものが脳裏にはあって、それに従って歩を進めている。倍達多も、筑紫でこのようにして自分を見つけてくれたのだろうか。

曲がりくねった廊下の果てに、観音開きの扉が行手をふさいでいた。扉には取っ手も引手もなかった。呪符を記したお札が五枚、等間隔に貼られている。扉を封じる霊符だ。ただし効果を発揮するのは扉の向こう側に閉じ込めた相手に対してだけである。厩戸は身を屈め、床下に近い高さに貼られた一枚目を引き剝がした。二枚目、三枚目と順に剝ぎ取ってゆく。残る二枚は背伸びしても届かなかった。辺りを見回したが、踏み台になるようなものは何も見当たらない。小首を傾げて少し考えてから、

「——逐怪破邪《ちくかいはじゃ》」

左右の人差し指を鉤状《かぎじょう》に曲げて組み合わせ、そう唱えた。霊符は二枚とも落ち葉のように落剝《らくはく》した。寇謙之《こうけんし》の『雲中音誦新科之誡』に載っていた方法だが、実際に試みたのは初めてだ。まさか、こんな簡単にゆくなんて。

厩戸は両手で扉を押し開けた。太い木材を菱形に組み立てて作った堅固な格子の向こうが岩窟の牢獄《ろうごく》になっていた。さすがに霊符による封印ではなく、頑丈で大きな鉄錠が二つも格子戸に取りつけられている。高い天井近くに小さな採光窓があって牢内はぼんやり明るい。夜が明けてそれほど時間が過ぎてはいない。格子越しに広が見えた。奥の岩壁の辺りで背中を丸めて横たわっている。

「ぼくだよ。八耳だ」

厩戸は小声で呼びかけた。広は身を起こしたが、近づいてこようとはしなかった。

「おまえか——」疑ぐり深い声で云った。

「助けに来たんだ。さあ、こっちにおいでよ」

　牢格子の間に右腕を入れて差し招く。

「助けに来た？」広はそっぽを向いた。

「ねえ、おいでったら」

「どうやっておれを助けるんだ。鍵でもあるのか。見せてみろよ」

「鍵はない。ぼくの手を握るだけでいいんだ」

「ふん、こないだはおまえを信じたさ。おまえに何か絆《きずな》のようなものを感じたからな。だから信じて手を握ったんだ。そしたら変な術を使って、あいつらを呼びやがって」

「それは違う」

「何が違うんだ。九叔ってやつに、おまえ云ってたじゃないか、机を倒してやったって」

「だって、あのときは、そう云い繕うしかなかったもの。それにさ、手を伸ばしてきたのはきみのほうからじゃなかった？」

　その状況を思い出したかのように広は黙った。

「ね？」

「確かにそうだったさ。でも、術を使ったのはおまえだ」

「あれは術なんかじゃない」

「じゃあ何だ」

「何って……ぼくにもよくわからないんだ」

「そらみろ」

「だけど、ぼくたちが助かるには、もう一度手を握り合うしかないんだよ」

「手を握ったらどうなるんだ」

「その……うまくは云えないけど、ぼくを探してくれてる人がいる。手を握れば、その人にきっとここがどこか――」

広の笑い声が厩戸を遮った。「おい、今度はどんなふうにしておれをからかうつもりだよ」

「お願いだから、ぼくの云うことを聞いて。早くしないと、封印を破ったことが道士の誰かに感づかれちゃうかもしれない」

「その手には乗らないよ」

広は完全に背を向け、ごろりと横たわった。

「ねえ、早く」

「いやだ。おれは、もっとまともな部屋に閉じ込められてたんだ。こんな牢屋じゃなくってさ。おまえの云う通りにしたら、次は井戸の底に投げ込まれるかもしれないな」

厩戸は溜め息をついて云った。「頑固なんだな、女の子のくせに」

れていただろう。

「ばかやろう」広は跳ね起きるや、猛然と駆け寄った。「おれは男だ」

厩戸はさっと身を引いた。そうしなかったら、牢格子越しに繰り出された拳に顔を殴ら
「男？」

「あったりまえだ。見てわかるだろ。おまえ、本気でおれが女だと思ってたのか」

広の拳が二度、三度虚しく宙に突き出される。厩戸はすかさずその細い手首を握った。

「放しやがれっ」

広はわめいたが、次の瞬間、はっとしたように口を閉ざし、目は大きく見開かれて厩戸を見つめた。

「――ちえっ、何も起きないじゃないか」

不満そうに云った。期待はしていたらしい。

「手を開いて」

「こうか」

二人は改めて手と手を握り合った。が、何の変化もない。厩戸は首を傾げた。

「変だな。どうして、あの時は……そうだ、きみはこんなことを云ってたね。ここで出会ったのは、法師さまがおっしゃられた御仏が結ぶ仏縁の出会いってやつかもしれないって。

倍達多法師さまを知ってるの？」

「誰だ、そいつ。おれが云ったのはな、慧遠さまっていう偉い――」

刹那《せつな》、一つになった彼らの手から閃光が弾《はじ》け、厩戸の視界は一瞬のうちに真っ白になった。震える広の手が強い力で引かれる。今度は離すものか。厩戸は握った手に力を込めた。

白さを極めた至純至高の光の中に、倍達多が浮かび上がる。驚きと喜びを隠さない表情で倍達多は口を開いた。

――見ゆ、見ゆ、見ゆ。

その声は間近にいるかと錯覚するほど鮮明に厩戸の耳に響き渡った。

――御子よ、いずこにおわします！

速熯が食堂に駆けこんで来たのは柚蔓と虎杖が差し向かいで朝食を取っている最中だった。十数人の僧侶たちが入れ替わり立ち替わり出入りしていた。本来なら一日を修行で明け暮れする彼らの食事は、朝夕二食の時間が決められているが、今は謂《い》わば臨戦態勢であり、空腹を覚えた者は自らの裁量で本堂から食堂に来ることが許されていた。

「筑紫麻呂が情報を摑んできた」

二人の横に立ったまま速熯は勢い込んで云った。充分に大きな声だが、顔を向けようという僧侶は一人もいない。倭語を解する僧侶など皆無だ。

「広陵のはずれに坤元山《こんげんさん》という小山がある。そこにも道観があって、このところ道士の出入りが激しいそうだ。出入りというより、皆入ってゆくばかりで、戻ってくる者は今のところいないらしい」

　坤元山。その名に虎杖は聞き覚えがあった。広陵には道観が十八あるといって月浄が具体的に場所を挙げた名前の一つだった。

「御子がそこだという確証は？」柚蔓が訊いた。

「ない」速熯は首を横に振る。「ただ奇妙な動きが見られるというだけだ。筑紫麻呂は引き続き中の様子をさぐるつもりらしいが」

「すぐに法師に伝えるべきね」

「同感だ」虎杖はうなずいた。

　その時、卓に向かっていた僧侶たちが箸を止め、いちように茶碗から顔を上げた。

「何だ、どうしたんだ？」速熯が怪訝そうに周囲を見回し、はたと気がついて云った。「や、読経が」

　三人は急ぎ食堂を出た。早朝の清冽《せいれつ》な爽気《そうき》みなぎる境内は突然の静けさに包まれていた。残響さえも止んでいる。塔頭の幾つかを過ぎて本堂に近づいた時、鯨波《げいは》の如き声が聞こえた。本堂の三方の扉が次々に開かれたかと思うと、くたくたになった法衣の裾を翻して僧侶たちがどっと走り出してきた。興奮して口々に何かを叫んでいる。最初は聞き取りづらかったが、それが「出発だ」という言葉であることを虎杖の耳は聞き取った。出発というより、軍団の出陣であるかのような張りきりようだ。三人はたちまち僧侶たちの奔流に呑み込まれた。

事情を訊くべく虎杖は誰か一人の袖をとらえようとした。それより早く柚蔓に促された。

「法師が来たわ」

倍達多のほうでも彼らに気づいた。月浄、祗洹ら伯林寺の高僧たち、智顗、信行、吉蔵、そして最後に加わった熊のような巨体の僧侶が倍達多の左右に同行していた。彼ら名僧たちはその他の平僧徒たちとは違って冷静な足取りだったが、近づいてみれば彼らの顔もまた喜びに晴れ渡っていた。

「御仏の功徳《くどく》により」倍達多は三人の前で足を止めると、合掌して云った。「御子の所在がわかりました。わたしたちはこれより坤元山へ向かう。あなたたちもおいでなさい」

「坤元山」三人は驚きの声を合わせた。

「どうしてそこだと？」速熯が裏返った声で訊いた。

「ヴァルディタムが霊視した光景は、その特徴からして坤元山より他にあり得ぬ」月浄が答えた。一点の迷いもない不動の声、自信の顔だったが、その表情はすぐに曇った。「こちらが知ったと、敵も察知したはず。急がねばならぬ。その子がどこか他に移されてしまう前に。何しろ坤元山までは半日かかるのだ」

「おやおや、残念だな」振り返ると柳雨錫が立っていた。その背後には、屈強な身体つきをした道士が二人従っている。「八耳どのの本心がそのようなものであったとは。九叔さまは、さぞかし悲しまれよう」

厩戸は目で広にうなずき、牢格子を挟んで二人を一つに繋いでいた手を離した。極白の閃光は一瞬のうちに消えたものの、やり遂げたことはわかっていた。倍達多はここを、この場所がどこかを知ったはず――。

「道士にはならないよ」柳雨錫に向き直ると、きっぱりと云った。「邪教なんかまっぴらごめんだ」

「何ということを」柳雨錫の細い眉が怒りのために逆立った。「あれほど熱心に本を読み、導引、胎息に励んでいたのに。わたしの教授する禹歩の術もまだ半ばなのだよ」

「ぼくは本を読むのが好きなんだ。本ならどんな本だって。新しい知識が得られるんだもの。導引、胎息も面白かったよ。これからも続けていくかもしれない。自分なりに改良して」

「改良だと。何を小癪《こしゃく》な」

「禹歩の術か。あれはもういい。ううん、他の方術も教わる必要がない。教わりたくなんかない。どうせまやかしだから。道教それ自体がまやかしだってわかったから。どうしてわかったか教えてあげようか」

「参考までにうかがっておこう」怒りを抑えて柳雨錫は答えた。なぜそんなふうに応じているのかと自分でも訝る表情で。

「ぼくは九叔さんに云ったんだ。憎い人がいるって。その人に復讐したいって。復讐する方法を身につけたいって。そうしたら、道教にはいろいろな方法があるって答えてくれた。召鬼法とか巫蠱とか雷法とか。ぼくを悲しませた者は、その報いを受けなければならないんだって」

柳雨錫は続きを待つ顔だった。やがて彼のほうから口を開いた。「それが、答え？」

「そう」

「わからないな。九叔さまは、八耳どのの願いを叶えてやろうと仰せになったではないか」

「その時、思ったんだ。倍達多法師なら絶対にそんなふうには云わないはずって。ぼくは法師から仏法の教えをそれほど聞いてはいないし、復讐について訊ねたこともない。ずっと声が出なかったから。だけど……自分でも不思議だけど、どうしてなのかはわからないけど、法師はそうは云わないだろうって気がしたの。それじゃあどう答えるだろう、法師は——そう思ったら、その答えが聞いてみたくなった。そのためにも、ここから出ていかなきゃって思ったんだ」

「たいそうな弁舌だな。だが、わたしにはさっぱりわからん。願いを叶える教理、秘術のどこがいけないのかね。人間が不老不死の仙人になることのどこが悪いというのかな」

「それも法師に訊いてみる。そこ、どいて」厩戸は臆せず云い、牢内の広を指差した。

「この子も連れていっていいでしょ」

柳雨錫は道服の袖の中に右手を引っ込めた。すぐに出されたその手には、鍵束が握られていた。

牢の中で広がびっくりしたような声をあげた。「ほんとに開けてくれるのかよ？」

「莫迦《ばか》め。仲良く入っているがいい」

彼の背後に控えていた二人の平道士が肩を並べて厩戸に向かってきた。柳雨錫はすぐに首を横に振った。「相手は子供だ。葛星《かっせい》だけで充分。洞斎《どうさい》、おまえは九叔さまを呼んできてくれ」

指名された洞斎道士が回れ右した。

葛星道士が目の前に立った。その岩のような巨体が採光窓からの光を遮断し、厩戸は周囲が一瞬のうちに暗くなった気がした。思わず後退し、すぐに背中は牢格子にぶつかる。

葛星道士が右腕を伸ばしてきた。

悲鳴を聞いた。視界を巨体の道士に遮られている厩戸には、何が起きたか見えなかった。

柳雨錫は見た。扉から出てゆこうとしていた洞斎が悲鳴をほとばしらせ、足を縺れさせながら、如何にも不自然に押し戻されてくるのを。洞斎の身体は、葛星に劣らぬ巨軀《きょく》であるにもかかわらず高々と宙に浮かび上がった。爪先から先に、つまり逆さに吊《つ》られた体勢で。

「斗母元君――」

見上げた柳雨錫の口から驚きの声が洩《も》れる。洞斎を押し退けるようにして入り込み、その両足首を握って吊り上げたのは、四面五臂《しめんごひ》の巨像であった。いや、違う。どこかが違う。斗母元君のようでいながら、どこかが――。

斗母元君は洞斎の身体を振り飛ばした。道士の巨体は牢格子の高い位置に音をたてて激突し――そのまま貼りつくかに見えたが、剝がれるように落下した。

斗母元君は金銅の顔に柔和な微笑を浮かべ、次に葛星道士の首を摑んだ。強い力で息を塞がれた葛星の顔がみるみるうちに真っ赤になる。爪先が床を離れ、巨体が振り子のように大きく振り回された。牢格子に投げつけられ、動かぬ洞斎の上に重なり落ちた。

柳雨錫は道服の裾を翻した。斗母元君が葛星を振り回している隙に、素早く脇を迂回《うかい》して逃れようと図った。斗母元君の腕は五本だ。葛星を牢格子に投げつける直前、三本目の腕が伸びてきて、肩を摑まれ、強い力で引き寄せられる。骨が砕かれそうな痛みに柳雨錫は悲鳴を上げた。手から鍵束が落ちた。対抗しなければ、方術を用いねばという思いは一瞬のうちに霧散した。痛みでそれどころではなかった。

「な、何をなさいます」

かろうじて訴えるように叫んだ。この期《ご》に及んで敬語を用いたのは、疑いながらも、相手が斗母元君だと信じていたからだ。肩の痛みが増し、足底が床から浮き上がるのを感じた。目の前がぐるぐる回り始めた。恐怖のあまり彼は目を閉ざした。旋回の速度は上がり、その勢いで胃袋が裏返しになるような激しい嘔吐感《おうとかん》が突き上げた。彼は宙を飛び、肩だけでなく全身の骨が砕けるような激痛の中、意識を失った。

柳雨錫の身体が葛星の上に落下した後、牢内には沈黙が支配した。牢格子の外の厩戸も、牢内の広も呆然《ぼうぜん》としていた。厩戸が動いた。扉に向かって手を合わせる。扉は、柳雨錫たちが入ってきた時のまま大きく開け放たれていたが、厩戸が合掌するのと前後して瞬間、見るからに重々しいその扉がかすかに動いたように広の目には映じた。

「何の真似だ、おい」怯えも露わに広は呼びかけた。

厩戸は振り返って牢格子越しに広を見やった。「何の真似って？」

「だ、誰を見送ったんだ」

「何を云ってるの？」

「だから――」広の目は積み重なった三人の道士に再び吸い寄せられた。道士たちはぴくりとも動かず、息をしているかも不明だった。「いったいどうなってるんだ、これ」

「さあ」

「さあって、おまえ、何か見たろう」

「何かって何を？」

「あいつら、自分から身投げでもするみたいにぶつかって、次々とこのざまだ。でも、そんな莫迦なことってあるか」

「ぼくにもそう見えたよ。そんなことより――」

厩戸は視線を床に向け、柳雨錫が落とした鍵束を拾い上げた。


異変は、神像の龕が無数に並ぶ大広間で少し前に始まっていた。道士たちが総動員態勢で最地下の秘密大講堂に駆り出されているため、大広間は早朝の修行を勤める信者たちの姿がちらほらと見えるだけだった。斗母元君の龕の前では、年老いた女信者が香棒を両手に、どうか曽孫が無事に生まれますようにと礼拝を繰り返していた。彼女はふと異変を感じて顔を上げた。どこがどうというのではないが、顔を下げる前とでは斗母元君が違って見えた。不審を覚えた女信者は、礼拝を止め、神像にしげしげと見入った。と、その凝視の最中に、目に見えて変化が生じた。極彩色の衣装、二重三重の宝玉の飾りが消え失せ、つまり、ごてごてとした道教的な様式美が霞《かすみ》と消えて、簡素な甲冑を身にまとった神像が出現したのだ。女信者は目を疑った。顔を見ればやはり同じ斗母元君であり、一本の腕が未修復のままの五本腕であることにも変わりはない。それでもこの神像はもはや斗母元君ではなくなったと感じられた。

女信者の直感は正しかった。厩戸と広の接触によって誘爆的に生み出された仏法の無量光は、九叔の構築した霊的防御壁を内部から綻《ほころ》ばせた。外部の備えにのみ力を集中した防御壁網は、内側からの直撃には無力だった。そのような事態を想定さえしていなかった。綻びめがけ、待ってましたとばかりに伯林寺発の法力の奔流が襲いかかった。霊的回路が通じ、厩戸が倍達多を、倍達多が厩戸を互いに霊視したのはこの時のことである。それだけでは終わらなかった。九叔は仏法側の法力を跳ね返すだけでなく、防御壁の表層に溜め置き、再び打ち返そうとしていた。これが裏目に出た。蓄積されていた法力は凄まじい潮流となって坤元山道観の内部に押し寄せ、勢いよく流れ込んだ。かつてこれを打ち返された時、伯林寺では三仏の首が落ちた。今この時、法力は斗母元君を覚醒させた。

そもそも斗母元君は仏法の女神である。神名のマリーチーはサンスクリット語で陽炎《かげろう》を意味し、宇宙の主宰神ブラフマンの娘にして、祈ればすべての災厄を免れ得るという至高の守護神だ。これを羨んだ道教側は、彼女の神格を取り入れ斗母元君という道教神に新たに仕立て上げ直した。今、道観の内部を縦横無尽に奔流する伯林寺仏僧団の法力は、斗母元君の外装からこの恥知らずの剽窃《ひょうせつ》、擬態、捏造《ねつぞう》の皮を剝ぎ取り、吹き飛ばし、溶かし去って、マリーチー本来の姿に蘇生させた。

甦《よみがえ》ったマリーチーは復讐の炎を燃やした。こともあろうに自分を道教の神に変造するという辱めを加えた者たちに、目にもの見せてやらねばならぬ。だが、その前に――法力の霊波が送って寄越した指令を彼女は受信した。よかろう、容易きこと。マリーチーはおもむろに龕を出た。女信者が卒倒した。それには目もくれず、廐戸の危機を救うべくマリーチーすなわち摩利支天《まりしてん》は宙を翔《かけ》た。

最地下の秘密大講堂を埋め尽くす五百人余りの道士集団の中で、霊的防御壁の綻びを真っ先に感知したのは九叔だった。傍らの柳雨錫が二人の道士を従え大講堂から出ていって間もなくのこと。

「莫迦な！」

呪文の詠唱を止めて九叔は叫んだ。鉄壁のはずの霊的防御壁が、こともあろうに内側から裂かれたと知っての、驚愕《きょうがく》、そして狼狽の叫びだった。

「九叔さま、こ、これはいったい？」

続いて正英も声をあげる。その顔から血の気がみるみる引いてゆく。

さらに九叔は感じた。裂け目から仏法徒の強烈な思念が、つまり彼らが法力と呼ぶ霊的な力が、この道観内に濁流の如く流れ込んでくるのを。これこそ最も恐れていた事態だった。果たせるかな、異変が起きた。床が揺れてもいないのに、内陣に安置した神像が小刻みに震え始める。蠟燭の炎が信じられないほど長く伸び上がり、思い思いの方向に靡《なび》く。道士たちが各自の前に置いた香炉が次々と倒れ、灰が、砂が床に流れ落ちる。優雅に高貴にたなびく紫の香煙に混じって、濛々《もうもう》と砂塵《さじん》が舞い立った。道士たちは息を吞み、一人、また一人と呪文の詠唱を中断し、床几から腰を浮かし気味にして周囲を窺った。彼らも常とは異なる気を感じ取っていた。

「者ども、うろたえるなっ」

九叔は振り返り、彼が率いる道士集団に叫んだ。道服の袖が大きく翻った。「仏法徒どもが仕掛けて参ったのじゃ。呪を止めるな。唱えよ、唱え続けよ。やつらの邪気を祓《はら》わねばならぬ」

道士たちは従わなかった。九叔もすぐに督促の口を閉じた。今やすべての道士が感じていた。何か強大な力がこの地下大講堂に迫り来るのを。依然として内陣の神像群は不気味に震動し続け、香烟と砂塵はますます混淆《こんこう》し、道士たちは恐怖に沈黙する。沈黙を破ったのは悲鳴だった。天井の中央辺りに突如として黄金の輝きを放つ光球が出現し、真下にいた道士たちが四方八方に逃げまどいながら悲鳴をあげたのである。

光球は螺旋《らせん》を描きつつ垂直に降下した。輝きは最高潮に達し、正視し得ぬまでになり、道士たちはあわてて袖で顔を覆った。それなる現象は短時間のことに過ぎず、さしもの輝きも微弱化して完全に失せた。道士たちは面前から袖を下げ、斉《ひと》しく安堵の溜め息を洩らした。見よ、黄金の輝きが実体化し、そこに厳かに佇立《ちょりつ》していたのは、彼らの敬してやまぬ巨大神像だったからである。

「おお、斗母元君さま！」

これは奇蹟か、と喜びに沸き立つ道士たち。神像を伏し拝むべく先を争って膝を折る。仏法の危急を救った後、私怨を晴らすべくここに現われたのだとは思いも寄らない。仏法の法力襲来に対し加勢に駆けつけてくれた、そう信じて疑わなかった。

「さにあらず！」唯一、変化を看破した九叔の絶叫は、しかし斗母元君を讃《たた》える歓喜の声にかき消された。「莫迦、おまえもか」傍らで同じく歓声をあげている正英の袖を九叔は荒々しく摑んだ。「止めさせろ、早く止めさせるのじゃ」

「何と仰せです、九叔さま」

「あ、あれはな」九叔は震える声で云った。「斗母元君ではないぞ。か、か、可逆、回帰を起こしたのだ」

神像の首がぐるりと動いた。さらなる奇蹟に道士たちはどよめく。彼らの崇拝の熱い視線を一身に集めながら神像は視線を九叔に向け、可逆、回帰の言を肯定するかのようにうなずいた。次の瞬間、口元に浮かべていた微笑はかき消え、憤怒の形相に一変した。道士たちはあっと息を呑んだ。マリーチーの顔は、斗母元君に変造された時に付け加えられた後頭部の一面が失せ、元の三面に戻っていたが、それでも道士たちは三方向からその変貌ぶりを目の当たりにすることができたのである。

五人の道士の身体が宙に浮いた。マリーチーの五本の腕に捕らえられていた。二人が天井板に叩きつけられ、三人は壁に激突した。次なる犠牲者を求めてマリーチーは周囲を睨み回す。道士たちは恐怖の叫びをあげ、我先に出口を目指した。マリーチーは彼らの頭上を飛行し、大講堂の扉を背に佇立した。出入り口はこの扉だけだったが、神像の五本の腕が怪しく動くのを仰ぎ見ただけで、扉に押し寄せようとしていた道士たちの波は引いていった。神像の全身から再び輝きが放たれた。四方に放射される光ではなく、上方に向かって揺らめき立つ光だった。マリーチーは光の炎に包まれたかに見えた。倒れていた香炉が次々と宙に浮きあがった。さらなる灰と砂が振りまかれ、砂嵐が起こったかのようだ。砂嵐の中を五百個余りの鉄製香炉が渦を描くように舞い飛んだ。頭にぶつけられて昏倒《こんとう》する道士たちが続出した。

香炉の乱舞は、すぐ止んだ。ぶら下げていた糸でも切れたように一斉に床に落下した。耳を聾《ろう》する音が大講堂に響き渡る。香炉が床を転がる音、降ってきた香炉に身体をしたたかに打ちつけられて道士たちのあげる悲鳴が入り混じっていた。マリーチーは薄れゆく砂嵐越しに九叔を睨みすえた。九叔は内陣を背に、印を結んだ両手を突き出している。後方から強風が吹きつけているかのように、長い白鬚が、道服の襟が、袖が、裾が前方に激しくはためいている。白鬚の老道士からマリーチーに向けて放電のように気が放たれていた。九叔の渾身《こんしん》の気が、重力の法則に逆らっていた香炉を一挙に原状に復さしめたのだった。

マリーチーの全身からその名の由来である陽炎が揺らめき立つ。煽られた髪が逆立つかのようだ。爛々《らんらん》と輝く両眼から二条の黄金光線が放射される。光線は九叔が急拵《きゅうごしら》えで構築した気の障壁を難なく突き破り、彼の頭上を越えて内陣を直撃した。それまでも小刻みに震えていた神像の揺れが大きくなり、深く傾《かし》ぎ、続々と倒れてゆくのを九叔は驚愕の目で見やった。数十体の神像は互いにぶつかり、縺れ、あえなく転がって、内陣の床を乱す倒木の山と化した。崩落の音が大講堂を揺るがした。

九叔は奥歯をぎりぎりと嚙《か》みしめた。

「者ども、呪文じゃ、呪文を唱えよ。邪法の狼藉をこれ以上許すな」

懸命に道士たちを叱咤《しった》する。五百余人を数えた道士たちのうちで身を起こしている者は、今や数十人に過ぎなかった。大半が床に伏し、さらにはその半分近くが人事不省、あるいは痛みに悲鳴をあげて、九叔の声を耳に入れるどころではない。それでも意識のある者たちは老道士の下知《げち》に応じ、床に腹這い、あるいは仰《の》け反《ぞ》りながら呪文を再び唱え始めた。

九叔は彼らの呪力を我が身に集約し、道観の周りに霊的防御壁を張り巡らしてきた。今これをマリーチーに注力して反撃しようというのである。

大講堂内は惨憺《さんたん》たるありさまだ。内陣は神像が倒れて散乱、床では道士たちがのたうちまわり、灰と砂の中を香炉や法具があちこちに転がっている。そのうちの守護神像が生命を吹き込まれたかの如く立ち上がった。道士たちが身の回りに置いていた神像だから身の丈は幼児ほどだ。巨身のマリーチーには比すべくもない。さまざまな意匠を凝らしているから、統一感もない。金銅、青銅の地肌をきらめかせ、あるいは木目を艶《つや》めかせて、ただただ数を頼みにマリーチーに向かって押し寄せた。扉を背にしたマリーチーは動じなかった。両眼から再び黄金光線が放たれる。光線は左右に行き来して小神像の大軍を寄せつけなかった。光を浴びた小神像は粉微塵《こなみじん》に破壊された。

その間に、内陣で動きが起きていた。倒れ伏していた神像のうち二十体が自ら立ち上がった。傲然と起立したのは、石敢當《せきがんとう》に方相氏《ほうそうし》、水銀仙師《すいぎんせんし》、黄石娘々《こうせきにゃんにゃん》、中壇元帥《ちゅうだんげんすい》、門神《もんしん》、関聖帝君《かんせいていくん》、斉天大聖《せいてんたいせい》らで、いずれも道教の教理において辟邪神《へきじゃしん》に分類されるつわものたちだった。道士たちの必死の呪力を受けて覚醒した彼ら辟邪神は、仏法という異教の邪を辟《しりぞけ》るべく、勇躍して内陣を踏み越えてきた。九叔は慌てて脇に身を避《よ》けた。

辟邪神たちは大講堂を横一列の真一文字になって進撃し、小神像をすべて光線で粉砕《ふんさい》し竭《つ》くした直後のマリーチーを包囲した。

二十対一。マリーチーは五本の腕を一斉に頭上に伸ばした。さらなる法力を受けるためだった。道教の神々に対抗すべく、その力で仲間を呼ぼうと図ったのだ。仏法の守護神である持国天《じこくてん》、広目天《こうもくてん》、増長天《ぞうちょうてん》、毘沙門天《びしゃもんてん》の四天王を。その支配下に位置づけられる阿修羅《あしゅら》、迦楼羅《かるら》、緊那羅《きんなら》、摩睺羅伽《まごらか》、夜叉《やしゃ》、乾闥婆《かんだつば》ら八部衆《はちぶしゅう》、およびその眷族《けんぞく》たちを。

望みは叶わなかった。この時すでに伯林寺では厩戸の所在地が判明して読経は終了していた。すなわち法力の供給は絶たれていたからである。

辟邪神の包囲網が縮まってゆく。マリーチーは慌てた素振りも見せず、二本の腕をそれぞれ別の方向に突き出した。指し示された二人の神が、まるで押しとどめられたかのように足を止める。僚神の動きを訝しんで十八神も進撃を停止した。指差された神のうち一人は関聖帝君だった。死後に神格を賦与され、道教の神として列せられる前の名は関羽《かんう》である。約三百六十年前、魏《ぎ》と呉《ご》の連合軍を相手に壮烈な戦死を遂げた蜀《しょく》の猛将は、その魂が怨みを抱いて漂泊中、玉泉山《ぎょくせんざん》で修行中の僧侶に出会い、彼の力で悟りを得て成仏した。これを引き取って神格化したのが道教である。今、マリーチーに指差されたことにより、関聖帝君こと関羽は己の立脚点を思い出した。この世を呪いながら彷徨《さまよ》う不浄な霊魂だった自分を救ってくれたのは、道教の道士に非《あら》ず、仏法の僧だったということを。

指差されたもう一人の神は斉天大聖である。その顔は猿そのものだった。マリーチーに指し示されたことで頭に嵌《は》めていた金の冠が締まり、圧迫された頭蓋骨が軋《きし》み、痛みのあまり斉天大聖は野猿の鳴き声で悲鳴をあげた。觔斗雲《きんとうん》を呼んでこの場を逃げ出そうとしたが果たせなかった。彼は元、東勝神州《とうしょうしんしゅう》にある傲来国《ごうらいこく》の火山島に生まれた妖猿で、須菩提《すぼだい》祖師《そし》という仙人に弟子入りし、孫悟空《そんごくう》の法名を授けられた。すなわち元はれっきとした道教世界の神である。力を誇って傲慢の風を吹かせるようになり、自らを称して斉天大聖と名乗った。それを憎んだ天帝は斉天大聖を討伐しようとしたが、その神通力の前に敗れ、仏法世界の主人である釈迦如来に助けを求めた。釈迦如来は自らの掌から斉天大聖が飛び出せなかったことでその慢心を咎め、五行山《ごぎょうさん》に封印した。つまり斉天大聖は普段は道教の神として祀《まつ》られているものの、実は仏法の統制下に置かれている神だった。釈迦如来に嵌められた金冠が締めつける痛みで、斉天大聖は考えを改めるに至った。

関聖帝君と斉天大聖、関羽と孫悟空、この二神による突然の寝返りは、当然ながら他の十八神には予期せざるものだった。たちまち始まった同士討ちの混戦にマリーチーもすぐさま参加した。十八対三となった神々の乱闘は、大講堂の中に無数の砂嵐、灰嵐を生ぜしめた。香炉は再び巻き上げられて宙を飛び、その他あらゆる法具、雑器の類いが乱舞した。それでも蠟燭は一本だに倒れることなく、炎も吹き消えず、何かに引火することもなかった。その不思議さも、先だって伯林寺が道教の四神に襲撃された時と軌を一にするものだった。霊的闘争においては、あらゆるものを容易く灰燼《かいじん》に帰せしめる火は援用しないというのが不文律となっているのである。

神々が激突する衝撃波が生み出した砂嵐は、神異な闘争を道士たちの目から遮ってしまった。それでなくとも、目に砂粒が注がれるように入りこみ、眼球が鑢《やすり》にかけられるかのようで、まぶたを開けていられるものではなかった。彼らにできることといったら、目を閉じ、道教の勝利を禱《いの》ってなおも呪文を唱え続けることだけだった。

どれほどの時間が経ったか――。

九叔はおそるおそる目を見開いた。砂嵐はおさまっていた。空中には微細な灰が薄っすらと靄《もや》のように漂っているばかりである。神々の乱戦には幕が降ろされたらしい。彼らの姿はどこにもなかった。床に倒れていた道士たちは余力を振り絞って立ち上がり、先を争って扉を目指した。何本もの手が取っ手に取り着き、扉は開かれた。次の瞬間、道士たちは声をあげて退いた。真っ白い煙が勢いよく大講堂内に吹き込んできた。

「な、なぜじゃ」愕然《がくぜん》と目を剝き九叔は叫ぶ。

流入する幾筋もの白煙は、巨体をのたうち回らせる龍の群れでもあるかのようだった。数知れぬ白龍の群れは、炎までも伸ばし始めた。


伯林寺の動きは迅速だった。正門の前に五百頭の馬が整列するまでにさほどの時間を要しなかった。虎杖は事情を知ってその周到さに舌を巻いた。全僧侶が読経に専念するのみと見えていて、執事長の祇洹《きかん》を中心とする事務方が次なる展開に向けて着々と手を打っていたというのである。祇洹の求めに応じて馬を供出したのは、伯林寺の檀越《だんえつ》を以て自らを任ずる広陵の大商人たちだった。のみか彼らは各自の私兵集団まで提供した。道教側が厩戸の引き渡しを拒んだ場合に備えての配慮である。その可能性は限りなく高いものと予想された。

五百頭が門前に勢揃いした光景は、軍団の出陣式さながらに壮観を極めた。柚蔓と虎杖は声を呑んで見つめた。二人の目の前で僧侶たちが次々に鞍《くら》に跨《また》がってゆく。背中に刀剣、弓の武具類を背負っている僧侶も少なくはない。

「これをお使いください」

祇洹が自ら二頭の馬を引いてやってきた。革の鞍を載せた孰れ劣《いず》らぬ駿馬《しゅんめ》だった。

「法師は？」

手綱を受け取って虎杖は訊ねた。高齢の倍達多が騎乗できるとは思えなかった。さりとて倍達多には現場に臨んで陣頭指揮を執ってもらわねばならない。厩戸の所在が判明したことは端緒に過ぎず、問題はこれからなのだ。

「ご心配には及びません」

祇洹の指し示す先に目を向け、虎杖はまばたきを繰り返した。左右両側に車輪をつけた巨大な箱が引き出されていた。箱の全面に仏画が描かれている。扉が開いて、今しも月浄が、続いて倍達多が乗り込むところだった。正面に設置された台の上では、若い僧侶が手綱を両手で握り、足を踏みしめている。長く伸びた手綱の先は二列六頭の馬に繋がれていた。

「あれが噂に聞く馬車か」虎杖は嘆息した。

「何をしているの。いくわよ」

その声に慌てて顔を上げると、柚蔓は自分の馬に跨がっていた。

厩戸と広は蔵書室を抜けた。その先は通路が幾筋にも分かれている。

「今度はどっちだ」広が訊いた。

「わからない」厩戸は正直に告げた。「ここから先は行ったことがないんだ」

「今さらそれかよ。おれの牢屋はちゃんと探し当てたじゃないか」

「きみの時は特別わかったんだ。こうなったら誰かに訊いてみよう」ここまで来る間に信者なら何人か見かけた。しかし危険は否めない。手をつないで小走りに駆けてゆく二人を、信者たちは誰もが不審の表情で見送ったのだ。

「だめだ」広はぴしゃりと云った。「下手《へた》なこと訊いたら、すぐに道士を呼ばれてしまうぞ」

「親とはぐれたってことにすれば……」

「よし、おれにいい考えがある。ここで待ってろ」

「どこに行くの？」

「いいから。すぐに戻ってくる」

広は引き返していった。

厩戸は不安な気持ちを抑えて待った。その間、修行に訪れたらしい信者たちが相次いで彼の前を通り過ぎていった。しかし、入ってゆく者ばかりで、出てゆく者は一人もいなかった。彼らは怪訝な目で厩戸を見やった。厩戸が落ち着いて拱手《きょうしゅ》の礼をすると、相手もやっとうなずき顔になって礼を返した。厩戸は丈を縮めた道服を着ていたから、それなりの効果を発揮したものらしかった。

　思ったより早く広は戻ってきた。

「何かわかった？」

「もうちょっとの辛抱だぜ」

　広は厩戸を引き寄せ、扉の陰に並んで腰を屈めた。

「何をしてきたの？」

「今にわかる。一石二鳥《いっせきにちょう》ってやつさ」

　何が一石二鳥なのか訊こうとしたが、厩戸は口を噤《つぐ》んだ。広は自信たっぷりだった。再び静寂が厩戸の耳に押し寄せてきた。

「――ごめんね、さっきは」

「何だよ、いきなり」

「きみを女の子と間違えていたこと」

「いいんだ。おれを助けてくれただろう。それで帳消しにしてやるよ」広はけろりとして云った。「いや、そんなことぐらいじゃ、まだまだおまえに借りが残るな。ともかく、よく間違われるんだ、この面《つら》のせいで。それに身体だって細いからな、悔しいけど。こう見えて、おれ、十歳になるんだぜ」

「十歳？」

「何だよ。おまえだってそのくらいだろ?」

「ぼくはね……」

七歳だと云っても信じてはくれないだろう。厩戸が答えをためらった時、いきなり扉が開かれた。信者が二人、競うように飛び出してきた。右側の通路を曲がって姿を消した。訝る間もなく、後から後から信者は走り出てくる。その様子はただごとではなかった。怪物に追われているかのような慌てぶり。皆、右の通路へと駆けこんでゆく。

「よし、おれたちもいこうぜ」広が立ち上がった。

「いったい……」

「早く」広は厩戸の手を握って引き起こした。「ぐずぐずしてると焼け死んじまうぞ」

強引に急き立《せ》てられて走り出した厩戸の背に「火事だ」と叫ぶ声が聞こえてきた。

伯林寺を発《た》った騎馬僧軍団が砂塵を巻き上げて坤元山の麓に迫ったのは日没ぎりぎりだった。虎杖は気が気ではなかった。こうして馬を駆っている間にも厩戸はどこか別の道観に移されてしまうのではないか。その不安が一時も胸を去らず、目的地に近づくにつれて高まってゆく一方なのである。

坤元山は広陵から真東に位置していた。茫漠たる曠野の一角に、浅い皿を伏せたような小山である。標高がさほどでないため勾配はゆるやかで、山というより丘陵と呼ぶのが相応しい。大和三山の一つ耳成山《みみなしやま》が連想された。ただし形状だけだ。こちらは緑が少なく岩塊が勝り、残照を浴びた岩肌が赫々《かくかく》とした輝きを放っている。振り返れば西の空は美しい茜色《あかねいろ》に染まっていた。千々《ちぢ》にたなびく細雲は紫の群影と化している。虎杖は目を坤元山に向け戻した。遠くからだと暮れゆく空の色に紛れてわからなかったが、その時になって山頂から黒煙が立ち昇っていることに気づいた。ぎょっとして目を凝らすと、時折り煙の中に朱色のものが揺らめいている。

「あれを」

並走する柚蔓に声をかけ、山頂を指差した。柚蔓が強《こわ》ばった顔を返してくる。

麓では百人ほどの集団が草地に坐り込んでいた。時ならぬ騎馬の大集団が押し寄せたというのに、彼らは腑抜《ふぬ》けた目で一瞥しただけで、すぐにまた山頂を振り仰いだ。項垂れている者、合掌する者、泣いている者も散見される。事情を訊くべく祇洹が彼らの中に分け入っていった。

虎杖と柚蔓は下馬すると、急ぎ馬車に向かった。馬車の扉が開かれ、倍達多と月浄が疲労の色も見せず下りてくる。智顗、吉蔵、その他の僧侶たちが二人を取り囲んだ。

「信者たちです」祇洹が戻って来て報告した。「今朝、道観が火事になり、逃げ出してきた、と」

「道士は？」月浄が訊いた。「この山は彼らの重要拠点の一つであるぞ。少なからざる道士たちがいたはずだが」

祇洹は首を横に振った。「逃げ出すことができたのは一般信者たちだけです。このところ道士たちは信者の立ち入ることのできない地階の大講堂に集まって、呪文を昼夜唱え続けていたとか」

「何たること」月浄は呻《うめ》き声《ごえ》をあげた。「では、誰も逃げ切れなかった？」

「信者たちはそう云っています」

「朝の火事が今なお燃え続けている？」智顗が不審を声に乗せて訊く。

「火の手は突然あがり、しかも回りが恐ろしく早かったそうです」祇洹が答える。「大きな爆発のようなものも何度か起こったとか。わたしの知る限りでも、この山の道観は巨大な施設でしたから、そう短時間には消えないでしょう」

「道士たちは煉丹術《れんたんじゅつ》を事とする」吉蔵が云った。「霊薬と称するものを作るために、さまざまな薬品を取り揃えていると聞く。硝石《しょうせき》、硫黄《いおう》、木炭の類いも含まれる。そのようなものに引火すれば、火の回りは早く、すべてを燃やし尽くすまで炎はおさまることがない」

一同は粛然と沈黙した。

「子供を見かけませんでしたか」柚蔓が訊いた。

祇洹の首は再び横に振られた。「残念ですが、彼らの中には」

「そんな莫迦なっ」

悲鳴めいた声のする方向を虎杖が見やると、熊法師——熊の化身のような体軀の僧に付き従っている男たちのうちの一人が、蒼白を極めた顔色になって、僧衣の袖に取り組《すが》ったところだ。「そ、そんなことが……若が、若が……ああ、どうしたらよいのでございましょう」

「若？」

一同の視線が熊のような僧に集中する。

何者だろう、と虎杖は改めて思った。智顗、吉蔵、信行に続く第四の来訪僧。智顗ら三僧はいかにも仏法縁起的な霊験を語って参上したが、彼はただ「助力いたさん」と口上を述べただけだった。にもかかわらず月浄らが鄭重な対応で迎えたのを見れば、かなりの高僧であるらしいとわかる。ただし、その身元は伏せられていた。虎杖は勝手に熊法師の名を奉った。一人の僧侶と従者らしい男を二人つれてきており、今悲鳴のような声を上げたのがそのうちの一人だった。

「うろたえるでない」熊法師が苦々しげな顔になって舌打ちし、ほとんど叱咤の声で云った。「若はご無事であるぞ」

「ほんとうでございますか」男は熊法師の袖から手を離した。

「偽りを申すものか。わしは若の気を感じる。脈々とな」

「ほほう、わたしもそうですよ」倍達多がにこやかに声をかけた。「どうやら、彼我同じ事情だったようですな？」

「こ、これは失礼を」熊法師はにわかに狼狽の色を走らせた。「今まで黙っておりましたのは、何も欺《あざむ》こうというのではなく……拙僧としては、共闘に馳《は》せ参《さん》じたつもりでした。ただし、今この者が申した〝若〟に関して事を詳《つまび》らかにできぬ事情がありまして」

「共闘とは云い得て妙ですな。実際、貴僧のお力添えは大きかった」

「過分なお言葉、痛み入ります」

「法師」思い余って虎杖は呼びかけた。「いえ、倍達多さま」と続けたのは、幾つもの顔が彼を振り向いたからだ。「彼は無事なのですね」

倍達多は嬉しそうに点頭した。「では、お迎えにあがりましょうか」

高僧たちと、その警護の僧侶ら三十人ばかりが山に登ることになった。残りの者は麓で待つ。これだけの員数を繰り出したのは、厩戸の身柄引き渡しを巡って実力行使を伴う衝突が予想されたからだったが、もはやその用は終わっていた。

頑丈な体軀の青年僧たちが先頭に立った。虎杖と柚蔓は倍達多を左右から衛《まも》って後に続く。傾斜の緩やかなことは見た目以上で、しかも岩盤に手を加え階段まで作られている。参道ゆえそれも当然であろうか。そのうえ参道は斜面を周回していたから、倍達多や月浄のような高齢の僧でも、さして労苦なく登ってゆくことができた。岩肌は夕陽を浴びて朱に染まり、翳《かげ》った部分はあくまで黒く、赤と黒の異世界を歩いているような感覚に虎杖は陥った。

途中、道教の信者たちの姿を見た。すべてが麓に逃れたのではなかったのだ。参道のあちこちで腰を落とし、自分の家が丸焼けになった人のように呆然と、いや、それ以上の悲嘆と衝撃の表情を張りつかせて山頂を見上げている。力なく肩を落とし、両手に顔を埋めて歔欷《きょき》している者も。憐《あわ》れさを催さずにはおかない姿だった。

山の中腹に差しかかった頃から物の焦げた臭いが漂い始め、次第に濃さを増していった。木材が燃えただけではなく、吉蔵が云ったように刺激的な薬品臭もあり、人肉の焼かれた臭いも瞭《あき》らかに混じっていた。

山頂に至る直前、ついに夕陽が沈んだ。用意してきた炬火《たいまつ》に点火するまでもなかった。灰燼《かいじん》に帰しながらもまだ燃え続けている巨大伽藍の残骸から幾本もの紅い舌が伸びて、山頂周辺を炎の陰翳《いんえい》で彩っていたからである。虎杖は頬に熱気を感じた。周囲には信者たちが散見された。呆然と坐り込み、惚《ほう》けたように火の手に見入っている。僧侶たちの姿を認めても、道教の聖山に仏法の徒が踏み入ってきたというのに抗議の声一つ上げるでもない。

僧侶たちは足を止めた。その中から倍達多と熊法師が期せずして同じ方向に歩き出す。一同はその後を追った。伽藍を迂回して裏手へと回る。崩れ落ちた残骸から上がる炎はこへきて急速に弱まっており、闇が広がり始めていた。岩が突出した辺りで倍達多と熊法師は同時に立ち止まった。その時、まだ残っていた何かの薬品に引火したのだろうか、残骸の中で小さな爆発が起き、太い炎が伸びあがった。炎が明るく辺りを照らし出した。

大人の背丈ほどもある岩塊の上に子供が二人、肩を寄せ合うように坐っているのが見えた。一人は厩戸だった。道士の着る袍《ほう》を着用して、道観をじっと見つめている。虎杖は声をあげかけたが、揺らめく炎を妖しく照り返すその両眼に戦慄めいたものを覚え、あげそうになった声を呑んだ。

もう一人は目鼻立ちの整った美少女だった。こちらは目を閉じていた。厩戸に肩を抱かれ、彼の胸にうっとりと顔を預けている。安心しきっているようでもあり、甘えているようにも見えた。

厩戸が視線を転じた。口元に微笑がそよいだ。倍達多と目を見交わし、二人だけでうなずき合っているようだった。次に厩戸は美少女の肩をやさしく揺さぶった。美少女が目を開けて厩戸を見た。厩戸がこちらを指し示す。美少女は大きく瞬きを繰り返し、すぐにその顔が輝いた。

「法師さま」

美少女は叫び声をあげ、岩塊の上から駆け下りてきた。腰を屈めて迎えるように両腕を開いた熊法師の胸に飛び込んでゆく。

「――若さま」

「――よくぞご無事で」

「――お怪我はございませぬか、若」

熊法師の連れである三人が、たちまちその周りを囲い込む。

若、というからには少年なのか――などという疑問を虎杖が頭に上せたのはよほど後になってからだ。彼の意識は厩戸にのみ集中していた。僧侶たちも厩戸に目を奪われていた。熊法師の一行が遁走《とんそう》ともいうべきあわただしさで山を下りていったのを気に留めた者は一人としてなかった。

「御子さま、とんだ寄り道となりましたな」

倍達多が声をかけた。

「そうでもない」

厩戸は言葉を返した。何かちょっとした冒険を自分一人の力で成し遂げた少年を思わせる、得意げで、満足の響きが聞き取れた。

「御子、お声が……」

柚蔓は絶句し、片膝をついた。

厩戸は視線を倍達多から柚蔓、虎杖へと移し、無邪気そのものの微笑を浮かべた。不意に虎杖の胸は熱を帯びた。それは実に、三輪山中の隠れ家以来、初めて目にする厩戸の笑顔だった。

次いで厩戸はすっくと立ち上がり、彼を一心に見つめる僧侶たちを眺めまわした。自分が助け出されるのに彼らの力があったことを理解しているかのような顔で僧侶たちに向かって両手を合わせた。

「ブッダム、シャラナム、ガッチャーミ」

不思議な響きの言葉を厩戸は口にした。すると僧侶たちの間に静かなどよめきが起こり、彼らは次々とその場に膝を屈してゆき、合掌して、同じ言葉を繰り返し唱和した。


船出は盛大なものになった。その日は朝から抜けるような青空が一片の雲もなく広がり、鷗《かもめ》や海猫が白い群れをなして碧霄《へきしょう》を優美に舞い飾った。広陵港は僧侶の大集団によって占拠されたといって過言ではない。波止場の手前に露天の壇が設営され、内陣に厳かに鎮座するのは、伯林寺から運び出された丈六《じょうろく》の仏像である。この日のために急遽《きゅうきょ》お身拭いされた金銅釈迦如来像は、陽光を反射して遍《あまね》く輝きわたった。そこかしこで刺繡《ししゅう》をほどこした灌頂幡《かんちょうのぼり》が川風に流麗に吹きなびき、荘厳さの中に極彩色を添えている。見送りの導師を務めるのは月浄で、彼に従う何百という数の僧侶が声を合わせて読経する。経と経の合間には、舞楽を取り入れた本生譚《ほんじょうたん》の寸劇が可愛い沙弥《しゃみ》たちによって演じられ、大勢の見物人の目を楽しませた。人々は瞠目《どうもく》して、かくの如き盛事は広陵の町が始まって以来のことだとか、「皇帝大菩薩」と呼ばれたかの梁武帝《りょうぶてい》の御世《みよ》でもここまで豪儀な法要は催されなかったはず、と口々に驚嘆の言葉を交わし合った。実際、荷揚げも荷降ろしも一切の港湾作業は中止に追い込まれてしまっていた。仏法の威勢の前に如何ともするすべのない港船司の役人たちは、半ば諦め顔を晒《さら》して、倍達多一行の船が一刻も早く出港してくれることを祈るばかりだった。

倍達多としては、もっと静かな、叶うなら人知れず出立することを望んだが、それはならじと月浄が断乎《だんこ》譲らなかった。月浄にしてみれば、この大がかりな壮行法要は二つの大きな意味を持つものだった。一つには、若くして渡来し、主に三韓の地での布教に半生を捧げた倍達多三蔵法師が、生まれ故郷へと、仏陀降誕の聖地でもある天竺《てんじく》に戻ってゆくという宗教的な意味合いである。帰還する聖人を挙《こぞ》って見送り、その前途の無事を祈ることで、仏の偉大さを当地の民衆に改めて印象づけようというのだ。今一つは、道教への勝利を高らかに宣言する、これが絶好の機会を兼ねているからであった。月浄の率いる広陵一帯の僧侶衆と、九叔配下の道士団の霊的激突——法力の戦争は、双方に甚大な被害を与え合った挙句、坤元山道観の謎の大炎上という慮外の結末で仏法側が凱歌《がいか》を揚げた。道教が敗北を喫したという噂は民衆の間に広がっており、月浄は勝戦の立役者である倍達多の、謂わば花道を飾ることで、仏法と道教の優劣を闡明《せんめい》しようと図ったのだった。さらに月浄の胸宇を忖度《そんたく》するならば、若い頃の修行仲間であり、共に仏道一筋に生きてきた生涯の友である倍達多とは、互いに今生《こんじょう》の見納めになるであろうから、壮行法要を能《あた》う限り盛り上げることで、永遠の別れを惜しみたいという個人的な念《おも》いがあったことも確かであろう。

乗船者の一行が現われた。人々は彼らのために路を開けた。一行は読経僧の最前列に進むと、設けられていた緋毛氈《ひもうせん》の板殿に坐し、釈迦如来像に向かって頭を垂れ、手を合わせる。倍達多を筆頭に厩戸、柚蔓、虎杖、速熯《はやひ》、灘刈《なだかり》、そして従者が二人——以上の八人が乗船者だった。二人の従者は、鵟城《のすりき》が航海中の便を図るべく付けてやった物部商館のつわものである。

彼らを見送る鵟城、狭比《さひ》、蘇我筑紫麻呂の三人も特別に板殿への列座を許された。熱心な仏法徒である筑紫麻呂が感激の色も露わに合掌したのはもちろんのこと、鵟城までが躊躇《ためら》わずに手を合わせ、速熯と灘刈もそれに倣《なら》った。郷に入《い》っては郷に従え、異国で生きてゆくには融通無碍《むげ》を以て究竟《くっきょう》とする——二人は鵟城にそう諭されていた。同じく狭比も従ったものの、彼女の場合は、時折り熱い眼差《まなざ》しを虎杖の後ろ姿に注いで、その強く念じる先が奈辺にあるかを、端なくも物語っていた。狭比は当初の予定通り、鵟城の元に留まり、漢土の医術を学ぶことになっている。

そんな狭比の視線には気づく由もなく、虎杖は傍らの柚蔓が抵抗の色も見せずに手を合わせたのを驚きの目で見やっていた。柚蔓は男装に戻っている。表情は巫女的《みこてき》な敬虔《けいけん》さを見せ、方便で合掌しているという以上のものが感じられたが、巧みな擬態であるかも知れず、判断がつかなかった。彼自身は身を入れて合掌する。心から仏の加護を祈った。この先の航海を経験した倭国の人間は誰もいない。前途にどのような運命が待つかも知れず、人智を超えた力に縋らざるを得ない気分だ。虎杖は厩戸の様子もうかがった。彼と柚蔓を未知の旅へと誘《いざな》うことになった張本人である七歳児は、躾《しつけ》の行き届いた男の子のようにきちんと手を合わせ、その姿は一見すると可愛らしいものだったが、経を見ることなく僧侶たちに合わせて小声で誦《ず》しているのだった。

波止場に詰めかけた大勢の見物人の視線も、もっぱら厩戸に向けられた。倭達多を除いた一行の編制が倭国の人間からなっており、求法《ぐほう》のために天竺へ向かうということを彼らは知っている。漢土の者でさえ臆する長く危険な船旅に、こともあろうに児童が加わっているなど驚き以外の何物でもなかった。

厩戸に最も熱烈な目を注いでいたのは読経中の僧侶たちであろう。倍達多ではなく、厩戸の小さな背中に彼らの数百対の目はひたと向けられている。この異国の男児こそ、仏法対道教の宗教戦争を勃発《ぼっぱつ》させたそもそもの原因だった。種々の奇蹟と、妖異と、瑞祥《ずいしょう》とを現出させた法力合戦が、双方惨事の果てに仏法の決定的な勝利で終わった以上、過程がどうあれ、勝利を齎《もたら》した根本原因も、かの男児と彼らには思える。灰燼に帰した坤元山道観の前で厩戸を思わず拝んでしまった僧侶たちが、自身の不可思議な感動を一種の神秘体験として僚僧に吹聴《ふいちょう》した。そうしたことも与《あずか》って、自然と厩戸は倍達多以上に聖視されるに至ったのだ。

法要の半ばで月浄が壇から降り、入れ代わりに智顗が登った。月浄は倍達多の前に膝を揃えた。去る者と残る者——二人の老僧は、しばし互いに眼を見交わした。それだけで充分であった。世俗の人間のような湿っぽい別れの言葉など無用の両人なのである。

「告げるべきか否か、最後の最後まで迷ったが」月浄は生まれ故郷の言葉を使った。「やはり云っておいたほうがよかろうと思ってな」

「拝聴いたす」倍達多はうなずいた。

「懸念さるるは」と月浄は、倍達多の傍らで無心に手を合わせる廐戸に複雑な色の目を向けた。「この子の、あまりの霊力の強さだ。こたびの霊戦では、かろうじて九叔一派に打ち勝ったものの、我が伯林寺も尋常ならざる痛手を被った。表面的に見るならば、法力の応酬が彼我ともに制動を失って、不可避的に拡大していった果ての惨事だが、法力とはあくまで霊的次元で作用するもの。かくまで物理的な被害となって顕《あら》われたのは、ひとえにこの子あればこそであろう。奪い合う玉が貴重であればあるほど、欲心が募り、頭に血が昇って、争奪は激しさを増す——そうも譬《たと》えられようか」

「同感じゃ」倍達多は強い眼差しで月浄を見つめ返した。「わしも出家して以来、さまでの現象に接したのは初めてのことじゃ」

「この子は、進む道によっては阿羅漢《あらかん》にもなり、大悪魔にもなるであろう。わしが申すのも何だが、宜しく教導を頼む」

「倭国を発《た》った時には考えもせぬこと。責任の重さに目が眩む思いじゃ。老いたとは云っておられぬな。望郷の念などもはや捨て去った。必ずや我が手で、この子の仏性を開花させてやらねば。今はそれだけを思うておる」

「ヴァルディタムよ」盟友の前途を思いやってか月浄は眉をひそめた。「ここ漢土には道教あるのみなれど、かの地には外道多し。坩堝《るつぼ》と云ってよい、外道の」

「わかっておる」

「西方からの外来の外道もな。一筋縄ではゆかぬ異教徒どもだ」

「わかっておると云うに」

「ナーランダーは、ダルマの要塞、仏法の金城湯池《きんじょうとうち》なり。それでも、この子の護りにはならぬやも」

「先の話じゃ」

「いずれ必ずその時が来よう」

「その時はその時のこと。ふむ、ナーランダーは仏法の要塞か。チャンドラプニヤよ、我ら仏徒は、いささか僧院、寺に頼り過ぎているのではあるまいかな」

「とは？」

「仏徒は団結して僧伽《サンガ》を結成した。法を学び、仏になるために。だが、僧伽に頼るあまり、僧伽に浸り、僧伽に安んじ、僧伽に甘え、その結果として油断し、ひ弱になっているとは云えまいか。これは、三韓という未開の地で布教して参ったことで頭を擡《もた》げた思いなのじゃが」

「おぬしの艱難《かんなん》は拝察するに余りある。だが――」

「今ここで、わしの苦労話を披露しようと云うのではない。ただ――」

「僧伽は仏、法とともに三宝の一なり。それに頼り過ぎる、とは穏やかでない」

「三宝とはいえ、順位では三番目じゃ。サーキヤ族の王子は、どこで成道《じょうどう》をお遂げになったか。僧伽ではなかったはずだが？」

刹那、月浄は目を見開き、厩戸と倍達多を交互に見やった後、深く溜め息をついて云った。「何と大それたことを」

「宜しく教導を頼む――そう申したのは、おぬしではないか」

「そこまで考えて口にしたのではない」

「何がそこまで、何が大それたことだ」倍達多は穏やかさを失わない口調で続ける。「チャンドラプニヤ、おぬしにして何を申す。思うだに、我らはブッダを神格化し過ぎたようだ。ブッダが云い遺《のこ》されたのは、自分の如くならんと欲せば、たゆまず修行せよ、ということであった。自分に続けと仰せになったのじゃ。ところが我らときたら、修行を回避する方便としてブッダを神格化した。卑怯千万にもほどがあろう。あのお方のようにはなれぬ、できるのは、せめて仏法を学ぶことだけだ、だから安全な僧伽に守られて――」

「云い過ぎであるぞ、ヴァルディタム」

「昔を思い出すのう。よく二人でこうして議論に熱中したものじゃ。最後にこのような機会が持てたは果報というもの。ともかく——今や僧伽は、悟りを諦めた者の、それがゆえの執着と未練を慰める自己欺瞞《ぎまん》の温室、揺り籠に堕しておる。甘い自慰の揺り籠に揺られる者たち、それが今日の仏徒の姿だ。自分もその一人であることを否定せぬよ。だからこそ、わしはこの子に懸けておるのじゃ」

倍達多は立ち上がった。糞掃衣の裾が川風に軽やかにはためいた。「さらばじゃ、チャンドラプニヤ」

月浄も腰を上げた。金糸銀糸に縫い取られた錦織の僧衣が絢爛《けんらん》と陽光に輝いた。

二人の老僧は胸前で合掌して敬礼し、倍達多は歩を踏み出した。僧侶たちの読経の声がいっそう高まって周囲に響き渡った。厩戸が飛蝗《ばった》のように倍達多の後を追った。残る乗船者たちも次々に立ち上がり、僧侶たちに一礼し、見送りの同国人三人と目顔で挨拶を交わし合った。物部商館と蘇我商館で連日競うように惜別の宴《うたげ》が開かれており、この場でとりたてて口にすることはなかった。が、それでは恰好がつかないと思ったか、まず灘刈が顔を引き緊め、「叔父上、行って参ります」と、鷲城に云った。対するに鷲城は、早く行けとばかり、追い立てるように顎を振っただけだった。

今一人——蘇我筑紫麻呂が虎杖に声をかけた。「心より頼んだぞ。何があろうと御子さまをお護り申しあげるのだ。今さら説明するまでもないが、御子は我ら蘇我一門の希望の星——」

片方の目で柚蔓の背を追いながら、なおもくどくどと言葉を続けようとした。

「一命に代えましても」

虎杖は短く答え、踵《きびす》を返した。

まもなく倍達多ら八人は梯子《ほしご》を登って船上の人となり、舷側に居並んだ。同じ齢ごろの男児に較べて背が高いとはいえ、それでも舷側には頭の先も届かない厩戸は、虎杖に抱えあげられ、桟橋の人々に向かって力いっぱい手を振った。

二十挺櫓《ちょうろ》の大型帆船ウルヴァシー号は、高い帆柱を前後に二本備え、船体中央部の幅は広く、船首と船尾は細く引き締まっている。「水の精」を意味するサンスクリット語を船名とする、インド商人所有の交易船だ。乗船の一切の手配をしたのは伯林寺である。ガンジス河口の都市タームラリプティを本拠地とする遠隔地貿易の商人連合が共同出資で運用するウルヴァシー号が広陵の港に碇《いかり》を下ろしたのは、偶然にも厩戸が坤元山で無事に救出された当日だった。月浄はそれを偶然と看做《みな》さず、天佑《てんゆう》神助ならぬ仏佑仏助《ぶつゆうぶつじょ》と受け止めた。江南地方とインドを往来する貿易船の来訪は、気まぐれといってもいいほど不定期。これぞ仏が厩戸のためお遣わしくださった船であろう、と。問題は出港の日取りが十日後と非常に慌ただしいことだった。帰路の風を考慮に入れての停泊期間の短さだが、逃すと次の船がいつ入港するかわからない。幸い厩戸は元気だった。長期の航海に耐え得る肉体状態であり精神状態であることが誰の目にもはっきりしていた。それこそは、真に驚くべきことと云わねばならなかった。魔の一字を冠してもよい道士によって誘拐され、長期間にわたって道観から一歩も出ることを許されなかったのである。七歳の男の子にとってどれだけの打撃になったかと案じられた。ところが、そのような経験など経てはいないかのような厩戸の潑剌《はつらつ》ぶりである。顔色はよく、生気が戻っていた。柚蔓と虎杖の目には、三輪山の隠れ小屋で厩戸と対面して以来、初めて見る年齢相応の男の子らしい男の子と映じた。まるで別人かと疑われるほどに。何よりも、元通り喋れるようになっている。

『道観では、どのようにお過ごしでした』

柚蔓と虎杖だけでなく、誰もがその問いを厩戸に向けた。それが肝腎なことだった。倍達多が推察するところによれば、九叔なる道士の狙いは、厩戸が秘めたる天賦の霊性、聖性にあるという。とすれば、九叔は霊性開発、聖性増進のため厩戸の心身に何かの秘術を施したのではないか。この点を最も突き詰めて案じたのが、道教を多少とも知る当地の二人、鴑城と筑紫麻呂だった。道教は不老不死の霊薬と称して怪しげな秘薬を精製すると聞く。そのようなものを服用するよう強いられたこともあり得る、と。厩戸はその一点に関しては急に寡黙になった。なぜか言葉を濁して答えなかった。そうした反応が、周囲の懸念を強めた。

『案ずるなかれ』倍達多は云った。『御子のお身体にさような痕跡は一切認められなんだ。月浄が伯林寺の医僧を選《え》りすぐって診察させ、確証を得たとのことじゃ。さすがの九叔も、いきなり秘薬を飲ませるような無茶はせなんだのだろう。少しずつ道教に馴染《なじ》ませてゆく肚だったのではないかな。九叔のもとで実際どのように日を送られたか、わしにも話してはくださらぬが、いずれ時が来れば――。それよりも、一日も早くナーランダーに行きたいとお望みである。仏法を学ばんとする意欲は高まりこそすれ、少しも弱まっておらぬ。御子は道教ではなく仏教をお選びになったのじゃ。わしらがなすべきは、御子の望みを一刻も早く叶えて差し上げること以外に何があろう』

倍達多は道教の影響を恐れていたのだが、杞憂《きゆう》とわかって楽観しているようだった。すべては仏の思し召し、と。

『それでいいのかしら』柚蔓は小首を傾げる。『話せないということは、よほどの体験をしたからなのではなくって？　なぜ火の手が上がったのかについても御子はお話しになってくださらない。何も知らない、の一点張り。二人だけが助かったというのは、どういうわけ？　あの女の子は何者？　熊法師が逃げるように連れ去ってしまったけれど』

『あれは女の子じゃないよ』虎杖も首をひねりながら応じる。『若さま、と呼ばれていたからね。周国の名家の御曹司じゃないかと伯林寺では見ているようだが、彼らにしても不明らしい。それというのも、熊法師は慧遠と云って、ああ見えて周国の高僧だそうだが、男の子の素性は最後まで頑として明かさなかったんだ。逆に云えば、よほどの名家の子息だってことになる。ま、お互いさまというところかな。われわれだって結局、御子の正体を曖昧《あいまい》にしたままで事を終えたんだから。不審の点はいちいちもっともにせよ、当の御子が口を緘《かん》している以上は詮索しても無駄だろう。何にせよ、御子が恢復を遂げたのは喜ばしいことだ。今だから云うが、一時はどうなることかと頭を抱えていたんだ。声まで失くしておしまいだったのだから。それを考えれば、災い転じて福となす、というやつさ。九叔という道士には、礼を云っていいのかもな。冥福を祈るぐらいはしてやろうじゃないか』

かくして十日はあっという間に過ぎ、今、ウルヴァシー号の碇は川底から音高く巻き上げられた。埠頭《ふとう》との間を繋いでいた纜《ともづな》が外されると、二十挺の櫓が整然たる動きで水面を掻き、船はゆっくりと桟橋を離れていった。

「大連《おおむらじ》さま」鷲城がはっきりと声に出して、遠く大和にいる守屋に奉告する。「厩戸御子さまがインドにご出発なされますぞ。大連さまの途方もなきお企て、吉と出るや、凶と出るや――あとは神に祈るよりありませぬ。八百万《やおよろず》の神々、天津神《あまつかみ》、国津神《くにつかみ》、別しても我が物部の祖神たる饒速日命《にぎはやひのみこと》よ、何卒《なにとぞ》、御子さまの前途をお導きくださいませ」

「大臣《おおおみ》、ご覧あれ」筑紫麻呂も、対抗心を剝き出しにして、同じく大和の馬子に呼びかける。「大臣の姉君堅塩姫《きたしひめ》さまの御孫、厩戸御子さまが仏陀の故郷天竺に向かわれます。大臣の賢明なるお企ての通り、仏法誕生の聖地で仏の教えを学ばれんがために。それがし、待ち遠しさを禁じ得ませぬ。御子が仏法に精通して天竺より御帰国なされ、尊い教えを倭国に弘布《ぐぶ》あそばす日が到来するのを。南無釈迦如来、南無阿弥陀如来、南無阿閦《あしゅく》如来、南無薬師瑠璃光《やくしるりこう》如来、三世《さんぜ》の諸仏、菩薩摩訶薩、どうか厩戸御子さまをお護りください」

神へ、仏へ——それぞれの祈禱《きとう》を終えると、鸗城と筑紫麻呂は共に己が一門の優越と相手への侮蔑を露わにして睨み合い、視線が激突して蒼白い火花を散らした。

「さらばじゃ、チャンドラプニヤ」

倍達多の口から月浄に向けて発せられた別れの言葉を、九叔は厩戸の耳で聞いた。

このとき九叔は、厩戸の耳奥に寄生していた。正確に云うならば、九叔の太一《たいいつ》が。彼は坤元山道観の火災によって、その他大勢の道士たちと共に焼死した。凄まじい炎に焼かれて肉体は炭化し、灰となった。意識も精神も消え失せた。霊魂すら残らなかった。だが、そこは修行を積んだ道士である。太一と呼ぶべき根源的なものは残し得た。九叔でありながら九叔でなく、九叔ではないものの、やはり九叔である——としか云いようのないもの、それが太一である。肉体は失われても精神や意識は残ると云うが、その精神や意識さえも完全に消失した果てに、なお残留し得るものこそ太一なのであった。

厩戸に寄生した九叔の太一は、その半分であった。坤元山道観の地下堂で逃れようのない炎に取り巻かれた九叔は、道士ならではの直感で悟った。かくも自分を無慈悲な運命に導いたのは倭国の少年――八耳である、と。八耳に迂闊《うかつ》に手を出した自分の落度は棚に上げ、八耳への憎悪が彼のすべてを支配した。同時に、これも道士ならではの鋭い洞察力で、火災の直接的な原因は今一人の少年であることをも察知した。かくて九叔を支配する憎悪は二重になった。どちらに対しても憎しみは大きい。甲乙をつけ難いほどに。そこでやむなく彼は己の太一を陰陽の二つに分割したのだった。

陽の太一は炎の直接原因である少年に向かい、陰の太一は八耳を目指し、それぞれ寄生した。どちらも宿主を破滅させるべく発動するが、陽の太一は外的要因となって肉体に作用する。すなわち、かの少年は人の手にかかって命を絶たれるのだ。片や陰の太一は内的要因として精神に働く。八耳の心は蝕《むしば》まれ、破壊されて、悲惨な死を遂げるであろう。

さらばじゃ、チャンドラプニヤ――その言葉で九叔は、宿主の厩戸が天竺に向けて今まさに出発することを悟った。情報収集の時は終わった。九叔は厩戸の耳を離れ、さらに内部へと沈潜していった。取り憑《つ》き先《さき》を定めねばならない。八耳、いや厩戸を内部から腐らせるための最適な場所を。大脳、中脳、小脳を一通り経巡《へめぐ》った。延髄を降ってゆき、首、胸、内臓の諸器官、さらには未《いま》だ第二次性徴を迎えざる生殖器を探査し、爪先にまで及んだ。目、耳、鼻、舌、皮膚という五つの感官を訪れてもみた。が宿るべき個所は見つからなかった――肉体の次元においては。

九叔は厩戸の心へと分け入った。刹那、彼は生あるものの如き激痛に苛《さい》まれて悲鳴を上げた。彼を死に至らしめた、炎に焼かれるあの痛苦、その数万倍にも勝る凄まじいばかりの痛みである。九叔を焼いているのは、厩戸の心に満ちあふれる霊性であった。霊的免疫力とでも謂おうか、聖なる炎の防御作用によって陰の太一は忽《たちま》ち攻撃を受けたのだった。九叔は痛みに耐えつつ心の奥深くへと沈降していった。一時的にせよ厩戸は道教に接した。教理を学び、導引と胎息を実践した。そのようにして道教に〝感染〟した結果、厩戸の心の中には道教の回路が形成されていたのである。一筋の極細の回路ではあったけれど、九叔はそれを命綱として、厩戸の心の奥へ奥へと下っていった。やがて、一点の曇りなき聖世界と見えた厩戸の心にも翳りがあるのを見つけた。それは、燦然《さんぜん》と燃え上がる聖なる炎でも焼きつくせない六つの染みとして映じた。最初の染みに触れてみた。〈悪見《あっけん》〉と直感された。次から次へと触れて回った。〈疑〉であり〈慢〉であり〈瞋《しん》〉であり〈貪〉であった。最後の染みに触れた時、これこそが根源的なものであると洞察した。それは〈癡《ち》〉であった。

『これぞ取り憑くに相応しき場所なる。我、この〈癡〉を育て上げる堆肥とならん』

かくて九叔は第六の染みに同化した。〈癡〉という心所、すなわち根本煩悩《ぼんのう》に。

第四部　ナーランダー

船旅は、虎杖《いたどり》にとって思いがけず快適なものとなった。視界に終始、陸地が映じ続けている。インド商船のウルヴァシー号は一貫して沿岸航路をとった。左舷には水平線をも霞《かす》ませる滔々《とうとう》たる大海原が横たわっているが、視線を右舷に転じれば、常に大地の緑と土の色が目に飛び込んでくる。これが安心感を与えてくれた。筑紫から広陵まで横断した十数日間は、順風に恵まれていたとはいえ、四囲は島影ひとつ見えぬ大海で、いつ天候が急変するかしれぬ不安にずっとつきまとわれていた。今回、そんな潜在的な恐怖感から完全に解放された。海が荒れれば陸地を目指して難を避ければよい。波濤《はとう》の狂奔具合によっては難破《なんば》の危機を免れ得ないだろうが、命が助かる確率はよほど高い。

安心感とともに、変転する光景の妙も目を楽しませた。見事な青松白砂《せいしょうはくしゃ》の海岸が展開するかと思うと、荒波に千古の奇岩怪巌《かいがん》を烈《はげ》しく濯《あら》わせる断崖絶壁が続き、一面を緑に覆われた岬が幾本もの舌のように伸びる光景にも出くわした。島々がこれでもかと連続して現われてくる時もあった。陽光に照らし出された島嶼《とうしょ》は、黄金の海にばらまかれた緑の宝石のようだった。季節はすでに冬だが、こうも緑が続くのは、向かう先が南国だからだろう――虎杖は合点《がてん》し、感心した。船を進めれば進めるほど、盛夏かと錯覚されるほどに緑は力強い濃さを増してゆくのである。

「そろそろ目的地じゃないのか」

出港して数日、舷側から景色を眺めるうち、そう口にした。最終寄港地であるガンジス河口の都市タームラリプティまで、少なくとも一月を要すると聞かされていたから、戯言《ざれごと》のつもりで云ったのだが、少しは本気でそう考え始めてもいたようだ。

「おれもそんな気がしてきたよ」

「実はおれもだ」

速熯《はやひ》と灘刈《なだかり》が応じた。

甲板をぶらぶらと歩いてきた物部《もののべ》商館の二人が、彼らのやり取りを耳にして足を止めた。

「何をおっしゃいます。まだ漢土ですぞ」羽麻呂《はねまろ》が云った。

「何だって」

「航路の半分ぐらいには差しかかっていると思ったが」

「実はおれもだ」

三人は口々に云《い》い募《つの》る。

羽麻呂は苦笑して言葉を継いだ。「インド人の船員たちがそう申しておりますから確実です。次なる寄港地の日南郡《にちなんぐん》を以て、ようやく漢土も終わりとなるそうですが」

「広いんだなあ、漢土は」三人は感歎の声を揃える。

「漢土と申しましてもね」羽麻呂の隣りの月ノ輪《つきのわ》が口を開いた。「もとはといえば越人《えつじん》の土地でした。それを秦《しん》と漢の帝国が奪い取ったのですよ」

「侵略ということか」興味の色も露わにして灘刈が訊く。

「その通りで。以前は呉とか楚《そ》とかいった国が、漢土の南限でした。おおざっぱに申せば、わたしどもの商館のある広陵の辺りまで。その南――現在すべてが漢土と称せられている大陸の、南の半分には、越人が住んでいたわけです」

背後で柚蔓《ゆづる》の声がした。「何をお喋りしてるの。御子と法師がお待ちかねよ」

船尾甲板の一角に陽射し避けの天幕が張られ、その下で厩戸《うまやと》とヴァルディタム・ダッタが腰を下ろしていた。

「始めようかの」

一同が半円状に坐ると、法師は彼らにとっての共通語である漢語で語学講座を開始した。

「まずは昨日の復習じゃ。この言語の名詞には、性というものがあると教えたが、それは幾つだったかな」ヴァルディタムの視線は一度ぐるりと生徒たちを眺め回してから、厩戸の顔の上で止まった。「御子」

「はい。男性、女性、中性の三つです」元気な声で厩戸が答える。

サンスクリット語の授業は、広陵を出港したその日のうちから始まり、日課となっていた。インドへ着けば倭語も百済語《くだらご》も漢語も通じない言語世界だ。習得は必須であり急務であった。虎杖が何よりも驚いたのは文字である。文字といえばこの世に漢字しかないものだと、これまで頭の底から思い込んでいた。他に文字が存在するなど一度たりと考えなかった。しかもこの文字は、漢字と字形が異なるのみならず、成り立ちの発想自体が根本的に違っている。

厩戸の学習能力は驚異的だった。ヴァルディタムのどのような問いにも淀《よど》みなく答えてみせる。一度目にしたもの、耳にしたものは絶対に忘れないという噂は本当だったのだと、虎杖は感歎を超えて戦慄を禁じ得ない。思えば広陵までの船旅の間、厩戸は常に法師の傍らにいた。口のきけなくなった厩戸にヴァルディタムは中国語と百済語で話しかけていたが、経文はサンスクリット語で唱えていた。それを厩戸は聴くうちに覚えてしまったということだろうか。孟母三遷《もうぼさんせん》、門前の小僧習わぬ経を読む、だ。焼け落ちた道教寺院の前で、厩戸は不思議な響きの言葉を口にした。あれは「自帰依仏《じきえぶつ》」の原語だと虎杖は後に知った。「自帰依仏」は仏法の徒が最も頻繁に唱える基本的といっていい誦句《しょうく》だ。それは漢語に訳されてできた訳語であり、そもそもはサンスクリット語であるということなど、彼はこれまでただの一度も考えてみたことがなかった。

柚蔓の上達にも驚くべきものがあった。

「どうしてそう飽きもせずにやれるんだか」

ある時、虎杖は柚蔓に声をかけた。夜、目が冴えて眠れず、甲板に出てゆくと、柚蔓が舷側に軽く凭《もた》れるようにして例文を暗誦《あんしょう》していた。満天の星空だった。降り注ぐ星影が彼女の白い肌を照らし、後れ毛を銀の糸のようにきらめかせている。柚蔓は不思議と日焼けとは無縁であり、肌の白さを倭国にいた時のまま保っていた。男装して、髪を短く巻き上げていたが、横顔は見惚《みほ》れるほどに美しい。ただし、彼女の口から流れているサンスクリット語の響きを耳にすると、連日の授業が思い出され、虎杖はうんざりとして、柚蔓に見惚れるのを途中放棄した。

柚蔓は振り返った。「飽きもせず？」

「まるで仏法信者になったみたいだが」

「こうするより異国の言葉を覚える道はないわ。わたしには御子のような才能はないもの」

虎杖は柚蔓の傍らに歩み寄り、舷側から腕を伸ばして海面をのぞき込んだ。船腹に砕け散る波が星明かりに宝石の如く輝いては消えてゆく。

「御子は特別だな。あの勢いじゃ目的地に着く頃までに、すらすらと話せるようになるだろう。サンスクリット語が御子にとっては絶対に必要だからだ。御子は仏法を学びにゆく。

釈迦《しやか》という不世出の聖者が生まれ、出家し、修行し、悟りを得、広く布教し、入滅を遂げた地、つまり仏法の本場、聖地で。仏典はその地の言葉、サンスクリット語で書かれている。御子はそれを学ばなければならない。おれたちは違う」

「おれたち？　それって、あなたと誰のこと？」

「おれたち護衛の役目は仏法の修学じゃない。御子の身の安全を図ることだ。それほど熱心に学ぶことはないだろう。サールナート僧院とやらで、どんな毎日が待っているか想像もつかないが、日常生活を送るに必要最低限の言葉を身につければ、それでいいじゃないか。現地入りしてから身を入れて学び始めたって遅くはないと思うんだが」

「パンターシュ・チャ・ナ・ヴィディタハ」そう云って柚蔓は小さく笑い声をたてた。

「何だって」

「今日教わった表現だけど。覚えてないの？」

「よしてくれよ」

「そして道もわからない――あなたのことだわ。あなたもわたしも同じ剣士。剣の神に仕え、剣の道に生きる者。剣の道に飽きるということがあって？　剣の道では、素振りがすべての基本よ。基本に飽きる者に、剣を把《にぎ》る資格はない」

「剣の道に邁進することと、異国語の習得が同じだというのか」

「素振りをするように、習った言葉を繰り返し身体に刻み込んでいるわ。そう、飽きもせずにね」

「ふーむ、暗誦は素振りに同じ、か」

「こんなことがあった。昔、大連《おおむらじ》のお供をして百済に渡った時のこと――」

虎杖は耳を欹《そばだ》てた。昔？　昔とはいつのことだ？　そう聞き返したかったが、下手に問いは挟まないことにした。柚蔓が自分のほうから過去に触れるなどめったにない。

「物部巫女衆」柚蔓は星空を見上げて語ってゆく。「といっても、みんな剣の遣い手だけれど、わたしもその一員として随行した。大連以外は男子禁制だという百済神殿で大連を守るために。ところが、王都の泗沘《しひ》城に向かう山中で道に迷ってしまった。氷雨《ひさめ》が降る悪天候、昼だというのに煙のように濃い霧が出て、気がつくとわたしたち巫女衆は大連の一行から離れてしまっていた。途方に暮れていると、霧の中から兵士たちが現われた。わたしは百済語を学び始めたばかりだったから、挨拶程度の言葉しか知らない。他の巫女たちも似たり寄ったりだった。向こうは向こうで倭語を解する者が誰もいない。片言ながら百済語でやり取りするうちに、彼らが王宮へ帰還する途中の小隊だということは聞き取れたの。ほっとして同行を願ったわ。ところが、導かれたのは王宮とはまったく逆方向だった」

「百済の兵士ではなかった、と？」

「兵士に化けた山賊たち。そういう手口で旅人を騙《だま》し、隠れ家に誘いこむのを生業《なりわい》としていた。途中、小声で何か言葉を交わし合っていたから、もしも百済語ができたなら、その時点で彼らの正体を見破れたはず。迂闊にもわたしたち、彼らの巣窟に導かれてしまった」柚蔓はいったん言葉を切り、虎杖に顔を向けて再び口を開いた。「言葉だって武器なのよ。異国では、どんなことが起きるか知れない。いざという時に状況が把握できないようでは、御子の身をお守りできない」

「言葉は武器か」

「わたしは体験でそれを悟った。あなたは、わたしから無料で教えてもらったわけよ。感謝しなさい」

「言葉は武器か」虎杖は繰り返した。思ってもみないことだった。「そういえば、おれの剣師がこんなことを云っていたな。剣だけが武器なのではない。天候を読み、地理を把握し、相手の力量だけでなく心中をも見抜く——それもまた武器となる」

「そこに言葉が加わる。異国にゆくのだから当然でしょ」

「云われてみればその通りだ。だからって意欲がもりもりとは湧いてこないがね」虎杖は肩をすくめた。「それよりも話の続きを聞かせてくれないか」

「続きですって？」

「山賊の巣窟に連れ込まれて、それから後はどうなったんだ」

「何だ、そんなこと」柚蔓はそっけなく云った。「百済王から、あふれる謝辞を頂戴したわ。これで我が民は安心して山道を越えられるって」

倭国の男たちは短袴《たんこ》一枚が常態化した。これで多少なりと暑さをやり過ごせるようにはなったものの、虎杖は自分の学習意欲が向上したとは思えなかった。緊張感の喪失、募る暑さ、それに加えて彼を緩みがちにするもう一つの決定的な原因がある。右舷に見える風景だ。南へ向かうにつれて陸地の緑は深まってゆき、倭国とはおよそ異なる絶景が現出する。ことに目を奪われるのは巨木の密集する大森林が海岸線にまで張り出していることで、巨木には蔦《つた》が幾重にも絡みつき、垂れ下がり、密林の奥を外部の目から完全に閉ざしている。息を呑むほど色鮮やかな鳥たちが濃い緑の枝葉の間を飛び交い、聞いたこともない鳴き声をあげて求愛行為を繰り広げている。原色からのみ構成された世界であり、倭国的な情緒とはまったく別の秩序から成り立っていた。

ある時は猿《ましら》を見た。一種類ではない。手がやたら長い猿、尾が全身の二倍は優にある猿、猫のように目を光らせた猿、全身金毛の猿、熊のように真っ黒な毛を生やした猿など多種多様だった。ある時は、途方もない大きさの蛇が巨木にうねうねと全身を巻きつかせながら這い上ってゆく光景を目にした。密林に溶け込むような緑色の蛇で、虎杖が驚き見つめていると、大蛇は巨木の頂《いただき》で憩っていた猿に素早く襲いかかり、一口に呑み込んでしまった。その瞬間、全身の血が沸き立つのを自覚した。

「南国！」

思わず声に出していた。密林の奥深くに分け入ったならば、どんな世界が待っているのだろう。

陸地に対してのみ魅せられたのではなかった。美しい海にもさまざまな生物が現われた。凄まじい勢いで高々と潮を噴き上げる鯨《くじら》の群れ、巨大海中蝙蝠《こうもり》ともいうべき鱏《えい》、鯨かと疑われる斑《まだら》模様の鮫《さめ》。帆柱ほどの高さまで首を垂直にそそり立てて進む大海蛇を間近に目にしたこともある。それだけでも途方もない体長というべきだが、海面には胴体の一部らしい瘤《こぶ》状のものが遠くまで点々と続いているのだった。一瞬の出来事で、虎杖が大声で人を呼ぼうとする前に大海蛇は海中に没してしまった。このことを彼は誰にも話さなかった。話したくなかったのである。なぜなのかは自分でもうまく説明がつかないが、信じてもらえないだろうという理由だけでないのは確かだった。目撃の記憶は大切に大切に胸の中にしまい込んだ。宝物のように。

ある月明かりの夜のことだった。虎杖は眠れぬまま甲板に上がった。こんな時にも腰に剣を吊っているのは武人の倣《なら》いだからである。船首に見張りの船員が仁王立ちになり、船尾では大男が舵《かじ》を取っていた。帆は夜風を適度に孕《はら》んで膨らみ、船は導かれるように進んでいる。数十人を乗せたこの交易船が、今はたった二人によって運航されているということに虎杖は不思議な感慨を覚えた。自分たちの命は、この両人に委ねられているのだ。

舵取り役の大男は腕組みして星空を見上げている。時折り金属製の測定器具を足元から取り上げて空に向け、進行方向を怠りなく確認していた。船尾に現われた虎杖を見ると、おまえを認識したというように僅かにうなずいて寄越したが、とりたてて口を開こうとはしなかった。虎杖は軽く肩をすくめ、舷側に向かった。いつぞやの夜は辺り一面に夜光虫が集まり、青く透き通って揺れる光の海中を船が進む光景は身震いするほど感動的だった。虎杖は身を乗り出した。陸地はぶあつい闇に溶け込み、海面は月光が波を切れ切れに照らし出すだけだ。

舵取り台のほうから押し殺した声のようなものを耳にして振り返った。

舵取りの大男が宙に浮いていた。行者か超能力者かなんぞのように空中浮揚していたのではない。台の床板から三尺ばかりの高さにある両脚は激しくばたつき、腰をよじって身《み》悶《もだ》えている。両手は首に——いや、よく見れば首に巻きついた何かを手で引き剝がそうと懸命になっているのだ。首に巻きついた何かによって大男は宙に持ち上げられているのである。表情は苦悶に歪《ゆが》み、黒い顔面の中で剝き出した白い歯が月光を反射してきらきらと光った。首に巻きついているものに疣状《いぼじょう》の吸盤を認めた瞬間、虎杖は舵取り台に駆け寄った。同時に、大きな水音がしたかと思うと、船尾の向こうに巨大な水柱がそそり立った。きらめく水しぶきが滝のように流れ落ち、その下から現われたのは蛸《たこ》の頭部だった。大人の背の二倍はあろうかと思われる巨大な頭。獲物を捕獲した喜びに眼球が妖しく輝いている。虎杖の足は止まらなかった。彼は急ぎ舵取り台に飛び移ると、再び高く跳躍した。空中で抜刀し、文字通り抜き打ちに斬りつけた。かつてない不思議な手応え。粘土に刃を入れるような感触だが、粘土にはない弾力に満ちている。

大男の身体が台上に落下した。腰を打ちつけたらしい大きな音がした。虎杖は着地し、すかさず剣を構え直した。見上げると、大蛸の妖眼が痛苦と憎悪によって吊り上がっていた。実際には、眼球を横断する黒い筋が斜めに角度を変え、そのように見えたのだが。

八本の、いや七本の触手が一斉にざわめき立つように夜空に持ち上がった。そのうちの一本が振り子のように大きく揺れ、虎杖めがけて打ち降ろされる。咄嗟《とっさ》に虎杖は身を避けた。太い触手は舵取り台の囲み板を粉砕し、虎杖を捕らえようと不気味に伸びてきた。虎杖は剣を一閃《いっせん》させた。触手は先端から一丈ほどの辺りで、ぶっつりと切断された。本体から切り離されても、触手はそれ自体が一個の生命体のように烈《はげ》しく跳ね躍る。手傷を負って暴れ回る大蛇を連想させる動き。倒れていた舵取りの大男を鞭《むち》のように連打し、大男に悲鳴を上げさせた。虎杖の剣が旋回した。長い触手は幾つかに短くぶつ切りにされて散らばった。剣を操る虎杖を、大男が奇蹟でも見るような顔つきで見つめる。

巨大蛸の漏斗《ろうと》から真っ黒な奔流が噴き出した。液体は豪雨のように降りかかった。こればかりは避け得なかった。辺りはたちまち漆黒の世界に変じた。吐き気を催す臭気が襲いかかる。魚類が腐ったような生臭さ。虎杖は顔を拭い、かろうじて眼を開いた。巨大蛸の頭が海中に没しようとしていた。切断された触手たちまでもが本体を追いかけるように、素早い屈伸運動と吸盤とで舷側を這いあがり、次々と海に戻っていった。寸斬りにされた個々の触手も、大男の首に巻きついていた触手も。一個の例外とてなかった。悪夢のような光景だった。虎杖は黒い液体を全身から滴らせたまま、呆気にとられて立ちすくんだ。

物音と悲鳴を聴きつけ人々が駆けつけたのは、その直後のことだった。舵取りの大男は、船首の見張り役の船員が真っ先に犠牲になったことから始めて、身ぶり手ぶりを交え己の体験を激流のように語った。話を聴く船員たちも非常な興奮を露わにし、大男以上に恐れ慄《おのの》いているように見えた。何を話しているか虎杖には一言隻句わからなかった。

――ヌ・マーンダーリカ

あの巨大蛸が、そのような名前で呼ばれる海の怪物であると知ったのは暫《しばら》くしてのことだ。古来、この海域に出没し、触手を伸ばして船上の水夫を捕らえ海に引きずり込むので、悪魔のように恐れられているのだという。もっとも、ここ数十年間は出現例が途絶えており、ウルヴァシー号の船員たちは今は昔と油断していたとのことだった。

舵取り台の一部が破壊され、夥《おびただ》しい量の黒い液体がぶちまけられ、虎杖と大男がその不快な臭気のする液体で頭から爪先まで真っ黒になっているにもかかわらず、速熯と灘刈は話を信じなかった。

「人間を喰う巨大蛸だって？」

「脚を斬られ、墨を吐いて逃げ出したとは見物《みもの》だったな。おれも目にしてみたかったよ」

水を浴びて墨を洗い流した大男の首に、巨大な吸盤の痕跡があるのを認め、ようやく彼らはぎょっとした顔になって口を噤んだ。

月ノ輪と羽麻呂は素直に驚きを露わにした。

「こんな危険があったとは！」

「世界は広い！」

インドとの直接交易を目論《もくろ》む野心家の手代二人、その暁には自らも船で乗り出すことを考えていたのだろうが、やや決意が鈍ったものか、怯《ひる》んだ顔つきになった。

柚蔓は、虎杖の思ってもみなかったことを口にした。

「御子を狙ったのかしら」

「何だって」虎杖は突飛な発想に呆気に取られ、すぐに吹き出した。「そんな莫迦なことあるはずないだろう。ここは倭国を遠ざかること何千里、いや何万里なんだぞ」

「だから何？」

「あの大蛸は帝《みかど》が遣わしたものだっていうのか。そんな証拠どこにある」

「御子が狙われたと、あなた、少しは思わなかった？」

「ああ、思いもしなかったね」

柚蔓は肩をすくめ、無言で甲板から船室に降りていった。

虎杖は自分の過ちに気づき、己を恥じた。柚蔓の云う通りだ。まず御子の身を案じること。それが護衛役の務めである。自分はその心構えを喪《うしな》っていた。柚蔓にそれを指摘されながら、暫くの間、気づきもしなかったとは。

厩戸は、如何にも男の子らしく眼を輝かせて虎杖の武勇譚に聴き入った。

「すっごーい。虎杖って、素戔嗚尊《すさのおのみこと》みたいだね」

「それほどのものでは。素戔嗚尊が退治なされたのは、八岐大蛇《やまたのおろち》という大怪物でした。わたしが追い払ったのは、大きいといっても蛸」

「八岐大蛇は頭が八本、蛸は足が八本。ちょっと似てるよ」

「蛸は蛸ですから」

「素戔嗚尊が退治したのは、お酒を呑んで眠っちゃった八岐大蛇だよ。虎杖は暴れる蛸に立ち向かったんだから、虎杖のほうが偉いや」

「過分な言葉、痛み入ります。御子は気配のようなものをお感じになったりはしませんでしたか」

ふと思いついて虎杖は訊いた。御子は常人とかけ離れた特殊な能力を持っているようだ。何かを事前に察知したということもあり得るのではないか。柚蔓が云ったように、蛸の狙いは厩戸だった可能性だ。

廐戸は小首を傾げて答えた。「気配って、何のこと？　ぼく、ぐっすり眠っていたけど」傍らに立つヴァルディタムを振り仰いで云った。「法師さま。ブッダならば、どうなさったでしょうか。ブッダが大蛸に襲われたら」

問いはサンスクリット語でなされたので、虎杖は聴き取ることができなかった。

「シッダールタ王子は」ヴァルディタムもサンスクリット語で答える。「悟りを求めての修行中、幾多の苦難に遭遇なされたが、今わしがこの場でかいつまんで話すのを聴くより、ナーランダーで良き師に附いてじっくりと学ばれるがよい」

なおも廐戸は、「ブッダは大蛸を退治できたでしょうか」と、せがむように云う。

「不殺生《ふせっしょう》は五戒の一つ」

「殺したり傷つけたりするんじゃありません。追い祓うという意味です。仏法の力で」

「その答えもナーランダーにあり」ヴァルディタムは少し考え、漢語に切り替えて云った。「これだけは申してよかろう。大蛸は船を沈めておったかも。沈没を免れたのは、サールドゥーラ剣士のおかげじゃ。まこと彼は、御子、あなたにとってのデーヴァ、すなわち天となる者かと思われる」

ヴァルディタムは虎杖に向かい合掌した。

虎杖は慌てて敬礼を返した。ヴァルディタムが漢語に切り替えたのは、自分に聞かせるためだったに違いない。その意図は奈辺《なへん》にあり。廐戸を守り続けよという督励か。

「もはや騒ぐことではない」法師は厩戸を促す。「何かに浮かれて、心を乱してはならぬ。良きことであっても、悪しきことであっても。さこそ仏道修行なれ」

師弟が船室へ戻ってゆくのを虎杖は見送った。

ウルヴァシー号は船足を止めなかった。怪異に遭遇した直後だけに、近くの入江に避難して様子を窺ってもよさそうなものだが、この海域から一刻も早く逃れるに如《し》かずと船長は判断したのだろう。幸いなことには、舵取り台の囲み板が壊されただけで、舵そのものは損傷を被っていなかった。別の舵取り役の男が操舵を受け持ち、両舷に並んだ船員たちが、手にした炬火で暗い海面を焙《あぶ》るように照らし出す。大蛸の再襲来に備えての警戒である。海を見つめる彼らの視線は一様に鋭く、強ばった顔には斉しく恐怖の色がある。

船員たちに指示を出し終えて船長のドドラティーカがやってきた。

「改めて礼を申す」

ドドラティーカは自然な漢語が操れた。三十年間以上も漢土とインド間の海上貿易に従事しているのだという。小柄だが、がっしりとした体軀《たいく》、陽に焼けた顔は思慮深さと胆力が絶妙の加減で交ざり合い、見るからに頼もしさにあふれていた。

「礼にや及ぶ、です」虎杖は目の前で手を振った。「偶然、居合わせただけで」

「ジャラッドザールは、わたしの片腕なのだ」

「ジャラ？　……ああ」

大蛸の触手で宙に持ち上げられていた大男のことか。

「非常に優秀な男でね。わたしは引退を迎える潮時だ。後継の船長としてガンジス商人連合に推薦するつもりだ。愛着あるこの船を、見も知らぬやつに引き渡せようか」

「彼は大丈夫ですか」

「今は休ませている。根が頑丈な男、明日には元気を取り戻しているだろう。きみに一つ頼みがあるのだが」

「できることでしたら」

「怪蛸ヌ・マーンダーリカが出没する危険海域から抜け出すのに三日はかかるだろう。警戒を厳重にし、総出で夜番に当たらせるつもりだが、きみも加わってほしい。起きていなくともいいのだ。寝台を甲板に運ばせるから、そこで寝ていてくれ。すぐ駆けつけられるように」

「お役に立てるならば光栄です」

「役に立つ？」ドドラティーカ船長は呆れたような口調で云い、親しみと畏敬を込めて虎杖の肩をぽんと叩いた。「自分がどれだけのことをしたか、わかっているのかね、サールドゥーラ。きみは海の悪魔ヌ・マーンダーリカ退治の英雄なのだぞ」

英雄——船長の言葉に嘘はなかった。自分を見るインド人船員たちの目が一変した。畏敬、憧れの目。露骨な賛仰の視線に、虎杖は面映ゆさを感じるほどだ。

「蘇我《そが》の旦那、たいそうな人気だな」

「うっとり見つめられる気分はどうだ」

速熯と灘刈が絡んできたが、虎杖をからかうというより、途惑いの感じられる声音だ。

それまでどう見られていたかといえば、実は殆《ほとん》ど見られてなどいなかった。最初のうちこそ好奇の目を向けられはしたが、誰の目からも関心の色が失われるのに、さほど時間は要しなかった。虎杖らは〝船荷〟に過ぎなくなった。例外はヴァルディタムと柚蔓である。インド人僧は終始、敬虔な態度で以て遇されていた。白い肌の女剣士に対しては情欲にぎらぎらと底光りする目を船乗りたちは向けた。柚蔓は常に男装していたが、長い船旅で女っけを断たれた彼らの目を晦《くら》ますことはできなかった。柚蔓は常に剣を佩《は》いている。どんな時も手放さない。それでもなお今にも襲いかかりたそうな目で見る豪の者に対して柚蔓がさりげなく殺気を浴びせる場面に虎杖は幾度か遭遇した。船員たちの情欲はたちまち萎《しぼ》み、猛獣にひと睨みされた小動物のようにこそこそと柚蔓の前から逃れ去るのが常だった。

ともあれ、自分を見る周囲の目が変わったからといって虎杖自身が変わったわけでもなく、彼はヴァルディタムの語学講義が始まるまでの時間、例によって船べりに立ち、倭国では見られぬ陸地の景趣を楽しんでいた。そこへドドラティーカがやってきた。後ろに、昨夜の大男が従っている。船長が云った通り、元気を取り戻しているように見えた。吸盤に吸い付かれた首筋の腫れは殆ど引き、痕跡は目立たない。

「礼を云いたいそうだ」

船長が脇にどき、大男が前に出た。年齢は虎杖より少し上といったところか、ターバンの下の顔は、固い岩盤から鑿《のみ》で削り出したように精悍《せいかん》で、とりわけ目が大きく、人を魅きつける眼力があった。がっしりとした身体に筋肉が盛り上がり、黒い肌は油を塗ったように熱帯の陽光をぬらぬら照り返している。

「おれはジャラッドザール」

大男が口を開いた。名乗りぐらいは聴き取ることができた。その先はドドラティーカの通訳がないと無理だった。

「おかげで助かった。大蛸の餌にならずにすんだ。あんたは命の恩人だ。ありがとう」

声には揺るぎない心情が籠もっていた。目も表情も、いや全身に虎杖への畏敬の念があふれかえっている。

「礼には及ばない」虎杖の漢語は、ドドラティーカによってインド語に訳して伝えられる。

「あんなのは偶然だ」

「偶然なものか。ヴィシュヌ神のお引き合わせに決まっている」

「ヴィシュヌ神？」

船長が答える。「我がインドの神だ。あらゆるものに化身して世界を救う」

「…………」

虎杖の途惑いを、漢土と交易して長いドドラティーカはすぐに察した。「漢土に土着の道教があるように、我がインドにも固有の宗教があるのだ。ヴィシュヌは、シヴァとならぶ二大神として敬われている」

「仏法は――」虎杖は云い淀んだ。インドの宗教は仏法ではないか。インド人は誰もが仏法を信仰しているのだとばかり思っていた。

「詳しいことはヴァルディタム師に訊くのだな。ジャラッドザールは仏法の徒ではない。かく云うわたしも」

「ヴィシュヌやシヴァを？」

ドドラティーカは首を横に振った。「マニ教の信徒でね。仏法を信仰する者も船にはいる。宗教が違うからといって問題はない。みんな仲良くやっている。互いの信仰に口を出さなければどうということはない。これを指して漢語では呉越同舟《ごえつどうしゅう》というのだが」

異教徒たちの呉越同舟――外の世界はあまりに複雑だ。

「わたしの名は虎杖だ」勇を鼓してインド語を口にしてみた。ヴァルディタムの講義の成果か、ジャラッドザールの言葉が断片的に聞き取れ、インド語で直接会話を試みようという気になった。「倭国から来た。倭国は漢土の東、海中にある」

ジャラッドザールは、差し出された虎杖の手を強く握り、何かを云った。

ドドラティーカが訳した。「おまえ、何を云ってるんだ。ちんぷんかんぷんじゃないか」

たちまち、苦い後悔の念が胸に湧き上がった。

ジャラッドザールは語を継いだ。これも船長が訳し伝える。「昨夜のお礼に、おれが言葉の先生になってやろう。約束だ」


巨漢ジャラッドザールは約束を守った。常に虎杖の傍らにあって、会話を試みた。話しかけ、虎杖にも話しかけさせた。四六時中といっても過言ではなく、虎杖と寝場所まで共にするほどの熱の入れようだった。舵取り任務に就いている時も虎杖を呼び寄せ、仕事の支障にならない範囲で音声を出し続け、虎杖の発音に耳を傾けた。虎杖の見るところ、ジャラッドザールはお喋り好きというわけではなさそうだった。むしろ寡黙を好む男だろう。虎杖のために懸命に言葉を繰り出してくれているのだ。彼の熱情には応えねばならぬという気持ちになり、ヴァルディタムの講義に出ている時とは比較にならない熱心さでジャラッドザールと向き合っていた。

ジャラッドザールはヴァルディタムの講義にまで顔を出した。

「あの坊主の言葉だが――」意を決したように云った。「悪くはないが、あまり使えんぞ」

「使えない？」

「古い。とてつもなく古めかしいんだ。今じゃ誰もあんな格式ばった喋り方はせん。おれは神妙な顔をして聴いているだろう。笑いをこらえるのに必死だからだ」

なるほどと虎杖はうなずく。ヴァルディタムは若い頃にインドを出たっきりだ。漢土、百済と渡り歩き、めったにインドの言葉を話す機会はなかったはず、とジャラッドザールに説明した。たどたどしくはあったが、インド語で伝えられるまでには、いつの間にやら習熟していた。

「五十年以上か」ジャラッドザールはさして興味のなさそうな口ぶりで云った。「ナーランダー僧院で使うぶんには差し支えなかろう。坊主たちは百年、二百年前の錆《さ》びついた言葉で喋っているというからな。何事も、シャーキャが生きていた時代に近ければ近いほどありがたがるとか」

漢語に訳された「釈迦」の原語がシャーキャであることを虎杖はヴァルディタムの講義を通じて知っていたが、それ以外の者の口から、さも当然のように聞くのは初めてで、ちょっとした感慨を覚えた。

「ナーランダー僧院に行ったことがあるのか、ジャラッドザール」

「伝聞だ」舵取り役の大男は首を横に振った。「仏法など信じてはヴィシュヌ神の罰が当たる」

ナーランダー僧院についてのヴァルディタムの説明は必要最小限だった。仏法を学ぶための一大学園都市であり、インド各地のみならず世界各国から留学僧が集まっている、とだけ。虎杖は情報に餓えていた。学園都市など倭国にはない。そこで自分はどんな生活をすることになるのか。

「何しにナーランダーなんぞへ」

「それは……」

虎杖は云い淀んだ。詳しいことを明かすわけにはいかない。

「こいつは愚問だった」大男はターバンに手をやり、頭をかく仕種をした。「仏法を学びに決まってる。云いたいのはつまり——おれの話がちゃんとわかっているか、イタドリ」

ジャラッドザールはきちんと彼の名を呼ぶ。サールドゥーラではなく。

「何とか聴き取れているよ。これまでのところはね」

「云いたいのは、あれだけの剣の腕を持ちながら、坊主になるのはもったいない、ということだ」

「別にもったいないとは」

「ヌ・マーンダーリカを斬った剣士なら百万バーラタで召し抱えようという王侯は引きも切らないはずだ。売り込み次第では傭兵隊《ようへいたい》の隊長にだってなれる」

虎杖は思わず笑った。あまりにも途方もない話だった。異国で傭兵になる？

「わたしはただの剣士だ。隊長だなんて、そんな器じゃない」

「インドは今、戦国時代だ」虎杖の言葉がまるで耳に入らないように、ジャラッドザールの声は一段と熱を帯びた。「二百五十年続いたグプタ王国が滅んだのは、おれが生まれるか生まれないかの頃で、それからは大小の国が幾つも分立して覇《は》を競い合っている。王侯たちは屈強な戦士が欲しい。小国に仕えるのは一種の賭けだ。戦いに勝てば大きくのしあがれるが、負ける確率のほうが高い。大国が望みとあれば、中部高原のデカンにチャールキヤ王国がある。もっと南にゆけばパッラヴァ王国がある。どちらの王も好戦的で、北部の分裂状態を制覇してインド全土に覇を唱えるべく虎視《こし》眈々《たんたん》と機会を窺っている」

「わたしを売り込んでくれようというのか」

「おまえさえその気なら」

「目当ては売り込み料？」

「ヴィシュヌの名にかけて、イタドリ、おれはおまえの副官になる」

虎杖はジャラッドザールの顔をまじまじとのぞき込んだ。冗談を云っている表情ではなかった。

「せっかくのお誘いだが、ナーランダー行きはわたしの主人の命令なんだ。途中で降りるわけにはいかない」

「ナーランダーへ入ろうっていうやつの決意が固いことぐらい、おれにもわかる」大男は残念そうな口ぶりも見せず、あっさりと引いた。「時間はまだある。気が変わったら遠慮なく云ってくれ」

申し出を袖にされて気分を害したふうもなくジャラッドザールは以前通り虎杖に接し続けた。日一日と虎杖はインドの言葉に長じてゆく。甌戸や柚蔓も認めるほどの上達ぶりだった。

それと軌を合わせるかのように暑さも日増しに強烈になっていった。救いは雨。午後になると、決まって黒雲が湧き、風が吹く。強風だが、海面が大荒れするほどではなく、しかも順風。そして大雨に。雨量たるや凄まじく、一年ぶんの雨が降っているのではないかと思われた。それが何と連日だ。時間が近づくと、甲板は雨を待つ者たちでいっぱいになった。やがて黒雲が疾《はし》って南海の太陽を隠し、帆が強風を孕んで膨らみ船は速度を上げる。真っ黒な空に突如稲光が駆け、雷鳴が轟くのを合図に雨が一気に降ってくる。束の間、暑さから解放され、虎杖は童心に帰るような錯覚にとらわれた。滝壺で滝を浴びているような爽快感があった。雨の音で何も聞こえなくなり、時折り雷鳴が遠く響くだけ。気がつくと何やら自分でもわからないことを叫んでいる。

狂躁状態に陥るのは速熯、灘刈、羽麻呂、月ノ輪も似たり寄ったりだった。甌戸はヴァルディタムの傍らにいる時とは別人のように嬉しそうに甲板の上を駆けまわった。齢相応の可愛らしさだった。南海の驟雨《しゅうう》の欠点は時間が短いことで、突然始まったかと思うとあっという間に終わり、船は真っ赤な太陽の下をのろのろと進んでいるのだった。

長い航海の半ば、ウルヴァシー号はヤーヴァドゥイーパという名の島の港に着いた。ジャラッドザールによれば航路の南限という。

「やれやれ、暑さもこれ限りか」

速熯がほっとした表情になった。気候の激変で最も衰弱していた。

「残念ながら」虎杖は補足する。「この先も、それほど涼しくならないらしい」

「いやいや」灘刈が速熯を励ますように云った。「これ以上は暑くならないというのは救いじゃないか」

三人は互いの半裸の身体を見合い、溜め息をついた。日焼けして、インド人と見かけの区別がつかなくなっている。

「『法顕伝《ほっけんでん》』をお読みになったことは？」

ヤーヴァドゥイーパ入港当日の講義でヴァルディタムが訊いた。

「インド巡礼記のことでしょうか」厩戸が答える。「法顕師のお書きになったという」

「よくご存じじゃ」

「それならば読んでいます」

「わしは漢土に着くや早々とその書を教えられ、謹んで拝読した」ヴァルディタムは柚蔓と虎杖にも顔を向けて説明する。「二百年ほど前、法顕という名の漢人僧侶が我が祖国インドを訪ね、各地を回って綴《つづ》った一種の旅行記じゃ」

「漢僧がインドへ？」

柚蔓の声には感歎の響きがあり、虎杖は驚いた。

ヴァルディタムが笑顔を見せる。「インドは釈迦如来の聖地じゃ。仏法を信ずる者なら生涯に一度は訪れてみたいと願うが、インドは遠い。願望はともかく実際にインド行きを志す漢僧はいない。後にも先にも法顕師一人あるのみ。その後、宋雲《そううん》という北魏の僧が赴いたが、彼は罽賓《けいひん》——ガンダーラで引き返したという。東方からの修行者は、御子が法顕師に続いて史上二人目ということになる」

厩戸は何も云わず、目をぱちくりさせた。

柚蔓が訊く。「法顕師は、なぜインドへ？」

「戒律を記した書を求めるため。インドからの布教僧は多くの経典を持って漢土に渡来したが、戒律の書はほとんどなかった。それというのも、インドの教団で修行した布教僧にとって戒律は、いわば空気のようなもので、格段意識せざるもの。漢土へ赴くに当たり、教えを説いた経典を優先させ、戒律は二の次になった。法顕は自らインドに乗り込み、未だ漢土に招来されていない戒律を得ようとした。わしに法顕伝を読むよう勧めたのは漢人僧たちじゃったが、本音は、この書に書かれていることは、どこまで真実なのか知りたいというところにあったようじゃな。聖地巡礼の貴重な記録としてありがたがる一方で、一抹の疑問も抱いておったらしい。法顕以外にインドを見た漢人僧はいないのじゃから無理からぬところ。漢人による我が祖国の旅行記、わしは面白く読んだ。法顕師の観察眼は鋭く、必要なことは余すところなく記されていた」

ヴァルディタムは厩戸に目を向けた。「法顕伝に耶婆提《やばだい》という国が出てくるのじゃが」

厩戸はゆっくりと三つ数えるほどの間、目を閉じていた。まぶたを上げて答えた。

「終わりのほうだったと思います。インド巡礼を終えて、大型の商船で漢土に戻る途中、耶婆提という国に着いた。外道、バラモンが盛んで、仏法はそれほどではなかった、と」

「素晴らしい記憶力じゃ。今、わしらが停泊しているヤーヴァドゥイーパの港が、その耶婆提なのじゃよ」

途端に厩戸は立ち上がった。舷側に向かって駆け、背伸びして港の風景を眺めやった。目に入るのは、これまでに見てきたのと変わりがない南国ならではの港湾都市の景観だ。珍奇な荷物がそこかしこに積み上げられ、黒い肌の屈強な男たちがのろのろと働き、椰子《やし》が涼しげな木陰を作り、生温かな潮風が吹き、海は青く、波は白く、太陽の光は強く——ここが、あの耶婆提国だと思うと、しかし新たな感慨が湧く。自分は法顕伝の世界に入ったのだ、と。

法顕伝は、難波《なにわ》の大別王《おおわけおう》の書庫で読んだ。法と律を説く経典群の中で、旅行記は異質の文献だった。法顕が、釈尊生誕の故国である迦維羅衛城《かいらえじょう》、釈尊が悟りを得た伽耶城《かやじょう》、祇園精舎《おんしょうじゃ》が置かれた拘薩羅国《くさら》の舎衛城《しゃえいじょう》、釈尊入滅の地である拘夷那竭城《くいなかつじょう》などを次々に訪ね歩いた記録なのだ。厩戸は記録者の法顕その人になって自分がインドを巡礼しているような錯覚にとらわれたものだった。

「尊師さま」ヴァルディタムの許に駆け戻り、合掌して云った。「少しの間、耶婆提の港に降りてみたいんですが」

「ふうむ」法師は腕を組んだ。

　虎杖は柚蔓と顔を見合わせた。厩戸が下船を願い出るのなど初めてのことだ。ヴァルディタムは寄港先で船から降りることを厩戸に禁じていた。揚州での誘拐を教訓にしているのだ。厩戸も素直にそれに従っていた。本心からか虎杖にはわからない。異国の港の景色は少年の心を刺激せずにおかないさまざまな未知の誘惑物に満ちている。厩戸はヴァルディタムの法話に耳を傾けるのを好んでいるように見えた。御子の護衛役である以上、虎杖も船を降りることはできず、港見物から戻ってきた速熯や灘刈たちの見聞を羨ましげに聞くばかりだった。

「お願いです」厩戸は殊勝に云った。「法顕師が踏んだ耶婆提の土地をぼくも歩いてみたいんです」

「よかろう」腕組みを解き、ヴァルディタムは微笑を浮かべた。「聖なる冒険家、法顕師ゆかりの地に詣でて前途の無事を祈念するのも悪くはない。ただし、わしから離れてはなりませぬぞ、御子」

虎杖は久しぶりに動かぬ大地を踏みしめる実感を堪能した。柚蔓の足取りも軽く、今にも踊り出しそうに見えるのは、彼女にしても嬉しさを隠しきれないからに違いない。南国の港の珍しい風物に厩戸はすぐに目を輝かせ、齢相応の無邪気な喜びを露わにした。船から遠ざかってはいけないとヴァルディタムから云い含められていなければ、あちこち駆けまわって、たちまちその姿は雑踏に紛れてしまったことだろう。

速熯と灘刈、羽麻呂、月ノ輪の四人は彼らに先立って船を降りていた。今頃、港の某所で束の間の上陸を満喫しているはずだった。飲み屋か、娼館か。

「同じ光景じゃな」

ヴァルディタムは懐かしそうに云った。漢土へ向かう途中、立ち寄ったことがあるのだという。外道、バラモンが盛んで、仏法はそれほどではなかった——法顕の記述する当時とは状況が変わったものか、ヴァルディタムの僧衣姿を見るや、みるみる人だかりとなり、口ぐちに法話を乞うた。人々の表情は真剣だった。ヴァルディタムは初め遠慮しようとしたが、結局は根負けして、仏の功徳を聴衆に説き始めた。

厩戸、虎杖、柚蔓は人垣から自然とはじき出されてしまった。

「あそこまで歩いてみようよ」

近くの椰子の木陰に人の輪が出来ているのを指差して厩戸が誘った。

「御子、法師のお傍《そば》から離れませぬよう」

すかさず柚蔓が釘《くぎ》を刺す。

「離れるも何も、すぐ目の前じゃないか」虎杖は厩戸のために弁じた。「参りましょう、御子」

「船から離れ過ぎている」柚蔓は頑《かたく》なに云う。「すぐに戻れるところじゃないと」

「わたしたち二人がついているんだぞ」

「二人？　あなたのほうが乗り気なだけでしょ。御子をだしに使わないで」

「何だと」

「喧嘩しちゃだめ」と厩戸。

新たな声がした。「皆さん、どちらからいらしたのですか？」

インド語が発せられた方向に、三人は一斉に首を振り向けた。話しかけてきたのは僧衣をまとった若い男だった。頭はきれいに剃りこぼってあり、艶光《つやびかり》を帯びた黒い肌はヴァルディタムと同じ人種に属することを物語る。妖しい光をたたえた琥珀色《こはくいろ》の瞳が印象的で、高く通った鼻筋は高貴な血筋をうかがわせる。質素な僧衣ながら、王侯貴族が豪奢《ごうしゃ》な錦衣《きんい》をまとう貫禄と気位で身に着けていた。親しげな笑みを浮かべてはいても、唇は決然と引き締まり、常人に外れた意志力の強さを感じさせた。

「わあ、お坊さんだよ」厩戸が弾んだ声で云った。小さな手を合わせ敬礼する。

「御子、軽はずみはおよしください」柚蔓は若い僧侶の目から厩戸を隠すように前に出た。

「これは子供ながら見事な合掌ですね」僧侶が感心した口ぶりで云う。「もしや、あなたたち、仏法修行に向かわれるのではありませんか」

そうだよ、と厩戸が答える寸前、虎杖が素早くその口を手で押さえた。

「そんなに警戒なさらなくとも」僧侶は自ら恥じ入る表情をしてみせたが、虎杖は、どこかわざとらしさを感じた。「ご覧の通り、仏の道を歩む者。ヤーヴァドゥイーパの港で布教と托鉢《たくはつ》に励んでいます、あなたがたが下船なさるところから見ていました。今あちらで法話中の法師さまとご一緒でしたね。失礼だが、わたしたちとは肌の色、顔立ちが全然違う。噂に聞けば、遥か北にあるチーナ国には白い肌の人たちが住むという。いいえ、あなたがたがチーナからやって来たと決めつけるわけではありませんが、お話しになっていた言葉もわたしたちのものとは違っている。もしやあの法師さまに従って仏教修行に、とピンときたわけなのですよ……おっと、これはどうも。お答えいただけないようですがそのお顔、わたしの言葉が理解できないという表情ではありませんよ。わかっていて警戒しているのですね。怪しい者ではありません。や、これは失礼を。拙僧は、カウストゥバと申します」

「船に戻るべきじゃないかしら」柚蔓が云った。

「それがよさそうだ」虎杖はうなずいた。彼の腕の中で厩戸がもがいている。カウストゥバと名乗る異国の僧侶と話を通じてみたくて仕方がないのだろう。「法師に一言しておこう」

　虎杖は視線を投げた。法話の人垣はますます厚くなり、ヴァルディタムの姿は呑み込まれて見えない。人々は熱心に聞き入っている。邪魔をするのが憚《はばか》られる雰囲気だった。

「少年よ」カウストゥバが腰を屈め、厩戸に視線を合わせて語りかけた。「見事な合掌をしてみせた感心な少年よ。きみはきっと仏法に関心を寄せているのじゃないかい。そうだろう。その目の輝きを見ていると、子供のころの自分が思い出される。どちらに修行に行くのかな」

　虎杖は掌に厩戸の唇の動きを感じた。ナーランダー、と。かろうじて声は洩れない。

　カウストゥバは質問の仕方を変えた。「ラトナ・ドゥヴィーパのシンハラ国かな。アバヤギリ寺院には優秀な僧侶が多いからね。沙弥や沙弥尼の修法教育にも定評がある。あそこを択《えら》ぶ初学者は少なくない。それともタームラリプティ国だろうか。あそこも仏法が盛んで僧伽藍は二十を超えている。何といっても港国だから、船を降りたその日のうちに修行を開始できるという便がある。あるいはいっそ初めから学園都市――」

「御子を船に戻す」虎杖は口早に柚蔓に云った。「法話が終わったら法師に伝えてくれ」

「わかったわ」

「こ「もめごとか、イタドリ」

視界が翳ったかと思うと、いつの間にか傍らに舵取り役の大男が立っていた。

のいいところに来てくれた、ジャラッド」窮地に援軍を得た思いで虎杖は云った。「この坊さまにしつこく云い寄られて困ってるんだ」

「任せておけ」ジャラッドザールは、虎杖の腕の中で口を押さえられてもがく厩戸、法話の人混み、カウストゥバを一瞬のうちに見やり、すべてを察したようにうなずいた。

「あんたと話すことは何もないそうだ、くそ坊主」

虎杖に聞き取れたのは最初のその言葉だけで、その先、嵐のようにジャラッドザールがまくしたてる内容は意味不明だった。語調から察するに、普段は口にしない罵詈雑言《ばりぞうごん》の類いなのだろう。さらにジャラッドザールは腕力にも訴える気配を見せた。

カウストゥバは勝ち目なしと見たか、顔をかばうように両手を前にかざし、僧衣の裾を乱して逃げ去っていった。

「あーあ、お話がしたかったのにな、ぼく」

虎杖が手を離すと、厩戸は残念そうに云った。

「どうかお慎みになってください、御子」柚蔓が厳しい口調で諭す。

「でも、お坊さんだよ」厩戸は口を尖《とが》らせた。道教の道士とは違う、と暗に云っているのだ。

「変な僧侶だったわ」柚蔓の顔が虎杖を向いた。「最初から御子だけを狙っていたみたいな」

「同感だ。法師が御子を船から降ろそうとしなかったのは、こんなこともあろうかと」虎杖は柚蔓にうなずくと、舵取り役の大男を見上げた。「おかげで助かった。ちょっと気味の悪い僧侶で、こちらの行き先をしつこく聞き出そうとするんだ」

「ヒーナヤーナの坊主だ」ジャラッドザールは云った。

「ヒーナヤーナ？　何だい、それ」

「知らんのか」大男の顔に、呆れ果てたと云わんばかりの表情が浮かんだ。「おまえたちの法師さまはマハーヤーナの坊主だろうに」

「マハーヤーナ？」

「やれやれ、そんなことも知らんでナーランダーに行くというのか。仏法の徒ではないおれだって知っている常識だぜ。あいつは、なんたら教団とかいって、ヒーナヤーナの中でも恐ろしく革新的な一派に属する坊主だよ。あの僧衣を見ただろう」

「見た」虎杖はうなずいた。ヴァルディタムの僧衣もおそろしく質素なものだが、その比ではなかった。「僧衣どころか、襤褸《ぼろ》というべきだったな」

「あれが本来の僧衣だ」

「何？」

「仏法の徒が崇《あが》めるシャーキャは、死体置き場から」ジャラッドザールは嫌悪も露わに、思いきり顔を顰めてみせた。「死体が着ていた屍衣《しい》を取って来て、そいつを縫い合わせたものを身にまとってたんだそうだ。腐って溶けた死体の――つまり、所有者のいなくなった屍衣をな。腐汁で汚れているから、もちろん洗って使ったんだろうが。今じゃ誰もそんなことをする坊主はいない。衣の色にその名残があるだけだ。ところが、あの坊主の一派ときたら、シャーキャの僧衣を何から何まで忠実に再現している。やつらの掲げる主張が、シャーキャ本来に帰れ、というものだからだ」

「シャーキャ本来に帰れ？　どういうことだ？」

「知ったことか」大男は肩をすくめた。「本来に帰れというからには、今の仏法はシャーキャ本来の教えじゃなくなってしまった、やつらはそう見ているってことだろう。それ以上のことは知らん。おれは仏法の徒じゃないが、インド文明圏に属するこの島嶼世界で生きる者には常識になっている。あいつら今、もの凄《すご》い勢いで布教をしている。それで信者が増えたとは聞かないが」

「ヒーナヤーナにマハーヤーナ？」虎杖は声に出して呟《つぶや》いた。一瞬、熱心に仏像を拝んでいる馬子の姿が脳裏に浮かんだ。大臣はご存じなのだろうか。馬子の口からも、彼が崇める百済の渡来僧の口からも、そのような名称は一度も聞いたことがない。「御子はご存じですか」

厩戸の顔に途惑いの色が刷《は》かれた。「……小乗と大乗の違いは……ナーランダーでよく学習するがいいって……法師さまが」

声を落として云った。


法話を終えて事の次第を聞くや、ヴァルディタムは眉根を寄せ、深刻な顔つきになった。

「船にお戻りを、御子」

自らの短慮を悔いるかのように固い声だった。

「おや、お早いお戻りで」船長のドドラティーカが歩み寄ってきた。「報告しておいたほうがよろしいかと思いますが」

「何事かな」法師は身構えるように云った。

「乗船希望者が現われまして」

「何者です？」ヴァルディタムにしては珍しく気色ばみ、矢継ぎ早に訊いた。「いつ？何とお答えになりましたか？」

「名乗りましたよ、自分はトライローキヤム教団の托鉢僧で、名はカウストゥバだと」

「カウストゥバ、そいつです」虎杖は云った。「お話しした、あの僧侶です」

ヴァルディタムは問いを重ねる。「この船に乗せてくれ、と？」

「最初は、お連れの方たちのことを」ドドラティーカは虎杖と柚蔓を見やって云った。厩戸に目を向けようともしないのは、よもやこの少年が主客だとは思っていない証《あかし》である。行き先を含めて船長には最小限のことしか伝えていない。「どこの国から来たのか、どこへ行くのか、と」

「どうお答えに？」

「何も」弁《わきま》えておりますから、というようにドドラティーカは首を横に振る。「乗客のことを軽々しく告げるようでは船長の資格はありません」

「安心しました」

「すると、今度は同乗させてくれと云い出したのです。もちろん断りました。普通なら一人ぐらい途中乗船は認めるところですが、この船旅ばかりはそんなわけには参りません。あなたたちの貸し切りということでチャンドラプニヤさまから大枚お支払いいただいているのですから」

「諦めましたか」

「しつこく頼んでいましたがね。こちらも断乎として拒んだので、結局は断念しました」

「賢明なご処置、お礼を申し上げます」ヴァルディタムは合掌して頭を下げた。「さても、トライローキヤム教団とは？」

「ヒーナヤーナの一派ですよ。シャーキャ本来に帰れと声高に叫んで布教している過激な集団で、結成されてまだ間もないはず。最近、立ち寄る港で彼らの姿をよく見るようになりました……そうそう、カウストゥバは立ち去り際、この船の行き先を訊きました。こればかりは隠すことではありませんからね」

港を後に火山地帯に向かって歩いてゆくと、バナナの叢林《そうりん》が始まる手前、ストゥーパの形に建築された小宇があった。ヤーヴァドゥイーパにおけるトライローキヤム教団の布教拠点で、インドの教団本部から赴任した宣教僧は総勢七人。乗船を拒絶されたカウストゥバがパームスクーラの裾を翻して舞い戻った時、一人の僧侶が瞑想行《めいそうぎょう》に没頭しているだけで、他の五人は托鉢と布教に出ていた。陽射しを遮られた堂内は薄暗い。暑く、蒸している。

「手伝ってくれ、マートリシューラ」

カウストゥバの声は、闇と熱のどろりとしたわだかまりを乱暴に攪拌《かくはん》した。

瞑想にふけっていた僧侶が目を開けた。カウストゥバよりやや若く見える青年僧である。

「どうしました、兄弟子。掉挙《じょうこ》と散乱をあれほど戒めているあなたが」

「それどころじゃない。教勢拡大の好機を逃してなるものか」

「何と仰せです」

「港湾当局に知り合いがいただろう」

「ただの知り合いではありません。マハメル・ブキは仏法を志す者」

「ますます好都合。その者に頼んで、タームラリプティに向かう船を見つけてほしい」

「見つけてどうなさると」

「同乗してタームラリプティへゆく」

「はあ？　しかし――」

「本部のイタカ長老には後で説明する。これは緊急事案だ。一刻を争う。あの船、明日には出港するらしい。こちらも急いで――」

「兄弟子、少しは説明していただかないと」

「港で肌の白い者たちを見かけた」カウストゥバは僚僧の前に腰をおろした。「北のチーナ人ではないかと思う。マハーヤーナの老僧に引率されていた。僧形ではなかったが、仏法の修学に向かう途中だとピンと来た。いろいろ訊ねてみたのだが、こちらを警戒して何も答えない。挙句の果てには異教徒らしい船乗りまで加勢して、犬のように追い払われる始末だ。そこで彼らの船に――ウルヴァシー号というのだが――乗船を頼み込んだ」

「何と性急な」

「断られたが、行き先は教えてくれた。天候が許せば明日、タームラリプティへ向かう。その先がわからない。修学の地がタームラリプティなら慌てることはないが、ひょっとしてナーランダーへ向かうか、船を乗り換えてシンハラ国へ行くかも。後を追う必要がある。マートリシューラよ、すぐに港へ行って、その何たらブキに訊いてきてくれ」

「肝心なことがまだですよ。いったい全体、なぜそんなことを」
「教勢拡大の好機と云ったじゃないか。チーナ人の中に十歳ばかりと見える男の子がいるのだが、この子がもの凄い霊的な力を放っていた。おまえにはまだわかるまいが、稀《まれ》に見る逸材だ。イカタ長老はかねて仰せだ。我が教団は、教理こそ完璧なれど、布教の柱石たるべき聖人を欠くと。あの子こそ、長老が久しくお望みの聖人となる素材に違いない。ブッダになる前のシッダールタ王子を見た気こそすれ、だ」

翌日、ウルヴァシー号はヤーヴァドゥイーパの港を出港し、針路を北西に変えた。数日後、左舷にも陸地が現われた。船は水道を進んでいった。ドドラティーカによれば、右舷に見えるのはこれまで通り大陸で、新たに見え始めた左舷の陸地は長大な島であるとのことだった。やがてその景観も終わり、またも陸地は右舷のみとなって船は北上を続ける。タームラリプティに到着した時、季節は春で、倭国を後にすること半年、厩戸は八歳になっていた。

「厄介事が起きたら、遠慮なくおれを頼ってきてくれ、イタドリ。いつでも力になってやろう」

別れに際しての、それが好漢ジャラッドザールの言葉だった。声に熱い友情の響きをこめ、虎杖の手を力強く握って名残を惜しみ、褐色の肌をした大男は申し訳なさそうに、こう付け加えるのも忘れなかった。「とはいえ、おれはほとんど船の上なんだが」

ウルヴァシー号はタームラリプティの商人連合の持ち船であるから、港の船舶司を訪ねてくれれば必ず連絡がつくよう手はずを整えておく、と念を押した。

発達した古代文明が西のインダス河流域からインド亜大陸を横断、数世紀かけて漸進して東岸のガンジス河に到達するや、河口に開けたタームラリプティは自ずと海上交易の中心地となり、商業都市として発展した。広大な河口は堆積した土砂によって三角洲が形成され、しかも大型船が停泊するに足る水深があり、天然の良港といっていい。その三角洲は網の目のような水路によって大小の洲に分割されていて、遠目には無数の島嶼が連なっているように見える。この洲の一つ一つが諸侯、貴族、準貴族、大商人、軍閥たちの領土であって、その交易の統合機関として商人連合が形成されているのだった。

水面は、ガンジス河の泥色とインド洋の透明な翡翠色《ひすいいろ》が鬩《せめ》ぎ合《あ》い、洲には椰子の緑の葉が潮風に揺れる。石造りの白亜の建物が点々と建てられて、倭国にも、漢土にも見られない景観だ。

下船したのは、ヴェロワープトラと呼ばれる大きな洲だった。誰の所領でもない公有地で、タームラリプティの中心部。商人連合の本部もここに置かれている。高く細い塔を幾本も従えた白い宮殿風の建物がそれだった。港に隣接して宿屋が軒を連ねる一角があり、一行は一軒を択んで投宿した。

下船に当たってヴァルディタム・ダッタは案内役の男を雇った。国際的な交易の地には異国からさまざまな人種がやってくる。彼らの便宜《べんぎ》を図るため、案内業という職業が商売として成立しているのだった。雇われたのは、ドドラティーカ船長が斡旋《あっせん》し、信頼に値すると太鼓判を押したナルガシルシャという青年で、知的な風貌であるうえに機敏さを感じさせ、物腰も洗練されていた。敬虔な仏教徒でもあるナルガシルシャはヴァルディタムが五十年に及ぶ東方の布教を終えて帰還した高僧と知るや、足元に拝跪《はいき》して敬意を表し、ナーランダー僧院に向かう目的が、八歳の少年に修行を受けさせるためと知って厩戸に驚きの目を向けた。

「初めまして」物怖《ものお》じしない、はきはきとした口調で厩戸は挨拶した。「ぼく、アシュヴァと云います」

「言葉ができる！」ナルガシルシャはさらに目を丸くした。

「一刻も早くナーランダーに向かいたいのじゃ」ヴァルディタムは眉をひそめて云った。「当地は誘惑が多すぎるでな」

「まったくです」ナルガシルシャは我が意を得たりとばかりに大きくうなずいた。「ヴェロワープトラは悪徳の花芯、大いなる煩悩の都ですから」

虎杖の目には広陵以上の賑《にぎ》わいを見せる大都会と映じた。享楽のために資する、ありとあらゆるものが集積されていた。広陵と最も異なるのは、南国ゆえに肌の露出が多いことだった。漢土は儒教の影響で人前に肌を晒すのを恥と考える意識が最下層の庶民にまで浸透している。南国のこの地は気候ゆえか着衣は総じて薄く、かつ短くならざるを得ない。港から宿への道筋でも、道行く女たちの姿は目のやり場に困るほどだったが、人々にとってはこれが日常で、気にかける者は誰もいないようだった。肌の色が黒くない彼らのほうが好奇の目をあからさまに向けられた。

ヴァルディタムの意を受けてナルガシルシャが港に向かうべく宿を出てゆくと、虎杖は訊ねた。

「ナーランダーまで、どれほどかかります」

「ガンジス河を船で遡る。早くて五日、遅くとも十日あれば」

「また船旅ですか」

「うんざりかの？」

「そういうわけではありませんが」

「河の旅は、海の旅にはない面白さがある」虎杖の期待をそそるように云う。「ナルガシルシャには、できるだけ早くに出発する船を手配するよう云いつけた。早ければ早いほどいい。できれば明日にも出発したいと考えておる」

「あまりにも性急ですわ」柚蔓が異議を唱えた。「御子には休息が必要です」

「ぼく、へーっちゃらだよ」厩戸は勢いよく首を横に振った。「早くナーランダーに行きたいもの」

虎杖は厩戸の顔を注視した。船旅の疲れは見られない。むしろ広陵を出て以来、日一日と年齢相応に、つまり子供らしさを取り戻していた。

厩戸を気遣う柚蔓にしても疲労とは無縁だった。相変わらずの男装だが、入浴を済ませ、目元がすっきりとしている。日焼けとは無縁の肌は桃色に上気し、全身に生気が満ちて、指先の動きまでがきびきびとしていた。

一行は宿の一階の食堂で大きな卓を囲んでいた。自ずと二派に分かれている。厩戸、ヴァルディタム、柚蔓、虎杖、かたや速熯、灘刈、月ノ輪、羽麻呂の二派に。前者はナーランダーに逗留《とうりゅう》する組、後者はナーランダーで厩戸が修行に入ったのを見届けて引き返す組だ。速熯らは同じ卓の隅で顔を寄せ合い、小声でひそひそと語らっている。声をひそめているのは柚蔓を意識してだが、時折り語調が強まり、娼館とか黒い肌の妓女《ぎじょ》とかいう言葉が聞こえてきた。

「このような環境に御子を一日たりと浸しておきたくないのじゃよ」ヴァルディタムは諄々《じゅんじゅん》と説くように云った。「文明が仏の教えを生んだ。しからば文明とは何であるか。それは進歩という名の頽廃《たいはい》じゃ。人間は欲望を叶えるべく進歩し、文明を生み出したが、皮肉にも文明がさらなる欲望をかきたてる。進歩と欲望が螺旋状に上昇して行く。上昇と見えて、実は下降。その先に待っているのは大いなる堕落じゃ。その根源は欲望にある。よってブッダは、欲望をこそ抑えよと教え諭された。文明化されていない地では、仏教は生まれようもない」

虎杖と柚蔓は顔を見合わせた。ヴァルディタムの云わんとすることがわからない。ヴェロワープトラという都市が途方もないところであるということだけは理解できる。巨大な渾沌《こんとん》ともいうべき場所だった。

「仰せのままに」柚蔓がうなずいた。文明云々の説話はともかく、このような環境に御子を一日たりと浸しておきたくないという言葉に肯《がえ》んじたに違いない、と虎杖は考えた。彼も思いは同じだった。

ナルガシルシャが戻ってきた。「パータリプトラ行きの商船は、早くて五日後の出港だそうです。とりあえず九人乗船ということで話をつけてきましたが」

ヴァルディタムは落胆の溜め息をついた。「もっと早い船はないのかな」

「一足違いで出てしまった後でして」

「五日とは。ここは、それほどの時を過ごす場所ではないのじゃが」

「こうしてはいかがでしょうか」ナルガシルシャは、機転を利かしておりますと云いたげな顔になった。「マラヤヴァセナ精舎《しょうじゃ》に逗留されては。わたしの帰依《きえ》しております精舎です」

「願ったり叶ったりだ」ヴァルディタムは落としていた肩を起こした。「マラヤヴァセナの高名は記憶しておる。俗塵《ぞくじん》から御子を守ってくれるじゃろう」

「おい、蘇我の旦那、ちょっと」

卓の端から速熯が手招きする。

虎杖は席を移動した。

「船出が五日も先ってことなら、おれたち、これからちょっと町に繰り出してくる、いや、偵察してくる」

「偵察だって？」

「うん、偵察だ」横合いから灘刈がもっともらしい顔で云い添える。「ナーランダーと広陵を結ぶ重要拠点の町だからな。じっくり偵察して、よく知っておかねばならん」

「しかし――」

と虎杖が口にしかけたのを、

「この二人にしても」と速熯は遮って、月ノ輪と羽麻呂を指し示し、「殷賑《いんしん》を極める当地で交易の糸口がつかめるかどうか興味津々《きょうみしんしん》というのだ。なあ、おまえたち」

「その通りです」

月ノ輪と羽麻呂は口を揃えてうなずく。

「おい、物部の」

虎杖は卓に身を乗り出し、鼻先を衝き合わせるほど速熯に顔を近づけ、ぐっと声を低めた。ヴァルディタムは倭語を解さないが、御子と柚蔓の耳には入れたくない話になる。ずばりと訊いた。「女を買いに行くつもりだろう」

速熯の顔を狼狽の色がかすめ、すぐにふてぶてしい笑いにとって代わった。

「それ込みの偵察だ。長旅の間、ずっと我慢してきた。港に立ち寄るたびに指を咥《くわ》えてな。もう限界だ。最初は黒い肌に拒絶感があった。だが見慣れるとそうでもない。いや、むしろ爛熟感《らんじゅくかん》があって、むしょうに抱いてみたくてたまらない。どうだ、蘇我の旦那もご一緒しちゃあ」

「旅の目的を忘れたとは云わせないが」

「忘れるものか。大連の命で御子をナーランダー僧院まで送り届ける。いや、正確に云えば、送り届けるのはあの倍達多で、おれたちはその同行者だ。護衛役のあんたと柚蔓どのは僧院に残り、灘刈とおれは広陵からナーランダーまでの点と線、つまり連絡網を構築して引き揚げる——どうだ、しっかり覚えているだろう」

「女郎屋では揉《も》め事《ごと》に巻き込まれやすい。況《ま》してここは異国で、そのうえ、あんたたちは言葉も通じないときている」

「心配ご無用。交渉事はこの二人がやる。月ノ輪も羽麻呂も、それぐらいのインドの言葉は修得したといっている。その先は洋の東西を問わない。男と女のやることだからな。言葉が通じなくて何だと云うのだ」

「そんな心配をしてるんじゃない」声が高くなりそうになるのを虎杖は懸命に抑えた。「御子の旅の足を引っ張るなということだ」

「上手くやる。揉め事は起こさないし、巻き込まれるつもりもない。異国に来ているってことは胆に銘じる」速熯はすっと顔を引いた。「大丈夫だって。明日の朝までには帰っているさ」

灘刈と月ノ輪、羽麻呂はすでに立ち上がって卓から離れていた。速熯が彼らに加わると、四人は一陣のつむじ風のように宿から出ていった。引きとめる暇《いとま》もあらばこそ、だった。

「どういうこと」マラヤヴァセナ精舎に関するヴァルディタムとナルガシルシャのやりとりに耳を傾けていた柚蔓が気づき、素早く立ち上がって、虎杖に声をかけた。「揃ってどこへ」

「いや、その……」虎杖は言葉を濁して応じた。「ちょっと町を見てくるんだそうだ」

「女を買いに行ったんだよ」

虎杖と柚蔓の視線が厩戸に固着した。

二人が沈黙したためか、さらに厩戸は続けた。「長旅の間、ずっと我慢してきたって。港に立ち寄るたびに指を咥えてたけど、もう限界なんだって。ね、それって、どういうこと？」

「み、御子は」虎杖の声は裏返った。「わたしたちの話が聞こえたのですか」

「耳がいいんだ、ぼくって」厩戸はうんざりしたように云った。「だから豊聡耳《とよとみみ》って呼ぶ人もいるよ。黒い肌は見慣れると爛熟感があるって、どういう意味？」

「妓楼《ぎろう》に行ったのね！」柚蔓の眉が逆立った。「どうして止めなかったの。何か起きてからでは遅いのよ」

「止めたんだが、貸す耳を持たなくて。明日の朝には戻って――や、どこへ」

柚蔓は卓を跳び越え、宿を走り出た。虎杖はその後を追い、すぐに柚蔓の背中に激突した。宿の前の往来は途方もない数の黒い肌の人たちでごった返していた。速熯たちの姿はどこにも見えなかった。

「何てことを」

「こんなところに来てしまったんだ。心の箍《たが》が外れたんだろう」

思ったままを口にしただけだが、その言葉は柚蔓を刺激したらしい。

「弁護しようというの？　同じ男として？」

攻撃的な口調で云った。本来の対象がいない憤懣《ふんまん》がそっくり虎杖に向けられた形だ。

「何だ、その云い方は」虎杖はむっとするものを覚えた。「そんなつもりはこれっぽっちもない。同じ男というがね、わたしは蘇我の男だ。彼らこそ君と同じく物部の輩《やから》じゃないか」

柚蔓はきっと虎杖を睨んだが、すぐに折れて出た。「云い過ぎたわ。ごめんなさい」

「いいんだ。わたしたちは大臣と大連から直に命を承っている。彼らはそうではない。つい気が緩むんだろう」

「どうしたらいいのかしら」

「尊師に告げるに如かず」

二人は宿に戻り、ヴァルディタムに事情を説明した。大人の領域に属する話題と得心したのか、厩戸はもう口を挟んでこなかった。

「困った人たちですね」

ヴァルディタムは穏やかに云った。

虎杖は云った。「連れ戻したいのですが。それだけだった。問題の起きないうちに」

ヴァルディタムはナルガシルシャをかえりみた。

「残念ながら」ナルガシルシャが口を開いた。「不可能でしょう」

「なぜ」

「ヴェロワープトラに娼館が幾つあるとお考えです。百や二百どころではない。軽く五百はくだらないはず」

虎杖は絶句した。女郎屋が五百——およそ彼の想像を凌駕《りょうが》している。

「正式な認可を受けたもので、そのくらいです。非公認のもの、街娼が安宿に客を案内する形態の営業も含めれば、どのくらいになるか」

「探しようがないということか」

呆然とするよりない。倭国では考えられないこと。

「かの者たちは、性欲という性質《たち》の悪い煩悩の炎と化しているのじゃ」ヴァルディタムはなおも穏和な口調で云った。「下手に手出ししては、こちらもその炎に焼かれて火傷《やけど》を負うでな」

「どうすればよいのです」虎杖より早く柚蔓がその問いを放った。

「ダルマの力を以て煩悩の炎を吹き消す、それが最良にして唯一の解決策じゃよ、柚夫人。自ら、修行を通じて為すことであって、傍《はた》はどうすることもできぬ」ヴァルディタムは答えると、ナルガシルシャに顔を向けた。「このような汚らわしいごたごたに御子を巻き込みたくない。今からでもマラヤヴァセナ精舎に居を移したいが」

「マーヤシュトラ院長は心の広いお方です。突然の来訪も温かく受け容れてくださいましょう。帳場に行って宿泊を取り消して参ります」

「待ってください」虎杖は制した。「速潩たちは明朝に戻ってくると云っていましたが」

「伝言を残しておけばよいことじゃ」ヴァルディタムは云った。「マラヤヴァセナに駆けつけるもよし、この宿に泊まり続けるもよし、煩悩に支配されるがまま娼館を渡り歩くもよし——ただし、出港が五日後であることは忘れぬように、と」

「その旨、伝えて参ります」

ナルガシルシャは席を立った。

「さあ、御子」ヴァルディタムも立ち上がった。「聞いての通り、宿替えとなった。部屋に戻り、荷づくりをして参ろう」虎杖と柚蔓を見て促した。「そなたたちもじゃ」

帳場に向かったナルガシルシャと入れ違いのように一人の男が現われた。

「この宿でしたか。探しましたぞ、尊師」

「これは船長。何か忘れ物でもいたしましたかな」ヴァルディタムが怪訝な顔を振り向ける。

「いいえ」ドドラティーカは大きな布で顔の汗を拭いながら答える。「実は、次の荷主がムレーサエール侯爵《こうしゃく》でしたので、尊師たちのことを話したのです。侯爵の交易相手であるチーナの文明圏にて、五十年余りを布教にお費やしになった尊師のこと、チーナよりさらに遠方にある倭国の少年がナーランダーに修行に向かうということを」

「ムレーサエール侯爵？」

ヴァルディタムのその疑問に答えたのは、ドドラティーカではなく、様子を窺いに引き返してきたナルガシルシャだった。「タームラリプティきっての大貴族です。商人連合の実力者の一人で、諸宗の保護者としても知られています」

ドドラティーカはうなずき、力を得たようにさらに言葉を続けた。

「侯爵はわたしの話に大いに興味をお示しになり、是非お目にかかりたいもの、ついては尊師の意向をうかがって参れとのことでして、出向いてきたというわけです」

「どう思うかの」

ヴァルディタムはナルガシルシャに訊いた。

「会って損はない人物です」ナルガシルシャは間髪《かんはつ》を容《い》れずに答えた。「何かと便宜を図ってくれるかもしれません。いえ、もとよりそのつもりで尊師を招待しようというのでしょう」

「ならば考えるまでもない」ヴァルディタムはドドラティーカにうなずく。「おうかがいすると侯爵にお伝えあれ」ナルガシルシャには指示した。「わしはこれより参ってくる。そなたは御子をマラヤヴァセナ精舎へ責任を持って送り届けてくれ。——いや、やはり精舎へは、わしと一緒にゆくほうがよかろう。前言撤回、ここでわしの帰りを待っておれ」

「尊師さま」ドドラティーカが云いにくそうに口を開いた。「ムレーサエール侯爵は、みなさまを招待したいと仰せで」

「みなさま、とな？」

「八歳でナーランダーへ行く少年には、ことのほか会ってみたい、護衛の方々にも、と」

ドドラティーカの視線は厩戸、柚蔓、虎杖へと移動する。「おや、四人足りませんな？」

応えは返らなかったが、ドドラティーカは事の次第を察したようだった。にやりとした笑いが浮かびかけ、慌ててそれを引っ込めると、もっともらしい表情を装って、ヴァルディタムの答えを待つ。

「二転三転したが」ヴァルディタムは御子、柚蔓、虎杖の顔を見回して、「侯爵の招待を受けることといたそう」次にナルガシルシャを見て云った。「そなたも同行してほしい」

「かしこまりました」ナルガシルシャはうなずき、「あの四人への伝言は？」

「変更なし」

「改めて帳場に伝えて参ります」

「わたしは早速、侯爵に返事を」

ナルガシルシャとドドラティーカは席を立った。

「どうしてです」柚蔓が口を開いた。「尊師はマラヤヴァセナ精舎に一刻も早く御子をお連れせねばという口ぶりでした。だのに、なぜこの招待をお受けに？」

虎杖もそれを訊こうと思っていた。ムレーサエール侯爵がどのような人物か知らないが、世俗の実力者には違いない。ヴァルディタムは精舎と正反対の場所に厩戸を連れてゆくことになる。

「仏法を求める者があれば、相手が誰であろうと赴くのが仏者の務めなのじゃよ。ダーナパティとあればなおのこと」

「ダーナパティ？」

「僧侶は自ら働いて糧《かて》を生み出さぬ。仏法に帰依した信者が衣食をダーナ、布施してくれることによって僧侶は修行を続けることができる。そんな信者の中で有力な後援者のことを、布施の主、ダーナパティと呼んでおる」

「もしかして、檀越のことですか?」厩戸が訊いた。

「さよう。漢土ではダーナパティという音に檀越という漢字を当てておるな」ヴァルディタムはうなずき、さらに続けた。「サンギャとダーナパティ、僧侶と檀越とは共存共栄の関係にあるのじゃ。今も申したように、僧侶は檀越の施しで修行ができ、檀越は僧侶に施すことで果報を得ることができるからじゃ。よって檀越が僧侶を大切にするように僧侶もまた檀越を大切にせねばならぬ。ムレーサエール侯とやらはまだわしらのダーナパティではないが、事と次第によってはなってくださるやもしれぬ。かの賢明なるナルガシルシャ君は、そう示唆してくれたのだ」

「わかりました」

柚蔓があっさりとうなずいたので、虎杖は驚いた。柚蔓は石上《いそのかみ》の斎宮《さいぐう》の護衛剣士団にいた。聖なるものに剣の腕で奉斎する立場、剣を以て布施するダーナパティだったわけだ。その類似性ゆえに理解したのかもしれないが、虎杖としてはそういうわけにはいかない。理解するどころか、ヴァルディタムの話は弁明としか聞こえなかった。世俗の権力者と共存共栄だと? 話が一気に生臭くなってしまった気がする。そのモヤモヤとした思いを彼は言葉にしたくともできなかった。御子はどのように感じておいでか？　それとなく厩戸の様子を窺うと、例によって信頼しきった表情でヴァルディタムを仰ぎ見ている。虎杖は急に、孤独を感じた。速熯たちの後を追いたいという衝動に駆られた。

にわかに往来が騒がしくなった。

さっと柚蔓が立ち上がり、虎杖はまたしても遅れをとった。

ドドラティーカ船長が駆け戻ってきた。

「尊師のご返事を伝えるまでもありませんでした。侯爵が迎えをお寄越しです。さ、どうぞ」

虎杖は啞然とした。宿の前には、華やかに着飾った使人《しじん》の一団が整列していた。脇には金属の吹奏楽器を手にした楽人たちが列を整えている。宿から出ると、使人たちは一斉に恭しく頭を下げ、楽団は音楽を奏でた。

「うわあ」

厩戸が歓声を上げる。見上げるばかりの巨大な生き物が小山のように蹲《うずくま》っていた。大きな耳、長い鼻、そしてその背には、人を乗せると思《おぼ》しき豪奢な駕籠《かご》が取り付けられている。

象は二頭いた。長く太い鞭《むち》を手にした男が、着飾って背筋をぴんと伸ばし、両脚で首を挟みつけるように跨《また》がっている。乗馬の作法から類推して――馭者《ぎょしゃ》なのだろう、象のヴァルディタムと厩戸、柚蔓と虎杖がそれぞれの象の背に乗り込んだ。厚い敷物を敷き並べた二人乗りの駕籠は深めで、多少傾いたところで簡単には振り落とされないような仕組みになっている。

馭者がかけ声をかけた。足を折っていた象が立ち上がる。虎杖の視界は一気に高く、そして広くなる。軽く鞭を振るうと、象はゆっくり歩き出した。使人と楽隊の行列が続く。楽人たちは歩きながら音楽を奏で続けている。ナルガシルシャも徒歩で従う。

駕籠は象の背にしっかりと太綱で括《くく》りつけられているようだった。それだけに象の動きが直接伝わる。盛り上がる筋肉、震える皮。丸太のような四本の足が大地を搏《う》つたび震動が体感される。虎杖は船酔いとは異質の酩酊感《めいていかん》に見舞われた。空中でくねくねと奇怪に躍り上がる長い鼻、巨大蝙蝠の羽のようにはためく左右の耳。

おれは何というものに乗っているんだ！

帰国後、この体験を語ったとして、誰が信じてくれよう。

虎杖を酔わせるのは、単に象の背に揺られているからというだけではない。何から何までまったく異質の文明に触れた衝撃が、この時になって最高潮に達した。象の揺れは、それを酩酊という形で顕現させたにすぎない。いきなりインド文明に直面したならば、酩酊どころではすまなかっただろう。船旅だったことが幸いし、ゆるやかにインド文明へ分け入ってゆけた。南に向かって、港から港へ、インド文明の外縁から中心へと、少しずつ彼我の差異を観察してゆくことができた。受け容れたわけではない。受け容れるには、インドはあまりにも異質で、異世界だった。

不思議な酩酊感の中で、初めて虎杖は心細さを覚え、故国を思った。柚蔓の様子を窺う。彼女の目は閉じられていた。ひどく揺られていながらも、その表情は平静で、神前に控える巫女の顔を見せている。虎杖は話しかけるのをやめた。柚蔓を見倣って、目を閉じ、心を落ち着けようとする。できなかった。見逃すには惜しい景色が眼前に次々と広がった。すべてがすべて倭国にないものばかり。漢土の広陵の町でさえ見られなかったものだ。度外れた猥雑《わいざつ》、度外れた喧噪《けんそう》、度外れたきらびやかさ、つまりは極彩色の渦、渦、渦――そうしたもので、この世界は出来ているのだ。

「うわっ」

思わず声が出た。虎杖は目を瞠《みは》った。いつの間にか周りは茶色の水だった。何と象が泳いで河を渡っている。音楽は相変わらず後ろから鳴り響いている。振り返ると、侯爵の使人たちと楽団は小舟に分乗して後に続いていた。ヴェロワープトラは公共地、ムレーサエール侯爵領である砂洲に行くには渡河しなければならない。

陸地にあがった。侯爵の島は、ヴェロワープトラの喧噪とは無縁だった。広大だが、私領らしい落ち着きが感じられる。橘《たちばな》に似た、しかし樹高はその三倍もありそうな喬木《きょうぼく》が並木をなし、生暖かい風に橙色《だいだいいろ》の実を揺らしている。

前方に白亜の巨大な建物が見えてきた。

石造りの壮麗な館の正面には、出迎えの使用人がこれまた列をなしていた。象の背から降りた厩戸は名残惜しそうだった。もっと乗っていたかったと、その顔には正直にそう書かれている。使人の長に先導されて、館の中へと足を踏み入れる。館の中はひんやりと涼しく、乾燥していて、虎杖はみるみるうちに汗が引いてゆくのを感じた。

大広間に案内された。歓迎の宴の準備が整っていた。大きな卓上に豪華な食事が並び、給仕役の使用人たちが待ち構えている。手を後ろに組んで窓の前に佇《たたず》んでいた男が振り返り、つかつかと歩み寄ってきた。群れていた使用人たちが整然と二つに分かれて彼の通り道を作るさまは圧巻だった。

「突然の招待を受けていただき、お礼の言葉もない。わたしがムレーサエールです」

侯爵はヴァルディタムの前で合掌した。

ムレーサエール侯爵は、精気の充溢《じゅういつ》した三十代半ばの美丈夫だった。宝石をふんだんに飾った絹の豪華な衣装に身を包んでいるが、その身体つきは頑健で、ゆったりとした長衣の下にたくましい筋肉が息づいているのが見て取れる。貴族的な華奢《きゃしゃ》さとは無縁の男である。肩幅が広く、見事に逆三角形を描く体軀からは、高貴さから来るものだけではない、研ぎ澄まされた威厳が放たれている。髭は硬く濃く、両脇を牙のようにピンと尖らせている。黒い顔の中に大きな青い目が輝いているが、その目は何の感情も伝えず、氷に閉ざされた湖を思わせて冷ややかであった。

ヴァルディタムも名乗り返し、合掌する。厩戸、柚蔓、虎杖の順に侯爵に紹介した。

「このような齢で。見上げたものだ」

侯爵は感歎の声をあげた。厩戸に注がれたその目が一瞬、得《え》もいわれぬ光を帯びたような気がして、虎杖は反射的に警戒を覚えた。剣士としての勘のようなものだった。次の瞬間には、侯爵の目は従前のように冷たく輝いているばかり。さては過剰反応かと虎杖は自分を疑った。侯爵は柚蔓と虎杖にも微笑を向けたが、通り一遍のもので、特に関心を示したらしい様子はなかった。

「ようこそ、諸君」

促され四人は着席した。ナルガシルシャは招待者には加えられず、ヴァルディタムの声の届く範囲で、館の使用人に混じって待機する。

「護衛のお二人」侯爵が訊いた。「酒はどうか」

「尊師と同じものをいただきます」柚蔓が間髪を容れずに応えた。

虎杖も同調の意で首を縦に振った。

透明な玻璃《はり》の器に注がれたのは白く濁った液体で、乳酸特有の甘酸っぱい味がした。

「古来、東方世界へと布教に赴く仏僧は後を絶たないものの――」

侯爵は己の器に満たされた紅い液体を呑み干すと、真正面に坐ったヴァルディタムに話しかけた。ヴァルディタムのすぐそばには厩戸が坐っているので、その位置だと、侯爵は厩戸を相手に語りかけるかのようでもあった。虎杖と柚蔓は同じ卓ながら、やや離れて腰を下ろしている。

「――戻ってくる者は多からず。いや、ほとんどいないというのが正しかろう。東方世界から求法《ぐほう》に来る者の数も少ない。二、三の例外があるだけだ。よって、わたしたちは東方世界についてほとんど無知といってよい。東方世界と交易をする商人の一人として、わたしは多少なりと通じているつもりだが、宗教がらみとなると情報は途端に少なくなる。現地に出向く船乗りたちの関心は商売にのみあって、宗教にはない。彼らが宗教を信じていないというのではない。危険と隣り合わせの世界に生きる者たち、寧《むし》ろ彼らの信仰心は普通の民よりも強いといっていいが、自身の信仰に強固なあまり他の宗教に関心は向かわないのだ。これも道理だな。二宗併信などあり得ないことなのだから。わたしは違う。ヴェーダの教え、ブッダの教え、マハーヴィーラの教え、それから西方由来のマンダ、マーニー、ゾロアスターなどなど、何を選べばいいのか決めかねている。どれも一長一短があるのでね。と云えば、老師のお怒りを買いましょうか」

「毫《ごう》も」ヴァルディタムは笑みを含んで答える。目の前には豪華な食事が湯気をあげているが、形ばかりに手をつけるのみだ。「人は迷うもの。それぞれの宗教遍歴を笑ったり、怒ったりすることは誰にもできません」

「正直に話してよかった」侯爵はほっとしたように云った。「わたしは無神論者ではないが、あふれる宗教心を、どの教えに絞ったものか、決めあぐねているのです。だから、どの教えも粗略には扱えない。結果、諸宗の庇護者《ひごしゃ》と云われる始末」

「アショーカ王ですな」

「とてもとても」侯爵は謙遜《けんそん》の色を浮かべて首を横に振った。「わたしなど、アショーカ王に比すべくもないが、王があそこまで仏法を手厚く保護しながら、仏法のみに帰依せず、他宗の保護育成を図った気持ちはわかるような気がする。いや、これは話が逸《そ》れました。西方世界からの外来宗教は知っているのですが、東方世界には疎いということを云いたかったのだが」

「拙僧にその話をせよと？」

「是非にもうかがいたく、お招きつかまつった次第です」

しからば、とヴァルディタムは語り始めた。漢土はインドとおよそ異質の世界であること、異質ではあるもののインドに匹敵する文明圏であること——から説き起こす。そこへ仏法が齎された。当然のことながら理解はされにくく、衝突が起こった。仏法が漢土に入ったのは古く、五百年以上も前のこと。歳月の長さが、理解至難という問題をゆるやかに解決してくれた。今では漢土のあちこちに寺院が建立《こんりゅう》され、漢人の精神的支柱の太い一本となるまでに至った。

「経典の翻訳事業も盛んでしてな、胡僧――漢人はインド世界からやって来た僧侶をそう呼んでいるのですが――は布教に努めるよりも、翻訳に参画することが多いのです。その甲斐《かい》あってか、今ではほとんどの仏典が漢語に訳されております。漢土に拙僧の入る余地はないと思い、海を渡ってさらに東へ、百済《くだら》という新興国に入ったのです」

「百済？　どのような国です？」

「漢文明の周辺に簇生《そうせい》する小さな国の一つ。独自の言葉を喋りますが、文字はなく、漢土の文字を借用している。漢土に較べおそろしく未開で、少し前まで原始信仰の段階にありました。それが今では漢土を見倣って文明化に邁進している。彼らにとって文明化とは、仏法なのです」

「仏法がそこまで漢土に浸透した証《あかし》だと？」

「その通りです」ヴァルディタムは感心したというように侯爵にうなずいた。「あるいは、漢土がそこまで仏法を取り込んでしまった証でもある」

「変容ですかな？」侯爵は鋭く問いを重ねる。「漢土に渡り、漢土に馴染み、浸透することで、仏法は本来のものから似て非なるものに変容してしまった、と？」

「侯爵、あなたはほんとうに頭の回転が速くていらっしゃる」

「お誉《ほ》めの言葉に与るまでもない。マンダ、マーニー、ゾロアスターの道士たちが嘆くのを常々耳にしております。インドに来てから、自分たち本来の教えが徐々に変質していくようで不安だ、インドの風土という圧力に撓《たわ》められて、と」

「まさしく風土が」ヴァルディタムは同志を得たと云うように声に力を込めた。「外来の布教者にとって最大の敵なのです。その問題意識は、残念なことに漢人僧の共有するところとはなりません。なぜというに、変容した仏法のほうが、彼らが生まれ育った風土に合致しているので、接し心地がよいからです。言葉もまた風土です。彼らは翻訳された漢語仏典を目で追い、声に出して唱え、その中で自己完結する。インドに渡って原典を学ぼうと考える者はほとんどいない。遠路を言い訳にして」

「確かにマンダ、マーニー、ゾロアスターの教えを学ぶ我がインドの信者も、西に求法の旅に出る者などほとんどおりませんからな」

「百済が積極的に受け入れている仏法とは、そのような漢訳仏法なのです」

「となると、百済で老師の取り得る道は二つに一つということになる。インド本来の仏法をその小国に根付かせようとするか、漢訳仏法を布教するか。いや、これは失礼。先回りするのは悪い癖だ」

「後者を取り得るほどには、拙僧は漢訳仏法に親しんではおりませんでした。漢土にいたのは一年ほどだったのですから。よって前者を択んだ。思えば、拙僧の若気の至りです。

山や河を拝む原始信仰からようやく脱却しようとしている小国で、インド文明の極と粋を教え広めようとしたなどと。さよう、拙僧はたちまち孤立し、結局のところ妥協したのです」

「妥協」

「漢訳仏法ではあれ、ブッダの教えを知らぬよりはよいのではないか。似て非なる変質仏法だが、いずれそれに気づく僧が現われ、漢訳仏法を飽き足りなく思い始め、本来の仏法を学ぼうと志す僧が出てくる、それを期待してもよいのではないか。種だけでも蒔《ま》いておくべき。そう自分を納得させました。拙僧は漢訳仏法を改めて学び直し、乞われるままにそれを布教したのです。まったく慙愧《ざんき》の念に堪えない」

「お言葉を返すようだが、仏法発祥の地であるここインドでさえ、ブッダの教えはその死後に分裂し、変容に変容を重ねているではないか」

「分裂はしても、根本のところは変わりありません。仏法はヴェーダの世界を破壊、もしくは否定するもの。それはとりもなおさず、ヴェーダの世界を土台にしているということです」

「東方世界はそうではないと？」

「西方世界における宗教から類推すれば、理解が速いのではありませんか？」

「さて？」少しく考えてから、侯爵は両手を打ち鳴らした。「なるほど。東方世界にも輪《りん》廻転生《ねてんしょう》という考えはないわけだ」

「そうなのです。仏教が最終的に目指すのは、個人の解脱《げだつ》です。輪廻転生の永劫《えいごう》の循環の輪から脱出するのです。東方世界には、そもそもの土台である輪廻転生という思考がない、そんなところに仏教が入り込んだらどうなるとお考えになります」

「輪廻転生なくんば解脱もない。解脱の否定だ。解脱が否定されれば、仏教もないということになるが？」

「これまで話した通り、漢土で仏教は隆盛を極めておりますぞ」

「解脱なき仏教が？　それでは仏教ではなくなってしまうが？」

「侯爵ご自身、変容と仰せられたではありませんか。漢語仏教とは、そのような仏教なのです」

「確かに変容と云ったが——」ムレーサエール侯爵は暫くの間、言葉を失ったかに見えた。沈黙が続き、ようやく口を開いた。「よもやそこまでとは。わたしが考えていたのは、サルヴァースティーヴァディンとサウトラーンティカの違いのようなものだ。大きく云っても、根本分裂を起こしたマハーサンギ、ガテーラヴァーダのような。さらに譲って、ヒーナヤーナとマハーヤーナの如き差異を考えていた。解脱なき漢訳仏教とは、どの面下げて仏教だと云っているのか」

「彼らは解脱を否定しておりません」

「何？」

「それを売り物にしております、臆面もなく。仏教の説くところの解脱、それを掲げて信者を増やしております」

「はて」侯爵は首をひねった。「老師は今、漢土には輪廻転生という考えがないと仰せになったではないか」

「解脱は解脱でも、輪廻転生ではなく、現世の苦しみからの解脱を売り物にしているのです」

「莫迦な！　ブッダは生老苦死の解決から出発なさったが、現世で生の苦しみから解脱しただけでは何の解決にもならない。次に転生すれば、再び苦しみが始まって、死に、転生して――つまり、未来永劫その繰り返しだからだ。そんなものは仏教ではない！」侯爵は憤りの声をあげ、はっと気づいたように声をたてて笑った。「お許しください、老師。漢訳仏教は仏教でないという話をしている、そのことは頭の中では理解していたつもりだが、こうも違うとは思いもよらなかった。いやはや、これは凄いものだ。もはや仏教ではないものが仏教として栄えているとは。そのような地で、老師はずっと奮闘なされていらしたわけですな」

「妥協と申したではありませぬか。ある日、もはや何もかもが耐え難くなり、帰国を決意したのです。一言で云えば、撤退でしょうな」

「しかし、若芽《わかめ》を伴ってきてはいる」

「若芽?」

「先ほど老師は、種だけでも蒔いておくべきと仰せられた。種が発芽したのでは?」侯爵の目は厩戸に注がれていた。「見るだに気品のある男の子だ。種は種でも、貴種。しかも貴種の中の貴種に違いない。百済には、幼い我が子を老師に託す信者がいたということになる。身分の高い信者が」

ヴァルディタムはごくごく簡単に告げた。帰国途中の船が難破してしまい、流れ着いた倭国で出遭った少年である、と。

「そうでした、倭国」侯爵は記憶をたぐり直す顔になった。「ドドラティーカはそう云っていた、倭国、倭国、倭国人と。して、倭国とはどのような国です?」

「百済と同じく漢文明の周辺、それも最周辺に位置する小国です。言葉も漢語とは違いますし、文字も漢土のそれを借用しております。ただし、倭国と百済の違いは、倭国がまだ仏教を受容していないところにある」

「漢訳仏教を、ですな」侯爵は厳密さに拘《こだわ》る姿勢を見せた。

「さよう。漢訳仏教を」

「それはまたどうして。漢訳仏教とは文明の謂いだと老師は仰せられる。未開の小国が文明を求めるのは、咽喉の渇いた旅人が泉の水を渇望するようなもののはず」

「二つの理由が考えられましょう。一つには、純粋に地理上の理由です。百済は漢土に近く、倭国は遠い。百済は漢土と地続きで、倭国は海中の島国です」

「マヒンダ王子以前のスリランカ島と思えばよいか」

「もう一つの理由ですが、倭国は漢土から遠く、島国であるだけに、漢文明の影響を被る度合いが弱く、そのぶん独自の文明を発達させました。むろん、インド文明や漢土の文明に較べれば、文明の名に値するものではありません。何しろ文字を持たないのですから。しかし、亜文明とはいってもいいものが彼の国にはあって、それが証拠に、原始信仰が独自の宗教といえるまでに発展しております。倭国の支配者から下々の者に至るまで、彼らはみなこの宗教を厚く信じており、それゆえ仏教の受容には否定的なのです」

「すると、この子は？」

「仏教が憧れの文明であるのは、百済のみならず倭国にとっても同じ。国の将来を思えば仏教の導入は必至であると唱える高位者もいて、この子はその縁者とお考えください。そうした事情で拙僧がお預かりした次第です」

話が複雑になるので、ヴァルディタムは物部守屋の存在に触れなかった。

侯爵は納得したようだった。「ナーランダーで仏教を学び、祖国に持ち帰るというわけか。漢訳仏教ではない、正真正銘の仏教を」

厩戸に興味の目を向け、直接話しかけた。「きみの責任は重大だな、アシュヴァ少年。

どこまで自分の責務を理解している」

厩戸は小首を傾げ、よくわからないというように頭を横に振り、ヴァルディタムを見上げる。

「まだ理解しているとは云えないでしょう」ヴァルディタムが代わって答えた。「この子は仏教未受容の倭国で、漢訳仏教の一端に触れたに過ぎないからです。理解力は高い。驚くほど高い。拙僧は期待しているのです。この子が仏の教えを極め、正真正銘の仏教を持ち帰り、極東の島国に正しい仏の教えが栄えるのを。それでこそ、忸怩《じくじ》たる思いのまま百済で漢訳仏教を教えてきた拙僧の慙愧の念が霽《は》れるというもの」

「老師の希望の星というわけだな」

厩戸を見つめる侯爵の目に、一瞬、妖しい光が灯った。獲物を見つけた蛇が舌先をちらりとのぞかせるような閃《ひらめ》きだった。その妖眼をヴァルディタムは見逃した。

「難破して倭国に漂着したのは、この子と出会うための仏縁であった、と確信しております。でなければ、拙僧は悔やんでも悔やみきれぬ思いに責め苛まれながら死ぬことになったでしょう。この子にナーランダーで理想的な修行を積ませ、名のある高僧に育てあげる。拙僧の最後の使命と任じております」

「よき出会いをなされたもの。この少年は老師にとってのマヒンダ王子であり、老師はモッガリプッタ・ティッサということに」

「畏れ多い譬《たと》えで恐縮至極ですな。肖《あやか》ろうと心を致してはおります」

「それはそうと、東方世界の宗教事情について、もう少しお話し願いたい。漢土では、どのような宗教が信じられているのか」

「古来より道教というものが――」

ヴァルディタムは道教について話し始めたが、虎杖が耳を傾けていられたのも、この辺りまでだった。傾けていたといっても、話の半分も理解できはしなかった。言葉にそこまで習熟していない外来人に、母語話者同士の自然な会話を聴き取るのは無理というもの。そのうえ難解な仏法術語が多すぎた。人名地名の固有名詞に至っては完全にお手上げだ。

言葉の問題に加えて、給仕の女性に気を取られるようにもなっていった。食卓には数多くの皿が並び、倭国では見たこともない豪勢な食事が山盛りにされている。取り分けてくれる女が、いつのまにか左右に附いていた。虎杖の意を巧みに察し、望みのものを小皿に盛りつけてくれる。玻璃の器が空になれば、すかさず白濁の液体を注いでくれる。最初のうちは恐縮していたが、どちらも凄いくらいの美貌の持ち主であることに気づいた。あまりの美しさに呆然となったほどだった。

艶を帯びた褐色の顔に、大きな瞳が輝いている。彫りの深い目鼻立ちで、豊かな唇に官能的な微笑がけぶっている。倭国では考えられもしない顔立ち。いや、百済でも漢土でも、こんな顔は見なかった。いきなりこの顔を目にしたならば、拒絶感が先に立ったかもしれない。異人、化物と思ったかもしれない。広陵から時間をかけて旅を続けてきたことで、人の顔が徐々に変わってゆくのを虎杖は目の当たりにした。黒い髪、肌色の肌だけが人間ではないということが感覚でわかってきた。人種という概念を理解するようになっていた。だからこそ給仕の女を見て、美しいと思うことができたのだった。

美しさは顔だけではなかった。この熱帯世界の女人らしく薄い衣装をまとい、剝き出しになった二の腕とふとももを宝石で飾っている。胸元はぐっと盛り上がり、その張り具合を左右の女同士で競うが如くだった。何という量感。初めて目にする。虎杖はたちまち気もそぞろになってしまった。それでなくとも聴き取りづらい侯爵と老師の対話が耳からすうっと遠のいてゆく。時折り、美女の肌が虎杖の手足に触れる。すると、触れられた部分がまるで炎に焙られたかのような熱を持ち始める。美女が遠方の皿に向かって身体を伸ばすと、胸が圧倒的に豊かな量感を誇って震える。

速犢や灘刈のことが頭をかすめた。こんなことではいかん。虎杖は懸命に気を引き緊《し》めようとした。彼らを笑えないではないか。今この瞬間に厩戸が刺客に襲われることを想定し、自分を奮い立たせようとするも、厩戸に目をやれば、ヴァルディタムの隣りで侯爵の話におとなしく聞き入っており、それなる想定の何と非現実的なことか。

はっと気づいて、柚蔓の様子を窺う。彼女も左右に給仕人を侍《はべ》らせ黙々と食事をしていた。給仕役の二人は、男だった。侯爵がそのように手配したのだろうか。柚蔓が女だと見抜いて。二人の給仕男はどちらも若く、整った容貌の持ち主だった。そのうえ褐色の肌から精悍な雄の精気を漲《みなぎ》らせている。控えめな、しかし、どことなく甘ったるい声で代わる代わる柚蔓に話しかけている。おいしくお召し上がりですか、今のお品は犀《さい》の角の柔らか煮でございます、などといったことを。

柚蔓は二人の存在を歯牙《しが》にもかけていないようだった。軽くあしらっている。

「こちらへいらっしゃい、柚夫人」

ヴァルディタムの声がした。

柚蔓は席を立つと、大股で進み、ヴァルディタムの隣りの椅子を自ら引いた。給仕の男たちが慌てて後を追う。

「あなたもです、サールドゥーラ」

虎杖も呼ばれた。やむなく彼も椅子から立ち上がり、厩戸の隣りに移動する。給仕の女たちが当然のような顔をしてついてくる。

「侯爵との話に夢中になって、あなたたちへの目配りが疎かになってしまっていたようじゃな」

ヴァルディタムは悪戯《いたずら》っぽい笑みを浮かべてそう云うと、侯爵に顔を向け戻した。

「過分な配慮はご遠慮願えましょうや。アシュヴァ公子の特別な警護人なのです。出家者ではないが、拙僧と同様の待遇をしていただけると有り難く存じます」

「さにあらず」侯爵は悪びれた様子もなく応じた。「世俗の客人に対する世俗のもてなしのつもりだった。特に、こちらのお方は」虎杖に意味ありげな目を向けた。「まんざらでもないと見たが」

虎杖は恥辱を覚えた。顔色にも出たのだろう。侯爵はすぐに察して言葉を重ねた。「いや、侮辱しようというのではない。気を悪くしたのなら、どうか許してくれたまえ。男の客人をこのようにもてなすのは、国境を問わないはずだろう?」

「仏法に生きる者の従者は」ヴァルディタムは虎杖に応じる隙を与えず、幾分か固い声で云う。「仏法者に準じて扱われるべきものなり」

「わたしの非であった」

一転して認めると、ムレーサエール侯爵は手を振って四人の給仕人を退《さ》がらせた。

「あなたにも」侯爵は柚蔓に誘うような微笑を投げかけた。「失礼をしました」

柚蔓は軽く会釈を返した。素っ気ない態度だった。侯爵の目が探るような光を帯びた。

「こちらの方は」侯爵はヴァルディタムに云う。「尼僧でいらっしゃるのでは?」

「さよう見えますかな」

ヴァルディタムはうれしそうに笑いながら首を横に振った。

「見えるとも。まるで戒律者のようだ」侯爵はなおも怪しむ様子だった。「お二人もナーランダーで仏法修行を?」

虎杖は身を乗り出した。ずっと気配を絶つが如くだった柚蔓も、はっと身じろぎしたようだった。ナーランダーに着いたら、自分たちはどうなるのか。それが今や目の前の関心事として迫っている。

「二人が決めること」ヴァルディタムは答えた。「彼らの使命は一にも二にも、このアシユヴァ公子の身を守ることにあるのですから。それさえ果たせていれば、後は何をしようと、二人の自由意思に任される」

老師と厩戸を間に挟んで、虎杖と柚蔓は期せずして顔を見合わせた。ナーランダーにおける自分たちの身の振り方を、あらましにせよヴァルディタムが口にしたのはこれが初めてだった。

「きみたちも」侯爵はうなずき、にわかに興味を掻き立てられたらしい目で柚蔓と虎杖を代わる代わるに見やった。「なかなか面白い立場にいるというわけだ。よろしい、行く末を予想して進ぜよう。ナーランダーに行くと、することがなくなってしまう。あの仏の都で護衛役というものの必要はないからだ。聖を極めた仏法空間に誰かの命を狙う者の入り込む余地などあろうか。きみたちの存在意義というか、存在価値はなくなってしまう。二つ目には、この子が厳しい修行に入るからだ。何にせよ修行とは孤独なもので、誰かに守ってもらってするという筋合いのものではない。という次第で、役目はナーランダーに到着した、まさにその瞬間に終わる。この子が修行を終え、ナーランダーを出る日まで、きみたちはこの子にとって無用の存在となるのだ」

　おぼろげながら虎杖も予想していた。柚蔓にしてもそうだろう。自分たちは厩戸にとって無用のものとなる――いつまでかかるか知れぬ修行の間、ずっと。それがわかっていたからこそ、正面きってヴァルディタムに問い質《ただ》す勇気がなかったのかもしれない。

「そこで、だ」侯爵は続けた。「きみたちの選択肢は二つある。一つはこの子を見倣って出家し、仏道修行に励むこと。これは悪くない選択だ。ナーランダー僧院は世界最高の僧侶養成機関だからね。せっかく遠路はるばるやってきて、本物の仏教に接する好機を逃すのは、愚か者のすることだ」

　侯爵はそこで言葉を切った。虎杖は続きを期待したが、待てど暮らせど口が開かれる気配はない。侯爵のほうこそ自分たちの反応を待っているのだろうか。ヴァルディタムも厩戸も、虎杖と柚蔓の様子を窺っているようだった。

　柚蔓が低い声で訊いた。「もう一つの選択とは？」

「僧侶にならずとも、僧院の周辺にいれば生きてゆける。食べてはゆける。なぜならば」侯爵はヴァルディタムをちらりと見た。「僧侶というものは非労働者、非生産者であり、僧院では彼らを支えるために大勢の労働者を必要としている。農業から、あらゆる雑事にいたるまでね。その資金源は在家の信者からの布施によって賄われているのだが、それはまあいい。働き口には少しも困らないのだ。きみたちはこの子の修行を附かず離れず見守ってゆくことができる。護衛役の任務を継続することができる。だが、いずれ必ず堪えられなくなる」

「なぜです」虎杖と柚蔓は異口同音《いくどうおん》に訊いた。

「つまらないからだよ。護衛役の任務を継続するといっても名ばかり。この子を襲う者などナーランダーには誰もいやしないのだ。来る日も来る日も同じことの繰り返しだ、退屈で、単調な。緊張感もなく、達成感もなく、やりがいのない毎日だ。やがて自問するようになる。自分は何のためにここにいるのか。自分がお仕えする人は、自分がいなくてもちゃんと修行できているではないか。とてつもない虚しさ、不安がきみたちを苛む。蝕んでゆく」

　虎杖と柚蔓はヴァルディタムを見た。

　侯爵もヴァルディタムに顔を向けた。「何か異論はおありかな」

「ナーランダーに行ってみなければわかりますまい」ヴァルディタムは重々しく答えた。

「拙僧の見るところ、このお二人はそのような運命に甘んじる人間ではありませんぞ、侯爵。自分の運命は自分で切り開いてゆく積極果敢な人間だと思っております。結果がどうなろうとも」

「なればこそ」侯爵はうなずいた。「きみたちが運命を切り開いてゆくにおいて、及ばずながら力添えをしようではないか、このムレーサエールが」

「どういうこと」

皆の目が一斉に厩戸に集中した。厩戸の表情は真剣そのものだった。虎杖は驚いた。侯爵の予言者めいた物云いが、八歳の少年にどこまで理解するところとなったかはわからない。けれども厩戸は幼いなりに不吉なものを感じ取り、自分たちのことを心配してくれているのだ。

「きみの修行中に」侯爵は厩戸の目を見つめて云った。「二人の身に何かあったら——いいや、万が一にもそんなことの起こらぬよう、わたしが支援の手を差し伸べてもよいと云ったのだよ」

侯爵は再び虎杖と柚蔓に視線を向けた。「遠慮なくわたしを頼りたまえ。援助は惜しまぬ」

「なぜそこまでしてくださろうと?」

虎杖は訊いた。侯爵の申し出に、得体の知れぬものを感じた。

「ヴァルディタム老師の話に感銘を受けたからだよ。東方世界への布教という初志に敗れた高齢の仏師がむなしく帰国する途中、仏の申し子というべき少年と出会い、彼をナーランダーに連れ帰る——老師の語るところを、感動的なジャータカやブッダチャリタの一篇を聞くように耳にした。しかも、だ。この話はこれで終わりではない。続きがある。果たしてどのように続くのか。わたしはそれが知りたい。知らずにはおかぬ。知るだけでなく関与もしたい。そのようなわけで、老師」侯爵はヴァルディタムに云った。「このムレーサエールをあなたの檀越にしていただきたいのだが」

「望外のことです。仏縁に感謝いたします」

ヴァルディタムは合掌した。その顔色は限りなく静かだった。

「負担には感じないでいただきたい」侯爵は付け加えた。「わたしが布施しているナーランダーの仏僧は他にも大勢いる。無論、ナーランダーそれ自体の檀越の一人としても名を連ねている。他にも、ジャイナやマンダ、マーニー、ゾロアスターの僧侶、司祭、宣教師にも援助している」

「それを聞いて、ますます侯爵がアーショカ王の如く思えて参りましたぞ」

「過分のお言葉だ」ムレーサエールは合掌を返した。虎杖と柚蔓に目を向け、「老師の檀越になった以上、この子にも、この子の護衛役であるきみたち二人に対しても、責任というものが自動的にわたしには生じたことになる。殊にサールドゥーラ剣士よ、ドドラティーカから聞いたが、きみはかの悪名高き海の魔物、ヌ・マーンダーリカを倒した英雄だとか。相手が怪物であっても殺生の話は老師の手前、聞くのが憚られるが、いずれきみのその手柄をじっくりと語ってくれたまえ。それから――」

侯爵の目が虎杖から柚蔓に移った。「わたしも多少は剣を使うが、あなたからは手練《てだれ》の剣気を感じる。ナーランダーでの暮らしに飽いたら、是非にもわたしを訪ねてきて、倭国の剣術を教授してほしいものだ」

柚蔓はどう反応すべきかと口ごもった。

「そろそろお暇《いとま》するとせん」

ヴァルディタムが立ち上がった。

侯爵の顔に狼狽の色が走った。「こ、これは老師、突然また、何を仰せになります。わたしの招待を何とお心得か。それに、もはや夜も遅い。今から宿に戻るなど正気の沙汰では――」

「ここにはヴェロワープトラに劣らず、悪しき誘惑がはびこっていると感じられるのだが。如《し》かじ、宿に戻って寝るには」

虎杖の目には、意外なほど侯爵の顔色が青ざめたように見えた。

「大変に失礼いたしました」侯爵は言葉遣いをいっそう丁寧なものへと改め、あたふた立ち上がると、へりくだった仕種で頭を下げた。「おもてなしいたさんとする心が……その……行き過ぎてしまったようですな。あれほど老師に云われましたのに、このお二方がただの世俗の方ではないということに考えが至らなかったようで」

「そのお言葉、額面通りに受け取って宜しかろうかな」

「もちろんです。謝罪が真実のものである証に……そうだ、船をご用意いたしましょう」

「船とな？」

「パータリプトラ行きの船は五日先と聞いております。聖地ナーランダーに向かう遠国の客が、この誘惑の都に五日も留まるのは如何なものか、と」

「拙僧もそれを案じておるのじゃ。事実、誘惑の魔手に捕らえられた者が出ての。よって、ヴェロワープトラの宿より、侯爵の館のほうが安心かと思うてご招待を受けたのじゃが」

「このムレーサエールにできないことはありませぬ。明日、船をお仕立ていたしましょう。パータリプトラ行きの船を」

「そうしていただけるとありがたい」

「明日の午後一番に出港できるよう、これより直ちに手配いたします」

「誘惑の魔手に捕らえられた四人は妓楼へ出かけおった。明日には宿に戻るとのことであったが、信ずべけんや。彼らを置き去りにしてゆくわけにも参らぬし。困ったのう」

ヴァルディタムはこちらの立場をちゃんと代弁してくれている、と虎杖は思った。連絡網を構築するためには、速熯と灘刈にナーランダーへ行ってもらわねばならないのだ。

「ご心配なく」侯爵は請け合うように云った。「出港時間までには連れ戻しましょう」

ヴァルディタムに呼ばれ、ナルガシルシャがやってきた。二人の間で話が交わされ、今度は侯爵が自分の使用人の中から一人を呼んだ。侯爵に云い含められた使用人とナルガシルシャは肩を並べて広間を出ていった。

「これで解決だ」

たっぷりと恩を売って、失地を回復したと思ったものか、侯爵の態度は旧に復して貴族の威厳を取り戻した。

「ご厚意にお礼の言葉もありません。侯爵は、まことに嘉《よ》き檀越にておわします」

高飛車に出ているようだったヴァルディタムの挙止も元に戻った。

「ただ今を以て宴はお開きということに。本日は、急なお招きにもかかわらずご足労いただき、感謝に尽きませぬ。貴重な話をうかがい、有り難い時間を過ごすことが出来た。ナーランダーを出ることがあれば、是非またお立ち寄りを。寝室の用意はできております」

「拙僧とアシュヴァは」ヴァルディタムが注文をつけた。「一部屋でお願いいたそう」

「もとより」侯爵はうなずき、虎杖と柚蔓を見た。「きみたちも一部屋で?」

「どうか二部屋を」

またも虎杖は柚蔓に先を越された。

「くれぐれも、これ以上のおもてなしは不要に願いますぞ」

ヴァルディタムはちらりと虎杖に視線を走らせて、念を押すように侯爵に云った。

案内されたのは、広大な中庭だった。ぼんやり蕩《とろ》けてしまうような亜熱帯の月影に照らされて、石造りの家屋が点々と散らばっている。整然とはいいかねるも、雑然ともしていない。インド的な偉大なる渾沌とでも云うべき秩序のもと、意図的に配置されているように思われた。客舎と客舎が充分に距離を空けて建てられているのは、客同士が互いに干渉し合わないようにということだろう。

ヴァルディタムと厩戸、柚蔓がそれぞれの客舎の扉の向こうに消えるのを横目で見送って、虎杖も自分にあてがわれた客舎の中へと入った。すでに燭台に火が灯されていた。ここまで案内してきた使用人は、一礼すると去っていった。

虎杖は窓を開けた。両開きの窓で、開閉の滑らかなことといったらなかった。倭国にも漢土にもない窓の作り方だった。闇を透かして、ヴァルディタムの客舎と柚蔓の客舎が左右に見えた。窓は開かれず、隙間から光が洩れていた。ヴァルディタムの窓の明かりはすぐに消えた。柚蔓の窓の明かりを見るともなしにぼんやりと見つめているうちに、虎杖は急に疲れを覚えた。

窓を閉めようとして、思い直しそのままにした。用意された夜着に着替え、寝台に仰《ぎょう》臥《が》した。寝床は柔らかく、敷布団も掛け布団も絹の上物《じょうもの》だった。久しぶりの恵まれた就眠条件、身体は長い船旅で疲労しているはずなのに、眠りはなかなかやってこない。時の経過とともに目が冴えてゆく。

ムレーサエール侯爵のような人間を、虎杖はこれまでに見たことがなかった。己の欲望に忠実なようでいて、それを厭《いと》っているかのようでもある。権力を握っていることを意識しながら、ヴァルディタムにへりくだってもみせる。宗教に関心が深いと云う割には、一つの信仰に帰依していない。複雑で、矛盾のかたまりのような人間らしい。彼の知る権力者——蘇我馬子や物部守屋とは完全に異質だ。文明とやらが爛熟すると、あのような人間が生み出されるのだろうか。

ヴァルディタムとのやりとりも不可解に思えることが多かった。侯爵は一転して守勢に回った。そのきっかけが何であったのか彼にはわからない。美しい女人に接待をさせた。接待と云っても、食事の給仕に過ぎない。それがヴァルディタムによって咎めだてされるほどのものなのだろうか。何かの戒律に触れたということなのか。僧侶と檀越の力関係と、云ってしまえば所詮それまでのことだが。

そうだ、あの給仕の女たち。ムレーサエール侯爵の印象は急速に彼方に消え去ってゆき、入れ替わりのように美女二人の姿態が生々しく甦《よみがえ》った。腕に触れた、豊かな胸の感触も。その接触は偶然のようでもあったし、偶然を装った意図的なもののような気もしないではない。

今頃、速熯や灘刈たちが妓楼で抱いているであろうインド人娼婦も、あの二人のような抜群の美貌の持ち主なのだろうか。

虎杖は開いた窓に目をやり、次いで、鍵のかかっていない扉を見やった。悶々《もんもん》と時を過ごすうちに、いつのまにか彼は眠りに落ちていた。

翌朝、虎杖は自然に目を覚ました。そして大いに慌てた。何と、下帯が濡れている。ねっとりと。半ば乾いた部分はごわごわとしている。淫夢を見たことは覚えているが、まさか精を放ってしまおうとは。

思わず辺りを見回した。室内には誰もいない。出入り口の扉は閉まっている。誰も忍び入って来てくれなかった窓が、夢精した彼を嘲笑《あざわら》うように、むなしく開きっぱなしになっていた。

下帯を取り替えようと寝台を降りたが、窓を閉めてからにすることにした。下帯の冷たさを惨めに感じながら虎杖は窓辺に歩み寄った。外は白々として、夜が明けてさほど時間が経ってはいないようだ。庭の木々の間を霧が渦巻き、ゆっくりと流れるように動いている。今の季節、夜の温度が下がるとガンジス河から霧が立ち昇るとナルガシルシャが云っていた。

窓の木枠に腕を伸ばそうとして、彼の手はふと止まった。霧の中に不審な動きがあった。柚蔓の客舎だった。昨夜は開くことのなかったその窓が開かれ、男が飛び下りてきた。そして、もう一人。

——狼藉者《ろうぜきもの》！

咄嗟に虎杖は、寝台の傍らに置いた剣に手を伸ばそうとした。中庭に降り立った二人の男は、揃って振り返ると、窓に手を振った。虎杖は頬を強張らせ、目を凝らした。柚蔓の窓辺には霧が濃く流れ、室内ははっきりと窺い知ることができない。二人の男は手を振るのを止め、中庭を小走りに駆け出した。霧が徐々に薄くなり、二人の顔が識別できた。間違いない、昨夜、柚蔓の左右で給仕していた若い男たちだった。

朝食は本館に用意された。ムレーサエール侯爵の姿はなかった。

「主人は朝早く、虎猟にお出かけになりました」

接客専任の家宰《かさい》バラン・デーヒが告げた。「宜しくご出立あそばしますように、とのご伝言にございます。殊に、こちらのおぼっちゃまには、ナーランダーで修行によくお励みになるように、と」

ナーランダー行きの船の準備は既に整っている、とも付け加えた。宿に残してきた荷物はナルガシルシャが回収して船に運んであり、速熯ら四人は昨夜のうちに所在が判明して、船上で落ち合うことになっている、とのことであった。

「それから、これを」

バラン・デーヒは、赤ん坊の頭ほどもある革袋を四つ、朝食の卓上に並べた。袋の口を縛っている紐をほどくと、黄金色の輝きが洩れた。中身は金貨だった。

「喜捨でございます。一つの袋に、カニシカ金貨が五百枚ずつ入っております。お一人一袋というわけでございますな。これをナーランダー僧院にご寄進なさるようにと、侯爵さまからのお言伝《ことづて》でございます」

ヴァルディタムは合掌して謝辞《しゃじ》を口にしたが、遠慮する素振りは微塵も見られなかった。

「どうかしたの」

厩戸が匙《さじ》の手を止めて、不思議そうに虎杖を見やった。

何度か名を投げかけられ、ようやく虎杖は呼ばれていることに気づいた。

「は、何でございましょうか、御子」

「何でございましょうか、じゃないよ、虎杖。ちっとも食べてないじゃないか」

ヴァルディタム、厩戸、柚蔓は静かに匙を口に運んでいた。厩戸の皿は空になりかけている。虎杖は一つも口をつけていなかった。

「よく眠れなかったと見える」ヴァルディタムが訊いた。「いきなり豪華な寝具で休むと、身体がびっくりするというが」

「老師さまはね」厩戸が口を出した。「床の上で寝たんだよ。ぼくも見習ってそうしたんだ」

「あれは」ヴァルディタムが云う。「僧侶向きの寝台ではないのでな」

「夜のおもてなしがやってきたんじゃないのかしら」

柚蔓にしては珍しく、朗らかな調子でからかうように云った。今朝の彼女は血色がよく、いつにもまして生き生きとして見えた。例によって男装だが、頬は薔薇色《ばらいろ》で、唇の赤みは

そっちこそどうなんだ、と声を荒らげたくなる自分を虎杖は懸命に抑えた。目覚めてすぐに目撃したあれは、寝《ね》ぼけ眼《まなこ》に見た夢だったのでは、そう思いたかった。

「夜のおもてなし？　本当なのですか、サールドゥーラ」

ヴァルディタムが匙を止めて訊いた。

「とんでもない。誰もやってなど来ません」

柚蔓を意識しながら虎杖は強く否定した。柚蔓は平然とした顔で虎杖の視線を受け流す。

「冗談ですよ」ヴァルディタムが微笑した。「ムレーサエール侯爵には厳しく云っておきましたからね。使用人が主の威令に忠実ならば、当然あり得ぬこと」

では、と虎杖は暗澹《あんたん》たる気持ちに襲われた。女の使用人は侯爵の命令に服し、男の使用人はそうではなかったということか。男の使用人にとって柚蔓は主人の命令を破らせるほどに魅力的で、自分はそうではなかった、ということなのか。その挙句に夢精してしまうとは、何という情けなさだ。

いいや、そんなことではない。このやりきれなさは柚蔓が――。

「虎杖、食べなきゃ」

厩戸が自分の席を離れ、そばにやってきた。そして彼の手から匙を奪い、皿から汁をすくって彼の口の前に運んだ。インド料理独特の香辛料の匂いが鼻孔を強く刺激する。

濃く映じる。

「御子さま、畏れ多いことです」

虎杖は狼狽し、あやうく落涙しそうになった。自分に活を入れる。すべては夢だった、と思うことにした。

帰路の乗り物は、象ではなく輿《こし》だった。厩戸はがっかりした顔になった。

「象は虎猟に必要でして」

バラン・デーヒが説明する。虎猟とは貴族の娯楽の一つだ。貴族たちはそれぞれが飼い馴らした象の背に乗り、巨体による威圧で密林から虎を追い出し、追い立て、包囲する。象は数十頭繰り出されるのが普通で、大がかりな時は百頭を超すという。百獣の王と云われる虎も、象の前にはかたなしで、哀れな窮鼠《きゅうそ》に変じる、とバラン・デーヒが云うのを聞き、虎杖は血を沸き立たせた。自分もいつか虎猟に参加してみたいものだと熱望する。巨象を駆って猛虎を追う自分の姿を想像し、惨めな気分から束の間だが逃れることができた。

ヴァルディタムと厩戸が輿に揺られたのは、侯爵の館から船着き場まで。その先は船で河を渡り、ヴェロワープトラ島の港に直接乗りつけた時には、昼近い時間になっていた。

広大な港は、ひっきりなしに出入りする商船で大いに賑わっていた。インド世界に馴染んできたこともあり、虎杖は余裕を持って港の情景に観察の目を向けた。白い肌をした交易商人が埠頭を闊歩《かっぽ》しているのに目が止まったのも、やっとそれに気づく余裕が出来たからである。彼らは肌の色だけではなく、着ている物、乗っている船まで、あらゆる点でインド世界とは異質だった。

「西方世界から来た商人たちです」バラン・デーヒが彼の疑問に答えた。「多くはペルシャ人。少し前までは、遊牧の民エフタル人が中継役を担っていたのですが、十二年前に滅ぼされてしまい、ペルシャ商人が直接やって来るようになりました。それから、ほら、あそこを歩いているのはアラビア商人、砂漠の民です。今は見当たりませんが、ペルシャのさらに西にあるビザンツ帝国からの商人も時折りやってきます」

「ビザンツ帝国?」

「はい、ペルシャの強敵だったローマ帝国が東と西に分裂したのは、およそ二百年前のことか。東のほうのローマ帝国が最近ではビザンティウムという都にちなんでビザンツ帝国と呼ばれるようになりました。帝国ゆえ、さまざまな被征服民族を包含しております。遥か古《いにしえ》に栄えたエジプト、メソポタミア、シリア、ユダヤの民までも。一口にビザンツ商人と申しましても、雑多なものです」

聞いていて虎杖は眩暈《めまい》がしそうだった。初めて耳にする国名ばかりではないか。彼が知る国とは母国の倭国であり、百済、新羅《しらぎ》、高句麗《こうくり》の半島三国であり、大陸には南に漢族の陳《ちん》、北に鮮卑《せんぴ》族の周《しゅう》が対峙《たいじ》し、さらにその北には突厥《とっけつ》帝国が中華世界を脅かして――これが彼の把握できる〝世界〟だ。西方世界と云えば、『漢書』に記された三十六国という、おぼろげな知識でしかない。世界の果ては天竺、つまりインドだった。彼は自分が今、世界の果てにいるのだという認識を持っていた。だが、さらに西にも世界が続いているとは。

「ビザンツ帝国の西にも、まだあるのでしょうか」

「西には西ローマ帝国が」

「ああ、そうでしたね」

「聞くところによれば、西ローマ帝国は二百年ばかり前にゲルマン人の傭兵隊長オドアケルなる男に滅ぼされてしまい、今ではゲルマンの諸族が幾つもの小さな王国を乱立させているのだとか。フランクという王国が最も勢力を伸ばしているそうですが、フランク王国の商人はさすがにここまで来てはおりません――侯爵がご用意してくださった船は、あれです」

バラン・デーヒが指差す先には、二十人乗りほどの中型帆船が停泊していた。見るからに大河を遡るにふさわしい船だった。

「わあ、象だよ」

厩戸が弾んだ声をあげた。船の舳先《へさき》に、象面の立像が設置されていた。長い鼻、大きな耳――頭はまぎれもなく象だが、身体は人間だ。ただし腕は四本ある。

「ガナパティですな」

「申し訳ございません」バラン・デーヒがヴァルディタムに謝った。「急なことで、この船しか用意できなかったのです。差し障りがあるようでしたら、これから撤去させますが」

「ご配慮は無用じゃ。船を仕立てていただけた、それだけでもありがたいというに」

「こちらです」

声が降ってきた。ナルガシルシャが舷側から身を乗り出して手を振っている。

一行は綱階段を上って乗船した。

速熯、灘刈、月ノ輪、羽麻呂が先着していた。その横には、宿から運び込まれた一同の荷物が積み上げられていた。

速熯は気恥ずかしさを隠さない顔で虎杖を迎えた。

「やあ、蘇我の旦那」

「お楽しみのところを、申し訳なかったかな」

虎杖は意地悪く云った。自分でも驚くほど攻撃的な気分になっていた。くそっ、こちらは夢精したというのに、この男たちときたら。

「びっくりしたよ」きまり悪さを誤魔化そうとしてか、速熯は大袈裟な仕種で両手を広げた。「あれは何度目だったかな、ともかく真っ最中に、いきなり扉が開いて、あの男が入って来たんだ」

速熯は顎先でナルガシルシャを示した。

「まったく冗談じゃない。こちらは発射寸前だというのに。予定が変わって、昼には出港ですと聞かされても、上の空さ。ま、是非もない。優先すべきは任務だからな。夜明けまで猶予をくれた温情には感謝しておりますとも、涙が出るほどにね」速熯の声には未練がましい響きがあった。「そちらの首尾は」

虎杖はムレーサエール侯爵に招待されたことを簡潔に告げた。

「突然の予定変更とはそういうわけだったのか。あんな簡単にナルガシルシャがおれたちを探し当てたってことは、ひょっとして、あの妓楼は侯爵の息がかかっているのかもしれんな。それはそうと、どうだった」

「どうだったとは？」

「侯爵の館というからには、さぞかしとびきりの美女が揃っていただろう」

「莫迦をいえ。おれはきみたちとは違う」

「お高く止まるつもりか、蘇我の旦那」

「そんな意味じゃない」虎杖は折れることにした。「何といっても老師と御子が一緒なんだ」

不意に柚蔓のことが脳裏をかすめ、虎杖は内心で激しく毒づいた。

「それはそうだ」速熯は同情という優位の高みを占めた。「ともかく旦那は惜しいことをしたよ。女たちの凄さといったらないんだ」

「女たち？」

「三人呼んだんだ。最初は一人だったが、予定変更と云われて、二人追加した」

「まったく、きみってやつは」

虎杖は呆れた。人は見かけによらないとは、まさにこのことだった。任務遂行に使命感を燃やす忠臣だとばかり思っていたが。この、弛緩《しかん》して、だらしなくニヤついた顔は、まるで別人だ。これを見たら物部守屋も卒倒するだろう。

「旦那の考えていることはわかる」ふと速熯は表情に自嘲の色を追加し、物憂そうに云った。「実際、おれは骨抜きにされてしまった。インド女にね」

「ふざけたことを」

「いいや、ほんとうだ。旦那も味わってみれば、おれの気持ちがわかる。倭国で抱いてきた女たちは何だったんだろう、と。まったく、驚き以外の何物でもなかったぜ。新発見の連続というか。例えば、唇があんなふうな使われ方を――」

速熯の高説は、そこで中断した。横から灘刈に腕を掴まれたからだった。

灘刈が異常な様子を示しているのを、虎杖は目の片隅に捉えていた。速熯に輪をかけて虚脱状態にある。表情はうつろ、目は宙を彷徨っている。

「おい、速熯」灘刈は思いつめた声で云った。心の梁《はり》が抜かれてしまったような顔と、深刻で一途《いちず》な声との懸隔は、滑稽なほどだった。「おれ、止めるよ」

さすがの速熯も、ぎょっとして訊き返す。「止める？　何をだ？」

「パターチャーラーから離れられそうにない」

「何だって」

「パターチャーラーなしで生きていけない」

「パターチャーラーって誰だ？」

「あの娘と別れるのは辛《つら》い、悲しい、耐え難い」

「もしかして、妓楼の？」

「おまえは、女をとっかえひっかえしたよな」

「ば、莫迦。声が大きいじゃないか」

速熯は狼狽して辺りを見回した。バラン・デーヒの話を聞いていたヴァルディタム、厩戸、柚蔓が、振り返ってこちらを見つめた。

「とっかえひっかえじゃない」速熯は声を低め、灘刈の言を訂正する。「一度にまとめて五人を相手にしたんだぞ」

「おれはパターチャーラー一人だった。最初から最後までずっと。他の女なんか呼ぶ気になれなかった。これからもそうだ。パターチャーラー一筋でゆく」

「これから？」

「止めるって云ったはずだ」

「何を止めるんだ？」速熯は苛立《いらだ》たしそうに云い、次の瞬間、あっと叫び声を上げた。

「任務を抛《ほお》り出すつもりか？」

素っ頓狂な大声は辺りに響き渡り、ヴァルディタムたちが何事ならんと近づいてきた。

「冗談はよせよ、灘刈」

「パターチャーラーのいない人生など無意味だ。おれはあの娘と生きる。そのほかのことはどうでもいい」

月ノ輪と羽麻呂が横から灘刈を唖然とした顔で見つめる。

「生きるって、どういう意味だ」

「パターチャーラーと暮らす。あの娘は、おれが好きだと云ってくれた。ようやく最愛の男性に巡り合えたと、おれのいきり勃《た》った一物にやさしく指を絡めながら告白してくれたんだ」

「おいおい、頭を冷やせ。娼婦の甘言を真に受けてどうするんだ」

「甘言なんかじゃない。あの娘は本気で云ってくれたんだ。おれは妓楼の下働きになってでもパターチャーラーの近くにいるつもりだ」

「おまえの気持ちはわかる。あの至福の体験をしたからには、のぼせあがるのも無理はない。おれだってチラッとはその——ともかく冷静になれ」速熯は訴えるような顔で虎杖を見た。「蘇我の旦那からも何とか云ってやってくれよ」

　虎杖は呆気に取られていた。灘刈の身に何が起きたというのか。速熯に劣らぬ好漢だと思っていたこの青年に。

「灘刈どの――」呼びかけはしたものの、何と説得してよいか言葉に窮した。頭をめぐらせるうち、思いつくことがあった。「父上の鷹嶋《たかしま》どのには」そう、これなら効果的だ。廉《れん》恥《ち》に訴えるに如《し》かず。「父上の鷹嶋どのには、どう申し開きをしたらいいのです」

「何とでも」灘刈は間髪を容れず答えを返した。「ありのままを伝えてもらってかまわない。惣領息子の灘刈は、インドで女に狂い、御子を奉じる使命を途中で抛棄《ほうき》したと」

　柚蔓が進み出た。その片手がさっと閃いたかと思うや、灘刈の頰が音高く鳴った。

　灘刈は何の反応も示さなかった。のろのろ柚蔓を見やったが、その目は相変わらずうつろで、何かの感情が奔騰する、あるいは表出する気配さえなかった。次いで灘刈はどんよりとした視線を柚蔓の隣りにいた厩戸に移した。と、ようやくその表情に変化が表われた。激痛をこらえるかのように顔を歪め、いきなりひざまずいた。

「御子さまっ、申し訳ありませぬっ」

　額を甲板に打ち付けるように平伏し、声を絞り出した。「この灘刈は、もはや御子さまのお供をすることができなくなりました。どうか、お許しくださいませ」

　すぐに立ち上がると、再び速熯に向かって叫んだ。

「おれは狂ったんだ！　物部灘刈は今を以て死んだと思ってくれ！　さらだば、速熯！」

身を翻すと、船から駆け下り、港の雑踏の中にまぎれて、すぐにその姿は見えなくなった。

暫くの間、誰も動かなかった。あまりの慮外さにどう反応していいかわからなくなっていた。

「あ、あの莫迦野郎めが」速熯が罵りの声をあげた。「待っていてくれ、蘇我の旦那。連れ戻しに行ってくる。行き先はあの妓楼だ」

「わたしも行こう」虎杖は云った。「あの様子じゃ、相当に抵抗されるぞ」

「旦那はここにいてくれ。あんたの役目はあくまで御子を守ることだからな」速熯は二人の手代を見やった。「月ノ輪、羽麻呂、一緒に来い」

「かしこまりました」

二人とも神妙な面持ちでうなずく。彼らにしてみれば灘刈は主君鴦城からの大切な預かりものである。このままでは広陵に帰れない。

「お待ちなさい」

三人が駆け出そうとすると、ヴァルディタムが止めた。倭国語でなされていたやりとりは、柚蔓が簡潔に訳して素早く伝えたのだ。

「出港を遅らせてはならぬ。わたしは御子を一刻もはやくナーランダーに連れてゆきたい。

可哀そうだが、今は放っておきなさい」

ヴァルディタムは厳《いか》めしい表情で云った。

「し、しかし」

速熯は目を剝き、猛然と喰ってかかりたそうに肩を怒らせた。

「ヴェロワープトラからナーランダーへの道筋は、あなた一人が経験しておけば間に合うことです。何も二人で辿《たど》る必要はありますまい」

「それはそうですが、灘刈を見捨ててゆくなんて」

「誰が見捨てると申しましたか。居所はわかっているのでしょう。ならば、ナーランダーからの帰りに説得すればよいこと。今は先を急ぎます」

「しばらく、ほんのしばらく待っていただければ」

「因果応報」ヴァルディタムはにべもなく云った。「自分たちの蒔いた種から育った悪しき穂を、御子に刈り取らせようというのですか」

「老師の言葉にも一理ある」虎杖は割って入った。「彼は相当頭に血が昇っていた。今は女のことしか見えていないんだ。簡単に説得に応じるとは思えない」

「首に縄を巻いてでも引きずってくるつもりだ」

「大変な騒ぎになるかもしれないぞ。これ以上のごたごたはご免だ」

速熯は返答に窮し、柚蔓をかえりみた。

「是非もないわ」柚蔓は云った。「わたしたちの任務は御子をすみやかにナーランダーに送り届けることなのですもの。ここは出港すべきよ」

速熯は肩を落とした。「確かに、これはおれたちが招いたとびきりの不始末だ。御子に迷惑をおかけするわけにはいかん」

「そういうことならば――」口を挟んだのはバラン・デーヒだった。「あの方の面倒はわたしのほうで引き受けましょう」

侯爵家の家宰は、柚蔓がヴァルディタムに翻訳して伝えるのを横で聞いていたようだった。

「あなたが?」虎杖は驚いて訊いた。

「はい。わが主人はご老師の檀越におなりですので、それくらいは当然かと。ご心配なく。ナーランダーからお帰りになるまでの間、何事も起こらぬよう保護しておきましょう。何、珍しいことではないのですよ。異国のお客人が娼館に足を踏み入れて、それこそ人間が変わってしまうのは。何しろ我がインドは文明の爛熟に達しておりますからね。そちらの方面の発達具合も、相当なものなのでして」

またも船旅か――。

悠久の時の流れにも似て、赤茶けた大地を滔々《とうとう》と貫流するガンジス河。その濁った水を遡航《そこう》し続ける船の上で、退屈な日々を送る虎杖の、それが偽らざる感想である。東流するインド随一の大河は、長さといい川幅の広さといい、広陵に赴いた際の長江に似ていなくもない。東風を帆に受けた船は左手に南岸を見ながら速力を落とすことなく進んでゆくが、かたや右舷に目を転ずれば、渺々《びょうびょう》たる水の、果てしない連なりがあるばかり。どんなに瞳を凝らしても向こう岸は目に入ってこない。密林が延々と続く南岸の光景はおそろしく単調なもので、すぐに見飽きた。

唯一素晴らしいのは夕暮れの情景である。太陽が西に没すると、燃え立つような茜色に荘厳されていた世界は一気に闇へと沈み込む。ただし天空はしばらくの間、深みのある紫の紗《しゃ》で覆われたようになり、虎杖の胸に旅愁めいた感情をかきたてた。忘れ難い人など倭国に残してこなかった虎杖だが、馬子のもとに仕えていた同僚たちの顔すら懐かしく思い出される。今回の船旅が始まってからずっと彼の心をささくれ立たせ続けている柚蔓への疑心も、頭の隅に追いやることができた。だが、感傷に浸っていられる時間は短く、空に星が輝き出し、身体が侵蝕されそうなほどの暗闇に包まれると、この先のことを思いやらずにはいられないのだった。

ガンジス河を遡ること七日目の朝、密林の向こうに灰色の大きな城壁が見えた。

「パータリプトラじゃ」ヴァルディタム・ダッタが目をしばたたかせながら云った。「ビンビサーラ王の後を継いだアジャータシャトル王は、北岸のブリジ族の侵入を防ぐため、川岸のパータリ村に要塞を築かせたのだが、交通の要衝であるという利便性、重要性が認識されて、マガダ国の都を旧来のラージャグリハからここに遷《うつ》したのじゃよ」

「もしかして摩竭提国《まがだいこく》の？」厩戸が訊いた。「法顕大師の西域求法旅行記に出てくる巴連弗邑《パータリプトラ》？」

「まさにその巴連弗邑じゃ」

ヴァルディタムはひとしきりパータリプトラの来歴を一同に語って聞かせた。曰《いわ》く、マガダ国が滅んだ後もナンダ、マウリヤ、グプタの各朝の首都として引き続き繁栄したこと。ことにマウリヤ朝のアーショカ王の時代には最盛期を極めたこと、漢訳された仏典には巴連弗邑という音写表記のほかに華氏城《かしじょう》、香花宮城などというものがあり、これはパータリプトラの栄耀栄華を花に譬えた意訳であること、などなど。

「城中の王の宮殿は」厩戸が云った。「鬼神に建てさせたものだって法顕さまが書いてましたけど」

「さような話は伝説」ヴァルディタムは無邪気な孫に目を細める祖父のような微笑を浮かべ、問いかけるように云った。「それよりも御子、パータリ村はブッダが最後の旅に出た時に立ち寄った村なのじゃが――」

「あ、そうだった」厩戸は顔を輝かせた。「えーと、『涅槃経《ねはんきょう》』に出てきました。ナーランダーでブッダは若き人アーナンダに云うんですよね、さあ、アーナンダよ、パータリ村へ行こうって。じゃあ、ここはお釈迦さまが歩かれたところなんですね」

弾んだ声を聞きながら、虎杖は改めて緑の密林の彼方に見え隠れする灰色の城壁に目をやる。ブッダ、釈迦、仏――主君である馬子が信仰してやまない渡来の宗教の主が実際に存在し、その痕跡の地に、自分の如き門外漢が来てしまったわけだ。ありがたいと思うべきなのか、これでいいのか……複雑な思いが胸中に交錯する。ふと気がつくと、柚蔓もまた視線を城壁に向けていた。心なしか、その目には思いつめたような色があるようだ。ただの興味本位で眺めやっている速熯や二人の手代とは、心のありようを異にしているような。

船が船着き場に到着した。幾十もの桟橋が流れを横切って伸びていたが、停泊する船は片手の指で数えられるほど、よくよく見れば手入れのなされている桟橋は数が限られており、九割がたは荒廃にまかされているようだった。ひどいものになると半ば朽ち果て、途中から先が水没しているものも二、三ではない。

「ゴータマの渡しと呼ばれておる」ヴァルディタムが云った。

「ゴータマ？」柚蔓が訊いた。

「ゴータマ・シッダールタ、あるいはガウタマ・シッダールタ。ブッダの俗名じゃよ。十大弟子の一人で、多聞第一と称せられたアーナンダを連れて、ブッダはこの渡しよりガンジスを渡河した。対岸のコーティ村に向かったのじゃ」

下船の準備が整ったと船員の一人が知らせてきた。

太陽はさほど高く昇ってはおらず、陸路を行くには好都合な時間。密林を切り拓いて真っ直ぐな道が南に向かって伸び、船上からも望めたパータリプトラの城壁が小さく見えている。

虎杖は周囲を見回した。船着き場は思いのほかさびれていた。南国の強烈な太陽に容赦なく照りつけられながら、そこに漂っているのはしらじらとした寂寥感《せきりょうかん》だ。商人らしい姿の者たちが目につかないわけではないが、交易が盛んに行なわれているといった様子は見受けられない。

ナルガシルシャが馬屋に行き、人数分の馬と、四頭の荷駄を借り上げてきた。ナーランダーまでは健脚の大人でも優に丸二日はかかるという。厩戸とヴァルディタムの便を考え、騎行しようとなった。厩戸は、自分に用意された黒毛の仔馬《こうま》に何ごとか話しかけながら、嬉しそうに鞍《くら》に跨がった。

「出発するといたしましょう」

荷駄の準備ができるとナルガシルシャが促し、一同は馬に乗った。最終目的地であるナーランダー僧院までの最後の行程が始まった。案内役のナルガシルシャを先頭に虎杖、厩戸、ヴァルディタム、柚蔓と続き、その後は四頭の荷駄を月ノ輪と羽麻呂が前後に守り、速熯がしんがりを務めるという順である。大地は平坦で、道は広い。一行は並足で馬を進めていった。

ほどなくパータリプトラの城壁に到達した。見上げるばかりに巨大なもので、要塞として建設されたという来歴が生々しく想起された。不思議なものだ、と虎杖は改めて思う。三韓にしろ漢土にしろ、そしてここインドでも、主要な都市には必ず城壁が巡らされている。倭国には城壁がない。その昔、戦乱が起こっていた頃でも、せいぜい稲城《いなぎ》を積み上げるだけだったという。彼我のこの違いは何なのか。

近づいてみると、城壁は傷みがひどく目立った。石と石の間に、熱帯の植物らしい濃緑の蔓《つる》がはびこっている。積み上げた石が形をとどめず崩壊し、内部の土が流れ出してもいる。城門に扉は失われ、出入りは自由だ。

パータリプトラの街区に馬を乗り入れるや、虎杖は驚きに目を瞠った。城壁の内部は、外部とさして変わりがなかった。ただ密林が広がっているだけだった。緑、緑、緑の世界である。目が慣れてくると、さすがに建物や仏塔の痕跡が目に付き始めた。複雑な形をした緑の造形物は、人工の建築物を蔦などの蔓植物が完全に覆ってしまったものだということがわかった。パータリプトラは死滅し、植物が主人として君臨していた。ここは生ける王都でなく、廃墟《はいきょ》と呼ぶのが相応しかった。

「尊師がインドをお発ちになった時も、既にこのようでございましたか」

ナルガシルシャの声が虎杖の耳に入った。

ヴァルディタムが応じるまで、長い間が開いた。

「――いや」

ヴァルディタムは答えたものの、すぐ沈黙に戻った。かなり経ってから再び口を開いた。

「拙僧がナーランダーで学んでおった時、国王陛下クマーラグプタ二世はまだご在位でおわした」

「次のヴィシュヌグプタ王の時に、グプタ朝は滅んだのです。今から二十九年前。わたしが生まれる少し前のことですが」

ヴァルディタムは、自分がインドにいなかった間にどのような出来事が起きたのかをナルガシルシャから詳しく聞き、やがて呻《うめ》くような声を洩らした。「何ということか。あの緑の怪物めいたものを見たまえ。あれは、ラージャスバルマという僧侶が住んでいた石室だ。アーショカ王は彼を篤く崇敬していたという。信じられぬ。パータリプトラがこのようになり果てようとは……いや、すべては無常であった。このわしとしたことが、つまらぬ感傷に囚われるところだった」

ヴァルディタムは自省の言葉を口にすると、その後は低く経文を呟き始めた。

意を汲《く》んで「華氏城」という名に漢訳された栄華の都の支配権が緑の植物の手に帰したとはいえ、人が住んでいないわけではなかった。かつての都市民が引き続いてか、あるいは新たに余所《よそ》から移って来たか、緑の圧力に懸命に抗するように人々は家を建て、そこに居住していた。一行がそばを通り過ぎると、自分たちとは瞭らかに違う肌の色に目を止め、不思議そうに見送った。途中、幾人かの僧侶たちともすれ違ったが、彼らは馬上のヴァルディタムに慎ましやかに合掌するばかりで、話しかけてこようとはしなかった。

虎杖には、ヴァルディタムとナルガシルシャのやりとりが完全に聞き取れたわけではなかったが、おおよそのところは理解できた。ヴァルディタムが東方布教に出かける頃まで、この地方はグプタ朝マガダ国の支配下にあった。インド世界に統一国家は存在しないが、マガダ国は抜きん出た存在の強国であったらしい。北インドの覇者といってもいいほどに。宮廷内でお定まりの不和があり、地方領主が自主独立し、西方から遊牧民族に侵略されたりもして、次第に衰えていったという。グプタ朝が滅んだ後、マガダ国の統治を継承する強い王統は登場せず、目下のところ北インドは中小の王権が独立する分裂時代にあるようだ。といって、血で血を洗う戦国時代ではなく、どの国が次世代の強国となるか、それぞれが力を蓄え、様子を窺っているとのことだった。

気がつくと、パータリプトラを抜けていた。振り返ったナルガシルシャが指差し、あれが城壁後門の残骸です、と教えてくれなかったら、わからないままに打ち過ぎていたことだろう。

パータリプトラから方角は東へと転じる。ガンジスの流れに沿う形だが、大河と街道の間は厚い密林地帯に遮られていた。街道は土が乾き、埃《ほこり》が白く舞った。虎杖は暫くの間、すれちがう旅人たちを面白おかしく観察した。商人、農民、猟師、僧侶、大きな荷袋を背負って駆ける者たち、立派な身なりをした男の乗る輿を担いだ行列、装飾的な甲冑をまとった兵士の一団、髪を振り乱し錯乱状態で何かを叫びながら走り去ってゆく女。しかし半日もすると、そんな光景にもすっかり見飽きてしまった。往来は思いのほか多く、道中に危険はなさそうなことに安堵する。山賊に襲われることを危惧していた。ナルガシルシャによれば、この街道は古来より通商路として開け、人の流れの途切れることはないということだったが。

密林は次第に薄くなり、街道の両側に農作地が広がった。色鮮やかな実をつけた果樹園が虎杖の目を癒した。農民が耕作に勤《いそ》しんでいる光景は、倭国で目にしてきたものと本質的に変わらないという気がする。農村の集落がちらほらと目につき始めた。

太陽が西に大きく傾いた頃、ナルガシルシャが前方の集落を指差して云った。

「あの中に旅籠《はたご》があります」

商人宿の一つとのことだったが、部屋は手入れが行き届き、清潔だった。

最終行程の一日目は終わり、翌日には進路が南に向かった。一行はことさら急ぐでもなく進んだ。やはり商人宿で二日目の夜を過ごし、三日目の昼過ぎともなると、虎杖の目には急に周囲に人の姿が増え始めた気がした。人々の生活圏に入った、と云ったらいいだろうか。それまでは緑の大地を縫って街道が一本、果てしもなく伸びているだけだったのが、脇道が次々に枝分かれし、ついには自分たちが本街道をとっているのかどうかもわからなくなった。旅が終わりに近づいていることが実感された。

　市場も現われた。人々でごった返し、大変な賑わいである。後にして思えば、それは門前町の繁栄だった。仏教教学の一大牙城たるナーランダー僧院の門前町。聖を支えんとする俗、その生命力のたくましさが充溢する場所――。

　市場を抜け、道は小高い丘へと進む。頂に来るとナルガシルシャは馬を停めた。

「ナーランダーです」

　指差す先には、見渡す限りの樹海の中に石造りの建物が点在する緑園都市があった。

　ついに来た。胸に感慨が込み上げた。虎杖は知らずしらずのうちに手綱を強く握り締めていた。

「変わらぬな」

　ヴァルディタムが呟くように云う。その声には安堵の響きが聞き取れた。廃墟と化した華氏城を見た衝撃が尾を引いているのだろう。

「グプタ朝という大いなる庇護者は失われこそすれ、それはそれでよかったのかもしれません」ナルガシルシャが云った。「諸地方の王侯貴族たちが競って檀越になろうとしていますから」

「さこそ」ヴァルディタムは短く応じた。

虎杖は柚蔓を窺った。彼女は思いのほか厳しい表情になって眼下の都市に視線を注いでいた。自分の感慨とは比較にならぬ重い何かが彼女の胸には渦巻いているかのようだ。声をかけることすら憚られる。

厩戸は仔馬の馬上で背筋を伸ばし、目を閉じ、両手を合わせていた。顔は眼下のナーランダー僧院ではなく、はるか南に霞んで見える山岳のほうに向いている。ヴァルディタムが訊いた。

「御子、何を拝しておられる。そなたが学ぶことになる僧院は、それ、目の下なるぞ」

しかしヴァルディタムの声は、すでに厩戸の真意を察しているかの如くうれしげだった。

厩戸は合掌を解いてから答えた。「はい。でも、あの山がなぜかとてもありがたいものに感じられて、思わず手を合わせてしまったんです」

「古のマガダ国の旧都王舎城を囲む山々じゃよ」ヴァルディタムは大きくうなずきながら云った「ブッダがしばしば法を説いたグリドラクータ山は、あの峰の一つをなしておる」

「グリドラクータ山？」

「漢語に音写して耆闍崛山《ぎじゃくっせん》。あるいは意訳して霊鷲山《りょうじゅせん》と云うは、その山容が鷲《わし》に似ているからとも、鷲が多く棲《す》むからとも聞いた」

「耆闍崛山って」厩戸が声を弾ませた。「ブッダが法華経を説いたという、あの王舎城耆闍崛山ですね」

「説いたのは法華経だけではない」

「そこへ行ってみたい。行けますか」

「聖地を巡るのも修行の一つじゃ。グリドラクータはナーランダーから近い。ビンビサーラ王が寄進した有名な竹林精舎もすぐそばにある。巡礼の機会は遠からずやってくるじゃろう」

厩戸は再び南の山並に顔を向け、グリドラクータ山を見分けようとでもいうように目を凝らした。

ナルガシルシャが再び馬を進めた。「では、参りましょう」

丘を降りた一行は、ナーランダー僧院入口の門をくぐった。

その僧侶が彼らの前に現われたのは、一夜が明けた朝のことだった。

みすぼらしい僧衣をまとう肌は、いかにもインド世界の所生《しょしょう》らしく漆黒の艶を帯び、痩せて、ひょろりと背が高い。目が大きく、白目の部分が青みがかって見えるほど澄んでいる。一見すると鋭い顔立ちだが、薄い唇に常に浮かんでいる微笑は柔和なものだった。

「シーラバドラと申します」

僧侶は自ら名乗った。「ヴァルディタム・ダッタ師がみなさまのもとへお戻りになるまで、多少時間がかかります。その間のお世話を申しつけられました。不便なこと、わからないことがあれば、何なりとおっしゃってください。できる限りのことをいたします」

僧院の入口を入ったところに、四階建ての石造建築物が建っていた。「教務庁」の名で呼ばれる通り、ナーランダー僧院を運営するための事務を掌《つかさど》る場所であるという。聖と俗との橋渡し役も務めている。僧籍にない者がみだりに僧院内に立ち入ることは許されない。俗世界の人間が僧侶に接触しようと思えば、この教務所を通さなければならなかった。ヴァルディタムは昨日、彼らをここに案内し、夕食後、自分一人だけが僧院の奥へと消えた。教務所には宿泊施設も併設されていた。俗界からさまざまな目的を抱いてやって来る訪問客のためのものらしく、ヴァルディタムに置き去りにされたも同然の彼らは、あてがわれた部屋で一夜を過ごし、起床後は一階の広間で朝食を供された。食べ終わった頃に、シーラバドラが現われたのである。

一同は各自、自分の名を告げた。

「それで、倍達多師はいつお戻りでしょうか」

真っ先に訊いたのは速熯で、月ノ輪が訳したが、シーラバドラは首を傾げた。柚蔓が伝えると、その首は大きく縦に振られた。

「残念ながら、わたしにもよくわかりません。なにしろヴァルディタム・ダッタ師は東方世界への布教に旅立たれ、五十年の歳月を経てナーランダーに戻ってこられた。五十年といえば、わたしが生まれた頃ですから――」

シーラバドラは先を続けようとしたが、たちまち噴出した驚きの声に遮られた。

「五十歳って？」

「嘘でしょう」

「おい、冗談はよしてくれ」

速攙に至っては、やや時間差があって「坊主のくせして、さばを読むのか」と皮肉げに云ったが、これは倭国語だったので、シーラバドラの理解には及ばずにすんだ。

五十歳――とてもそのようには見えない。肌が練墨《ねりずみ》のように黒く、しかも頭を綺麗《きれい》に剃りこぼっているので、年齢を推測する手がかりに事欠くが、いくらなんでもそんな齢であろうはずがない。虎杖は自分と同い齢ぐらいかと漠然と考えていた。

「嘘ではありません。冗談でもありません」シーラバドラが穏やかに云った。「ナラシンハグプタ王の御世にこの世に生を受けましたので。数え年で申しますと今年で五十一歳になります。しかし、そうですか。異国から来られたみなさんの目にも、やはりそう映りますかねえ」

悄然《しょうぜん》としてそう云ったところから察するに、同国人からも若く見られているのだろう。

「ビクシュになって三十六年です。実際の年齢からいっても、法臘《ほうろう》からしても、長老と呼ばれておかしくはない。でも、誰もそう呼んでくれません。長老会議に入る資格もあるのですが、わたしが並ぶと見た目に不均衡になるとかで、もうすこし老け顔になるまで待てと云われている始末です。まるで若造扱いですよ」

自虐的で、冗談めかした口調。どこまで本当かわからないが、ひょうきんで面白い僧侶のようだ。

「長老さん」柚蔓が呼んだ。「どうしたら、長老さんのようにいつまでもお若くいられて?」

「修行の賜物《たまもの》でしょう」シーラバドラは即座に答えた。「心を清めて、とらわれを離れ、節制した生活を日々送っております。皆が皆そうなるわけではありません。所詮、老病死苦は人間の定め。いつまでも若くありたいという欲望こそ、老いを早めるのではありますまいか」

理解できない、というように柚蔓が首を傾げた。

「おっと」シーラバドラは手を打ち鳴らした。「話がまだ途中でしたね。ええと、何の話でしたっけ」

「何と五十年の歳月を経てナーランダーに戻ってこられた」

厩戸が云った。

「そう、そうでした。五十年の歳月を経てナーランダーに戻ってこられた。そんなお方は、前代未聞です。まずは布教の報告がなされねばなりません」

「報告と云うと」月ノ輪が、さきほど通じなかったことへの雪辱を果たすつもりか、今度は自ら訊いた。「誰に対してでしょうか」

「はい、ここの僧院は」シーラバドラは答えた。「長老たちの合議で運営されております。ですから長老会議への報告ですね」

「ヴァルディタム師は長老に会いに行った、と」

「そうです」

月ノ輪がそれを倭国語に訳して伝えると、速熯と羽麻呂は納得した顔になった。虎杖もようやく腑に落ちる思いだ。昨夜、ヴァルディタムは自ら帰還を告げねばならぬとだけ云い、彼らを教務所に置き残した。それきり戻ってこないので、不安を覚えていたのは事実だった。

シーラバドラは続けた。「もちろん、きちんとした報告は後のことで、とりあえずは大づかみのところとなりましょうが、それでも五十年分ですからねえ。聴き取りに一日二日はかかるのではないでしょうか」

「そんなにも」

「わたしがちらと洩れ承ったところでは、ブッダの教えは少しく曲げられて東方世界に伝わっているようです。その辺りも、長老たちの興味を惹くところとなりましょう」

「わたしは、いえ、わたしたち二人はどうなるのでしょうか」虎杖は思いきって訊いた。

「どうなるとは？」

「つまり、こちらの御子が僧院で学ぶ間、御子にお仕えする我ら両人はどのようになるのか、と」

「この子が僧院で学ぶ?」

再びシーラバドラはびっくりした顔で厩戸に視線を注いだ。経緯をヴァルディタムからほとんど何も訊かされていないようだった。

「こんな幼い齢の子がナーランダー僧院で学ぶなど、これこそ前代未聞ですよ。で、あなたたち二人はこの子に仕えている?」虎杖と柚蔓を見やった後、残りの四人にも目を向けた。「で、あなたたちは?」

「こちらのお三かたは」ナルガシルシャが答えた。「帰国なさいます。わたし? わたしはただの案内業の者です」

シーラバドラは小さく溜め息をついた。

「なかなか込み入った事情があるようですね。でもまあ、ブッダの教えに縋ろうという人々は、たいがい厄介事を抱えているものです。いらぬ穿鑿《せんさく》はいたしますまい。ですから、そのようなわけで」虎杖に向かって云った。「あなたのご質問には何とも答えかねます。長老会議ではそのことも話し合われているのではないでしょうか」

虎杖としてはうなずくよりない。

「この期に及んで、何を気にすることがあって?」柚蔓が云った。「後には引けないのよ。

なるようにしかならないじゃない」

虎杖は顳顬《こめかみ》の血管が膨れ上がるのを感じた。もっともな言葉であるだけに、よけい癇《かん》に障ったのだが、世話係の僧侶の前で怒鳴り返すわけにもいかない。かろうじて彼は感情を抑えた。

次の瞬間、虎杖はかすかな驚きを覚えた。シーラバドラが、感心です、というように彼に向かって微笑を送ったのだ。その微笑を見るや、彼の胸で滾《たぎ》り立《た》った柚蔓への怒りが、瞬時に跡形もなく消え去った。心地よい気分が胸に広がった。今までに一度も経験したことのない摩訶不思議な感覚であった。

「ぼく、ここに入れてもらえないの？」

厩戸が不安げな口ぶりで訊いた。

「アシュヴァくん、だったかな？」シーラバドラは気軽にしゃがみこむと、厩戸と顔の高さを同じくした。「原則的に、このナーランダー僧院はある程度修行を積んだ僧侶のための学問機関なんだ。ただし、わたしが云ったのは、きみの齢のようなシュラーマネーラをこの僧院が受け容れたことは未だ嘗《かつ》てないという事実に過ぎない。あくまでね。きみを受け容れるかどうか、それはわたしの決めるところではないんだが、ヴァルディタム・ダッタ師の推薦と云うことであれば、まず大丈夫だと思う。心配することはない」

「よかった」厩戸はほっとした顔になった。

シーラバドラは立ち上がって、一同を見回した。「さて、みなさん。残る方、去る方、こもごもというわけですが、こうしてナーランダーにお越しになったのも仏縁です。せっかくですから、僧院内をご案内いたしましょう」

シーラバドラの先導で教務庁の建物を出た。暦《こよみ》の上では晩春のはずだが、南国の太陽は倭国の真夏のそれを上回る猛威を振るっていた。それでも虎杖には僧院内の領域がいくらか涼しげに感じられる。赤土を覆う緑の下生えが風に柔らかく揺れているからだろうか。頭を剃りこぼした僧侶たちが静かに行き交っている。彼らの橙色の衣は緑草に映えた。緑の草の海を橙色の僧衣が三々五々、滑るように動いてゆく光景は、もはや一幅の絵である。

「ぼく、思い出したことがあるんですけど」厩戸がシーラバドラに云った。「法顕さまの記録に――」

「法顕さま？」

「チーナ国から求法のためインドを巡礼した偉いお坊さまです。その法顕さまがチーナに帰国してから、旅を回想して記録を残したんですけど、那羅《なら》という集落のことが出てきます。那羅から西に行くと、間もなく阿闍世《あじゃせ》王――アジャータシャトル王が造った王舎新城に到るって。もしかしたら、その那羅が、ここナーランダーのことじゃないかって、今ふと思いついたんですが」

「ナラとナーランダーね。ふうむ、確かに似た音ではあるが、それだけでは何とも」

「舎利弗《しゃりほつ》が生まれた村だとも書いてありました。舎利弗はこの村で誕生し、この村に還り、この村で般泥洹《はつないおん》したって」

「舎利弗？」シーラバドラは何度かその言葉を声に出して呟いていたが、やがて納得したようにに手をポンと打ち鳴らした。「ひょっとしてシャーリプトラのことだろうか。ブッダの十大弟子の」

「舎利弗も釈尊十大弟子の一人で、智慧第一と称されたそうです」

「それなら那羅はナーランダーで間違いない。シャーリプトラ師は誕生の地であるナーランダーに戻って、お亡くなりになったのだからね。いやあ、感激だなあ、チーナ国の法師がナーランダーのことを書き残してくれているなんて」

「でも、那羅にこんな大きな僧院があったとは書かれていません。だから今まで思いもしなかったんです、那羅とナーランダーが同じかも知れないってことに」

「法顕というのは、いつ頃の人なの？」

　慝戸が半眼になったのは一瞬のことだった。「約百八十年前のことです。十年間ほどインドを巡礼して回ったといいます」

「なるほど、それでわかった。ナーランダーには八百年以上も前に、アショーカ王が八つの寺を建立したという云い伝えがあって、それなりに聖地として認められていたはずなんだが、今みたいな学問機関としての大規模な僧院を建てたのは、クマーラグプタという王さまだ。今を遡ること、百六十年前のことだよ。とすると、法顕師が見たのは、建設が始まる直前のナーランダーだったということになる。それはそれで貴重な記録だな」シーラバドラはしきりに感心する。「我々インド人は歴史を書き残そうという情熱に乏しいんだ。何か云い伝えがあっても、それが正確にいつ何年に起こったことなのか、よくわからない。何百年前ぐらいと大ざっぱにいうしかないんだね。その点、チーナ国の人は歴史を記録することに長《た》けているようだ」

虎杖は、最初のうちこそ厩戸とシーラバドラのやりとりに耳を傾けていたが、すぐについてゆけなくなった。酔ったような、夢の中にでもいるような、そしてどこか捨鉢とさえいえる気持ちで僧院内を眺めやった。鬱蒼《うっそう》とした樹林、風になびく下生え、熱気と静謐《せいひつ》、石の建造物群……仏教を学び、究《きわ》めるためにこの広大な空間、施設はあるのだという。おおよそ理解できないことだった。それが人間の営みではないということだけは何となくわかった。何よりも、この空間では剣が必要とされない。虎杖は、ここでは無用の人間ということだった。それが彼のかすかな苛立ちの原因なのだった。

周囲の景観が目に馴染んでくると、僧侶以外の人にも気づくようになった。荷物や水桶《みずおけ》を運ぶ者、石造建築物を修理している者、伸びた雑草を刈り取っている者――彼らは有髪で、僧衣をまとってはいない。虎杖はやるせないものを覚えた。自分もいずれあのように働き、厩戸の修行、研鑽《けんさん》を見守るようになるのだろうか。

そんなことを考えながら足を運んでいると、前方を高い壁に遮られた。行き止まりかと思ったが、壁の一角に小さな扉があり、門番よろしく二人の僧侶が両脇に坐って瞑想にふけっている。

「この壁の向こうは」シーラバドラが云った。「ビクーニの領域になっています」

ヴァルディタム・ダッタは宵《よい》の口《くち》に戻ってきた。一同が早めの夕食を終えた頃だった。食後はいつのまにかシーラバドラによる講話になっていた。厩戸と柚蔓が熱心に聞き入り、速熯、月ノ輪、羽麻呂はそそくさと部屋に引き揚げ、虎杖が聞くともなしに耳を傾けている最中のことである。

「こんなに早くお戻りとは」講話を中断してシーラバドラは云った。「もうすっかりよろしいのですか」

「御子を待たせるわけには参らぬゆえ」ヴァルディタムは応じた。「適当に話を端折《はしょ》って切り上げてきた。それで、どうかの、御子は？」

シーラバドラはにっこりと笑った。「老師が惚れこまれただけのことはある。聞きしに優るとはこのことです。誠心誠意、傅僧《ふそう》の役を務めさせていただきましょう」

「どういうこと？」柚蔓が訊いた。

「御子には適正な導者が必要じゃ」ヴァルディタムが答えた。「本来ならば、御子と仏縁による出遭いを果たしたこのわしが、自らそれなる役を務めねばならぬのだが、なにぶんにも高齢でな。よって、まだ若く、しかも優秀な学僧で、よい適任者はいないかと長老会議に諮《はか》ったところ、このシーラバドラくんの推薦を受けたのじゃよ」

「若いと云いましても」シーラバドラは恥じ入ったようにも、抗議するようにも云った。「もう五十歳ですからね、これでも」

「それでは」柚蔓は悔しげに云った。「ただの世話係ではなかったのですか」

「皆には、そんじょそこらの世話係と思わせておいて、その実、御子をひそかに観察させていたというわけじゃ。変に意識されることなく、ありのままの御子を見てもらいたかった」

「老師には」厩戸が目に涙を溜めていった。「もう教えてもらえないの？　ぼくは――」

「もちろん教えるとも。わしらはいつでも会うことができる。だが、御子を日常的に教え、導き、鍛え上げる教官の役目は、このシーラバドラくんにお願いするということじゃ。理由は、高齢というだけではないのだ。わしはあまりにも長い間、ナーランダーを離れていた。仏教の教学は日々進歩する。ここはそのための施設であり、最新教学の世界的発信地でもあるのだ。よって、わしは御子を教え導く資格において、シーラバドラくんに劣るといわざるを得ぬ」

シーラバドラが問いかけた。「きみのほうでは、わたしのことをどう思ったかな、アシユヴァくん」

「もっと――」厩戸は伏し目がちになって答えた。「お話を聞きたいと思っていました」

「では、わたしがきみの指導教官ということでいいのだね」

厩戸は立ち上がり、胸の前で両手を合わせ、頭を垂れた。「どうぞよろしくお願いします」

その瞬間、虎杖の目がぼやけた。涙が湧き上がってきたと知って、彼は狼狽した。御子の、何という運命だろうか。伯父《おじ》である渟中倉太珠敷天皇《ぬなくらのふとたましきのすめらみこと》の逆鱗《げきりん》に触れることにならなければ、春には緑、秋には黄金の穂波が揺れる豊葦原瑞穂国《とよあしはらみずほのくに》にいて、皇族として恵まれた成長を遂げているに違いなかった。母国を追われ、想像を絶する文明世界に辿りつき、色の黒い僧侶の前で従順に頭を下げているとは。数奇な運命に図らずも巻き込まれてしまった自分の身を思うよりも、幼い厩戸のため涙せずにはいられない虎杖だった。

入門式は明日と決まった。シーラバドラの説明によれば、僧侶になるとは出家するということであり、出家するとは俗世間一般を捨てることであるという。それを聞いて虎杖は慌てふためいた。馬子から聞かされていたところでは、厩戸は仏教発祥の地に仏教を学びに行くということだったはずだ。

「御子が僧侶になるなんて初耳だぞ」

「今さら何を云ってるの」柚蔓の反応はあっさりしたものだった。「後漢の班超《はんちょう》が喝破《かっぱ》したじゃない。虎の子は、虎の穴に入らなければ得られないって」

「馬子さまはそんなこと、一言だって」

「こう思ってみて。蘇我大臣があなたに命ずるの。よいか虎杖よ、高名な剣術使いのもとにゆけ。行って剣術を学んで参れって。あなたは当然、その高名な剣術使いに弟子入りするわよね。彼の弟子になって、剣士になる。でなければ剣術を学ぶことなんてできないわ。そうじゃなくて？」

「そ、それはそうだが……俗世間を捨てると、御子はどうなってしまうんだ？」

「割り切るしかないわね。仏教流の、ものの云い方なんだって」

「ものの云い方とは何だ？」

「世間にこだわっていては仏教の本質に迫れぬぞという意味で、世間を捨てるという云い方をするのだと思うわ。わたしも石上神宮《いそのかみ》の巫女剣士団に入る時、誓わされた。おまえはもはや剣を以て神に奉仕する存在となった。俗人ではない。大いに慎むようにって。でも、その後いろんなことがあって、わたしは巫女剣士団を抜け、守屋さまの近くにお仕えするようになり、布都姫《ふつひめ》さま付きとなった。御子さまも、僧侶になるからといって、御子が御子でなくなってしまうわけではないのよ」

反論の言葉を見つけられなかった虎杖は、厩戸に直接訊いた。

「御子は、それでよろしいのですか」

返事は柚蔓以上に単純で明快だった。「そのために来たんだもの」

虎杖と柚蔓のやりとりは倭語でなされたが、その云い争いめいた語気がシーラバドラの注意を引くところとなったらしい。二人は何を話しているのか、と厩戸に訊き、厩戸が答えると、彼は穏やかな微笑を浮かべて虎杖に補足説明した。

「わたしの言葉が足りなかったようですね。アシュヴァくんのような齢の少年は、出家して、仏の道に入門したからといって、すぐに僧侶になるものでもありません。まずはシュラーマネーラとなります」

「シュラーマネーラ？」

「沙弥のことだよ」厩戸が云い添える。

「シュラーマネーラ十戒を受けて修行を積み、十四歳になって僧侶となることができます」

「では見習い僧侶だと」

「そのようなものとお考えくださって結構です」

見習いであろうがなかろうが僧侶は僧侶のはずだ。虎杖に云わせれば、沙弥と僧侶の区別など、呼称の差異に過ぎない。

釈然としない虎杖に厩戸が云った。「今夜は一緒の部屋で寝ようよ」

耳を疑った。筑紫でヴァルディタム・ダッタと出会ってから厩戸は老師と二人で夜を過ごしてきた。広陵で道教の怪しい一門に誘拐されていた一時期を除いては。

虎杖が反射的にヴァルディタムを見やると、にこにこしながら老僧はうなずき返した。厩戸がそう云い出したのが、どうやら気に入った様子らしい。

「ご下命とあれば」虎杖は畏《かしこ》まって答えた。「ありがたくお受けいたします」

「柚蔓もだよ」

「なりませぬ」きっぱりとした口調で柚蔓。「大人の女と男は、同じ部屋で寝ぬものなれば」

「父上と母上はそうしてるよ」

「橘皇子さまと間人皇女《はしひとのひめみこ》さまは、ご夫婦であらせられます。わたしと虎杖は、構えてそのような関係ではございませぬ」

「そんなものなの?」

「女と男は、夫婦の関係になって初めて部屋を同じくすることができるのです」

虎杖は柚蔓の手を引き、強引に食堂の隅へと連れていった。

「何なの、いったい」

「御子の気持ちを察してみたんだ。僧侶になるために来たんだと御子はおっしゃったが、まだ八歳の子供だ。明日から世間を捨てることになると云い渡されて、不安でないはずがない。だから最後の夜はおれたちを父母に見立てて、安心したいというお気持ちなんだろう」

柚蔓は考え込むように押し黙った。

「最後の夜に、老師ではなくおれたちを選んだ御子の心情を考えてみろ」

「でも、あなたと二人でなんて」

「二人じゃない。三人だ。御子がお眠りになれば、どちらかが出ていけばいい」

ややあって柚蔓はうなずいた。「そういうことなら」

寝台が三つ並ぶと、狭い部屋はそれだけでいっぱいになった。窓辺に提《さ》げられた灯火具の微弱な光が、粗末な綿の布団を照らし出している。呼吸の音が聞こえそうなほどの静けさだった。では明日、と挨拶してヴァルディタムが出てゆき、虎杖は厩戸と残された。厩戸は寝台の上で上体を起こし、虎杖は寝台と奥壁の狭い間に立っていた。二人だけで話をする気にはなぜかならなかった。

ほどなくして扉が開き、忍び込むように柚蔓が入ってきた。僧院が支給した夜着に着替え、長い髪はまっすぐ背に流していた。

「そのまま」

一礼しようとする柚蔓を声で制し、しばらく厩戸は彼女の姿に見入っていた。遠く離れた母、間人皇女を思いやっておいでに違いないと虎杖は思った。柚蔓もそう考えているのだろう、あえて厩戸の視線に身を晒していた。

すぐに厩戸はあっさりと云った。「じゃあ寝よう。虎杖、火を消して」

虎杖は拍子抜けするものを覚えたが、云われた通り窓辺に寄って灯火具の炎を吹き消した。室内は一瞬、暗闇の底に沈んだかと思われたが目が慣れると、窓から射し込む月光によって仄蒼白《ほのあおじろ》く浮き出された。

三人は寝床に入った。中央の寝台に厩戸、左右に虎杖と柚蔓という配置。布団をかける、かさこそという音が途絶えると、室内は静寂に満たされた。

「御子さま」柚蔓の声がした。「御子さまは明日、出家をなさいます」

柚蔓はそこで言葉を切った。何かを探り、促すような云い方だったが、厩戸から応えはなかった。

再び彼女は口を開いた。「御子さまに最初にお目にかかりましたのは、布都姫さまのお伴をして、薬草狩りに出かけていた時――弓弦ケ池《ゆづるがいけ》のほとりでした。そして大連の命により、三輪《みわ》山中で身をお隠しになった御子の許に派遣されました。その時は、ともかく追手から逃れるのに急で、よもや……よもや、このような僻遠《へきえん》の地で、このような日を迎えることになろうとは想像もできぬことでした。わたしは――わたしは大連の命に忠実に従うばかりですが、その大連は遠く、今わたしは御子さまに近侍しております。御子さまこそわたしの主人。御子さま、今どのようなお気持ちでいらっしゃいます。宜しければ、お聞かせ願えませんか」

何を期待して柚蔓はそんなことを云ったのだろうと虎杖は訝り、すぐ思い直した。いや、自分もそう訊きたかったのだ、と。どうもおれは柚蔓に先を越されてばかりいるようだ。

「夢みたいだ」厩戸が答えた。「仏教を学びたかった、ずっと。知りたかった、知り尽くしたいと思っていた。でも倭国にいては、それは叶わなかった。だから、明日はとっても楽しみなんだ。わくわくしている」

八歳の子供らしく弾んだ声で云ったが、さほど興奮しているようでもない。

「柚蔓」

「――はい、御子さま」

「虎杖」

「――はっ」

「ありがとう、ナーランダーまで、ぼくを連れてきてくれて」

翌朝、シーラバドラは恬淡《てんたん》と厩戸を自分の僧坊に案内した。ナーランダー僧院の中央に位置する大塔の近くに群がるように立てられた小さな石屋の一つだった。

「きみは今日から、ここでわたしと暮らすことになる」

石屋の内部は薄暗く、ひんやりとしていた。石壁が内部を二つに区切り、どちらの部屋にも調度品はほとんどないといっていい。一つの部屋には粗末な寝台が二つ並べられ、もう一つの部屋には机の上に経典の類いが積み上げられているばかり。不思議なことに仏像もなかった。

厩戸が出家する入門式はここで行なわれる。立ち会うのは、僧侶としてはヴァルディタム・ダッタ一人だった。遠い倭国から来た高貴な血筋の少年が入門するのである。それなりの高僧が列席する厳かで盛大な式典を虎杖は漠然と予想していた。広陵で伯林寺の僧侶たちが日常的に繰り広げていた、あの荘厳極まりない儀式に類するものを。しかし、そうではなかった。ヴァルディタム、シーラバドラを除けば、自分たち二人の剣士と、速熯、月ノ輪、羽麻呂というお馴染みの面々が立ち会い、あとは案内役のナルガシルシャがいるばかりだ。式が終わり次第、出家した厩戸を見届けた速熯以下の三人は、ナルガシルシャの案内でヴェロワープトラに引き返すことになっている。

シーラバドラが厩戸を連れて寝台の部屋に消えた。

誰も口をきかなかった。いつもなら軽口の一つぐらい飛ばしそうな速熯も神妙な面持ちでいる。柚蔓は男装に戻り、頰をきりりと引き緊めている。彼女は結局、厩戸が寝ついた後も寝台を離れず、明け方になって部屋を出てゆく気配を虎杖は夢うつつに感じ取った。よく眠れただろうか？　柚蔓の顔に眠り足りなさを訴えるものは何もない。虎杖自身はといえば、昂揚《こうよう》しているのかどうなのか、妙に現実感というものがなかった。主君馬子の命令の半分は果たせたのだと自分に云い聞かせることで心を落ち着かせようとした。

「わしはこの日が来るのを待ち望んでいた」

問われもしないのにヴァルディタム・ダッタが口を開いた。「いつから待ち望んでいたかと云えば、御子と出遭ったあの夜から。わしには一目見てわかったのじゃ。この少年には偉大な霊性があり、仏の加護がある、と。仏が彼を加護するはなぜか。それは、偉大な霊性を持つ彼が成長した暁に、仏教中興の祖たらしめんがためである、と。さなり、仏教中興の祖じゃ。わしは大風呂敷を広げているのではない。この子にはそれだけの力がある。仏の申し子というべきじゃ。道中さまざまの苦難や危険があったが、仏の加護によりそれを斥《しりぞ》けることができた。道教の道士の邪悪な力を以てしても御子を傷つけることができなんだ。そして今、出家せんとする。仏道修行に乗り出さんとする。諸君——」

ヴァルディタムはその緑の目で一同をゆっくりと見回した。「諸君は偉大なる一瞬に立ち会っているのだと心せよ。後に回想して、自らのあまりの幸運に心震えるであろう」

この場で最も心を昂《たかぶ》らせていたのはヴァルディタムであったかもしれない。言葉は次から次へとあふれ出てくるようであった。シーラバドラが厩戸の手を引いて戻ってこなければ、演説はもっと長く続いていたことだろう。

厩戸はシーラバドラと同じ、橙色の僧衣を身にまとっていた。虎杖は胸がざわざわと騒ぐのを覚えた。御子が行ってしまう、遠くに行ってしまう。ここまで供をしてきた御子が、手の届かぬところへ去っていってしまう——僧衣姿の厩戸は、視覚的にもはっきりとそんな思いで虎杖の胸を波立たせた。

一同が取り囲む中、厩戸は正座し、合掌した。剃刀《かみそり》を持ったシーラバドラがその背後に立つ。厩戸は目を閉じた。呟くような声でお経を唱え始める。漢訳仏典の漢語読みではなく、インドの言葉での読経。何ともか細い読経の声が流れる間、シーラバドラが剃刀を使う。厩戸の長い髪の毛が、まことに呆気なく剃り落とされてゆく。

張りつめたものが室内に満ちた。速熯は顔を蒼白にしていた。柚蔓の顔にも血の気がない。たぶん自分も同じだろうと虎杖は思った。予告されていたとはいえ、厩戸が罪人のように髪を削《そ》ぎ落とされてゆくのを目にすると、心穏やかではいられない。月ノ輪と羽麻呂は顔を背けている。

シーラバドラが剃刀を引いた。気配を察したように厩戸は目を見開いた。

思わず、といった感じで柚蔓が声をあげた。「まあ、可愛い」

厩戸の修行生活が始まった。ひたすら経典を講読してゆく。原典はすべてサンスクリット語で書かれている。パーリ語の初期仏典も、サンスクリット語に翻訳されたものから読んだ。すらすら読めたわけではない。第一に言葉の問題があった。厩戸がサンスクリット語を操れる能力は、日常生活で何不自由ない域にまで到達していたが、仏典は書き言葉であり、雅語であるからには、これでもかというくらいに難読語がてんこ盛りである。ヴァルディタム・ダッタからある程度の手ほどきをうけていたものの、初歩の段階を出ていなかった。読み説いてゆくためには、やはりシーラバドラの助けを――教学の師ではなく語学教師としての助けを――借りなくてはならなかった。言葉の問題だけからいえばシーラバドラを煩わせる時間は次第に減っていった。仏典を読むこと即サンスクリット語の語学学習となるからである。厩戸が言語習得に発揮する驚異的な速度はシーラバドラを驚嘆させずにおかなかった。

第二の問題は仏典の解釈に関するもの、つまり教理の問題である。こちらのほうの比重は、第一の問題ほどではなかった。シーラバドラの方針は、必要最小限というものだった。読解のために言語は正確に教えなければならないが、教理は、知識として一方的に教え込むのではなく、厩戸に考えさせることも大切になってくるからだ。

二人は、毎日、鼻を突き合わせながら仏典を読み進めていった。合間を縫ってシーラバドラは清掃や水汲みなどの雑事を厩戸に命じたが、あくまでも厩戸の健康を気遣って身体を動かすようにするためであった。沙門の少年たちが師の召使か下僕のようにこき使われるのとは一線を画していた。

日を追ってシーラバドラの驚きは深まる。厩戸の理解度たるや尋常ではない。一巻を読み終える速度が速い。一度読んだ経典は必ず暗記してしまう。サンスクリット語は異国語であるにもかかわらず。

「漢訳された仏典も、ぼくにとっては異国語でしたから。それと同じです」

厩戸はさらりといった。暗記するだけではない。必要な個所を即座に思い出し、口に出してみせる。思い出すというより、抽《ひ》き出すといったほうが適当か。一度読んだ経典は再読、三読したり、熟読したりする必要がない。仏典の複数個所を、複数の仏典に亘《わた》って自由自在に参照することができる。超高速度で。シーラバドラにも真似のできない恐るべき才能だった。

来る日も来る日も仏典講読に明け暮れた。片端から読破していった。厩戸の希望を容れてシーラバドラはまず金光明経《こんこうみょうきょう》を共に読んだが、次はアーガマから読ませた。成立の古い仏典順に接することができるようにとの配慮である。合間にヴィナヤも読ませた。経典講読は部派仏教のものから、次第に大乗仏典へと進み、それに合わせて論書類も。

「まだ盂蘭盆経《うらぼんきょう》を読んでいません。いつになったら読ませてもらえますか?」

「盂蘭盆経? どんな内容だね」

「目犍連《もくけんれん》師——マハーマウドガリヤーヤナ師が主人公です。餓鬼道に堕《お》ちたお母さんを救うため、目犍連が僧たちを集めて供養したという内容です」

「はてな」シーラバドラは首をひねった。「マハーマウドガリヤーヤナ師とは、釈尊十大弟子の一人である、あの？」

「友人のシャーリプトラ師に誘われて仏弟子になった――」

「そんなお経は読んだことがない。わたしが読んだことがないということは、存在しないということだ」

「ぼくは読みました」

難波の大別王《おおわけおう》の書庫で読みふけった仏典の中にそれはあった。一読して厩戸が深い印象を受けたのは、目犍連が母を思う愛情が色濃く出ていたからである。

「だとすると、偽経だな」

「偽経？」

「漢土で創作された仏典だ」

「仏典を創作するなんて、あり得るんですか」

「そこが問題なのだ、アシュヴァくん。人間は偽の経典を作ってまで釈尊の教えを広めようとする。自分の考えを世に広めるために釈尊に仮託もする。釈尊を利用しようというわけだ」

「そんなこと許されていいんですか」

「許されるわけがない。盂蘭盆経を偽作した作者は、間違いなく地獄に堕ちただろうね」

厩戸はがっかりした。大好きだったあの話が、漢土で作られたものだったとは。

「そもそもありえないことなのだよ」シーラバドラは強い調子でいった。「マハーマウドガリヤーヤナ師の母上が、かりにも地獄に堕ちたとしたら、それは師の母上が自ら蒔いた種による結果だ。因果だね。それは母上の招いたことで、息子《むすこ》の師が供養したからといって、助け出せるものではない。仏の教えとは、そんな都合のいいものではない」

「それをいうのでしたら、マハーヤーナの仏典も創作されたものではないでしょうか」

厩戸は敢《あ》えて聞いてみた。

シーラバドラから教えられるまで厩戸は、すべての仏典は釈尊の話を聞いた弟子たちが書きとめたものであると信じていた。そうではないとシーラバドラはいう。

――釈尊の教えは最初、口伝《くでん》だった。文字に起こされたのは、釈尊入滅直後のことと云われている。

――記憶を頼りに書かれたということですか？

――仏典のところどころに差異や、辻褄《つじつま》の合わないところがあるのは、そういう次第なのだ。弟子のすべてがきみのような記憶力の持ち主であったはずがないからね。百年経って仏典の編纂《へんさん》がまた行なわれたという。

――百年後？　釈尊の教えを受けた弟子は誰も、生きていないのでは。

――まったくだ。この時期になると、経典よりも経典をどう解釈するかというアビダルマが多く書かれた。問題なのは、マハーヤーナの経典だ。これらは釈尊の死後、百年どころか何百年と経って書かれたものだからね。

そのような会話が交わされたのを思い出して、厩戸は訊いたのだった。マハーヤーナの仏典も創作ではないか、と。

「それは違う」シーラバドラは言下に否定した。「なぜって、ここインドで書かれたからさ。釈尊が生まれ、修行し、ついに悟りを開き、教えを広め、そして入滅した聖なる地インドで書かれたものだからさ。パーリ語を、サンスクリット語を話すことができ、読むことができ、書くことのできるインド人たちが書いたものだからだ。その血を受け継ぐマハーヤーナの徒たちが、初期の仏典の至らないところ、不明なところを自分たちなりに真摯《しんし》に解釈し、釈尊がほんとうに云いたかったのは、伝えたかったのは、教えたかったのはこういうことではないだろうかと、彼らなりに再構築して、お経の形にしたものがマハーヤーナの仏典群なのだ。漢土で、漢語で、おそらくは漢人の僧侶が書いたものとは違う」

厩戸は反論しなかった。他にも疑問点は山ほどある。こだわっていては経典を読み進めない。今はひたすら読破するのが先決だと自分に云い聞かせた。

サンスクリット語の原典を直に読んでいるからには、漢訳仏典との違い――つまり翻訳の問題、疑問も彼の胸には日々蓄積されている。これにも、いずれは向き合わなければならないだろう。今は「それぞれの土地で用いられる言葉で法を説け」と云ったというブッダの言葉を信じるよりなかった。

虎杖は額の汗を拭った。拭っても拭っても、ひっきりなしに滴り落ちる汗。そのたびに目に沁《し》みるのが何ともわずらわしい。そして、きりがない。彼はうらめしげに頭上の太陽を仰いだ。

「いい加減にターバンを巻いたらどうだい、サールドゥーラ」

傍らでつるはしを振るっているソーナンダが声をかけた。最近、虎杖が親しく口をきくようになった男だ。齢は同じ頃で、背丈も同じ。気さくな性格が、笑みを絶やさない顔に表われている。

「汗はターバンが吸ってくれる。ここじゃターバンは必需品だ」

「やっとわかってきたよ、インドの男たちがターバンを巻いているわけが。おれは倭国の人間だ。もう何度も云ってることだが、一度ターバンを巻いてしまったが最後、心までインド人になってしまいそうで抵抗が」

「こんな言葉がある。コブラに転生したらコブラに倣って人を咬《か》め」

虎杖はまた汗を拭った。その度につるはしを振るう手を止めなければならない。作業は遅々としてはかどらなかった。

彼は石切り場にいた。ナーランダー僧院の東にある採掘現場だ。山の中腹を切り拓いた広い空間に白い石肌が露出している。炎熱の空の下、大勢の人々が作業していた。毎朝ここに出かけ、石を切り出し、夕方になって帰るのが虎杖の日課になっていた。

厩戸が修行生活に入ると、柚蔓と虎杖は隔離されたも同然だった。隔離というか、厩戸にとって無用の人間となったのだ。厩戸のためになすべきことはなにもない。だからといって、ぶらぶらと遊んでいるわけにもいかない。虎杖はナーランダー僧院に付属する賛助団体の門を叩いた。僧院に生活資金その他を提供する賛助団体の活動は幾つかに分かれている。有力者に寄進を募る、商売の儲《もう》けを寄進する、猟師、漁師たちなどさまざまだ。虎杖は単純な肉体労働を択んだ。肉体労働奉仕組が請け負った仕事のあがりがナーランダー僧院に寄進される。労働者には住む家、三食、雀の涙ほどの賃金が支給されるという仕組みである。剣技以外に、これといって技術を持たない虎杖にはその選択しかなかった。

彼は来る日も来る日も作業現場で働いた。建築現場で資材を担いだかと思うと、運河の荷揚げ場で沖仲士となった。このところは石切り場でつるはしを振るう身となっている。

ソーナンダは、異国人の虎杖に関心を寄せ、自分のほうから近づいてきた好漢だった。

「どうだ、帰りに一杯やってくのは」

「いいね」虎杖は素直に応じた。「こう暑くてはやってられん」

虎杖は酒で憂さ晴らしをするようになっていた。ナーランダーは僧院都市として普《あまね》く聞こえているが、聖域は城壁で囲まれた内部だけ、城壁の外は大いなる俗界である。僧侶に奉仕する世俗の男女が集まり、彼らの俗気、俗人の欲望に応える商売が行なわれている。

呑み屋が軒を連ね、楼閣も数えきれないほどある。それぞれの店は支払う額、すなわち酒の味、女の味によって等級付けされ、同じ等級の店がかたまって一つの界隈《かいわい》をなす。虎杖はソーナンダに誘われて、酒房に足を踏み入れるようになった。出入りするのは最低級の安酒場だ。賛助団体から支給される日当では、それ以上の店の暖簾《のれん》をくぐるなど夢のまた夢。

ナーランダーが位置するガンジス河の中流域はインド亜大陸の中でも有数の穀倉地帯だ。ヒンドゥクシュ山脈を越えて大挙侵入したアーリア人種は、初めのうちインダス河畔で暮らしていたが、ガンジスの豊饒《ほうじょう》さに魅せられ、移動を開始。ガンジス流域の開発が大々的に行なわれることとなり、インダス河で培《つちか》った高度の灌漑《かんがい》技術が適用されて茫漠たる平野は緑の穂が揺れる広大な農地に面目を一新したのだった。酒場で供される酒とは米の酒であり、虎杖の舌に合った。何から何まで異世界であるインドで、唯一倭国を思い出させてくれるもの、虎杖にとってそれが酒だった。

一日の仕事を終えた二人は、石切り場を出ると、ウッパスンダリー街の馴染みの酒場にしけこんだ。お世辞《せじ》にも清潔とはいえない店だが、活気があって賑わっている。客層は肉体労働者たち。汗の饐《す》えたような臭いが店内に染みついている気がする。馴染めなかった臭いにも、慣れた。

生ぬるい酒をごくごく流しこむと、ようやく虎杖は人心地つく思いだった。

「大丈夫か、サールドゥーラ」気遣うような口ぶりでソーナンダが云う。「酒量があがってきたな。最初はそんないける口ではなかったはずだが」

「ふん、酒でも呑まなければ、やってられるか」

　思わずそう口にして、自分でも露悪的な台詞《せりふ》だ、おれもこんなことを云う男になったか、とかすかな自己嫌悪を感じたが、胸がすーっと軽くなってゆくのも覚えた。本心を吐き出したからか。気づかぬうちに鬱屈が溜まっていたのだろう。

「暮らしが激変したのだから、仕方のないことかもしれんな。倭国では何をやってたんだっけ」

「お偉いさんの用心棒稼業」

「そうだったな。その人の命令でここまでくることになったとか」

　何度か酒を呑み交わすうち、虎杖は大まかなことをソーナンダに伝えてあった。秘密にすることは何もない。隠しておけば、かえって好奇心を煽り、怪しまれるだけだ。馬子に仕えている時は剣士としての誇りがあった。剣の技倆《ぎりょう》で馬子の命を守っているのだ、という充実感があった。その馬子の命に従ってここまで来たものの、守るべき厩戸とは疎遠になってしまった。何のためにここにいる。日を追ってわからなくなってゆく。

　新たな酒を注文して虎杖は訊いた。「そういうあんたは何をやっていたんだ」

「ずっと石切りを」

「ずっと？」

「うむ」

「何かからの転身じゃなく？」

「親父も石切り稼業だった。そのまた親父も。うちは代々石切り屋の家系なんだ。この仕事しか知らないし、他の仕事をやってみたいとも思わない。商売とか漁師とか自分にできるとは思えないからな。傍目には単純で単調で過酷な労働に見えるかも知れんが、おれの流した汗がナーランダーに喜捨される金の一部になって功徳を積めるのだから、こんな喜びはない。だから酒が美味《うま》い。汗で流した水分を酒で取り戻しているようなものだ」

「おれの酒は憂さ晴らしだから」

それはそれで幸せなのかもしれん、と虎杖は目の前の男を見つめた。功徳——仏に活かされる人生、というやつだ。

「憂さなんかないね」ソーナンダは舐めるように安酒を呑みつつ続ける。「金も溜まってきた。そろそろグニカラッタ妓楼へ行ける」

小金を貯めて月に一度、楼閣に女郎を抱きにゆくのもソーナンダの楽しみの一つなのである。

「どうだ、サールドゥーラ。今度こそ一緒に？」

以前から虎杖は誘われていた。不思議なものだと思う。この聖なる都市に売春宿があるなどと。あの高い城壁は聖と俗の境界だった。

「考えておく」

「いつもその答えだな。安心しろ、国は違っても女は女。あそこが横に裂けちゃいない」

「そんなことじゃなく」

「女のほうでも、おまえさんの肌の色が違うなんてことを気にするものか」

「そのうちな」

虎杖は曖昧に答えた。目を落とすと、白濁した酒の表面に柚蔓の顔がたゆたっていた。慌てて酒杯を呑みほした。


「あの木陰で一休みしてゆきましょう」ブンニカーが誘った。

柚蔓は疲れていなかった。年配のブンニカーのほうは見るからに息があがっている。日の出から街道を歩きづめだった。陽光に照りつけられた街道の土は熱く、革編鞋《サンダル》を通しても熱が伝わる。来し方も行く先も陽炎《かげろう》が揺れ、街道をゆく人々の影はくっきりと濃い。

「このぶんだと、ナーランダーに戻るのは夜になってしまいそう」

枝を広げたマンゴーの木がつくる涼陰で、ブンニカーが溜め息をついた。

柚蔓は二日前、ブンニカーのお伴をして遠地のバーニニヤンギャに出かけた。所用を済ませて帰途にある。彼女が生業を求めたのは、尼僧のための賛助組織だった。僧に賛助組織があるように、尼僧にも存在した。面接の席で自分にできることを問われた柚蔓は、素直に答えた。わたしは剣士なの、と。面接官たちは困惑した顔を見合わせた。剣は人を殺す道具、それで報酬を得てはいけない、という。一人の面接官が思いついたようにこういった。賛助組織はナーランダーだけで自立自営しているのではない。各地に拠点があり、また遠地の賛助組織とも提携、協力関係にある。連絡網が築かれ、使者が行き交っている。早い話が飛脚である。尼僧に奉仕する集団は、尼僧に準じた扱いを受けており、それなりの敬意が払われている。最近は治安が悪化し、追い剝ぎの被害が聞こえてくるようになった。剣の腕があるなら使者の護衛役はどうだろうか。柚蔓としては願ってもない話だった。こうしてブンニカーに付せられ、各地を飛び回る日々が始まった。聞いていたのと相違して治安は良好、剣を抜いたことは一度もない。高齢のブンニカーは柚蔓の存在に心強いものを覚えているようだった。

「思った以上に大変な仕事なのですね」

「あなたもそのうちに慣れるわ、ユーズール」

ブンニカーは柚蔓の名を三音節で発音できず、インド風にそう呼んだ。夕鶴を連想した。そう呼ばれるたびに、暮れゆく黄昏《たそがれ》の空に鶴の群れが次々に飛び立ってゆく大和の夕景が懐かしく思い出され、今ではその呼び名が気に入っていた。

「大変といえば、あなたのほうこそ慣れない土地で慣れないことをしているのですもの。

もう一人の男の人、彼はどうしているのかしら」

「さあ」

柚蔓は首を傾げた。しばらく虎杖とは会っていない。思い出すことも稀だ。

「さあって、あなた。倭国から苦労して、ここまでやってきた仲間でしょ？　もしかして、いい仲なんじゃないかと思っていたわ」

「いい仲？」

「男と女の仲ってことよ。一度訊いてみたいと思っていたの。ね、包み隠さず話してちょうだい」

ブンニカーは慎み深く、控えめな性格だが、時折り別人になったように詮索好きを露わにすることがあった。意志の力で平生はその本性を抑えているのだが、何かの弾みでこらえられなくなってしまうに違いない。

「違います」

「違う？　ほんとに？」

「ええ、全然もうそんなんじゃありません」

柚蔓は笑いながら云った。そんなふうに思われたことがおかしかった。

ブンニカーは疑わしそうに柚蔓の目をのぞきこんでいたが、やがて諦めたようにいった。

「そういうことにしておくわ」

「ほんとうですってば」

「男はいいものだけど、ドロドロの仲になって、結局泣くのは女のほうだからね。尼僧なんて、そのなれの果てなのよ」

柚蔓は驚きを覚えた。「そうですの？」

「ただでさえ男女間の愛憎に苦しみ、歳をとって容色が衰えると見向きもされなくなってしまう。救いを求めて仏門を叩く、というのが尼になる一般的な末路なのよ。なあに、その驚いた顔は？　びっくりした？」

「尼さんって、もっと清らかなものかと」

「そりゃあ、ねえ、求めるのは清らかさよ。心の安らぎといってもいいわ。でも、清らかさを求めるっていうことは、それまでどれほどの汚さに悶え苦しんできたかっていうことでもある。安らぎを求めるっていうことは、それまでどれほど悩んできたかっていうこと。その果てに、尼僧になる道を択ぶってわけ。あそこにいるのは、そんな女たちばっかり。わたしは今のままで、ウパーシカーという在家《ざいけ》のままで満足しているの。それは彼女たちのように出家してビクシュニーになり、修行に明け暮れして悟りを得るなんてことはないけど、彼女たちに喜捨するという功徳を積めるのですものね。それで充分。何事もほどほどがいいわ。あんまり激しいのはだめ」

語っているうちに、まるで自分に言い聞かせるような口ぶりとなった。自身もそれに気づいたのか、ブンニカーは急に言葉を切って、そそくさと立ち上がった。

「たっぷり休めたわ。さあ、もう行きましょう」

さほどの標高差ではない峠道に差しかかった時だった。街道に人通りは絶え、左右には深い森が続いている。かすかな叫び声を耳にして二人は立ち止まった。

繁《しげ》みの中から真っ黒なものが飛び出してきた、と見えたのは一瞬で、柚蔓の目はそれが女の裸身だとすぐに捉えていた。一糸まとわぬ裸だ。頭に毛の一本もない。女は街道にへたり込み、二人に気づくや、甲高い声で叫んだ。「た、たすけてっ」

「ビクシュニーよ」ブンニカーが息を呑んだ。

柚蔓は森に視線を向け戻した。今度の揺れは大きかった。枝が圧《へ》し折《お》られる音まで響いた。

「ほうれ、捕まえた。逃げても無駄だと云っただろう」

「こっちへ来い。うーんと可愛がってやる」

下卑た言葉を、それに相応しい下卑た口調で云いながら、裸の女に手を伸ばそうとして、二人の男は柚蔓とブンニカーに気づいた。驚いた表情になったのはわずかの間のこと。涎《よだれ》を垂らしそうな笑みを浮かべた。

視線は柚蔓に集中する。ブンニカーより若いというだけでなく、肌の色が違うのが珍しいのだろうか。男はどちらも下半身に何も穿《は》いていなかった。そして揃って股間に醜悪なものを怒張させていた。

裸の尼僧は立ち上がって逃れようとした。男の手が素早く伸びるや、彼女の二の腕を掴み、引き寄せた。裸の尼僧は悲鳴をあげた。もがいたが、男の力にはかなわず、ずるずる引きずられてゆく。

「お放しなさい」

柚蔓は落ち着いた声で云った。初めての場面ではなかった。倭国でも似たような状況に三、四度遭遇したことがある。女を襲う男たちの顔に浮かぶ下劣な表情は国を越えて同じだ。

「女、素っ裸になれ」

喚いたのは手ぶらなほうの男。柚蔓はそちらに足を向けると、背中に手を伸ばした。護身用に吊っていた二尺ほどの木剣の柄を握る。剣といっても木剣だから鞘に入れておく必要がない。木剣は空中で弧を描き、男の股間に叩き込まれた。肉を断つのでもない、骨が砕かれるのとも違う、何とも摩訶不思議な音がした。睾丸《こうがん》の叩き潰される音だった。男は白目を剝いた。声も出せず、立ったまま悶絶《もんぜつ》し、前のめりに、音をたてて倒れた。

女を引きずっていた男が顔に怒気を刷いた。女を突き飛ばして両手の自由を取り戻したが、次の瞬間には、相棒に続いて自分も同じく股間に木剣を送り込まれていた。猛々《たけだけ》しい一物を根元から叩き折られて、こちらも失神。

柚蔓は木剣を背中に戻すと、裸の尼僧に手を差し出した。尼僧は、左右に倒れた男たちを目にし、がくがくとうなずいた。柚蔓の手を握り、初めて安堵の表情を浮かべた。一部始終をブンニカーが目を丸くして見つめていた。

尼僧はフールドルーセと名乗った。ナーランダー僧院の尼僧団に所属する若いビクシュニーだった。ナーランダーでは、男僧こそ学問僧ばかりだが、尼僧団はやや様相を異にし、一般の修行僧も受け容れている。頭陀行《ずだぎょう》で行脚《あんぎゃ》野宿を重ねながら、森の中で瞑想にふけっていたところを、山賊らしい二人に襲われたのだという。

柚蔓は荷物の中から着替えを彼女に差し出した。

「素晴らしいわ、ユーズールさま」

フールドルーセは尊称をつけて柚蔓を呼び、僧院に戻るまでの道すがら、彼女の剣の腕前を誉《ほ》めたたえた。ブンニカーは眼中にないといった態度だった。

「善徳を積めてよかったわね、ユーズール」

ブンニカーが面白くない顔で云った。

柚蔓としても長々と付き合う気はない。何か別のことを喋らせなければ。尼僧の語ることといえば説教だ。賛辞を聞いているよりましというもの。フールドルーセに水を向け、やがて若い尼僧は自身の悲惨な生い立ちを交えながら熱心に仏の道を語り出していた。

道中、柚蔓はそれを黙然と聞いた。

ナーランダー尼僧団の長をつとめるバッダ・カピラニーニ尼から柚蔓が直々に指名されたのは、それから七日後のことだった。ブンニカーとは別の先輩に付き従って、ガンジス対岸の一村落から戻ってくると、彼女からの呼び出しが待っていた。

「フールドルーセ尼を助けてくれたそうですね。お礼を申し上げます。ありがとう」

広いとはいえない院長室で、バッダ・カピラニーニ尼は謝辞を口にし、柚蔓に向かって合掌した。八十歳を超えているという年齢の割には恰幅《かっぷく》のいい女性で、福相の持ち主だった。一目見て誰もが魅せられ、引きつけられ、その謦咳《けいがい》に接したいと思わずにいられない不思議な魅力にあふれている。

「偶然、通りかかったのです。フールドルーセさまは運がよかった。それだけのことです」

「偶然でなどあるものですか」バッダ・カピラニーニ尼は穏やかな笑顔を浮かべて首を横に振った。「仏教ではね、偶然という考え方はしないのですよ」

「偶然でした、ただの」柚蔓はあくまで云い張った。「もう少し早かったら、もう少し遅かったら、気づかずに通り過ぎていた。偶然でなかったら、何と仰るのでしょうか」

「因縁です」

「因縁？」

「フールドルーセ尼は、あの場であなたに助けられる因縁だったのです。そうなる因を、善因を積んでいたのです」

「フールドルーセさまには、あの時初めてお目にかかったのですけれど」

「善因は――悪因もですけれど、現世でだけ積むものとは限りません。前世での因が、現世になって結実、発現することだってあるのです。直接的な、はっきりと因果関係のわかるものばかりではありません。これは因で、これが果だと云えるものは寧《むし》ろ少ない。間接的で、複雑なもののほうが多いのです。一つの因による果が、今度は因になって、次の果を生み、その果がまた因になる――その無数、無限の繰り返しだからです。幾十となく、幾百、幾千、幾万、幾億と複雑に絡まりあった因果関係。そこにわたしたち人間は生きているのです」

「では、どのような因があって、それがどのような因果を繰り返して、あの時、わたしたちがあの場に居合わせるという果になったのでしょうか。わたしにはさっぱりわかりませんが」

「いいえ、あなたはおわかりですよ。そうした問い方自体、わたしの申し上げたことを理解なさった証」

「具体的に因と果をお教えいただければ――」

「無数、無限の繰り返しと云ったではありませんか。一つ一つを言挙《ことあ》げすることなど、誰にもできやしません。因果関係とは目に見えるものではないのです。自分のことでさえ見えないのに、あなたとフールドルーセ尼との間の因果までは」

「でしたら――」

「はっきり云えるのは、果があるからには必ず因があるということ。因果関係は存在するのです」

柚蔓は口を噤んだ。堂々巡りだと思った。

「納得していない顔ですね。いいわ。あなたはすぐれて頭のいい方よ。話してみてそれがわかった。わたしの話に困惑する人は多いけれど、あんな切り返しは初めて。いずれ納得し、理解するようになる。フールドルーセ尼を助けたという果が因になったからこそ、こうしてあなたとわたしは会うことになったでしょ。これも因果関係よ」

「………」

「あら、ごめんなさい。そんな教理問答を交わすためにあなたを呼んだのではなかった。フールドルーセ尼が口を極めてあなたの剣の腕を誉めていました。そこで、あなた自身の口からお聞きしたいのです、よろしかったら――」

「女なのに、なぜ剣士になったか」

「あなたのことは調べさせてもらいました。ヴァルディタム・ダッタ師から聞いたのです。

倭国のことや、その他いろいろ。でも、本人の口から聞きたいの」

柚蔓はうなずいた。誰彼となく素性を聞かれるので、もはや話し慣れたことだった。

柚蔓が話し終えると、バッダ・カピラニーニ尼は思いも寄らないことを言った。

「尼僧たちに、剣術を教えてくださらないかしら。びっくりなさるのはもっともです。仏教には五戒といって、五つの基本的な戒めがある。不殺生は筆頭に掲げられているほど大事なもの。ましてわたしたちは尼僧ですもの、尼僧と剣術など水と油の取り合わせといわねばなりません。でも、近年はそうも云っていられない。この辺りを治めていたグプタ王国が滅んでから、各地の諸侯が我こそはグプタの後継者たらんとしのぎを削っている。治安が急速に悪化して、以前のようには頭陀を行なえないようになってしまった。欲望に駆られて尼僧を襲う、そんな罰当《ばちあ》たりな者はこれまで一人もいなかったわ。どこへ行っても僧、尼僧を問わず僧侶は大切にされたのです。今や、山賊が横行する嘆かわしい世の中になってしまいました。頭陀をしないわけにはいきません。釈尊がお定めになった修行ですもの。頭陀を止めるなんて、仏教徒であることを諦めるも同然。となれば、方法は一つ、自分の身は自分で守る――これです」

「そのためにビクシュニーに剣術を？」

「やってくれますね、ユーズール」

稽古は翌日から始まった。

バッダ・カピラニーニの意向により、柚蔓の身は賛助組織を離れ、ナーランダー尼僧団の在籍とされた。尼僧になったのではないが、尼僧に準ずるシュラーマネーリの扱いである。柚蔓は逡巡《しゅんじゅん》したが、結局は受け容れた。物部巫女団に属していた身として抵抗がないわけではないが、明日をも知れぬ異国で後ろ楯を得ることほど心強いものはない。ナーランダー尼僧団のシュラーマネーリ、剣術師範のユーズール——これが柚蔓の新たな姿だった。

参加は強制ではなく、希望者を募ったが、五百人が応じた。頭陀の危険を誰もが真剣に考えている証だった。一人で五百人を教えるのは至難の業《わざ》。柚蔓は十班に分け、毎日一班ずつ順に教え始めた。十日で一巡、一つの班は月三回の教授となる。これでは回数が少なすぎだ。そこで策を練った。優秀な生徒を見極め、彼女たちを別にして集中特訓を施す。師範代にしようというわけだ。仏の教えを剣術教習に縒《よ》り合《あ》わせられないかということもバッダ・カピラニーニ尼と相談した。剣術修行がすなわち仏教修行であるという方途を探れないものか、と。

そんな矢先、柚蔓は自分が妊娠していることを知った。

「は、は、孕《はら》んだ？」

「そんな大きな声を出さないで」

柚蔓は周囲を見回し、わたしを見習いなさいというようにいっそう声をひそめた。

虎杖の叫びに、道行く人たちは何事ならんと顔を向けているが、理解した者はいない。二人は倭国の言葉で話しているのだから。虎杖は頭の中が真っ白になる思いだった。石切り場での仕事を終え、いつものようにソーナンダと連れだって酒場に向かっている途中、マンゴー樹の陰から柚蔓が現われた。久しぶりに見る姿に思わず胸がときめいた。自分でも思ってもみない反応だった。それが伝わったのか、ソーナンダが気を利かせて離れていった。

久しぶりだな、どうしてた、そう云おうとして、いきなり柚蔓のほうから告げられたのだった。妊娠したと。

虎杖はおそるおそる柚蔓の腹部に目をやった。彼女は尼僧によく似た着衣をまとっていた。腹部は膨らんでいるようには見えない。

「四か月なの。僧院の女医の見立てよ。あなたには、先に話しておかなくてはいけないと思ったから――御子にお知らせする前に」

「……い、いつのことだ」

かろうじて声を絞り出すように問いかけながら、虎杖の脳裏には封印した記憶――ムレーサエール侯爵邸での出来事が甦る。柚蔓の離れから二人の男が出てゆく光景が。

「いつ？」

「つまり、その……」

「ああ、そのこと。多分あの夜よ。彼らが忍び込んできたの。つききりで夕食の給仕をしてくれた男の子たち。彼ら四人が」

「四人？　男の子？」

「肌の黒さでわからないでしょうけど、あの子たちまだ若いのよ。いちばん年長の子で十四歳っていってたもの」

そんなことを訊いているんじゃない！　という怒鳴り声は、咽喉の途中で粉々に砕け散った。

「……お、襲われたんだな。何てことだ、きみほどの剣士が」

「見くびらないで。迎え入れたのよ。二人は帰した。好みではなかったから」

「…………」

「時期的にもぴったり合うことだし」今になってようやく気づいた、とでも云わんばかりに柚蔓は云った。「父親はカプラーンダかタルボムッレかのどちらかということになるわね。どちらでもいいことだけど。もう一度会ったとしても、どちらがどちらだか区別が付かないと思うの」

　虎杖はもう少しで卒倒するところだった。

「……で、どうするんだ」
「どうする？」
「だから、さ」
「どう育てるかってこと？」
「う、生むのか！」

コブラ横丁の行きつけの安酒場で、いつものように杯をちびちび舐めていたソーナンダは、暖簾をくぐって店内に入ってきた虎杖を見て驚いた。顔色は血の気が引いて真っ青で、目はうつろ、足取りは魂魄《こんぱく》を抜かれた人のようにふらついていた。まるでバラモンの秘術で甦らされた死人である。一目でソーナンダは何が起きたか看破した。

虎杖はよろよろとテーブルに歩み寄り、くずおれるように隣りの椅子に腰を下ろした。

「ねえちゃん、酒だ」ソーナンダは、横を通りかかった女給に大声で命じた。「象が呑むほど持ってきてくれ」

「赤ちゃん？」厩戸は驚き、すぐ顔を輝かせた。「おめでとう、柚蔓。いつ生まれるの？」

「年明けになるかと」

柚蔓は答えた。蠟燭の明かりが灯る一室で彼女は厩戸の前に伺候《しこう》している。虎杖に事の次第を告げやった足でやってきた。僧院内は聖俗、男女の区別が厳格で、シュラーマネーリの身分を得たとはいえ、敷地内に一歩たりと踏み入ることを許されなかった。厩戸との面会場所は、教務庁を指定された。ナーランダー入りした当初、寝泊まりした建物である。厩戸の師であるシーラバドラは部屋の隅に影のように後退し、従者の如く見えた。シーラバドラが見守っているからというわけではないが、二人は倭国の言葉ではなく、インド語を交わした。

厩戸の好意的な反応に、柚蔓は緊張を解いた。厩戸を観察する余裕が生まれた。二か月ぶりに目にする厩戸はずいぶんと変わって見えた。沙門らしく頭を青々と剃り上げ、糞掃衣をまとう外観からしてそれまでとは違うが、顔つきが引き締まり、大人びたような気がする。背丈も少しく伸びたようだ。

「御子さまの護衛役がかないませぬ。慮外の不面目、心よりお許しを請う次第です」

「気にしないで。ぼくを狙う者なんか誰もいないんだから」

「御子さまは……その、お元気でいらっしゃいますか」

「毎日、経典を読んでる。サンスクリット語の原典でだよ。倭国じゃできなかったことだ。こんなに楽しいことはない」

「お言葉をうかがって、安心いたしました」

「虎杖はどうして来なかったの？」

「だって、赤ちゃんの父親は虎杖なんでしょ」

「何を仰せになられます」柚蔓は吹き出しそうになるのをこらえた。子供の目にはそう映るのだろうか。子供だからこそ、この不始末を不始末と見ずにすんでくれているのだが。

「あの男とわたしは何でもありません」

「何でもないって？」

「子供が生まれるような間柄ではないということです」

「ふうん、そうなの」厩戸は目に見えてがっかりした顔になった。「ぼくさ、てっきり」

「御子の護衛役同士の間で子を生《な》しては守屋さまに笑われましょう。いいえ、厳しく罰を受けるはず」

「おめでたいことなのに？」

「何事も時と場合というものが」

「そういうものなの？」

「そういうものです、万事」

「虎杖は何を？」

「さきほど道で会いました。呑み友だちができたようで、あの男はあの男なりに楽しく毎日を過ごしているようです」

「虎杖が何か？」

「柚蔓に赤ちゃんが生まれることは？」

「伝えました。仕事仲間ですから」

「何って云ってた？」

「憤慨しておりました。その間、御子の護衛役は彼一人になるのですから当然です。けれど、子育てのことを案じてもくれて」

「それはよかったね。たまには顔を見せるようにって、そう伝えてほしい」

「かしこまりました」

「立派な赤ちゃんを生んでね、柚蔓。ぼく、来目《くめ》が生まれてくる時も、すごく楽しみだったんだ。男の子かな、女の子かな」


虎杖は酒に溺れていた。呑んでも呑んでも呑み足りない。同情して付き合ってくれていたソーナンダは、本気で心配して、酒量を控えるよう口うるさく忠告し始めた。虎杖の誘いを断ることも多くなった。酒量は増えるいっぽうだった。大酒呑みには手のつけられない乱暴者が多いが、虎杖はそうではなかった。酔客と乱闘騒ぎを繰り広げるようなことなど絶対になかった。呑む。黙々と呑む。ひたすら呑む。ぐいぐい呑む。全身から暗い冷気が発散されてゆく。誰も近寄らない、いや、近寄れないほどの冷気である。こんな呑み方を続けていると、身体が悲鳴をあげる。実際、そうなった。朝、起きられなくなり、太陽が高くのぼった頃になって石切り場に現われる。酒の臭いをぷんぷんと漂わせて。つるはしを握るが、すぐに息があがってしまい、仕事にならない。挙句の果てにはぶっ倒れ、石の上で大の字になって大いびき——というところにまで、堕ちた。

　ある日、彼はソーナンダに云った。「おい、おれは酒をやめた」

「そいつはよかった」ソーナンダは嬉しげに虎杖の手を握った。「このままじゃ、あんた、だめになっちまうんじゃないかって心配してたんだ」

「酒など、何の慰めにもならん。とことん呑んではみたが、まったくの役立たずだ。やっとそれがわかったよ」

「何事も、ほどほどが肝腎なのさ。釈尊も仰った、大事なのは中道を心がけることだって」

「中道か。なるほど、うまいことを云うもんだな、釈尊ってやつは」

「おいおい、口が過ぎるぞ」

「いやあ、初めて釈尊とやらの言葉が猛烈に心に沁みたんだ。それぐらい大目に見ろ」虎杖は友人の肩に腕をまわした。「でな、ソーナンダ」

「何だ」

「酒に代わるものがおれには必要だ」

「酒に代わるもの？」

「そうだ」

「とだけ云われても」

「鈍い男だな。あんたの通ってるっていう女郎屋に、おれも連れてってくれって頼んでるんだよ」

「おれの行きつけの店は最低の女郎屋だ。美女を期待しないでくれ」

「願ったり叶ったりだ」虎杖はしんみりとした調子になって云った。「店の中で、最も醜い女をおれにあてがってくれ」


　年が明けた。厩戸を倭国から逐《おいはら》った伯父――淳名倉太珠敷天皇《ぬなくらのふとたましきのすめらみこと》が健在なら治世は九年目に入ったはず、ということに思いを馳せなかった。それほどまでに厩戸は仏典の読破に没頭していた。

「驚き以外の何ものでもありません。あれで九歳だというんですから」

　シーラバドラはヴァルディタム・ダッタにそう云った。長老格の高僧に与えられる窟院の一室である。

「このあいだも同じことを云った」ヴァルディタムは心地よさそうに笑う。「わしは予言するが、この先も同じことを云い続けるじゃろう」

「多分そうなりましょう」シーラバドラはあっさりと認めた。「あの子は暗記していただけでした。そのこと自体、恐るべきことなのですが――」

「ところが？」

「理解力が追いついてきました。頻《しき》りに意味を訊いてくるのです」

「納得するかね」

「少しも。理解しないというのではありませんよ。答えを一つ受け取ると、そこから新たな疑問が十も二十も湧いてくるようなのです。一粒の麦を植えると、数十の実が麦穂を成すようなもの、といったらいいでしょうか」

「名僧になる証じゃよ。わしが見込んだだけのことはある」

「この仏典とあの仏典は違うことを云っていると、次々に指摘してくるのです。幾多の論師が気づかなかったことを。恐るべき記憶力の賜物でしょうね。暗記した仏典の膨大な量の章句が、常に頭の中で照会、照合されて、校勘され続けているに違いありません。どんな構造になっているのか、一度頭の中をのぞいてみたいと思うほどです」

「あの子は悟りを得ると思うかね」

「さて」勢い込んでいたシーラバドラは、一転して慎重な口調になった。「万巻の仏典の一字一句に精通し、その意味するところを十全《じゅうぜん》に説けたとしても、悟りを得たことにはならない。ただの優れた論師、というにとどまります」

「さような論師、得意顔の論師の、何と徒《いたずら》に多かったことか。語句のささいな解釈にこだわり、自説が正しいと云い張り合う。そんな愚かな積み重ねが、仏教のありようから次第に力を失わせていったのじゃ。わしはあの子にさような仏教者になってほしくはない。そのためにナーランダーまで連れてきたのではない」

「仏典を自由自在に解釈してみせる——自分は悟ったのだと錯覚する者は多くおりました」

「単なるうぬぼれ屋どもだ」

「優れた論師がなぜ自ら悟ったと勘違いするかといえば」シーラバドラはなおも自重しつつ、「仏典に精通し得たという歓《よろこ》びからでしょう。達成感といってもいい。悩める者の問いに、すべて仏典の章句を引用して答えることができる。そうなると自分がブッダそのものになったような気がして、悟りを得たと思いこんでしまうのです。実はただの引用者に過ぎないのですがね。裏返して云えば、その域に到達するまで血のにじむような修行をしてきたからでしょう。自分がブッダになったと思いこむことで修行の代償を得たいと思ってしまうのです、意識するとしないとにかかわらず」

「すべての修行者が自戒しなければならぬこと」

「それがあの子には当てはまらない。仏典を暗記し、解釈するのに、一般の修行者が積み重ねる努力が必要ないからです。一、二年もしないうちに、いっぱしの論師になりましょう」

「悟りを得たと錯覚してしまう弊害から、あの子は免れているというわけじゃな」

「そうです。努力の代償を欲する気がないのですから。ここで前言の繰り返しになりますが、万巻の仏典の一字一句に精通し、その意味するところを十全に説けたとしても、悟りを得たことにはなりません。釈尊だって、仏典を読んで悟ったのではないのです。結局のところ、彼の修行次第ということになりましょう。老師こそ、どのようにお考えです？」

「わしは老い先が短い」ヴァルディタムは急にしんみりと云った。「わしが見出《みいだ》した子供が、是非にも悟りを得るのを見て死にたいのじゃ」


柚蔓は出産した。男の子だった。肌の色は生粋のインド人に較べて薄く、世話する人たちはそこに神聖なものを看て取るのか、母子を大切にあつかってくれた。柚蔓は、ナーランダー僧院の賛助組織が運営する産院に身を寄せている。バッダ・カピラニーニ尼の配慮である。時機が来たら剣術師範として〝復職〟することになっている。

報《しら》せを聞いて厩戸は産院に急いだ。「おめでとう、柚蔓」

無邪気な祝福。事の重大性を推し量ることのできる年齢ではなかった。況して頭の中が仏典に占領されていたからには。

床から離れられない柚蔓は、幸福そうに顔を輝かせ、厩戸に礼を云うと、傍らの編み籠に寝かせられた赤ん坊に愛《いと》おしげな視線をくれた。男の子は元気いっぱいに泣き声をあげていた。

「名前は？」

「ニダーナですわ、御子。バッダ・カピラニーニ尼が名付けてくださいました」

「ニダーナ――因縁か」厩戸は感じ入った顔をした。

「倭国の名前もつけたく思っているのですけれど、名付け親になっていただけないでしょうか」

「ぼくが？」

「あつかましいお願いで恐縮です」

「うーん、今すぐには思いつかないや。時間をかけて考えてみよう。そうだ、ニダーナを抱いても？」

「ありがたいことです」

厩戸は編み籠に両手を入れ、おそるおそる赤子を抱き上げた。赤子はぴたりと泣きやんだ。きょとんとした目で厩戸を見つめたと思うや、愛くるしく笑った。

柚蔓の目から歓びの涙が流れた。

「師からも、どうか祝福を」厩戸は赤子のニダーナを抱いたまま、控えるように背後に立っていたシーラバドラに云った。

シーラバドラは首を横に振った。「人生は苦しみに満ちている。生まれることとそれ自体の苦しみ、老いてゆく苦しみ、病むことの苦しみ、そして死の苦しみ」

厩戸は凍りついた。シーラバドラが云うのは四苦である。仏教者としては基本の基本だが、新しい生命が生まれ、育ちつつあるこの産室でそれが口にされると、まるで呪いの言葉のように聞こえた。

シーラバドラは語を継ぐ。「怨憎会《おんぞうえ》の苦、愛別離《あいべつり》の苦、求不得《ぐふとく》の苦、五蘊盛《ごうんじょう》の苦もある。無知と欲望に支配されて苦しみ続ける、それが人間の一生です。この子は生まれてしまった。どうして祝福できるでしょう。因縁の名を持つこの子が、その名の通り無明《むみょう》を因として老死の縁に至る因縁を悟り、ニルヴァーナの境地に至るを祈るばかりです」

「聞いたか、サールドゥーラ」

ソーナンダが云った。その気遣うような云い方で、虎杖にはピンと来たが、どう応じたものか、咄嗟には声が出ない。

「おまえと一緒に来た女だが、子供が生まれたとか」

「らしいね」

「らしいねって、まだ会ってないのか」

柚蔓から知らされたわけではない。厩戸からの使いが教えてくれた。

「誰が会いになど。勝手に子を産もうが、傷を膿《う》もうが、房事に倦《う》もうが、おれには関係ないことだ、これっぽっちもな」

「そうはいってもさ」

二人はいつもの居酒屋の中にいた。虎杖は杯を卓に置いて立ち上がった。

「ゆくって、どこへ」

「決まってるじゃないか、マイトレーヤのところさ」

「まだ一杯しか呑んでないぞ」

「いいんだよ、馴染んできたんだ」

ソーナンダが紹介してくれた最低級の女郎屋「孔雀楼《くじゃくろう》」の妓女たちの中でも、とびきり最低級の娼婦が、畏れ多くも「弥勒《みろく》」を源氏名とするマイトレーヤだった。とにもかくにも醜い容貌の女で、初めて見た時は、世の中にこれほど醜怪な女がいるのかと、全身に鳥肌が立ったものだ。酒を呑んで自分を深く酔っぱらわせてからでないと抱けたしろものではない。事実、房事の途中で酔いが醒《さ》めてしまい、一気に萎えたことも一度や二度ではなかった。しかし、慣れとは恐ろしいもので、何度も情交を重ねるうち、容貌は次第に気にならなくなった。最低級の女を抱いている、指折りの醜女《しこめ》を抱いているということに、疼《うず》くような歓びがあった。自分を憐れむ快感である。自虐的な快感がマイトレーヤへの愛おしさに代わってゆこうとする気配さえある。我ながら不思議だと思わずにはいられなかった。

虎杖は微醺《びくん》を帯びた程度で孔雀楼に向かった。マイトレーヤは細い目を丸くした。

「どういう風の吹きまわし？」

「何が」

「だって、初めてじゃないの」

「何が初めてだ」

「いつもべろんべろんに酔ってあたいを抱くくせに、今夜に限って素面《しらふ》なのはなぜ？」

「酔ってるよ。ちゃんと呑んできた」

呑まずにおまえなんか抱けるか、という言葉を投げつけたことは一度もない。それは彼の流儀ではなかった。女を傷つけたくはない。傷つけたいのは自分なのだ。

「酔ってるうちに入らないわ。でも新鮮。酔ってないあんたとやるなんて。来てよ、サールドゥーラ」

二人は裸になり、寝台を共にした。マイトレーヤの反応はいつになく激しかった。酔っていないせいだろうか。酒で身体を麻痺《まひ》させていないから、そのぶん房事に積極的になり、愛撫《あいぶ》も細やかに行き届いて、こんなにも乱れるのだろうか。

マイトレーヤは二度目を求めてきた。これまでになかったことだ。虎杖はそれに応じることができた。一度放出すると、あとは酔いの深さも手伝って前後不覚になり、眠りに落ちてゆくのが常だったのに。二度目で終わりではなかったことだ。三度目は虎杖が求め、四度目はマイトレーヤが、五度目は虎杖が要求した。後はさすがに記憶がなく、目を覚ますと、陽は高く昇っていた。虎杖は二人がぴたりと繋がったまま眠っていたことに感じ入った。抜こうとしたのを止め、房事を再開した。マイトレーヤがあえぎ始めた。

ニダーナが死んだ。生後七日目の夜、にわかに発熱し、苦しげに泣き続け、夜明けを待たず息を引き取った。柚蔓にはなすすべがなかった。

話はすぐに伝わり、厩戸はその日の仏典講読を中止して、柚蔓のもとに駆けつけた。シーラバドラが同行した。

産院の一室で、柚蔓の身を案じるバッダ・カピラニーニ尼や、フールドルーセ尼ら剣術の弟子の尼僧たちが祈りの章句を捧げていた。柚蔓は寝台でニダーナの遺骸を抱きかかえ、身じろぎもしなかった。入室した厩戸にちらりと目を向けたが、表情に反応は何も表われない。厩戸は声をかけようとして、言葉が出てこなかった。

「今はまだそっとしておあげなさい」バッダ・カピラニーニ尼が云った。

今はまだ――その後も柚蔓はニダーナを手放さなかった、幾日も幾日も。食べ物も摂らず、次第にやせ衰えてゆく。

「何か食べなきゃ。おまえまで倒れてしまうじゃないか」厩戸は何度もそう云ったが、柚蔓はたまに首を横に振るだけで、大概は無言で通した。

厩戸は産院に寝泊まりを続けていた。柚蔓の身が案じられ、僧院に戻る気にはなれなかった。シーラバドラは厩戸に付き添った。

「どうかお戻りください」厩戸はシーラバドラに懇願した「これはぼくの個人的な問題です。柚蔓はぼくの従者ですから。なんとかしてやらなくては」

シーラバドラは答えた。「そういうきみは、アシュヴァくん、わたしの愛弟子《まなでし》だ。途方に暮れている愛弟子を置いて、師僧が帰れると思うかね」

シーラバドラはこの事態が厩戸にとって恰好の修行になると看做していた。仏典の世界から抜け出て、現実の不条理に直面しなければならない頃だ。

「どうしたら」厩戸は訴えた。「どうしたら柚蔓の悲しみは消えるのでしょうか。御仏に祈れば――」

「きみが仏に祈っても、彼女の悲しみが消えるわけではない。そんな力を仏が顕わしてくれるものでもない」

厩戸は耳を疑った。「御仏に、そんな力がないとおっしゃるのですか？　祈りは聞き届けてもらえないと？」

「仏とは、きみが考えているような都合のいいものではないよ。彼女の悲しみは彼女の行動が自ら招いたもので、それが因果というものなのだ。ゆえに彼女自身で解決するよりない。わたしたちにできることは、彼女の悲しみに寄り添い、無常を共感することだけだ」

「そんな……」

厩戸は混乱した。他人の悲しみを救済してやれなくて、何が仏教なのだろうか。

シーラバドラはなおも云った。「彼女は仏の道に生きてきたわけでもなければ、現にそう生きているわけでもない。無常ということを知らず、因果ということを理解せず、突然の苦しみに直面して、どうしたらいいかわからないでいるのだ。わたしたち仏教者が彼女のためにできることは、彼女が自分自身で解決できるように仏の道に導いてやること、そのささやかな手伝いをすることだけ」

シーラバドラの言葉は厩戸の心に届かなかった。無常、因果、苦しみ——日々読み込んでいる仏典に頻出する術語であり、厩戸にとっては日常語といっていい。あくまで僧院内での日常語であって現実世界で使われると、途端に立ちすくんでしまうのだった。

「そうだ」彼は手を打ち鳴らした。「虎杖なら何かいい智慧《ちえ》があるかもしれない」


「み、御子、どうしてここが……」

マイトレーヤと合体中のところを厩戸に踏み込まれ、虎杖は大いに慌てた。二人は布団をかけておらず、裸身を汗みずくにして一つになっていた。

「悪く思うなよ、サールドゥーラ」ソーナンダが戸口でそう云い残し、逃げていった。

「お取り込み中、失礼します」

シーラバドラが云った。妓楼、それも最低級の妓楼の中で、オレンジ色の糞掃衣は摩訶不思議なことに雰囲気に溶け込んでいた。

「お取り込み中？」厩戸は目をぱちくりさせて訊いた。

「このような場合の」シーラバドラは答えた。「決まり文句のようなものだよ」

「虎杖はここで……裸で、何をしているんですか」

「本人に訊くことだね」

厩戸はうなずき、寝台に近づいた。

「ちょ、ちょっと出てくれないか」虎杖は女から離れようとした。

「いやよ」マイトレーヤが虎杖の首に両手を巻きつけた。ほどきかけた両脚も、再び力を込めて虎杖のふとももに絡める。「あたいの部屋なのよ」

「柚蔓の子供が死んじゃったんだ」厩戸は云った。

虎杖はマイトレーヤの動きに身体を任せ、肚を据えて答えた。「存じております」

「知ってた？　どうしてお見舞いに行ってやらないの？」

「わたしが行ったところで、どうなるわけでもありますまい。今はそっとしてやるに限ります」

「バッダ・カピラニーニ尼もそう云ったよ。でも、柚蔓は何も食べようとしないし、このままだと死んじゃうんだ」

「わたしは他にすることがあるのです」

虎杖はゆっくりと腰の抽送を再開した。マイトレーヤの口から嬌声《きょうせい》が洩れ始め、すぐに部屋いっぱいに響き渡った。

「ねえ、何をしてるの、虎杖」

子供心にも異常性を察知したのか、厩戸はかすれた声を出し、寝台から後じさりした。

「大人の営みというやつです」

「大人の営み？」

「柚蔓もこのようにして」マイトレーヤの喘《あえ》ぐ顔を見下ろしながら虎杖は云った。「子を生し、その子が死んだ」

「どういう意味？」

その時マイトレーヤが強烈に締めつけてきた。虎杖は歯を食いしばって耐え、結局のところ堪《たま》らず声をあげた。

「どうしたの、虎杖。苦しいの？」

「と、ともかく、シーラバドラ師にお訊きくださいませ。わたしはそれどころではありませぬゆえ」

厩戸は困惑して振り返った。

「出よう」シーラバドラは云った。

厩戸は肩を落として産院に戻った。柚蔓の部屋には異臭がたちこめていた。赤子の死骸の腐敗臭がひどくなっているのだった。柚蔓の姿はなかった。

「あの下に」産院長である年配の女が、寝台を指し示した。

シーラバドラが訊いた。「何が起きたのです」

「赤ん坊をどうしても手放そうとしないのですわ。このままでは衛生にかかわります。ここは産院なのですからね。ともかく火葬しなければ、と促したところ、目を吊り上げて……寝台の下に潜りこんでしまったのです、赤ん坊を抱えてね」

「火葬って？」厩戸は訊いた。

「死体を焼くのだよ」シーラバドラは答える。

「そんな！」

「埋葬してもいいのだが、焼いたほうが衛生的だからね。倭国ではそうしないのかい？」

「人を焼くなんて」

「本人は生きていないのだから、煮ようが焼こうが構わない。下手に腐らせて疫病が流行《はや》ってはいけない」

産院長は厩戸を柚蔓の主と見込んで云う。「他の産婦の迷惑に。力ずくでも死体を取り上げなければ」

「いやよ」寝台の下から獣が咆哮するような声が聞こえた。「わたしの可愛いニダーナを絶対に渡すものですか。焼くだなんて、とんでもないわ」

「衛兵を呼ぶしかなさそうね」産院長は肩をすくめて、部屋を出ていこうとした。

「お待ちください」シーラバドラが止めた。次いで寝台の下に向かって呼びかける。「出ていらっしゃい、柚蔓」

「ニダーナを取り上げるつもりなんでしょ」

「あなたの可愛いお子さんを甦らせる方法をわたしは知っています」

少しの間、沈黙があった。おずおずとした声が返ってきた。「ほんとう?」

「釈尊がお残しになった口伝に、その秘術がある。僧侶の中でもこれを伝えられる者は高位者に限られていますが、さいわい、わたしはその一人なのです」

「わたしを騙すつもりだったら――」

「不妄語《ふもうご》――嘘をつくなかれ、仏教の根本原理である五戒の一つです。わたしはシーラバドラですよ」

厩戸は息を詰めて待った。

死骸を抱き抱えて柚蔓が這い出てきた。厩戸の目から涙が流れた。あまりに変わり果てた柚蔓の姿だ。顔は痩せこけ、薄汚れ、表情はうつろ。目だけがぎらぎら輝いていた。狂気を帯びた光だった。柚蔓は用心深く室内を見回した。自分を連れ出す衛兵が待ち構えているのではないかと。疑いが晴れると、シーラバドラの足元に縋りついた。

「どうかお教えください、わたしの可愛いニダーナを元に戻す秘術を」

「お教えしましょう。ただし、わたしは教えるだけ。実行するのは母親のあなたです」

「それはもう。さあ、お教えください」

「町に出て、死者の出たことが一度もないという家を探すのです」

「死者の出たことがない家を探す。それから?」

「それだけです」

「ほんとうに? だって、そんなことぐらいで――」

「ほんとうにそれだけですよ、柚蔓。それを見つけることができたなら、あなたの可愛いニダーナは元の通り微笑《ほほえ》むでしょう」

柚蔓は立ち上がった。赤子の死体を小脇に抱え、くしけずらぬ髪を獣のように振り乱して、部屋から駆け出ていった。

シーラバドラは産院長を振り返った。「今のうちに、この部屋の消毒を」

「ほんとうですか」厩戸は訊いた。

「何がだね」

「赤ん坊は生き返るのですか」

「生き返るとも」シーラバドラはうなずいた。「わたしの云った家を、見つけさえすればね」

柚蔓の部屋に居を移し、厩戸とシーラバドラは仏典の講読を続けた。産院を生活空間としたことは、厩戸に大きな影響を与えた。子供たちは日々生まれてくる。数日を経ず死んでしまう子も少なくない。歓喜と悲嘆を目の当たりにし、仏典では学べぬものを学んだ。

産院はシーラバドラが泊まり込んでくれるのを歓迎した。彼ほどの高僧が僧院の外に出て、在家の信者に身近に接してくれる機会はめったにない。夜になると一階の大講堂で、妊産婦や家族たちを前に法話会が催された。

柚蔓は幾日も帰って来なかった。行き倒れてしまったのでは。自分がついていってやるべきではなかったか。厩戸は柚蔓の身を案じた。ナーランダーまで来ることができたのは、虎杖と柚蔓が付き添ってくれたから。彼女は恩人なのだ。

七日後、柚蔓は戻って来た。痩せ衰え、疲れきった姿だった。赤子の死体を手にしてはいなかった。

「ニダーナはどうしたの」

「茶毘《だび》に附《ふ》してきました」柚蔓は答えた。弱々しいが、しっかりとした声だった。

「茶毘に附す？」

「火葬したと云う意味だよ」シーラバドラが云った。

「だって！」

「もういいのです」柚蔓はかぶりを振った。「ようやくわかりました。死者の出たことがない家などどこにもありませんでした。気づいたのです、人間は死ぬ、いつか必ず。生まれた以上は死ぬ、それが人間だ、と。わたしも死ぬ、ニダーナのように。違いは先か後かということ。ならば心乱されずに、安らいでいたいと思ったのです」

「よくお気づきになった」シーラバドラは祝福の笑顔を柚蔓に向けた。「わたしからバッダ・カピラニーニ尼にお話しいたしましょう」

「もうお願いして参りました」

「何と仰せでしたか？」

「ニダーナ、と」

「因縁――わたしもさよう思います」

「ねえ、何のこと？」厩戸は二人の話から取り残されたように感じた。因縁という術語は仏典の中で浴びるように接しているが、それが適応される現実は未知だった。「お願いしてきたって、何を？」

「出家を」柚蔓は答えた。

「おれ、父親になるんだ」

瞬間、ソーナンダはあんぐりと口を開けた。「母親は誰だ、ま、まさか」

「そのまさかだ。マイトレーヤがおれの子を孕んでくれた」

「娼婦が身籠ったというのか」

「しっ、声が高い」

「すまん」ソーナンダは首をすくめた。用心深く周囲を見回したが、汗を垂らしてつるはしを振るっている男たちは誰もこちらを気にしてなどいない。「あの女郎屋はバラモンの避妊薬を女郎たちに服用させてる。そう簡単には妊娠しないはずだ」

「おれの愛情がバラモンの秘薬に勝ったんだ——そうマイトレーヤは云ってくれた」

「どうするつもりだ」

「父親になると云っただろう。所帯を持つ」

「何のぼせあがってる。相手は娼婦だぞ、娼婦」

「娼婦、娼婦と云うなよ。おれの妻になる女だぞ。娼婦にはしておけない。身請けするつもりだ」

「身請けって、おまえ正気か。娼婦を身請けするのにどれだけ金がかかると思ってるんだ。一夜限りのはした金とは違うんだぞ。そんな金あるのか」

「ない」虎杖は首を横に振った。「だから、こうしておまえに相談してるんじゃないか。もっと実入りのいい仕事はないだろうか」

もっと実入りのいい仕事など簡単には見つからなかった。手を拱《こまぬ》いているうちに、マイトレーヤの腹は膨らんでゆき、臨月を迎え、出産の日が来た。虎杖としては一軒家を借り、産婆を呼ぶつもりでいた。現実にはマイトレーヤはそのまま孔雀楼のやっかいになり、出産もその一室で行なわれることになった。

その日、虎杖は石切り場での仕事をそうそうに切り上げ、孔雀楼へ駆けつけた。

産室は男子禁制、廊下で待たねばならなかった。長椅子に先客がいた。片目のつぶれたたくましい体軀の男だった。男は虎杖を見上げると、にやりと笑った。おまえのことは知ってるぜ、とでもいいたげな笑いだった。

虎杖は丁寧に訊いた。「隣りに腰をおろしてもかまいませんか」

「かまわねえぜ」男はうなずき、横に少し移動して意思表示した。「あんたも出産に？」

「では、あなたも？」

不思議な偶然もあるものだ、と虎杖はしみじみ感じ入った。マイトレーヤが出産するのと同じ日に、場所も同じ孔雀楼で、奇《く》しくも、もう一人の娼婦が出産するなんて。にわかに親近感を覚えた。自分もこの男も今日、父親になる。何かの縁、仏縁というやつだろうか。

「虎杖です」男に握手を求めた。「サールドゥーラの通り名で呼ばれていますが」

「おれはクールブスプーハだ」男はびっくりしたように目を見開いた。虎杖がそんなふうな行動に出るとは思ってもみなかったようだ。差し出された手を握った。「この土地じゃ、ちょっとした顔でね。見知り置いてくれ」

虎杖の心は期待に高鳴った。ちょっとした顔――これは聞き捨てならない言葉だ。よく見れば、男の顔は片目がないだけでなく、大小の傷で埋め尽くされている。相当な修羅場をくぐってきたに違いない。顔役というのは嘘ではなさそうだ。実入りのいい仕事を紹介してくれるのではないか。

「お近づきになれて光栄です、クールブスプーハさん」下心が顔に出ないよう自制しながら虎杖は愛想良く云った。「倭国から来ました」

「白い肌の石切り男が孔雀楼に足繁く出入りしてるって噂は耳にしてた。あんたというわけか」

「わたしは剣士です。倭国の権力者の警護役を務めていました」

権力者、という言葉に力を込めた。それほどの男に信任されていた腕前なのだ、と。

「ふうん」男は気がなさそうにいった。「インドの女はお気に召したかい」

「倭国の女の数十倍きれいかと」虎杖は下手に出た。慣れぬ世辞を口にする。「海を越えて来た甲斐があるというものです。ところで、石切り職人もいいが、鍛えた剣の腕が錆びつくばかりで――」

「黒い肌には抵抗がなかったのかい」

「はい？　いや、その、わたしの好みはどうやら黒い肌のほうでして。それはともかく、どうやって剣の腕を発揮できるか、それを考えない日はないんですよ」

「ナーランダーは平和だからな、サールドゥーラさん」

「さんは不要ですよ。わたしのことはサールドゥーラと呼んでください、クールブスプーハさん」

「僧院の町が不穏じゃお話にならねえ」

「そうですとも」

「仏教じゃ、殺生を禁じてる。剣の出番はないよ」

虎杖は失望を顔色に刷いた。

産室の中から新しい生命の誕生を告げる泣き声が聞こえてきた。

「生まれた！」

虎杖は思わず声をあげ、椅子から立ち上がった。クールブスプーハも立ち上がった。産室の中に駆けこんだ。クールブスプーハも付いてくる。

情事の後のように汗みずくになったマイトレーヤが疲労困憊《こんぱい》といった姿で寝台に横たわり、産婆の助手の女たちに介抱されていた。赤子は産婆の腕の中に抱かれ、元気よく泣き声を放っていた。

「よ」

くやった、マイトレーヤ――と続けようとした言葉は、咽喉の途中で凍結した。代わりの声を聞いた。

「――くやった、マイトレーヤ」

クールブスプーハの声。虎杖は振り返らず、産婆の腕の中を凝視し続けるばかりだ。赤子の肌は、黒曜石のように黒く艶光りしていた。

「あんたの子だったね、クールブスプーハ」

マイトレーヤが目を開けて、気だるげに云った。視線を虎杖に移し、悪びれたふうもなく語を継いだ。「あんたの子じゃなかったね、サールドゥーラ」

痺《しび》れ頭に、事態が呑み込めてきた。マイトレーヤを贔屓《ひいき》にしていたのは、自分だけではなかったのだ。石切り場でマイトレーヤを思いながらつるはしを振るって汗をかいている頃、彼女はクールブスプーハに抱かれ、漆黒の肉のつるはしを打ち込まれながら汗をかいていたのか。

――何のぼせあがってる、相手は娼婦だぞ、娼婦。

ソーナンダの言葉が電撃的に甦り、鋭い鞭となって全身を打ちすえる。

「白い男の子じゃないのは一目瞭然だが」クールブスプーハがからかうように云った。

「おれの子だってことはどうやって証明するんだ」

「莫迦をお云いでないよ」マイトレーヤが笑って応じた。「あたいには、あんただけなんだから」

虎杖はふらふらとした足取りで産室を出た。追いかけて来る者は誰もいなかった。赤ん坊の泣き声だけが執拗《しつよう》に背にまといついてくるかに思われた。孔雀楼を出ると、外は雨が降っていた。道路はぬかるみと化している。かまわず歩き出し、泥に足を取られて転がった。大きな雨粒が頬を容赦なく叩いた。

厩戸の仏教研鑽は新たな段階に進んだ。仏典の講読一辺倒だったのが、シーラバドラは瞑想を指導するようになった。

「あの子に足りないのは実践ではない」シーラバドラは訴える。「経験です、人間としての」

「まだ九歳とあっては」ヴァルディタム・ダッタはうなずいた。「何も知らぬといってよいからの——生の苦しみ、病の苦しみ、老の苦しみ、死の苦しみ」

「仏法は、年端もゆかぬ子供を沙門として受け容れている。子供には仏の深遠な真理など理解できないという前提のもと、一種の準備期間というか、仮の学びという位置づけで、沙門に採っているのです。あの子ときたら、そうではない。並みの人間が三十年かかっても四十年かかっても到達できないところに来てしまった、生来の記憶力で。前提が崩れてしまったということです。師であるわたしは、前例のない事態に直面している」

「王子であった釈尊が出家したのは、城を出て外の世界を目にしたからじゃった。王宮には歓楽しかなかった。飽きるほどの歓楽しか。外界は苦しみ、悩む人で満ちていた。己を顧み、シッダールタ王子は人間存在の苦しみと対決しようと決意なされた」

「我々だって似たり寄ったりです。悩みや苦しみに直面し、仏の道に救いを求めようと出家するのです。あの子は違う。仏教に関心があるというのは事実でしょうが、己の苦悩を前提としてではありません。九歳のあの子は人間としての悩みを知らない。思うに――」

シーラバドラはかすかにためらい、思いきったようにその先を続けた。「未開の野蛮国の王族に生まれた異能児が、仏教を文明と同一視しているというところでしょうか」

「ほほう」

「光を見て、輝きに憧れるようなもの。あの子の出家は異常なのです。悩みなき出家など」

「そうかもしれぬが、そうではないかもしれぬぞ。あの子は何かをわしにも隠しておるような気がしてならぬ。あの子なりの苦しみを」

「だとしても九歳の子供のことです。大人になって味わう苦しみとは較べものにならない」

「さあてのう」

「無常ということをどれだけ理解しているのか。無常とは何かと問えば、答えは返ってくる。記憶した膨大な経典の中から適合個所を見事に綴り合わせて答えるのですが、無常を体感しているはずもなく――」

「九歳の男の子に無常をわかれというほうが無理じゃろう。長い目で見ねば」

「長い目で見てやる、それでよろしいのでしょうか」

「そうする以外に何ができる。あの子の肉体は時とともに成長する。悩みを知り、苦しみを感じ、そして何よりも――」ヴァルディタム・ダッタは穏やかな光を帯びた聖眼でシーラバドラを静かに見つめやった。「性欲に目覚める」

　厩戸は薄暗い岩窟の中で結跏趺坐《けっかふざ》し、目を閉じた。「八正道《はっしょうどう》を云ってごらん」シーラバドラの声が聞こえる。

「正見《しょうけん》、正思惟《しょうしゆい》、正語《しょうご》、正業《しょうごう》、正命《しょうみょう》、正精進《しょうしょうじん》、正念《しょうねん》、正定《しょうじょう》――以上です」

「その通りだ。この八つが、仏教修行の実践体系なのだということは、きみももう知っているね。では、それぞれの意味を云ってみたまえ」

「正見とは、正しい観察のこと。正思惟とは、正しい思いや意欲のことです。これによって煩悩、怒りなどを克服することができる。正語とは、正しい言葉づかいのこと。人を傷つけ自分をも傷つける嘘や悪口を云ってはならない。正業とは、正しい行ないのこと。殺すな、盗むな、邪淫《じゃいん》をするな、妄語するな、酒を呑むな——五戒を守ることです。正命とは、正しい生活態度のこと。正精進とは、正しい努力。正念とは、ものごとをきちんと記憶することです。そして正定とは、正しい集中のことです」

「正定が瞑想のことだ。結跏趺坐して背筋を伸ばし、精神を統一して心静かに思慮する。思慮分別が止んで、無念無想になることが理想だが、最初のうちはそれを目指してはならない。無念無想は結果というか、瞑想の完成された境地を云ったもので、目指すべき目標ではない。瞑想は何のために行なうのか。ダルマを見ることが目的だ。ダルマを見るためには、精神を集中しなければならない。集中によって智慧が得られる。智慧が得られて初めて、物事を正しく観察することができる。つまり正見だね。正定という瞑想行こそは、八正道の完成にして根本なのだ。では始めたまえ」

シーラバドラの言葉は止み、気配も絶えた。彼もまた瞑想に入ったのだ。

厩戸は途惑いを覚える。これまでの修行は常に経典があった。経典を読み、シーラバドラから教えを受ける、それがすべてだった。今は初めて、経典なしの修行を体験しているのである。

ふと、馬子の屋敷の小寺で、仏像の前で手を合わせたことが思い出された。瞑想という修行は、違っていた。仏像がない。仏像を拝み、仏像に祈るのではないのだ。精神を統一し、心静かに思慮せよ、という。精神を統一するとはどういうことだろう。何を思慮すればいいのだろう。経典という船に乗って河を渡っていた者が、突然船を取り上げられ、自力で泳ぐことを強いられたようなものだった。

不安に駆られ、厩戸は慌てて頭の中に経典の文章を甦らせた。黙読してゆくことで、安らぎが得られた。それでは意味がないとすぐに気づいた。平生《へいぜい》の経典学習と何ら変わりがない。記憶したものを、意味もなく思い返してどうなるというのか。

何も考えない、心を空っぽにする——よし、やってみよう。しかし、考えるのを止めようと思えば思うほど、次から次へと考えが湧き起こってくる。それも、仏教の教えとは関係のないものばかりが。父上、母上は今何をしていらっしゃるだろうか。そう思うと、懐かしさと寂しさが胸を突き抜け、涙があふれそうになった。自分を父母から引き裂いた帝への憎しみが続く。結局のところ、初日の瞑想は雑念まみれで終わった。

「それでいいのだよ、アシュヴァくん」シーラバドラは云った。「何事も最初からうまくゆくのであれば、修行など要らない。図抜けた記憶力を武器に苦労らしい苦労をせずにここまで来られたきみにとって、瞑想修行は仏教理解を推し進めるいい手段になる」

「御仏を拝み、御仏に祈ることが仏教だと思っていました」厩戸は正直に云った。

「きみの国には、そういうものとして伝わっているのだね」シーラバドラの眉に翳りが刷かれた。「願わくは、きみが正してくれんことを」

来る日も来る日も瞑想、瞑想が続いた。さすがに厩戸は退屈になってきた。

〈釈尊は瞑想で悟りに達したっていうけど、本当だろうか?〉

そんな疑いまで頭を擡《もた》げるほどだった。

雑念は相変わらず去らなかった。父母のことばかり思えば悲しみが増し、その原因である伯父帝の仕打ちのことに思いが傾くと、憎しみが募る。思うことは感情を惹起《じゃっき》せしめ、感情は放っておくと激しくなり、それを制御するのは難しい――ということが次第にわかってきた。

〈だから正思か。正しく思うためには、物事を正しく見る必要があるってこのことなのか〉

新しい発見であった。自分の心を客観的に分析するということに厩戸は生まれて初めて関心を抱いた。正しく見るためには智慧が必要で、智慧は瞑想によって得られる。八正道は循環し、閉ざされている。どこが始まりなのだかよくわからない。シーラバドラに訊ねたが、

「それだから瞑想するのだよ」

という答えにならない答えが返ってきた。

こんな修行をしていると知ったら、馬子の大叔父は驚くに違いない。馬子にとって御仏とは蕃神《ばんしん》――異国の神のことだった。神に祈るようにして仏像に祈り、神を拝むようにして仏像を拝む。神に奉斎するように仏に奉斎する、それが馬子の仏教信仰なのだ。

突然、物部守屋のことを思い出した。伯父帝に追われる身となった厩戸をナーランダーに退避させようと発案したのは守屋だという。守屋の狙いはわかっている。厩戸を仏教信者にはさせない。そのために、自らが収集した膨大な数の仏教書を彼に読ませようとさえした。厩戸は答えたのだった。これだけのものを読めば仏教がわかるに違いない。そして心からの仏教徒になってしまうかも、と。あの時は思いもしなかった。聖地ナーランダーに来て、すべての経典を読むことができようとは。なのに、仏教がわかったとはとても云えない。瞑想という修行を課せられ、途惑いは深まるばかり。

なぜ仏教に魅《ひ》かれたのか。根本に立ち返って、厩戸は自分ながら驚いた。禍霊《まがつひ》のことをすっかり忘れていた。最後にあいつらが出現したのはいつだった？　そう、筑紫でだ。ヴァルディタム・ダッタの劇的な登場に粉砕されるように姿を消し、以降は現われていない。仏の功徳、仏教の持つ神秘の力が発揮されて、妖《あやかし》のものを撃退したと考えるよりない。自分が仏教を身近なものとしている間は、禍霊の恐怖から逃れられる。

とりとめないことを考えながら、連日の瞑想は続いた。次第に彼は退屈しなくなった。なぜ自分はそう感じるのか、そう見るのか、そう考えるのか——それを分析的に突きつめてゆくことに面白さを見出していったからだ。時間はいくらでもあった。次第に厩戸は、もう一人の自分がいて、自分の行動や思考を入念に調べ上げているような感覚に囚われていった。面白く感じられた。正直にシーラバドラに告げた。

「これって、正しい瞑想でしょうか。ずっと考えに考えているばかりです。原因を探してあちこちに考えが飛びます。原因を探り当てたと思ったら、その原因の原因になったものを、今度は探り当てたいという新しい欲求に駆られてしまうんです」

「それでいいのだよ」シーラバドラは微笑を口辺にそよがせてうなずいた。「正思は、ともかく考えてみなければ何が正しい思いかわからないのだからね。怒りや悲しみの原因を深く探っていって、怒りや悲しみがより深まるかな？」

この問いに、厩戸はしばらく考え、首を横に振った。「考えている間は、怒りや悲しみの感情とは無縁でいるようです。そして——」

「そして？」

「原因がわかると、怒りや悲しみが穏やかになるような……感じるだけかもしれませんが」

「それが正しいのだ。怒りの炎に蓋をすることが大切なのだから。迷うことはない、今のままで瞑想を続けなさい」

心というものを相手にする。心に分け入り、心の動きとは何か、心とは何かということを考え始めた。心こそが自分だからだ。

——三界は虚妄にして、但《た》だ是れ一心の作なり。

『華厳経《けごんきょう》』に出てきた言葉が、少しはわかるような気がした。

雑念の中で柚蔓と虎杖のことを考えるようになった。守屋と馬子から命じられてナーランダーに来てしまった二人に自分は責《せめ》を負っているのではないか、という気持ちが日増しに高まる。

「柚蔓に会えますか」

シーラバドラに訊ねた。簡単には会えなくなっていた。柚蔓はナーランダー尼僧団に属する。教団の戒律を守らねばならない。

「もちろんだとも」シーラバドラは答えた。「他人を思いやるというのは大切なことだ。無常を生きているからこそ他人を慈しみ、思いやりを持って生きてゆかなければならない。ユーズール沙門尼に面会できるよう、バッダ・カピラニーニ尼に取り次いであげよう」

修行中とのことで十日ほど待たされ、ようやく面会することができた。

厩戸はシーラバドラに連れられ、郊外のカリッピラーに赴いた。尼僧たちの修行の場として用いられている草園は緑の下ばえが柔らかに波打ち、喬木の下で尼僧たちが思い思いのやり方で瞑想にふけっていた。

「しばらくお目にかからぬうちに、ずいぶん大きくおなりあそばしました」

くすんだ橙色の糞掃衣をまとい、頭を青々と剃り上げた女は、柚蔓と同一人物には見えなかった。長い航海の間も不思議と生来の白さを保っていた肌が、日焼けして、現地の女と変わらない。痩せたせいか、目が大きく、頬骨が高く突き出し、異国的な容貌になっていた。

「……もう、大丈夫なの？」

「ご心配をおかけしました。今は心静かに仏道修行に励んでおります。生まれて初めてでしょうか、こんなにも心が安定しているのは。安らぎこそ大切なのだとわかりました。すべては御子さまのおかげです」

「ぼくは何もしてない」

「ナーランダーへと、わたしをお導きくださいました」

「偶然だよ」

「因縁ですわ」

そういって静かに微笑む柚蔓は、ますます女剣士とは思われない。

「もう剣は握らないの？」

「今も尼僧たちに剣を教えています。暴力から尼僧を守るための、たって申せば仏の法を守るためのもの。護法の剣」

「護法の剣か。すごいね」

「こんなわたしでも仏の道に役に立つとあれば。仏道の修行も怠ってはおりませぬ」

柚蔓は、何かゆったりとした気配を漂わせていた。心安らいでいるというのは、少しの誇張もなさそうだった。

「ずっとここで尼僧として生きてゆくみたいだね」

穏やかだった顔が急に引き締まった。「大連《おおむらじ》の命を受けて御子さまの護衛を仰せつかった身。今この瞬間に御子さまが倭国へ帰ると仰せならば、柚蔓はそれに従うまでです。その覚悟はできております。僧衣を脱ぐことも惜しくありません。ただ――」

堅苦しい表情に、迷いの色が刷かれた。「しばらくの間は今のままで修行を続けたい、それもまた本心です」

「安心して、柚蔓。ぼくだって修行中の身だもの」

案じられるのは虎杖のほうだった。ふっつり来なくなった。

ある日、ソーナンダがやってきた。「サールドゥーラを見舞ってやっておくんなさい。ろくにものも喰わなくなっちまって。あのままじゃ餓死してしまいまさあ」

虎杖はソーナンダと共同で借りた泥づくりの粗末な家で、床に横たわっていた。厩戸が入ってゆくと、慌てて上体を起こして膝を揃えたが、その動きは剣士とは思えないほどのろのろとして、骨と皮ばかりに痩せ細っていた。柚蔓とは違う意味で、別人を見るようだった。

「どうしたの、虎杖」気遣うよりも、驚きの言葉が口を衝いて出た。

「面目次第もありませぬ」力なく握った両の拳を両膝に突いて上体を支え、虎杖は面《おもて》を伏せて声を搾り出した。「こんなことではだめだと自分でもわかっているのですが、どうにも気力が出ず。最近では、生きていても仕方がないと思うようになりました」

「何てことを」

「御子さまがお命を狙われている間は、確かにわたしは護衛でした。胸を張ってそう云えました。今は――この地で御子を殺めようなどという者は誰一人おらず、この先も。現にわたしは、御子さまの身を守ることは何もしておらず、石切り場で働いております」

「おまえがこの地にいてくれると思うだけで、ぼくは心強い。安心して修行していられるんだ。それだって立派な護衛役だよ」

「わたしは剣士。剣士は剣を把《と》ってこそ。槌《つち》で石を砕いているうち、自分の心まで砕いてしまった」

「柚蔓に会ってきた。尼僧たちに剣を教えているんだって」

「聞いております」虎杖の口調が、どこか冷ややかになった。「尼になったのだとか」

「心の安らぎを得たって」

「あはははははは」虎杖は声を上げて笑った。「心の安らぎですか。そんなもの、わたしは欲しくもない。今の望みは、この心をもっと荒ぶらせてみたい、ただそれだけ。わたしを仏教に傾斜させようとしても無駄というもの。たとえ御子の命令であっても応じられませぬな。わたしが蘇我大臣より命じられたのは、あくまで御子の護衛です。どんなに辛い目にあったからとて、おめおめと頭を丸めなどするものですか」

「仏教徒になれだなんて、そんなこと云ってないよ」

「一つだけはっきりしているのは、この虎杖は無用の存在になったということです」

「そんなこと云わないで」

「事実は事実です」

「ぼくが帰国する時は？　その時は絶対に虎杖に護衛してもらわなきゃ」

虎杖は一瞬、返す言葉に詰まった。しばらく考えていたが、やがてこう云った。「わかりました。その時まで生きているよう、せいぜい命を長らえるようにしましょう」

それが如何にも捨鉢な調子だった。思ってもみなかった考えが、天啓のように廐戸の脳裏に閃めいた。

「暇をくれてやる」

「暇？」

「柚蔓にも暇を出したも同じだ。子を生んで、子を失い、尼僧の道を歩み始めた。ぼくが命じたことじゃない。彼女は自分のしたいことをしている。ぼくから暇を与えられたも同然だ」

「仏教徒にはなりませんよ」

「仏教を選んだのは柚蔓の自由意志だ。虎杖、おまえも自分の自由意志で、どこで何をしようとかまわない。好きなことを好きなようにやっていい」

「ナーランダーを離れてもかまわないと？」

「五年経ったら、ぼくの様子を見に戻ってくれ。それからのことはその時に」

「よかったのでしょうか、これで」厩戸は、シーラバドラに訊かずにはいられなかった。

「大変に結構」彼の師は即座に答えた。「見事な応対と思う。彼には彼の生き方がある。強引に信仰を強いることはできない。きみもこれで心おきなく瞑想修行に集中できる」

「ええ……」

「わたしの見るところ、ユーヅール沙門尼はマハーパジャーパティーのような存在だね。彼女は釈尊にとって、死別した実母の代わりだった。ユーヅール沙門尼は追われる身となったきみの母親役を務めてくれたとは云えるだろう。マハーパジャーパティーは後に最初の比丘尼となった」

「そうでした」

「サールドゥーラ剣士はチャンダカの役回りだね」

「チャンダカ？」厩戸は小首を傾げ、すぐに思い出した。「出家するため宮殿を抜けだしたシッダールタ王子に従った従者チャンダカのことですか」

「そう。彼はアノーマー河まで王子を見送り、同行を許されず引き返したのだから」

「不遜な譬えです、ぼくをシッダールタ王子に擬《なぞら》えるなんて」

「きみだって出家した王子ではないか。マハーパジャーパティーがいて、チャンダカがいる」

「ぼくは王子ではありません。祖父は倭国の王でしたけれど、その位は父の兄が継いでいます」

「きみを倭国から逐ったという伯父さんだね。だから、きみはナーランダーに来た。伯父さんはアノーマー河までシッダールタ王子をその背に乗せた白馬カンタカということになる」

「師よ！」

「冗談が過ぎたかな。いや、冗談とはいえない。最終的にはブッダになることを目指すのが釈尊の教えだ。自分をシッダールタ王子に擬えるのは、そう悪いことではないかもしれないよ」

　目覚めると虎杖は荷物をまとめた。ソーナンダを誘ったが、彼は首を横に振った。ここで石を切って人生を終える男なんだ、と。

　これまで自分を支えてくれたソーナンダとの別れは辛かった。「世話になった。五年経ったら帰ってくる。再会を楽しみにしているよ」

迷ったが厩戸には挨拶なしで出かけることにした。暇をもらった時点で、虎杖は自由の身になったのだ。自分が旅立ったことはソーナンダを通して厩戸の耳に入るだろう。

柚蔓には告げておくべきか――くそくらえだ！

パータリプトラの船着き場には定期船が出る前日に着いた。虎杖は再び船上の人となった。船旅は退屈なものではなくなった。自由を手にしたからだ。河岸の密林を目にして冒険心をかきたてられても、厩戸をナーランダーまで送り届けるという任務の前に心の欲求を抑圧しなければならなかった。今は、違う。樹林を飛び交う色鮮やかな鳥に、大河ガンジスの波間に躍る大魚に、いくらでも心躍らせることができる。未来に待つ冒険を想像して、陶酔とさえいっていい時を過ごした。

タームラリプティで下船し、ジャラッドザールから教えられていた商会を訪ねると、航海を終えて帰港したばかりのジャラッドザールとあっさり会うことができた。

「友よ、よく訪ねてきてくれた！」大男の船乗りは虎杖を抱かんばかりに再会を喜んだ。ターバンを巻き日焼けした姿に驚きの目を注いで訊いた。「随分とこちらの暮らしに馴染んだらしいな」

虎杖はこれまでの経緯を手短に告げた。「おれは剣士。剣を揮《ふる》ってこそのサールドゥーラだ。おれを船の剣士として雇ってくれないか。大蛸ヌ・マーンダーリカ退治の剣士として」

「面白い展開だ。あんたみたいな腕に覚えのあるやつが、ナーランダーなんて抹香くさい町で過ごしてゆけるものか。あんたの主人は子供のくせして理解力のあるやつらしいな。感心したぜ」

「おれを雇ってくれるのか、くれないのか」

「じっくり話したいことがある」

ジャラッドザールは一軒の妓楼の場所を告げた。愛人にやらせているという。「おれの名を出せば歓待してくれる。先に行って、しばらく楽しんでいてくれ」

「きみは？」

「帰港したばかりで、上の連中にいろいろ報告することがあるのさ。夜には行けると思う」

商会の前でジャラッドザールと別れ、教えられたとおりの道をたどると、妓楼が看板を連ねた通りの外れ辺りにその店はあった。ジャラッドザールの名を出すや、主人らしい女が現われ、虎杖を二階の一室に導いた。装身具は何もつけていない。店の商品ではないという自己主張だろう。手足が長く、ほっそりとした腰つきの女だった。髪は肩のあたりで短く切り揃え、娼家の女主人というより、中流家庭の娘という感じだ。ジャラッドザールはこんな女が好みなのか、という穿鑿《せんさく》は胸の中に留め置いた。船乗りは寄港地ごとに愛人がいるものだと聞く。この女もその一人に過ぎまい。

女は礼儀正しく微笑むと、彼を部屋に残して去った。待つほどのこともなく、酒びんと酒肴《しゅこう》を盛った盆を手に、別の女が入ってきた。肌が透けそうなほどの薄布をまとい、女主人とは打って変わって豊満な身体つきの女だった。髪に、耳に、首に、手首に、二の腕に、足首に……と、あふれるほどの金銀の装身具で身を飾り立てている。

「お酒を召し上がる？　それとも、わたしを？」

女は服を脱ぐ仕種をしてみせた。

虎杖は女の手首を引き寄せた。船旅の間、身体を持て余していた。女はうなずくと、虎杖の着ているものを脱がせ始めた。女を見た時から、下腹部は雄渾《ゆうこん》になっている。女の指がそれに絡み、軽くしごきあげた。女も服を脱ぎ、全裸になった二人は寝台で同衾《どうきん》した。女の黒い肌は熱く、虎杖は燃えに燃えた。気がつくとすでに窓の外は暗くなっていた。三度目を終えた放心感にたゆたっていると、部屋の扉が開いた。

「待たせたな、剣士の旦那」

灯火具を手にジャラッドザールが入ってきた。

傍らに寝そべっていた女が、蛇のように寝台から降りると、ジャラッドザールに抱きついた。

呆気にとられる虎杖の前で、二人はしばらくの間、烈しい口づけを交わした。女は服を着て装身具を身に付けると、虎杖に流し眼をくれて部屋を出ていった。

「堪能したようだな」

ジャラッドザールは寝台の前に椅子を引き寄せ、どっかりと腰かけた。

虎杖はのろのろと上体を起こした。「あ、あれが、きみの女か」

「まあな」

「妓楼の女主人ってことじゃ……」

「女主人は二人、共同経営なのさ。イシダーシーが応対したが、あんたは気に入らないふうだった。そこでスメーダーの出番となった。娼婦らしく装ってな。あんたの好みがこれでわかったよ。一、やせた女より、肥えた女。その二、素人っぽい女より、肉感的でそそる女」

「ちえっ、何だよ、そりゃ」

「これでおれたちは義兄弟ってわけだ。倭国にこの習慣はないのかな」

「あるものか」虎杖は声を荒らげた。マイトレーヤに彼の子ではなく、黒い肌の子を生ませたクールブスプーハのことが思い出された。

「義兄弟の申し出を受けるよ。これからは行動を共にする。少なくとも向こう五年間は」

「ありがたい」

「いつ出港だ？」

「慌てるな。話はこれからだ」ジャラッドザールはさらに椅子を寝台に近づけ、いくぶんか声を落とし気味にした。「内密を要する話だ。そのためにここに来てもらった」

虎杖はにわかに興味を覚え、ジャラッドザールの顔を見返した。インド人船乗りの表情は真剣そのもので、灯火具の炎を反射させた瞳が妙にギラギラとして見える。

「おれは船乗りを止める」

「何だって？　いったい——」

「終わりまで聞け。商船の船乗りを止めるのであって、海から陸に上がろうと考えてるわけじゃない。このジャラッドザールさまは、生まれついての海の男、陸となるとからきしダメだからな。おれは船乗りを廃業して、海賊になると決めた」

「海賊！」

「しっ、声が高い」

「海賊って、あれか、その、商船を襲って積荷を分捕《ぶんど》る……その……」

「その海賊だよ」

「驚いたなあ」

「そう決意した時に、思い出したのが旦那のことだ。魔の大蛸ヌ・マーンダーリカを撃退した無敵の剣士がいてくれれば、こんなに心強いことはない。あんたをくどきにナーランダーへ行こうと思っていた」ジャラッドザールは興奮気味に云い、すぐに自分でも気づいたか口をいったん閉ざした。「あんたのほうからおれを訪ねてくれようとは。これが偶然なものか。おれたちに海賊稼業をやれ、海賊こそおれたち義兄弟の天職だっていうヴィシュヌさまのお告げに違いない」

「どうしてまた海賊なんかに」

「おれは船乗りとしてまじめ一筋に働いてきた。ある日ふと気がついた、おれと同じ頃に船乗りとして働き始めたやつらのほとんどが死んでいるってことに。みんな海で命を落としたのさ。それだけ船乗りってのは過酷な商売なんだが命がけの働きに見合うものをもらっちゃいない。そこそこの金でこき使われている。交易のあがりは莫大だが、ほとんど船主の貴族や商人たちの手に入る。海に一度も出たことがなく、危険な目にあったこともないやつらの手に。おれたちが懸命に働いてるおかげで肥え太っているくせに、船乗りを使い捨ての雑巾としか考えていない。そんなやつらに、ひと泡もふた泡も吹かせてやりたいと考えるようになったわけだ。やつら資本家は、人民の苦労をよそに濡れ手で粟《あわ》とばかり金を稼いでいる。やつらこそ泥棒、強盗だ。そいつらから奪い返してどこが悪い」

「云われてみればそうだ。が、海賊ってのは簡単になれるものかね」

「どういう意味だ？」ジャラッドザールの二の腕の筋肉がぐぐっと盛り上がる。

「それなりの元手が必要だろう。きみとおれで海賊稼業を始めたとして、二人じゃどうにもなるまい。商船だってそれ相応に腕に覚えのある船員を乗せているだろうから、下手をすれば返り討ちだ」

「徒手空拳で始めるわけじゃない」ジャラッドザールは声を出して笑った。「おれは海賊のやり方一つ知らないんだ。海賊になると宣言して、それですぐに海賊になれる、そんな甘いことは考えちゃいないよ。ベンガル湾からインド洋一帯を荒らし回ってる大海賊クックドゥ船長のことは聞いてるか。サメの顔が描かれた旗を見たら即座に逃げろ、そう云われてるぐらい恐れられる海賊船団だ」

「ベンガル湾を通ってきたが、そんな海賊の話は一言も耳にしなかったぞ」

「この一年、休業してたんだ。クックドゥが痛風の治療に専念するために。療養の甲斐あって痛風は完全に治癒した。商売を再開するに当たり、新たな人員を募集することにした。というのも、彼の休業中、右腕と呼ばれていたアーニカロッタというやつが、かってに海賊船団を動かしてね。首領が休んでいる間にひと稼ぎしようというわけさ。そこまではよかったんだが、右腕は所詮右腕でしかない。アーニカロッタのやつ、官憲の罠《わな》にはまって首をはねられた。彼に従った部下七十人も同じ運命をたどった。クックドゥは人員を補塡《ほてん》する必要に迫られ、熟練した船乗りのうち、これというやつを選んで声をかけていると聞いた」

「信用できる男なのか」

「信用？」

「指揮官として、従うに値する器量人なのかってことだ。人使いが荒く、部下を使い捨ての消耗品ぐらいにしか考えていないやつでは、先が思いやられる。頭がよく、戦略に長け、決断力にも富んでいて、部下を育てようという意思がなくては」

主の馬子を脳裏に思い描いて虎杖は云った。

「勤め人になるわけじゃないんだぞ」ジャラッドザールは呆れたような声を出した。「海賊の頭目といえばよ、第一に残忍で、第二に強欲で、第三にこすっからくて、第四に……ええと、ともかくそういう人種に決まってるじゃないか。そうした過酷な環境で自分を鍛え上げてゆくところに、人生の醍醐味《だいごみ》ってものがあるんだ。ただの船乗りじゃ味わえない醍醐味が」

五日間、妓楼で待たされた。スメーダーは好きに抱いていいとジャラッドザールは云い残したが、彼の女だと思うと、もはやその気になれない虎杖だった。スメーダーは蠱惑的《こわくてき》な微笑を浮かべて店の商品を虎杖に勧めた。彼は首を縦に振らなかった。萎えたのではない。どうしたものか、女に対する執着、依存がきれいさっぱり消えてなくなっていた。自分を待つ未来を思えば、寝台の中で汗まみれになることが莫迦々々《ばかばか》しくさえ思われてきた。

どうせ汗をかくのなら――。

ジャラッドザールを待つ間、彼は朝から晩まで稽古に没頭した。妓楼の中庭で飽かず剣を振るう虎杖の姿に、妓楼の商品である娼婦たちが熱い眼差しを送って寄越したが、意に介さなかった。

「晴れて自由の身だ」身辺整理を終えてジャラッドザールが戻ってきた。「あんたのことも渡りもつけてきた」

「面接だな。いつ？」

「今夜。それまでおれはスメーダーを抱いて過ごす。旦那は？」

「おれはその気になれないんだ。庭で剣を振り回してるよ」

ジャラッドザールは波止場の外れに向かった。「何しろ相手は海賊の親玉だ。官憲に追われている身だから、明るいうちは身を潜めている」

空には星がまたたき、月はまだ昇っていない。潮の香りを含んだ河風が涼しげに吹いている。

一本の大木の前で足を止めると、その陰から一人の男が現われた。星影を映す眼に兇悪そうな光がある。背後に跫音がして、立ち並ぶ倉庫の間から二人が身を晒した。ジャラッドザールが咽喉を鳴らした。友の身が強張ったのを虎杖は感知した。虎杖自身は驚かなかった。三人が潜んでいることは気配で察知していた。

「システマーダ」大木から姿を現わした男の顔を認め、ジャラッドザールがほっと息を吐く。

「義兄弟ってのは」男が油断のならない目つきで虎杖を値踏みするように見つめながら、

「こいつのことかい」

「虎杖という」ジャラッドザールは答え、虎杖に向かって、「システマーダだ。おれと一緒の船に乗り込んでいたが、今じゃ口入れ屋になっている」

虎杖は黙ってうなずいた。なるほど、海賊に近づくに、そういう伝手《つて》があったわけだ。

「異人種だな」システマーダは、肌の色の違う虎杖の顔を物珍しそうにのぞき込みながら云った。

「倭国から来た」虎杖は短く云った。

「国籍不問委細面談」システマーダも短く答え、付け加えた。

「これからどうするんだ」ジャラッドザールが訊いた。

システマーダが、虎杖たちの注意を背後の二人に向けさせた。「こちらのお二人は、クックドゥさまの配下だ」

「サマラだ」

「ザマラだ」

二人は名乗った。

どちらもターバンを巻き崩した大男で、肩を怒らせたほうがサマラ、対照的になで肩なのがザマラだった。体形は違うが、顔立ちが似ているところからすれば兄弟なのかもしれない。

「あの船に乗んな」サマラが指差す先には、杭《くい》に繋がれた小舟が川岸で波に揺れている。

「船長の所へ案内するぜ」

「上手くいくよう祈ってるぞ、ジャラッドザール」

手を振るシステマーダを残し、四人は小舟の人となった。虎杖とジャラッドザールが櫂《かい》を握り、舳先に立ったザマラが進行方向を指示する。サマラは鋭い視線を二人に注ぎ続ける。川岸を離れた小舟は大河の中へと乗り出した。流れに乗って、海へと向かう。

虎杖は軽口をたたくつもりで云った。「不幸にして採用されなかったら、さて、どうしたものかな」

「心配いらねえ」サマラが云った。「大海賊クックドゥ船長の顔を拝んだ者を、そのまま生かして戻すわけねえじゃねえか」

「理屈だな」虎杖は感心した。さこそ海賊。無縁と思っていた世界に近づいてゆく。胸が高鳴る。

「大した度胸だな」サマラが嘲笑う。「それとも鈍いだけか」

「聞いてないぞ」とジャラッドザール。

サマラが声を上げて笑った。「それが普通の反応ってもんだ」

「落ち着け、ジャラッドザール。きみのような熟練した船乗りは、クックドゥ船長も咽喉から手が出るほどほしがるはずだ」

「どうだかな」脅すようにサマラは云った。

「ありがとうよ、旦那」ジャラッドザールは虎杖の言葉で落ち着きを取り戻したようだ。

「あんたがそこまで胆の坐った男とは思わなかったぜ。さすがはヌ・マーンダーリカを退治した男だ」

「その話よ」サマラが疑わしげに云った。「ヌ・マーンダーリカは海の化物だ。おれも一度見たことがある。クックドゥ船長なんか真っ青になって慌てて針路を変えてよ。船長があそこまで怯えた姿を見せたのは後にも先にもそれ一度きりだ。クックドゥと聞けば、泣く子も裸足《はだし》で逃げ出すと云われた、その大海賊が、だぜ。ヌ・マーンダーリカってのは、それほどの化物なんだ。あいつと戦って勝てる人間がいるとは思えねえ」

「そうかい」虎杖は受け流すことにした。「先入観なしに戦ったのがよかったのかもしれないな。無心の勝利というやつだ」

「なんだ、そりゃ」

「相手に対する予備知識がなかったことが、却《かえ》って幸いしたってことだよ。突然現われた大蛸を撃退することで頭がいっぱいだったんだから」

「おかしな野郎だな。ちぃとも自慢になってねえじゃねえか」

「誰が自慢してるって？」

「ザマラのやつは、おれたちの中でいちばん剣の腕が立つ」舳先に佇立《ちょりつ》したなで肩の男の背中を指差してサマラがいう。「クックドゥ船長の前で、おまえはザマラと戦うことになるだろう」

「実技試験というわけか」

小舟は河を下り、河口に出て、海へと乗り出しているらしい。この辺りの地形に河と海の明確な線引きが出来ないことは虎杖も承知するところ。海岸線が複雑に入り組んでいるうえ、百本を超す数の河が蜘蛛《くも》の巣か網の目のように走り、小島や砂洲にも事欠かない。月が昇った。生温かい夜風に乗ってどこからか人の声が聞こえてきた。話し声ではない。大勢の人の喚声——喊声《かんせい》といっていい。

「ザマラ」サマラが呼んだ。「何か見えるか」

ザマラは首を横に振った。「島の裏側だ」

「船長の船じゃねえか」サマラがいった。「いったい何が起こってるんだ……おい、てめら、漕《こ》げ、漕げ、もっと力を入れるんだ」

虎杖は合点した。月光に仄かに照らし出されて前方に小島が見えている。海賊の根城なのだろう。聞こえてくる喊声はただごとではない。叫び声、怒声、悲鳴。物音まで入り混じり始めた。金属の打ち鳴らされる音だ。

「海賊稼業かな」ジャラッドザールが顔を輝かせて虎杖に囁《ささや》いた。

「だといいが、多分違うだろう」

「なぜだ」

「こんな近海で船を襲うはずがない」

「じゃあ、何だ」

　虎杖はサマラに目をやった。答えは顔色に表われていた。驚愕、恐怖、そして焦り。小舟が右から島の裏側に回り込むと、すべてが判明した。行なわれていたのは戦闘だった。五隻の中型船で戦われていた。人々が入り乱れ、口々に叫びながら剣を振るっている。何がどうなっているのか判然としなかったが櫂を操りながら観察を続けていると、人の流れがわかってきた。一対四。四隻で一隻を取り囲み、捕獲、制圧すべく戦闘員が乗り移っている。取り囲まれた一隻も負けじと抵抗は試みているが、多勢《たぜい》に無勢《ぶぜい》、勢いがじりじりと衰え始めているようだ。

「漕ぐのをやめろ」舳先のザマラが云った。押し殺した声だった。

「何だって？」サマラが目を剝いた。「お頭が危ない。おまえら、手を止めるんじゃない。漕げ、漕ぐんだ」

「漕ぐな！」ザマラは舳先から引き返してきた。「漕ぐんじゃない」

　虎杖とジャラッドザールは顔を見合わせた。「どっちなんだ」

　二人の海賊は目もくれようともしなかった。

「漕ぐなとは、どういうことだ、ザマラ。早くお頭を助けにいかなけりゃ」

「あの様子じゃ勝てっこない。おれたちがいったからって、どうなるってもんじゃないんだ」

「日頃の自慢はどうした。ザマラさまの剣は向かうところ敵なしだって」

「あの数では無理だ、サマラ」

「逃げるというのか」

「そうするよりあるまい」

「お頭を見捨てるっていうんだな！」

「捕物だろう」ジャラッドザールが耳打ちした。「クックドゥの居場所が官憲に知れて、不意打ちを食らったんだ。よりによって面接のその時に、クックドゥが急襲されるとは」

「戻れ」ザマラが鞘から剣を引き抜いた。「さっさと戻るんだ」

サマラの顔が憤怒で歪んだ。彼もまた腰に剣を帯びているが、抜き合わせないところを見れば、剣の腕ではザマラに敵《かな》わないことを自覚しているのだろう。「このことは船長に報告するぞ」

「おれたちが救い出す船長にな。咎めなど受けるものかよ」

「くそっ」

「剣を向ける方向を間違えてるんじゃないか、ザマラ」

「何っ、今のはどっちだ」ザマラが目を怒らせてジャラッドザールと虎杖をねめつける。

「わたしだ」虎杖は云った。「きみには幻滅した。それでも海賊か」

「何っ」

「こいつの云う通りだぜ、腰抜けザマラ」サマラが嘲笑うように云った。

「乗りかかった船、助太刀しよう。わたしなりの夢、抱負、醍醐味を胸に海賊稼業を志願したんだ。こんなことで面接が宙に浮くのは耐えがたい」

「何をぺらぺら」ザマラが剣先を虎杖に向けた。「早くこの海域から離れろ」

「やっていいか？」虎杖はサマラに顔を向けて訊いた。「どのみち実技試験で剣を合わせることになるんだろう？　前倒しの許可を求めてるんだが」

サマラの顔が輝いた。「やってくれ」

「云うじゃないか、異人種」ザマラが踏み込み、剣を振りかぶった。

虎杖は一瞬早く、櫂を逆手に持ち替え、低く横薙ぎした。右脚の脛《すね》をしたたかに打ちすえられたザマラは舟底に顚倒《てんとう》した。虎杖は櫂を捨てて躍りかかり、仰向けに倒れたザマラの上に馬乗りになると、手首を捻《ひね》って剣を取り上げた。素早く飛びすさり、切っ先をザマラの咽喉元に擬す。自分の剣は抜くまでもなかった。

痛苦の呻きとともにザマラは目を見開いた。信じられないという驚嘆の色が、怒りと狼狽を圧していた。「こんな莫迦な……もう一度……」

「云ったろう、剣を向ける方向が違うって」虎杖は冷静に応じた。「海賊魂を見せてくれ」

「頼む、ザマラ」サマラが懇願口調で云った。

ザマラの視線が虎杖の顔、目の前の切っ先、サマラの顔をせわしく行き来する。意を決したようにうなずいた。「いいだろう」

「そうこなくっちゃ」サマラが手を叩き、虎杖の手放した櫂を取り上げた。「舟を漕ぐのは、こいつとおれに任せてくれ」

サマラは猛然と櫂を漕ぎ始めた。「待っていてくだせえよ、お頭。今、助けに参りますから」

ジャラッドザールの手も動き始める。

虎杖は切っ先を引いた。痛みを堪《こら》えて立ち上がったザマラに、平然と剣を返す。

ザマラは躊躇《ためら》っていたが、ぼそりと云った。「驚いたぜ。剣が戻ったら斬り殺してやるつもりだったが、その隙がねえ。どこにもねえ。おまえ、使うな」

「わたしが先に乗り移る。敵を薙ぎ払って道を切り開くから、ザマラ、きみは後から来てくれ」

「そんな恥ずかしいことができるかよ。このザマラさまが先だ」

舟が接近するにつれて、情景がはっきりと見えてきた。海賊船を取り囲んだ四隻のうちの一隻の船尾に漕ぎ寄せた。船上から誰かに気づかれることはなかった。捕物に専念し、警戒は手薄になっている。

「おれたちは、どうすればいい」サマラが訊いた。

虎杖が答える。「時機を見計らって、後に続いてくれ」

「わかった」サマラとジャラッドザールは声を揃えた。

虎杖は、かぶっていたターバンをほどき、目の部分だけを出して顔を包んだ。インド人に較べて肌の白い彼の顔は目立つ。累が厩戸に及んではならない。腰に提げていた剣は背中に背負うように紐でくくりつけた。

官憲の船の後部には、喫水線近くまで網が降ろされていた。網を握り、足をかけた。いよいよだ、と虎杖は血が沸騰した。海賊になる、これが第一歩。自分の未来は自分の決断、自分の力、自分の責任で切り開かねばならない。それが男の生き方だ。僧侶になるなど、まっぴらごめん。

「見ていろよ、柚蔓」

自分がそう口走ったことも気づかずに、彼は網を登り続けた。

甲板の上には人影がほとんどない。虎杖とザマラは足早に甲板を進む。捕吏の恰好は一目で見分けがつく。奇妙な兜《かぶと》をかぶり、巾の広い帯が特徴だ。

「何者」

甲板に残っていた一人が、ザマラの跫音で気づいたか、振り返って誰何《すいか》の声を上げた。

ザマラの剣が一閃、宙を舞う首を虎杖は見た。遣い手というのは確かなことらしい。ザマラが虎杖を見やり、にやりと笑った。

残る三人の捕吏を手にかけ、二人は海賊船との接舷部分に到達した。

広くない船上で激しい剣戟が展開中だった。海賊たちは絶望的な戦いを強いられている。四方から押し寄せてくる捕吏に数で劣る海賊たちは分断され、次々に倒されていた。

「お頭を、お頭をお守りしろ！」

喊声を縫って、ひときわ高くその声が聞こえた。

「しめた」ザマラが云った。「お頭は無事らしい。あれはヤーガナクシャの声だ」

船と船との間にかけ渡された板を二人は飛び越え、海賊船に飛び移った。

「おおーい、おれだ。ザマラだ。おれが来たからにはもう大丈夫だ」

ザマラはそう叫びながら、敢然と斬り込みをかけた。この段階で背後から敵が現われるとは思ってもいなかった捕吏たちは、対応する間もなくザマラの振るう剣の露となった。

「ザマラだ、ザマラが戻ってきたぞ」

海賊たちの間からも歓声が起こる。

虎杖は右手で戦われていた戦闘に目を留めた。太った海賊を五人の捕吏が囲んでいる。太っちょは全身血だらけで、荒く息を弾ませていたが、闘志は捨ててはおらず、幅の広い剣で応戦していた。

「助太刀に参上！」

虎杖は大声で呼ばわった。背後からいきなり斬りつける卑怯《ひきょう》な真似は、彼の剣士としての誇りが許さなかった。五人の捕吏が振り返る。その時まで、彼の剣は鞘の中に斂《おさ》まっていた。振り返った五人が虎杖を認識し、剣を向けた瞬間、彼は抜刀した。鞘走ると同時に剣は中央の捕吏の胸を斬り裂いていた。頸動脈が深々と切断され、血の奔流が弓形の曲線を描く。さらに踏み込み、二人目の胴を真っ二つにし、三人目の首を飛ばした。一瞬の早業だった。四人目の捕吏は、仲間三人が斬られたことを網膜に映していたが、視神経を通して伝達されたその情報を脳が納得する前に、目の前に現われた虎杖によって頭頂から真っ二つに斬り下げられていた。

五人目は——虎杖に対処しようと慌てて振り返った隙を逃さず、太っちょの海賊が背中に剣を突き立てていた。

「どこの誰だか知らんが、礼を云うぜ」額から二筋、三筋と滴り落ちる血を拭いながら、太っちょの海賊は云った。

「面接志願者です」虎杖が答えた時、別の捕吏が斬りかかってきた。虎杖は落ち着いて捕吏の胸をずばっと薙いだ。音をたてて血がほとばしる。

「何だって？」太っちょが怒鳴る。

同じ言葉を繰り返そうとした時、さらに別の捕吏が、今度は三人同時に襲いかかってきた。虎杖は一太刀で二人の首を飛ばし、三人目は左胸を突いた。

「すげえな、あんた」

太っちょの目に讃嘆の色が浮かび上がる。

「サマラ、ザマラの二人も一緒だ。船長は？」

太っちょが指し示す船尾近くは敵味方が相乱れて剣を振るう渾沌の渦と化していた。渦の中のどこかにクックドゥが。捕吏は揃いの制服姿、両者の区別は容易につく。捕吏を残らず斬り捨ててクックドゥを救出するしかない。

「モンガペペだ」太っちょが云った。「黒旋風《くろつむじ》のモンガペペ」

「サールドゥーラと呼んでくれ」

虎杖とモンガペペは肩を並べて渾沌の渦の中に斬り込んだ。

虎杖は血に飢えた猛虎と化した。かくまで剣を振るい、かくまで人を斬るのは初めてだ。死人の軍団に襲われた時のことを思い出した。水死人が船に乗り込んできて、斬っても埒《らち》が明かなかった。あの時は生者を斬っているという手応えがなかった。死肉を斬るおぞましさがあるだけだった。今は違う。生きた肉を断つ弾んだ手応えがあり、斬れば真っ赤な血が噴き出す。悲鳴が上がる。それらは皆、彼の剣の腕を誉めたたえる賞賛に他ならない。斬った。斬って、斬りまくる。捕吏と見れば刃を見舞った。クックドゥが再起を企
虎杖が現われるまで、さほど死者が出ていたわけではなかった。クックドゥが再起を企

ているとの情報を得た司法当局は、密告によって彼の本拠地を知った。隠れ家は、ガンジス河口部から沿岸にかけて広がった無数の島嶼の一つと見られていたが、果たせるかなナオダンミという名の小島だった。当局は四隻の船に捕吏二百人を満載してナオダンミ島に送り込んだ。一隻の部隊五十人が上陸してクックドゥの隠れ家を急襲。クックドゥは五十人の部下を引き連れて船に逃れた。第二の隠れ島は用意してあり、そこに逃げるつもりだった。入江を出たところを、待ち伏せしていた三隻が姿を現わし、完全に包囲されてしまった。

五十対二百。捕吏の側には数で勝るという余裕があり、捕物は命がけのものとはならなかった。かたや海賊どもは死に物狂いにならざるを得ず、全身全霊をかけて抵抗した。彼我の置かれた立場により、見かけの剣戟は壮絶ながら、それほど死者は出ていないという捕物劇となったのである。捕吏たちは数人がかりで一人の海賊を捕らえようとするものの、手傷を負うことすら厭い、気長に応じ、海賊は海賊で絶望的なまでに応戦するけれども捕吏を殺すところまでは至らない。そこへ虎杖が稲妻の如く参入した。

またたくまに甲板は血の海となった。奇妙な均衡が崩れると、捕吏のほうでも真剣にならざるを得ず、海賊も絶望の中に勝機の光を見出してますます果敢に応戦する。虎杖の登場が局面を一変させた。

海賊側に助っ人が現われた、恐るべき助っ人が。凄まじい戦闘技倆の持ち主である助っ人をどうにかしないと捕吏側の形勢は悪くなってゆくばかり。

数を頼んで、ある意味他人任せだった捕吏たちは、個人の責任と力量で戦わなければならなくなった。彼らは手負いの海賊たちの敵ではなかった。海賊たちはここぞとばかりに反撃し、捕吏を斬り殺してゆく。形勢は逆転しようとしていた。

虎杖は三十人余りの捕吏によって二重、三重に取り囲まれていた。獅子奮迅の戦いをする以外にない。倭国で自分を鍛え上げ、厩戸の護衛役だった大淵蜷養《おおぶちのになかい》と剣技を磨き合い、インドに来ても研鑽を怠らなかった彼の腕は、大いに発揮された。四方八方から剣に取り囲まれた、狭い活動範囲で白刃が操られるたびに血流が宙をほとばしり、腕が舞い、首が飛んだ。

捕吏たちは気づいた。自分たちはただの海賊を相手にしているのではなく、剣神、剣の死神にも等しい怪物に立ち向かっているのだと。捕吏たちは恐怖に駆られた。死神に近づくことは、すなわち死を意味する。ひとたび死ねば、輪廻転生、次も人間に生まれるという保証はない。地を這う蛇に転生するか、野ざらしの死体に集《たか》る蛆虫《うじむし》に生まれ変わるかも。餓鬼界、地獄界に堕ちる可能性もある。虎杖を中心にした包囲の輪は、初めの頃の勢いはどこへやら、じりじりと広がり始めた。

当面の敵を排除した海賊たちが襲いかかり、捕吏の背後を突いた。海賊たちの逆襲であった。虎杖が参戦してから剣戟は小一時間ほどが経過していたが、海賊側の死者は十人ばかりだったのに対し、捕吏のほうは百人以上が死んでいた。一対四の構図は、一対二へと移りゆこうとしていた。

虎杖は後ずさる捕吏を追って剣を浴びせようとした。と、捕吏の身体が左右真っ二つに分かれ、その後ろに現われたのは太っちょの海賊だった。

「サールドゥーラ！」

「無事か、モンガペペ」

二人は百年の知己のように言葉を交わしていた。

「おおーい、旦那」

声に振り返ると、ジャラッドザールが手を振っていた。一方の手には、拾ったのであろう剣を握っている。隣りにサマラの姿。戦いは終局に向かいつつある。

捕吏たちは雪崩《なだれ》を打ったように退却していった。自分たちの船へと駆け戻ってゆく。勢いづいた海賊たちは勝利の雄叫《おたけ》びをあげて追撃しようとした。

「追うな！」

雷が轟くような声が響き渡った。海賊たちがぴたりと足を停める。

「追うんじゃない。深追いするな。もう充分だ。おれたちも隠れ家へまっしぐらだ！　野郎ども、ぐずぐずするな！　帆を張れ、櫂を握れ、出航だ！」

虎杖は声の主に目を向けた。満身に返り血を浴びた大柄な髭面の男が指示を下していた。

齢は五十歳を超えているだろうが、目つきは鋭く、全身から威厳を発散していた。

目があった。髭面の大男は大股で近づいてきた。

「船長」すかさずモンガペペが、売り込みをかけるようにも、あるいは自分の手柄を誇るようにもとれる口調で云った。「こいつはサールドゥーラっていうんでさあ」

サマラとザマラが、自分のものを横取りされたような顔になって目を剝く。

「サールドゥーラ」海賊クックドゥ船長は打てば響くように口にした。その目も、その口調も、虎杖の働きを認めていることを示していた。「とは何者だ」

「助っ人でさあ」

「大莫迦ものめ！」クックドゥはモンガペペを大喝した。「それぐらいはわかっとる」

サマラとザマラが横合いから云った。「今夜の面接志願者が――」

虎杖は素早くジャラッドザールを引き寄せ、肩を組んだ。「おれたちです」

「合格！」クックドゥは云った。

「ぼくのせいなのかな。暇をやるなんて云ってしまったから、虎杖は飛び出していったんだろうか？」

「御子さまのお案じになることではございません」柚蔓は優しい口調で云った。「むしろ修行に専念できるよい機会とお考えになっては」

「五年経っても戻ってこなかったら？」

「過ぎしを思い悩まざるが如く、来たらざるを思い煩うなかれ、です。今を生きるというのが御仏の教え。ご修行は順調でして？」

「何とかね」

「シーラバドラさまは名僧ですもの」

「柚蔓のほうは？」

「今ほど心の安らぎを得たことはありません。この先どうなろうとも、この心の安らぎだけは変わらず続くよう、修行に打ち込んでいます」

厩戸は自分が諭されているような思いに捉われた。これまで感じたことのない神聖な気配が放射されているようだ。厩戸はうっとりと柚蔓の声に聞き入り、形のよい唇に見入り、僧衣の胸のまろみに視線を引きつけられ、なぜか身体が火照《ほて》るのを覚えた。

「気づいたことが……」

「云ってみたまえ、アシュヴァくん」

「ささいなことかもしれません。でも、そうではないのかも」

「どんなこと？」

「お経が漢字とは違う文字、違う言葉で書かれているということを知りました。ぼくが倭国で読んできたのは漢土で漢語に訳されたものだったのです」

「不適切な翻訳があるという話のようだね。誤訳というか、珍訳というか、迷訳というか、そういうことかい？」

「漢語には他に上手い言葉がないので、むりに訳語にした事情が酌めるものが大半です。でも、これはどういうことなのか……漢語訳されたお経では父母と出てきます」

「父母？」

「原典は一つの例外もなく母父です。すべて漢訳が父母となっているように」

「面白いところに気づいたね。母父という言い回しは漢語にあるのかな」

「ありません」

「自分たちの言葉に合わせて訳したということだろうね」

「原典が母父の順序になっている以上、原意を尊重して母父と訳すべきだったと思います」

「確かにそうだ。漢土の人たちは、男は女より人間が上等だ、男は尊く女は卑しいと考えているのだろう。母父とあるのが気に食わなくて、父母にした」

「どうして漢土の人たちは、男が女より偉いと考えるのでしょうか」

「わたしは漢土のことを知らないから何とも云えない。きみの国ではどうだね、アシュヴァくん」

「王は男です」

「倭国では――」厩戸は首をひねりながら答える。「やはり」

「でも、いちばん偉い神さまは女性です」

「やはりと云ったのは、男が女より上等だと考えるのは漢土だけではなく、ここインドでもそうなんだよ。父母という」

「仏典には母父って――」

「ゴータマ・ブッダは一種の革命児だった。人間には生まれついて尊卑の別がある。差別があって当然だと考えるバラモンの教えに対し、人間は生まれながらにして平等だ、とお唱えになったのがブッダなのだ。人間は、その行ないにのみ差があると仰せになって。ブッダの凄いのは、人間は生まれながらにして平等だから、男と女は平等で、男女の間に尊卑などないとしたことなんだ。その象徴として、ふつう父母というところを、敢えて母を先にして母父とした」

「仏典の中には、女の悪口をいっているものもありますよね。女は装飾品と化粧品にしか関心がないとか、最後には支配権を握りたがるとか。そうそう、カンモージャ経では、ブッダがその人がこんなふうに――女は怒りっぽく、嫉妬《しっと》深く、物惜《ものお》しみして、愚痴《ぐち》るって」

「いつものことながら、きみの記憶力のよさには感心するよ」

「感心してないで、ちゃんと教えてください」

「お経は、ブッダの死後に書かれた。ブッダに直接教えを受けた愛弟子が記憶を頼りに書いたお経ならまだしも、ブッダを知らない者が書いたお経が大半だ。すべてを真に受けてはいけない」

「そうでした。巨大な矛盾の山の中に迷い込むことになります」

「カンモージャ経のブッダの言葉についても疑問が持たれている。インド語の普通の言い回しに敢えて逆らって母父といったブッダの教えに反するからだ。女の存在を苦々しく思った僧侶がそういうふうに話をこしらえたのだろう」

「ブッダの言葉を勝手につくりあげるなんて、ひどいなあ。ブッダの教えと正反対の言葉をブッダが云ったことにするなんて。そういうものも仏典は仏典なんでしょ？」

「根本的な経典がない。仏教の最大の弱点だろうね。逆に、いい点だとも言える。融通無碍《ゆうずうむげ》、根本経典の言葉にがちがちに縛られることがない。根本経典にこう書いてあるからこの通りにしなければならないという窮屈さからは逃れられているのだよ」

「カンモージャ経は無視していいのかも。サッダルマプンダリーカ経はどうでしょう」

「ほう？」

「漢語訳は妙法蓮華経《みょうほうれんげきょう》。変成男子説はどう解釈すればいいのか。女は男に身を変えなければ成仏できない教えって、女を差別しているのではありませんか？」

「確かにサッダルマプンダリーカ経は、カンモージャ経とは較べものにならないほど重要な経典だ。でも、これとてブッダが説いたことではないと思う」

「やっぱり捏造《ねつぞう》ですか？」

「まずね」

「仏典には後世の捏造がけっこう混じっているんですね。いったいどうすればいいんですか」

「最も早くに成立したお経からブッダの教えを読み取り、それにそぐわないと思えるものは後世の捏造だと排除してゆくより他ないだろう」

「大変ですね」

「そうだろうか」シーラバドラは語気を強めた。「女は女のままでは成仏できない、成仏するために男の身体にならなければならないなんて、そんな莫迦々々しいことをブッダが仰せになったと、きみは思うかい？　父母というのを、敢えて母父とお説きになったお方がだよ」

「変成男子なんていうとんでもない差別思想を、どうしてサッダルマプンダリーカ経の作者は書いたんでしょうか。ブッダに託して、という大問題はさておくとして」

シーラバドラは黙っていた。どう答えるか、迷い、言葉を探しているようだった。やがて口を開いた。「大半の捏造経典はビクシュによって書かれたと思われる」

厩戸はうなずいた。ビクシュ、比丘――男性僧侶だ。

「男女平等がブッダの教えであったということは、現実には女性が男性によって差別されていたことを物語る。悲しいことだが、後代の、いや、ブッダが存命の時も、多くのビクシュは女を下に見る俗世間の影響から脱し得なかった。ついには変成男子なんていう、およそブッダが云うはずのない怪奇な考えを思いつくにいたった。女を貶《おとし》めるために」

「なぜ男はそこまで女を貶めようと？　ブッダの教えに逆らってまで――」

「理由はいろいろ考えられる。今のアシュヴァくんに話して、果たして理解できるかどうか。きみの齢では、男と女のことを話してもわかるまい。大人の男と女のことなのだ」

「わかる範囲で」

シーラバドラは溜め息を一つついた。「では話そう。男が、というより男の僧侶がどうしてそこまで女を憎むのか。それは、女が仏道修行の妨げになるからだと考えられる。ブッダは執着を捨てよと教えられた。大人になれば男は女に執着し、女は男に執着する。その結果、最悪の場合は殺し合いにまで発展する。ブッダは、だから執着を捨てよと仰せられた。仏道を志す男はビクシュになり、サンガに入り、執着を離れ、仏に成ろうとするが、女への執着はなかなか捨てきれない」

「よくわからない……」

「そういうものなんだ、大人になるということは。執着を断ち切れないビクシュは、こう考えるようになる。自分が成仏できないのは女のせいだ。女がいるから自分はこんなにも執着し続けなければならず、修行が上手くいかない。女は修行の邪魔だ、下等な生き物だ、女なんて、女なんて……そういう誤った考えが創作仏典に反映され、盛り込まれたとわたしは推測している」

「よくわからない」厩戸は繰り返した。

「今はそういうものだと納得しておくのだ。仏典と云っても玉石混淆だし、比較的ましな仏典の中にさえ、否定したほうがいい考えが混じっている。そういうものを、どう見分けるかというのも仏道修行の一つだと考えるといい」

「ぼくも……」厩戸は云い淀んだが、思い切って口にした。「ぼくも大人になったら、そうなるんでしょうか」

　今度こそシーラバドラは答えに窮した。


　年が明けた。厩戸は十歳になった。この一年は平穏に過ぎた。厩戸は仏道修行に専念することができた。膨大な量の経は既に頭の中に入っていたが、シーラバドラは定着を何度となく試験した。結果はいつも同じ。厩戸は一字一句すべてを完全に記憶していた。律についても定着は万全だった。律とは、僧侶が僧団をつくって集団生活を営むうえでの規約ともいうべきものだが、全教団に共通する一種類の律があるのではなく、枝分かれした各派ごとに自前の律が用意されている。上座部という一派には「パーリ律」が、法蔵部には「四分律」が、化地部《けじぶ》には「五分律」が、という具合に。厩戸はあらゆる律を復唱することができた。学問僧が仏教の教義を論じた論文、アビダルマも残らず頭に入っていた。

「きみの頭の中は、いってみれば書庫だねえ、アシュヴァくん」今さらのようにシーラバドラの口からは歎声《たんせい》が飛び出す。「経についての庫、律についての庫、そして論についての庫、この三つの庫が完璧に頭の中に収まっているんだから」

厩戸の暗記力を試しているだけのようだが、仏教では暗記力をことのほか重視する。シーラバドラは実践的な修行も怠りなく指導した。狭義の修行としては瞑想行を、広義の修行としては一挙手一投足に至るまでを。

年の暮れ、シーラバドラはヴァルディタム・ダッタのもとを訪れた。老僧は、禅定《ぜんじょう》に一日の大半を過ごす日々を送っていた。

「仏道に一生を奉げてきた果てが、これじゃよ」

老いた顔に含羞《がんしゅう》の色が刷かれた。シーラバドラの目には、満ち足りたようにも、あるいは自嘲するようにも見えた。「悟りを得たいと心から願ってきたが、今はそれもどうでもいいことに思われる」

「それこそ、老師、悟りを得たということではないでしょうか」

「この体《てい》たらくでかな？」

「今の老師は、悟りたいという執着をも手放しておられます。わたしなど、まだとてもとても」

「これが悟りということなら、今までわしは何をやってきたのだ、と悔恨を覚えずにはいられぬ。こんなものが悟りなのか、と。じゃが、これは悟りとは思わぬがゆえに、悔恨を覚えることもない。ただ、あるがままのわしがあるだけじゃ」

「ただあるがままの——羨ましい。わたしも、いつかは口にしてみたい言葉です。巧んではなく、自分でも意識せず、さらりと」

「晩年の釈尊も、このような心の持ちようだったのだろうか、と折りに触れては考えるのだが」

「晩年の釈尊？」

「なぜ釈尊は、最後の最後に旅に出ようとお考えになったのか。それがわかった時、わしは思い残すことなくこの世を去ることができる気がする」

「気の早いことを。老師にはいつまでも長生きをして、我ら後輩をご指導いただかなくては」

「俗人のようなことを申すでない。そこでわしは考えた。年が明けたら、釈尊最後の旅をわしも辿ってみようと」

「それはよいお考えです」

「あの子を連れてゆく。そなたもだ」

「わたしも？」

「どうじゃな」

考える時間は短かった。「お伴いたします。アシュヴァくんにとっても何よりの旅となるでしょう」

「僧庁には、わしが届けを出しておく」ヴァルディタム・ダッタは顔をほころばせた。

「その後どうじゃな、あの子の修行は」

「例によって例の如く驚異です。つまり順調です。しかし、日を経るごとにわたしは不安を抱かずにはいられません。年が明けると十一歳。大人の男としての目覚めが来る。身体の中に今は眠っている色欲という大魔獣が目を覚ます時が」

「避けられぬことじゃ、人間である以上」ヴァルディタム・ダッタは表情を改めなかった。

「なるようにしかならぬもの」

「普通の人間は、色欲が目覚めた後、その猛威に恐怖して仏門を叩きます」

「わしがそうであった」ヴァルディタム・ダッタは淡々とうなずく。「貴僧もであろう」

「荒れ狂う色欲の嵐に翻弄《ほんろう》され、破滅するかとまで。救いを仏門に求めたのです」

「貴僧やわしだけではない。ほとんどすべての僧侶がそういうものだ」

「アシュヴァくんは然《さ》に非ず。仏の教えを学んだ後に、色欲の襲来がある」

「先例がないわけではない。幼くして仏門に入り、大人の男になった僧侶は少なからず」

「彼らは目覚めゆく色欲と、仏の学びを同時並行させました。アシュヴァくんが彼らと違うのは、教理の勉強を完成させてしまっている点です。仏教とはどのようなものか、頭の中では完全に理解ができている。そこへ、目覚めた色欲が襲いかかるのです。さぞや教理の無力を体感することでしょう。すなわち――」

「完成していたがゆえに脆《もろ》い。打撃に弱い、と」

「まだ完成の半ばにあったものを破壊されても、建築を再開するまで。いったん完成したものが破壊されてしまったら、その衝撃はとてつもない。普通の少年僧ならこう思う。こんなに色欲に苦しめられるのは、ぼくの修行が至らないから、と。そして色欲と格闘しながらも修行を続けてゆく。でもアシュヴァくんはこう考えるのではないか、仏の教えなど、色欲の前には何の役にも立たない、と」

「前例のないことかもしれぬ」ヴァルディタム・ダッタは腕組みした。「釈尊さえ想像だにせなんだ事態となるやも。王家に生まれた釈尊は、ゴータマ・シッダールタ王子であった時に色欲の限りをつくした。そのような生き方に疑問を抱き、悟りへの道を歩み始めたのだが、あの子が特異なのは、その前に仏教の教理を完全に修めてしまったことだ。身体ではなく、完全に頭の中でだけで」

「老師もお案じなのですね」

「見守ってゆくしかなかろう。その時が来れば、わしも非力ながら力を貸すつもりじゃ」

「それをうかがって、ほっとしました」

肩の荷を降ろせたとばかり、シーラバドラは頭を撫でた。


ナーランダーで迎える二度目の新年——十一歳になった厩戸の関心は、一月の半ばに出発が予定されている旅に占められている。

釈尊は八十歳の時、説法の場であるラージャグリハを出発して、最後の旅に出た。連れは弟子のアーナンダ一人だけ。ガンジスを渡り、ガンダキ河に沿って北上、クシーナガルという地で入滅した。その行程を、シーラバドラとヴァルディタム・ダッタとともに辿るという。ナーランダー僧院に籠っていたも同然の厩戸の心を浮き立たせずにはいられなかった。釈尊の最後の旅を自分が追体験するという仏徒としての関心もさることながら、広く外界に接する喜びがあることも厩戸は自らに認めた。

「来たまえ、アシュヴァくん」出立が明朝に迫った夕刻、シーラバドラが表情を固くして促した。

「もう出発ですか」準備はできている。準備といっても、僧侶の旅であるから、托鉢用の鉢を持ってゆけばいいだけのこと。

「ともかく来たまえ、早く」シーラバドラは厩戸の手を引かんばかりにして彼を導いた。

夕陽が下生えをオレンジ色に染める庭園を横切って着いた先は、ヴァルディタム・ダッタが住まう石窟だった。暗い石室の内部に蠟燭の炎が揺れ、大勢の僧侶が詰めかけていた。ナーランダー僧院を運営する高僧たちだった。皆で老師の出発を見送ろうというのだろうか。厩戸の到来を知ると、高僧たちは身を寄せ合って彼のための通り道を開けた。

「さあ」シーラバドラが厩戸の肩を押しやった。

ヴァルディタム・ダッタは石の寝台の上に横たわっていた。この場の意味することが理解でき、厩戸の脚はすくんだ。ナーランダーでの修行中、ほとんど感じることのなかったものが、巨大な波となって心の中にうねった。

「老師！」厩戸は駆け出し、寝台の前で膝を折った。

ヴァルディタム・ダッタが薄目を開けて、厩戸を見やった。

「……御子」その声は、末期《まつご》を迎えた者とは思えないほど力強く、若々しい張りに満ちている。高僧たちが口々に驚きの声をあげた。ヴァルディタム・ダッタはほとんどもの云わず、云っても二言三言、その声は糸のように細く、弱々しかったからである。「御子よ、よく来てくださった。見ての通りじゃ。わしにも死期がやってきた。残念じゃが、御子ともお別れせねばならぬ」

「老師！」胸ふたがれ、厩戸はそれだけを、叫ぶように云うのがせいいっぱいだった。呼吸が乱れ、息が苦しくなった。ヴァルディタム・ダッタの姿がぼやけ、熱湯を垂らされたような熱さが頰に感覚された。

「泣くことがある」老師は穏やかに云った。「生老病死は人間ならば当然のこと。誰もこれを避け得ぬ。かの釈尊でさえも」

「…………」

「さよう、ブッダも死ぬのだ。しかるを況《いわん》や拙僧に於いてをや」

「…………」

「我が人生は取るに足らぬものであったとはいえ、御子に出会えて幸せであった。御子をインドにお連れすることが、わしがこの世に生を受けた意味であったかと思う。よく学び、よく修行し、ブッダの素晴らしい教えを、かの地、御子の国、倭国の人々にも広めてほしい。それこそが御子がこの世に生を受けた意味、使命であろう。さあ、約束してくれぬかな。さすれば、わしは何を思い残すことなく旅立ってゆくことができる」

すぐには答え得なかった。老師が死ぬ、死のうとしている……その思いで頭がいっぱいになり、ヴァルディタム・ダッタの音声を意味のある言葉として脳が把握するまで時間がかかった。

そっと肩を押された。振り返ると、シーラバドラが微笑みを浮かべて促している。ヴァルディタム・ダッタの視線が微妙にずれた。「御子を頼みましたぞ、シーラバドラ師」

「承りました」答えるシーラバドラの声は、笑顔とは裏腹に悲しみの震えを帯びていた。

「約束します、老師」厩戸は声を励ました。「ぼく、ブッダの教えを倭国に広めるって、約束します」

「それを聞いて安心した。釈尊には及びもつかぬわしではあるが、ブッダが最後に云い残した言葉をわしも御子に告げよう。――怠らず修行せよ」

咽喉仏が今にも首から飛び出さんばかりに大きく動き、止まった。二度と動くことはなかった。

厩戸は虚脱の一か月を過ごした。悲しさ、空虚さに支配されたようで、修行も上の空だった。大淵蜷養と田葛丸を失った時と同じく。

「それが心というものなのだよ」機会を見計らってシーラバドラは諄々《じゅんじゅん》と説いた。「悲しみの心、怒りの心、喜びの心で人を操る、翻弄する。いってみれば心は悍馬《かんば》だ。心をどう手なずけるか、それがブッダの教えの核心だと云える。教えの要《かなめ》は心を修めることにあり。心に従うな、心の主となれ。心は人を仏にし、畜生にもする。迷って鬼となり、悟って仏となるのも皆、心の仕業である。心を正しくし、道に外れないよう努めるがよい。心というものに惑わされ、流されないためには、どう修行すればいいのかな」

厩戸は反発を感じた。「師は、悲しくはないのですか」

「悲しい」シーラバドラはあっさり認めた。「悲しくないはずがない。悲しいからといって老師が甦るわけでもない。悲しんでも何にもならない。自分を痛めつけるだけだ。老師も望むことではないはずだよ。ブッダも云っているではないか。徒に悲しんではならない、と。その先を続けてごらん」

「――世は無常であり、生まれて死なない者はない。今わたしの身が朽ちた車のように壊れるのも、この無常の道理を身を以て示すのである。徒に悲しむことをやめて、この無常の道理に気がつき、人の世の真実の姿に目を覚まさなければならない。変わるものを変わらせまいとするのは無理な願いである……でも、だったら、どうすればいいんですか」

「こんな時のために、膨大な仏典を読み、修行してきたのではないか。今こそ頭の中の書庫を開きたまえ。一字一句正確に記録されたブッダの言葉を検索し、今の心の状態と照合させてごらん」

「心と照合？」

「ブッダの言葉に拠《よ》って、自分の心を観察するのだ」

「心を観察するだなんて、そんなことできません。だって、心は、ぼくなんですから」

「違うよ」シーラバドラの口調も表情も優しかったが、厩戸は落雷を浴びたような衝撃を受けた。「何を聞いていたんだね。わたしはブッダの言葉を口にしたばかりじゃないか。

心に従わず、心の主となれ、と。きみは心なんかじゃない。心の主なのだ」

衝撃は、ヴァルディタム・ダッタを失った悲しみを忘れさせるほど激しかった。自分は何を学んできたのだろう。それこそ億万の字句を記憶しながら、まったく身についていなかったことを厩戸は思い知った。

「無理もない」厩戸の心の動きを的確に見抜いたようにシーラバドラが云った。「きみはね、普通の人とはまったく逆の道程を辿っているのだから」

「逆？」

「大概の人は、生きることに悩み、苦しみ、疲れ果て、渇者《かっしゃ》が水を求めるようにブッダの教えに救いを求める。諸行無常、一切皆苦、諸法無我、涅槃寂静《ねはんじゃくじょう》などの真理を知り、甘《かん》露《ろ》を得たと感じるのだ。きみはそうではない。まだ十歳――いや十一歳になったのだったね――悩み、苦しみ、疲れ果てるほどの人生を生きてはいない。これから知ってゆくのだ」

「悩み、苦しみ……老師の死のようなことが、これからも？」

「さまざまな悩み、苦しみがきみを襲うことだろう。幸運なのは、知識としてブッダの教えを十全に頭に入れていることだ。苦しみに遭遇するたび、ブッダの教えを楯にして、これを防ぐことができる。たとえ苦しみに犯されたとしても、ブッダの教えを解毒剤として服《の》むことで恢復《かいふく》し得る。これからの修行は、そうでこそあるべきだ。常に心の動きを観察し、観察することで得られた心の状態をブッダの教えと照合させてゆくのだよ」

「観察する」厩戸の心の中に、その言葉に響くものがあった。「八正道の中の正見ですね」

「その通り。だからこそブッダは、八つの正しき道、正見、正思惟、正語、正業、正命、正精進、正念、正定の最初に正見を置かれたのだ。物事を――心も含めて――正しく観察することこそ、悟りに至る基礎の基礎。こうは思わないか、アシュヴァくん、老師ヴァルディタム・ダッタは、自らの死を以てきみにそれを気づかせてくれたのだと。いつまでも老師の死をめそめそ、くよくよと悲しんでいることが老師のためになるだろうか。彼はきみに何を望んだ。思い出したまえ、老師の最後の言葉は何だった？」

厩戸は大きくうなずいた。「怠らず修行せよ」

なおもシーラバドラは危惧する。これまで通りの修行では、厩戸がヴァルディタム・ダッタの死に囚われ続けるのではないか。閉鎖された空間での修行は心を疲れさせやすいもの。まして厩戸は年端もゆかぬ子供である。心を広く解き放ってやることも、時には必要であろう。老師の死にめげることなく、厩戸のためブッダ最後の旅路を辿り直すという計画を貫徹することにした。

二人はナーランダー僧院を旅立った。ヴァルディタム・ダッタの死から一か月後、二月半ばのことである。パータリプトラでガンジス河を渡り、その一大支流であるガンダキ河に沿って歩き続けた。乞食《こつじき》をしながらの旅は厩戸には初めての体験である。人に食べ物を施してもらうということに激しい抵抗を感じた。

シーラバドラは厳しく諭した。「では、きみは自分で穀物を栽培したり、鳥や魚を捕らえて食べていたか。そうではないだろう」

返す言葉はなかった。食事は、食事担当の奴婢《ぬひ》がつくるものと信じて疑わなかった。シーラバドラを見よう見まねで乞食を続けるうち、拒絶感、抵抗感はすぐに消えていった。ひもじい思いをしたことは一度もなかった。厩戸ほどの齢の修行僧は数少ないうえ、肌の白さが珍しがられ、乞わずとも人々のほうから布施に殺到した。二月といえば仲春《ちゅうしゅん》だが、一日一日と寒さが増す。北へと向かう旅なのである。シーラバドラはブッダの足跡をそっくりなぞり、チェチェル、ナーディカ、ヴァイシャーリー、パンダ、ハッティ、アンバ、ジャンプを経て、ガンダキ河の中間地点にあるケッサリヤに至った。ここでブッダは渡河《とか》し、終焉《しゅうえん》の地クシナガラに向かった。シーラバドラはそうしなかった。これまで通りガンダキ河の東岸に沿って北上を続けた。

「どうして」厩戸は不思議に思って訊いた。ブッダの最期の地を訪れるというのが旅の目的だったのではなかったか。

「せっかく旅に出たのだ。もっと他のところも見て歩こうじゃないか。もちろんクシナガラを外すわけではないが、それは最後にとっておくことにしよう」

シーラバドラは答えた。当初はクシナガラに直行するつもりだった。危惧されたのは、厩戸が老師の死の衝撃から脱し得ていないことである。表面的には立ち直ったかに見えて、心に大きな傷を残していることをシーラバドラは見抜いていた。その情態でブッダ終焉の地を訪れたら、厩戸が厭世的《えんせいてき》になり、死に囚われてしまうのではないか。できる限り寄り道をして、クシナガラは最後の最後にしようと計画変更を決めた時、ブッダの生涯を辿る旅はどうか、と頭に閃いた。

ラウリヤ・アララーシ、ラウリヤ・ナンダンガル、ランプルーヴァを経て北を目指すうち、行手に真っ白い連峰が現われた。

「何て綺麗な山なんだろう」厩戸は、その神聖な景観にすっかり魅了されたようだった。

「ヒマラヤ――雪の家、雪のすみか、という意味だ。倭国には、あんな高い山はあるかね」

「ありません」大和の西、河内《かわち》との間を遮る屏風《びょうぶ》のような葛城《かつらぎ》の連峰を十倍も高くしたようなのがヒマラヤであった。東国には、不二というとてつもなく高い山があると耳にしているが、話してくれた大人たちの話によれば、高いけれども一つの孤山であって、山と山の連なりではないという。

「古来、北インドの人たちは、ヒマラヤを神々の住む神聖な山と看做してきた」

「本当にそう思えます」

「騙されてはいけないよ、アシュヴァくん」シーラバドラはいささか厳しい口調で云った。「自然の美しさに惑わされ、神などというものを妄想してはならないのだ」

「ええ、そうです、そうでした。つい……」

「すべては心だ。心のなせるわざだよ」

「唯識ですね」

「そう。目で見たもの、耳で聞いたもの、鼻で嗅いだもの、舌で味わったもの、肌で触れたもの――それらは人間の心を惑わせる。例えば、美しいものを見て感動する。感動する自分にさらに感動する。そして、美しいものをもっと見たいと思う。さらに美しいものを、と。そんな時は、美しいものに酔ってはならない。美しいものに酔う自分にも酔ってはならない。なぜ自分は美しいと思うのか、心の動きを観察し、分析することが肝要なのだ。常に心を観察し、監視し、解析することを習慣づけるのだ。熱情や熱狂に身を任せるのではなく、常にどこかで醒めていること、これが大切だ。醒めていることが、悟りにつながるのだから。きみはこれからさまざまなものを見るだろう、さまざまなものを聞き、臭いを嗅ぎ、味覚し、誘惑的なものに肌を接することになるだろう。それは圧倒的な陶酔であるかもしれないし、圧倒的な喜び、圧倒的な悲しみ、圧倒的な怒りであるかもしれない。その感情から逃れることは難しい。忘れてならないのは、いついかなる時も、なぜ心は喜んでいるのか、悲しんでいるのか、怒っているのかということを考え続けることだ。自分の観察者、考察者たる自分を育てておくのだ。それがブッダの云う、心の主ということなのだよ」

「心の見張り役になれということですね。わかりました」

「人間は美しいもの、素晴らしいものを見ると、そこに神が宿っていると思う傾向にある。おかしなものだね。見る人によって、美しいと思うもの、素晴らしいと思うものは違うというのに」

シーラバドラは足を止め、街道の木陰で座禅を組んだ。

「わたしはヒマラヤになど興味はない。石と雪から成る自然の造形物に過ぎないからね。きみはここで一日、ヒマラヤを眺めてみてはどうだ、アシュヴァくん」

厩戸を放り出すように自分だけさっさと禅定に入ってしまった。

厩戸はヒマラヤを見つめ続けた。いつまで見ても見飽きない――と思ったのは最初のうちだけだった。日が傾くにつれて景色は薄暗くなり、陽光と万年雪とが作り出す神秘さは薄れていった。結局は光の妙なのだということに厩戸は気づいた。移ろう光によって情景も刻々と変化し、常に同じに見えて常に同じではない。これこそ無常ではないか。ヒマラヤを美しいと思うのは、目を通して入って来た光景を心がそう見ているのであり、ヒマラヤそれ自体は美しいとか美しくないとかには関係なく、ただ存在している自然に過ぎない。周囲が暗くなり、夜空に星が輝き始めた。いつ見ても美しい輝き。だが星の輝きも――。

厩戸は眠気を覚え、いつのまにか寝入っていた。

旅は続いた。来る日も来る日も乞食を続けた。ヒマラヤは今や視界いっぱいの大きさになった。

「ここがルンビニーだよ」シーラバドラが足を止めたのは、ヒマラヤ山麓の曠野だった。厩戸は周囲を見回した。北にヒマラヤの峰々が巨大な城壁のようにそそり立っている他は何もない。一面の荒れた野原が広がっているばかりである。一軒の人家も見られず、かすかな人跡だにない。

「そうだ、ここでブッダは、ゴータマ・シッダールタとしてこの世に生を受けたのだ」ヒマラヤから吹き下ろされてくる冷風に糞掃衣の裾を寒々と翻しながらシーラバドラは語り始めた。「ブッダは、サキヤ族の王であるスッドーダナと、王妃マーヤーの長男として生まれた。王宮はカピラ城だが、臨月を迎えたマーヤー王妃は出産のため実家に帰ろうとして、ここルンビニーにあった遊園で休息した際、急に産気づき、ゴータマ・シッダールタを出産した。難産だったのかどうか、王妃はその七日後に亡くなった。ゴータマ・ブッタは長じるにつれて生きることの苦しみと虚しさを真剣に考え始め、やがて王子の地位を捨てて出家したのだ」

ブッダの生涯についてはすべて厩戸の頭の中に入っている。にもかかわらず、その生誕の地に立ってシーラバドラの解説で聞くと、まるで初めて耳にしたような感動を覚えるのだった。

「ブッダはマーヤー夫人の腋《わき》から生まれたと書いた仏伝があります。どう思われますか」

「粉飾」シーラバドラは言下に答えた。「ブッダも悟りを得る前は人間だったのだ。人間が腋から生まれてくるなどということのあろうはずがない。仏伝の作者は、ブッダを神格化しようとして、愚にもつかない粉飾に及んだのだ。まったく愚かなことだよ。仏教にとっていちばん大切なことはブッダが悟られた法だ。法がすべてなんだ。ブッダが母親の腋から生まれたなどというたわごとは、ブッダの教えに泥を塗るものでしかない。覚えておきたまえ、アシュヴァくん。きみはこれからも、ブッダをありとあらゆる手段で神格化しようとする勢力の存在を知るだろう。惑わされてはいけない。ブッダは人と違って母親の腋から生まれたから偉いのではなく、悟りを得たことが賞賛に値するのだ」

「ブッダが生き返って、このことを知ったらびっくりするでしょうね」

シーラバドラはにべもなく云った。「死んだものは生き返らない」

それにしても、と厩戸は思わずにはいられない。よくもブッダは、王子という地位を捨てることができたものだ。己に擬えて考えてみる。シッダールタ王子と彼の間には似ているようで差異がある。シッダールタは父王の嫡男、非の打ちどころのない後継者だが、厩戸の父は王者ではない。父は現帝の弟であり、現帝には押坂彦人《おしさかのひこひと》という嫡男がいる。厩戸には従兄《いとこ》にあたる皇子で、厳密にはシッダールタに比せられるべきは押坂彦人皇子である。皇族には皇族の責務がある。皇族は皇族であるがゆえに社会的な責務、責任を担わなければならない。それをシッダールタは抛棄したということだ。自分も今、倭国を離れ、インドで仏教を学んでいるが、現帝に疎んじられたからであって、自ら進んでインドに来たのではなかった。シッダールタが出家したのは二十九歳の時。かたや厩戸は十一歳になったばかり。違う。あまりに違う。比較にもならない。

「出家を前に」シーラバドラは続ける。「シッダールタ王子は一児を儲けた。王位は息子のラーフラが継ぐはずだったが、ラーフラも仏教に心惹かれ、出家して僧侶になってしまう。サキヤ族の国は隣りの強国コーサラ国に滅ぼされた。ブッダが在命中のことだよ」

ブッダは祖国の滅亡をどう聞いたのだろうか、と厩戸は思った。いくら頭の中の経典群を検索しても、それに関する記述を見つけることはできなかった。

「皮肉なものと思うかもしれない。だが、仮にゴータマ・シッダールタが王位を継いでいたとしても、サキヤ族の国が滅ぼされずに済んだという保証はない。コーサラ国に滅ぼされずとも、今に国が続いたという保証もない。当時の国は一つとして残ってはいないのだからね。法は続いている。ゴータマ・シッダールタが王子の位を捨ててブッダになったことでこの世に見出された法は、今なお続き、人々の心を捉え、人々を救い続けているのだ。一国の興亡よりも素晴らしいことではないか。きみも王族だ。倭国に戻っても、ブッダの思いは心に留めておきなさい。ブッダは自分の生まれた国ではなく、すべての人のための法を択んだ」

　ブッダは王子という地位を擲《なげう》ち、祖国の滅亡も意に介さなかった。おかげで同時代、後世の人々も法に触れることができたのだ。

「こうしてルンビニーの跡地を見回しても、往時をしのぶよすがなど一つとしてない。だが、仏教徒たるもの、生涯に一度はここを訪れるべきだ。なぜか」

「ブッダの生誕地だからです」

「ちがう。わたしの話を何と聞いていたのだ。シッダールタ王子が生まれた土地であるということには取り立てて意味はない。何の意味もないといっていい。何度でも云うが、わたしたち仏徒にとってゴータマ・シッダールタがここで生まれたことがありがたいのではなく、王子がこの地を去って修行し、悟りを得たことこそがありがたいのだ。悟った真理、法を、他の人々に公開してくれたことがありがたいのだ。極論すれば、崇めるべきはゴータマ・ブッタという個人ではなく、ブッダが悟った真理、法なのだ。では、仏教徒がここを訪れる意義とは何か。ブッダの生誕地が一千年近い歳月を経てこのように何もない曠野になってしまったということを実感するためだ。無常を実感するには、ここルンビニーに来るに如《し》かずなのだ」

「それだけ？　それだけの意味しかないのですか？」

「無常を感じることは、法に近づく第一歩だ。といっても、齢《よわい》十一のきみには実感できないことだろうが」

「では、もうここにいる意味はありませんね」

「その通り。用は済んだ。我々はブッダの足跡を追うことにしよう。おっと、まだブッダではなかったな。王子の地位を捨てた一介の青年ゴータマ・シッダールタの後を追おう」

シーラバドラは来た道を引き返した。ガンダキ河の東岸を今度は右手に見て南下した。乞食の旅は果てしなく続いた。往路でも幾日か滞在したヴァイシャーリーの町に辿りついた時、季節は五月半ばの盛夏となっていた。

「出家したシッダールタは、この町でアーラーラ・カーマーラ仙人を訪ね、弟子となった」

厩戸はくすりと笑った。アーラーラ・カーマーラという名前が可笑《おか》しかったのだ。

「仙人の説く教えはシッダールタを満足させなかった。仙人の許を離れて南へと向かった」

厩戸もシーラバドラに従って南下した。ガンジス河を渡ってパータリプトラに戻り、ナーランダー僧院に帰ってきた。さらに南下し、古のマガダ国の旧首都ラージャグリハに到った。北の新都パータリプトラに遷るまで大いに栄えたという。ブッダを保護したことで知られるビンビサーラ王と、息子のアジャータ・シャトル王は、ここを都として国を治めた。二人は漢訳仏典にそれぞれ頻婆娑羅、阿闍世と音写された名で登場する。ラージャグリハも厩戸には「王舎城《おうしゃじょう》」といったほうが馴染みがあった。当時の城壁、城門があちこちに残り、新旧の僧院、石窟も数えきれないほどある。東にはブッダがしばしば説教を行なった霊鷲山グリドラクータが聳《そび》え立《た》ち、郊外には仏教初の僧院である竹林精舎ヴェヌヴァーナ・ヴィハーナが法灯を守り続けている。何も残っていなかったルンビニーとは大違いだった。

厩戸は心を躍らせた。仏典ゆかりの場所が目白押しなのである。文字でしか知るすべのなかった異国の名所旧跡を自分の足で歩き、自分の目で見ることがこれほど興奮するとは思わなかった。ブッダの滅後千年を経ていながら、ラージャグリハは仏都としての面影を失ってはいなかった。大勢の僧侶が行き交い、あちこちの木陰で瞑想にふけり、インド各地から巡礼に来た仏教徒たちも多かった。それを目当てに市場が形成され、賑わいはナーランダーの比ではない。

「仏典は、ここで誕生した」シーラバドラは云う。ブッダが入滅した後、弟子たちが集まり、各自が聞いていたブッダの教えを初めて文字に書き記した。ブッダが生きている間はその必要がなかった。厩戸は知識として知ってはいたが、現地でシーラバドラから改めてそう聞かされると感慨深いものがあった。この地で仏典が生まれ、漢土にもたらされて漢語に翻訳され、それがさらに海を渡って百済経由で倭国にやってきた。仏、法、僧の三つを三宝というが、仏の教えである法を文字化したものが仏典である。ルンビニーは仏の生誕地、ラージャグリハは仏典誕生の地といえる。「アーラーラ・カーラーマ仙人のもとを去ったゴータマ・シッダールタは、ガンジス河を渡り、この土地にやって来た。当時はビンビサーラ王が統治するマガダ国の都で、大変に繁栄していたという。シッダールタは城外のパンダヴァ山の洞窟に住み、托鉢《たくはつ》をしながら坐禅・瞑想に励んだ」

どのような坐禅、どのような瞑想だったのだろうと厩戸は思いを馳せる。自分は今、ブッダの教えに従って修行している。ブッダ自身には従うべき教えがあったわけではない。

「シッダールタがラージャグリハに来たのは、ウッダカ・ラーマプッタ仙人の教えに触れる目的があったからだろう。何しろ仙人は七百人もの弟子を抱えていたというのだから高名な人物だったに違いない。その教えにもシッダールタは満足せず、彼は真理を求めてラージャグリハを後にする。われわれも出発するとしようか」

本音をいえば、もっとラージャグリハを見て歩きたい厩戸だった。仏教遺跡の宝庫といってもいいのである。思いが顔色に出たのだろう、シーラバドラはやや表情を厳しくして云った。

「仏教の遺跡巡りは悟りのための手段であって、それ自体を目的にしてはならない。遺跡は遺跡でしかないのだ」

ラージャグリハの南に広がる田園地帯を二人は旅していった。シーラバドラが足を停めたのはガヤーの町だった。仏教の遺跡はほとんどなかった。立ち並んでいるのは、インド土着の宗教バラモン教の寺院である。道行く仏僧の数はわずかで、バラモン僧の姿が目立った。人々は仏僧以上にバラモン僧を崇敬しているようだった。ここに較べればラージャグリハはまだ静謐《せいひつ》な町だと厩戸は驚嘆する。巡礼者の姿も、よくいえば活気に満ち、悪くいえば猥雑だった。

シーラバドラが説明する。「バラモン教、最近ではヒンドゥー教ともいうようだが、あくまで総称に過ぎない。インド人が持っていた原始的な自然崇拝が、時代とともに変遷して宗教へと形を変えていった。迷信に満ち満ちている。身分差別も肯定している。ブッダはね、バラモンの教えを打ち破るべく新たな悟りを求められた」

「バラモン教の軛《くびき》から人間を解き放った？」

「まさに」シーラバドラは我が意を得たように大きくうなずいた。「バラモン教は人間の悟りなど云わなかった。宇宙を支配する神々に奉仕すれば幸福が得られる——一言でいえば、そういう教えだ」

「神々？」

「バラモン教は多数の神々の存在を認めている。ブラフマー、ヴィシュヌ、シヴァの三大神を始めとして、インドラ、アグニ、ガルダ、ガネーシャ、カールッティケーヤ、ラクシュミー、サラスヴァティーなどだ」

「……」

八百万《やおよろず》の神──倭国にも数えきれないほど多くの神々がいる。すべてのものに神が宿るというのが倭国伝来の考え方なのだ。それは間違っているのだろうか。迷信でしかないのだろうか。倭国に仏教を導入して倭国の人間を迷信から解き放とう、というのが馬子の大叔父の意図するところなのか。馬子がそこまで仏教のことを深く知っているとは思えない。神を拝むように仏像を拝み、祝詞《のりと》を唱えるように仏典を声に出して読み上げていたのだから。

「我が仏教では、これらバラモンの神々を否定しない。否定する代わりに、その存在は、仏に仕えるものだということを明らかにした」

「天ですね」

「そう。仏を守護し、仏に力添えする存在」

厩戸は合点がいった。ブラフマーは梵天《ぼんてん》、ヴィシュヌは那羅延天《ならえんてん》、毘紐天《びちゅうてん》だ、シヴァは大自在天《だいじざいてん》で、ガネーシャは歓喜天《かんきてん》、カールッティケーヤは韋駄天《いだてん》で、ラクシュミーは吉《きっ》祥天《しょうてん》、サラスヴァティーは弁財天《べんざいてん》である。仏や菩薩だけでも数が多いのに、なぜ天もいっぱいいるのかといえば、バラモン教の神々も取り込んだからだったのだ。馬子の大叔父が目指すように、倭国が仏教を受容した暁には、倭国古来の神々である天照大神や素戔嗚尊も仏に仕える天ということにされてしまうのだろうか。物部守屋が仏教の導入に猛反対しているのも納得がゆくような気がする。新しいものを受け容れることが、古いものを捨て去るだけでなく、屈従させることだとしたら。

「バラモン教徒は怒っているんじゃないですか？　自分たちの神々を勝手にそんなふうにされて」

「もちろん怒っているとも。彼らが仏教に対して敵対的な理由の一つだ。事実なのだから仕方がない」

仏教対バラモン教——その図式が倭国でも再現されることになるのだろうか。

「ガヤーの町にはカーシャパを姓とする三人の兄弟がバラモン教の道場を開いていた」

「釈尊の弟子になる三人ですね」

「彼らは火神アグニを信仰していた。シッダールタは心を動かされなかった。高名な師に頼るのではなく、自分の力で修行しようと心を決めた。ここガヤーの地は、その意味でのみ、仏教徒には縁のある町だといえる」

師匠につかず、師匠に導かれることなしに修行するって、どういうことなのだろうと厩戸は考える。想像もできない。自分にはヴァルディタム・ダッタがいた。今はシーラバドラが。彼らなしの仏教修行など考えられもしない。シッダールタはどんな気持ちだったのだろう。何を寄る辺にして自力での単独修行に立ち向かったのか。どんなふうに修行をしたのだろう。

厩戸の心の中を読んだようにシーラバドラは云った。「シッダールタに師はいなかった。そこでシッダールタが師の代わりに選んだのが――苦行だった」

「苦行！」

驚きが先に立ち、すぐに記憶が追いつく。頭の中に刻印された仏典の記述を探り当てた。

「そうでした。確か六、七年の苦行生活にお入りになったんですね、ウルヴェーラーのセーナ村で」

「では、そこへ行ってみよう」

セーナ村の旧跡はガヤーから半日ほどの距離のところにあった。ナイランジャナー河の辺に広がる鬱蒼とした樹林の中が、シッダールタの苦行の場所だった。厩戸は苦行の様子を想像しながら森の中を歩き回ってみた。ガヤーの町に近いとは思えないほど静かなところで、これなら誰にも何にも邪魔されることなく、自分の思った通りの修行に邁進できるだろうと思われた。

「苦行というのはね、平たくいえば肉体を痛めつけて欲望を抑制し、精神が浄化されるという考えに基づく。シッダールタは苦行に打ち込んだ。身体は骨が皮から浮き出るほどに痩せてしまったという。実際に苦行を積んで、これではだめだとシッダールタは知った。肉体の苦しみは精神をおかしくすることでしかないと」

「苦行を抛棄したんですね」

「すぐ抛棄したわけではない。苦行を徹底した結果としての抛棄だよ。村娘のスジャータがシッダールタに乳粥《ちちがゆ》を捧げた。彼はそれを食べて体力を恢復した」

「これが、そのスジャータのお墓ですか」

厩戸がそう聞いた時、師弟は樹林に近い小村の外れ、煉瓦《れんが》造りの塔の前に立っていた。大人の背丈の十倍はあるように見える巨大な塔だ。スジャータの話は、なぜか厩戸の心をとらえて離さなかった。苦行の果てに衰弱した青年、彼を助けようと乳粥を与える美しい村娘――知らずしらずのうちに情景が頭の中に思い描かれ、厩戸はうっとりした。シッダールタはどのような思いでそれを食べたのだろうか。スジャータを好ましく思ったのではないだろうか、と。

「古いものではない。建てられてせいぜい百年というところだろう。スジャータをしのぶ供養塔だよ。あそこに小さな岩山が見えるだろう？」

シーラバドラは東北を指差して云った。厩戸は視線をしぶしぶ塔から引きはがし、師が注意を促した方角を眺めやった。南北に細長い岩山が連なっている。

「プラーグボーディ山だよ」

瞬間、厩戸はスジャータの挿話から受けていた甘い感慨を忘れ去った。プラーグボーディ山――漢訳仏典には前正覚山と出てくるその山こそは、元王子の出家者シッダールタが悟りを得てブッダになる直前に立ち寄った山なのだ。

厩戸はプラーグボーディ山に登った。遠目の通りの岩山で、苦行の場所に相応しかった。シッダールタがここを修行場所に選ばなかったのがわかる気がした。

師弟は山を降りて西南を目指した。半日とかからず再びナイランジャナー河の辺に出た。日は大きく傾き、東の空に星が幾つかまたたき始めている。茜色に染まった西空を背景に菩提樹《ぼだいじゅ》が枝をいっぱいに広げていた。菩提樹は川沿いに見渡す限り続いていた。微弱になった陽光の下、大勢の修行僧が坐禅して瞑想にふけっている。千人は下らないだろうと思われた。澄明《ちょうめい》で神聖な雰囲気があたりに立ちこめている。

「じゃあ、ここが?」感激のあまり厩戸の声は震えた。

「釈尊成道《じょうどう》の地、ブッダガヤだよ」シーラバドラの声も厳かな響きを帯びずにはいられないようだった。「シッダールタはこの地の菩提樹の下で悟りを得た。悟り、すなわち菩提を得たから、後世に菩提樹と名づけられたのだがね」

「この人たちは?」

「ブッダにあやかろうと、インド各地からやってきた人々だ。かく言うわたしも、ここで坐禅を組んだことがある。今では若気の至りだと思うが、仏道に志す者は、一度はそう思うものらしく――」

「ぼくも」厩戸は勢いこみ、シーラバドラを遮るように云った。「ここで坐禅を組んでみたいのですが」

「ははは、きっとそう云うだろうと思っていた。好きにしたまえ」

ものすごい数の修行者たちだった。菩提樹を背にシッダールタは東に向かい、クシャ草と呼ばれるやわらかな草を敷いて坐った――という故事を彼らはそっくり真似ていた。菩提樹はすべて修行者に占領されていた。シーラバドラは名もない灌木の下に厩戸をいざなった。厩戸は不平を鳴らした。

「これは菩提樹ではありません」

「シッダールタが坐った時も、菩提樹ではなかった。きみがこの下で悟りを開き菩提を得れば、この木が第二の菩提樹となるのだ」

「でも――」

せっかくここまで来たのに、菩提樹の下に坐れないようでは画竜点睛《がりょうてんせい》を欠くというもの。

「云ったではないか、仏教遺跡を巡るのは悟りのための一手段、それ自体を目的にしてはならない。遺跡そのものがありがたいわけではないのだから」

厩戸は反省する。菩提樹にこだわることは、一人で修行に挑んだシッダールタに反する行為だと自分に納得させた。夜は眠り、午前中は近隣の小村を回り――時にはブッダガヤの町に足を伸ばして――托鉢する。布施を受けると定位置に戻り、坐禅して、瞑想禅定に入る。ブッダの導きにより自分も悟りのようなものを得られるかもしれないという淡い期待があった。仏典はすべて読んだ。読んで暗記した。文字だけでは得られないものを得たい。ブッダの死後、弟子たちが記憶を頼りに書き記した文字の向こうにあるものを体感したい。ブッダでさえ言葉でしか人に伝えることのできなかった真理を実感してみたい。他ならぬ聖地に来ているのだからという昂揚感であり、切迫感であった。

シーラバドラは厩戸を急かさなかった。もういい加減に切り上げよとも促さず、気長に弟子の修行に付き合い続けた。自分にとっても修行なのだ、とシーラバドラは厩戸に云った。修行に完成はない、倦《う》まず弛《たゆ》まず修行に邁進せよ——ブッダの最期の言葉である。気が向くと、ブッダガヤの町で説法をした。ラージャグリハに出向くこともあるようだった。シーラバドラはナーランダー僧院の高僧である。彼が説く教えを求めて人の輪が絶えなかった。

その間、厩戸は一人になった。周囲は修行僧ばかりで、案ずることはなかった。修行僧たちは身に着けた律に従って行動していた。ゆるやかな集団生活のようなものだった。夏が去り、秋が来て、長い冬を迎えた。年が明け、厩戸は十二歳になった。

魔王がいた。菩提樹の下で瞑想するシッダールタを妨害すべく、さまざまな眷属《けんぞく》を差し向けたという。悪魔たちは身の毛もよだつ姿をシッダールタの前に現わし、彼を怯えさせようとした。自分を苦しめてきた、あの正体の知れない忌まわしい禍霊もそれだったのだろうか——ふと厩戸は考える。悪魔に苦しめられるシッダールタに、厩戸は自分を重ねる。自分も修行中のシッダールタになったように思える。魔王は恐怖でシッダールタを攻撃しただけではなかった。美しい三人の娘を送って誘惑し、堕落させようとしたという。彼女たちの名前は愛執、不快、快楽である。悪魔、魔物は容易に想像できるが、色香に迷うということがどんなものか、厩戸にはよくわからない。誘惑されるとは何だろう。堕落って何。修行を止めることだというが、修行している以上に素晴らしいことってあるのだろうか。厩戸はそう思っていた。——十二歳になるまでは。

季節が暖かくなるにつれて、厩戸は漠然としたものを感じ始めた。もやもやとして、言葉では説明できない感覚。シーラバドラには話さなかった。話すほどでもないと思った。

彼は托鉢が楽しくなっていた。子供で、肌の色の違う厩戸はどこへ行っても可愛がられた。布施が受けられず空腹に苦しむ修行僧の境遇とは無縁でいられた。托鉢を続けるうちに、見知った顔というものが自然とできてくる。托鉢には規律がある。布施をしてくれる者と言葉を交わしてはならない。超然としていなければならない。布施をしてくれる者も周知のことだから、言葉がやり取りされることはない。だが人間は表情で思いを伝えることができる生き物だ。明らかに厩戸に好意を持ち、厩戸だから布施をするのだと無言のうちに語っている顔が増えていった。

よくない、とシーラバドラはたびたび諭した。好意というものは、それ自体では決して終わらない。成長し、執着になる、と。生産の手段をもたない僧は、托鉢しなければ生きてゆけない。托鉢は世俗と交わることである。交わりを母体にして好意を始めとするさまざまな結果が生まれ、結果が新たな種子となって育ち、次なる結果を生む。こうして執着に行き着く。布施にはくれぐれも注意しなければならない、というのがシーラバドラの教えだった。相手の名前を覚えてはならぬ。顔も覚えてはならぬ。布施を受けた後は、その人から布施を受けたということさえ忘れてしまうのだ。記憶から消し去ってしまうのがよい、と。

頭では理解できる。自分が好意を持たれていると思えば、自分に好意を持ってくれる相手に対して好意を抱くのも、自然の心の動きのように厩戸には思える。厩戸が好意を抱いた布施者は何人もいた。とりわけ三人の女が彼の心を捉えた。

一人は、役人や商人など、地位や富に恵まれた人々が住む高級住宅地の夫人で、三十代半ばの豊かな肉づきの女だった。厩戸が布施を乞うと、彼を待っていたかのような、とびきりの笑顔で迎えてくれる。もう一人は、やはり同じ住宅街で暮らす若い女で、こちらは新妻とのことだった。優しい微笑みにかけては、ひけをとらない。そして三人目は手足のすらりと長い少女で、市場で働いており、厩戸を見かけると必ず乳粥を分けてくれた。三人三様に美しい女性たちだった。夫人には母を、美少女には物部布都姫《もののべのふつひめ》を連想した。新妻の身体からはいつもいい匂いがした。厩戸は選り好みをして彼女たちから布施を受けているのではなかったが、いつしか彼の胸には三人の女性が意識されていった。

その彼女たちが夢に現われた。ある夜のことで、まったく想像もしていなかった。現われたからといって、何をするのでもない。厩戸に話しかけてくるのでもなければ、遊び相手になってくれるというのでもない。布施の時と同じく、無言で笑顔を見せ、彼の差し出す鉢に食べ物を入れてくれる。それだけのことであっても、胸が高鳴るのを覚えた。三人は姉妹のように並び、彼に向かって優しく微笑みかける。思わず彼女たちに向かって呼びかけようとした。戒律を破ろうとしたのだ。彼女たちの姿がかき消え、果てしのない闇が広がった。

胸の高鳴りが止んだ。厩戸は息をひそめ、目を凝らした。闇の奥に何かの気配が感じられた。いる、何かが。こちらが相手を窺っているように、相手のほうでも厩戸を秘かに窺っていた。厩戸には相手が誰かわからないが、相手は確実に厩戸を知っている——そんな気がした。無言の睨み合いが続いた。

闇から邪《よこしま》な気配が漂ってきた。目にも見えず、耳にも聞こえず、不潔な臭いが発散しているのでもない。五感では感じ取れない。根源的に邪な、つまり邪そのものとしかいいようがない。闇の中で途方もなく絶対的な邪悪さが渦を巻いている。

睨み合いに根負けした。意を決して闇の奥に声を投げかけた。「誰？」

彼の声は反響せず、闇の中、邪悪さの中に呑み込まれた。厩戸は戦慄した。身体の一部が相手に奪われたような不快感があった。二度と声を上げるものか、彼はそう決心した。

時間の経過とともに、邪な気配がますます濃くなって来たように感じられた。草花をそよがせるだけだった風が、徐々に勢いを増して野分《のわけ》になるように、吹きつけ、押し寄せてくる。上げまいとして声を上げてしまったのは、抗うためだったろう。

「誰なの」

低く怪しい音声が返ってきた。笑い声のようだ。聞き覚えがある……どこで聞いたのだろう。

「何がおかしいんだ」厩戸は声を高めた。笑い声も大きくなった。

闇が蠢《うごめ》いた。視覚でそれを感知したのではない。確実に闇は蠢いている、生あるものの如くに。闇の中から何かが現われた。厩戸は目を瞠った。姿を消した三人の女たちだった。

とろけるような笑みを浮かべて、厩戸を誘うかのようだ。どういうことなんだろう。彼は息苦しさを覚えた。心臓が音をたて、身体が熱くなる。何だ、この感覚は。妙にもやもやするといえばいいのか……。

厩戸は愕然とした。

とろけるだって？　誘うだって？

そんなはずはなかった。よく見れば、女たちに変わったところは何一つない。容姿も、表情も、着ているものも同じ。にもかかわらず、さっきと違う印象を受けている。同じものを見ているのに、どうしてだろうか。布施をしてくれる優しい笑顔が、それ以上の何かを秘めているように思われる。とろけるような笑み。誘っているかのような。

なぜ……仏教を学ぶ厩戸は答えを知っていた。心だ。心が変わったからだ。仏教教学では心こそ一切の主であると考える。言葉も、行動も、すべては心から発せられる。言葉と行動によって作られる世界も、心によって成り立っている。心はもろもろのものごとを作り出す。そしてその支配者でもある。同じものを見て、前とは違うと感じるのは心の作用だ。

だが——と厩戸はさらに考える。なぜ自分の見方は変わったのだろう。変化を引き起こした心の働きとは、いったい……。

三人の女。彼女たちなのか？　不意に厩戸は思い出した。シッダールタが修行中に魔王が三人の女を送り込んだという挿話を。自分の身にもそれが起きている？　闇の中心にいるのは魔王？　そんなはずはない。自分は魔王に目をつけられるほどの研鑽を積んでいるわけでもなければ……。

女たちが揺れ動いた。前にはなかった動き。それぞれの着衣に手をかけた。

脱ぐ？

厩戸はまばたきを忘れた。刹那、またしても彼女たちの姿はかき消えた。厩戸はぎゅっと両の拳を握り締めた。笑い声は依然として続いている。低く、怪しく。闇が動き始めた。今度は視覚としてはっきり認知できた。闇の粒子が移動を繰り返し、立体的なものを形作ってゆく。顔――人間の顔のようだった。見覚えのある顔。そうだ！　瞬時にして記憶の中の顔と合致した。過ぎたこととして忘れていた顔だ。揚州で彼を誘拐した道士の顔ではないか。今の今まで忘れていた。思い出したことは一度もない。もう終わったことなのだ。インドへの旅日誌の一挿話でしかないはずだった。

どうして今になって？

恐怖はなかった。なぜあの道士が。それも忘れた頃に。疑問だけが厩戸の頭の中で乱舞する。

道士の顔に邪な笑みが浮かんだ。

次の瞬間、夢はぷっつりと断たれ、彼は再び安らかな眠りへ落ちていった。

シーラバドラが傍らにいれば、厩戸は昨夜見た不思議な夢のことを包み隠さず打ち明けていた。彼の師は三日前に隣町に呼ばれ、戻ってきてはいなかった。シーラバドラに夢の内容を話し、夢が意味するものを解釈してほしかった。鬱屈したものを心の片隅に感じながら、その朝も彼は托鉢に出た。

真夏のブッダガヤの空には早くも積乱雲が湧いていた。西の空の色が黒ずんでいるのを見れば、昼までに雨が降るに違いないと察せられた。野外修行者として、厩戸は天象を観ずる習慣を身に着けていた。早めに托鉢を終え、森へ帰らなければならない。枝ぶりのいい樹木は、恰好の雨除《あめよ》けとなってくれる。

足は高級住宅地へと向いた。彼の心をとらえた三人の女のうち最も高齢で――といってもまだ三十代半ばだが、肉づきのいい四肢を備えた夫人が住んでいる。そこへ向かっているのだ、と知って厩戸は驚いた。誘われ、手繰《たぐ》り寄せられるかのように歩いている。躊《ちゅう》躇《ちょ》するものを覚えた。夢はあまりに生々し過ぎた。しばらくの間は、あの三人に近づかないほうがいいのでは、と心の中の何かが彼に告げていた。なぜそんなことを思うのか自分でも不思議だったが、一方で、それが何だという自分もいるのだった。何をそんなに意識している、不自然じゃないか、と。厩戸は混乱し、シーラバドラがいないのを心細く思った。もし師がいれば、きっと適切な助言をくれたに違いないのだ。

引き返すべきか、それともこのまま進んでゆくべきか。堂々めぐりしているうちに、空はあっというまに暗くなった。往来を行き交っていた人たちが、空を仰ぎ、首をすくめ、足早に散り始める。道から人の姿がなくなったと思った時、空から大粒の雨が降ってきた。

厩戸は首を上げた。真っ黒な雲が低く垂れこめている。その雲相は、昨夜の夢に現われた道士を連想させた。彼は痺れたようになって立ち尽くし、全身に雨を浴びた。オレンジ色の糞掃衣はたちまち雨を吸って、彼の身体にぴたりと貼りついた。

「まあ、お坊さま」

背後に声を聞いて厩戸は振り返った。同じようにずぶ濡れになって駆けていた女が足を止め、彼の顔をのぞきこんだ。彼女の顔に、やはりという表情が広がった。にっこりと笑ったその顔は、厩戸が行くべきかどうか迷っていた当の夫人のものだった。

「こんなところに立っていては、夏風邪を引いてしまいますわ。わたしの家はすぐそこ。さあ」

彼女は促した。厩戸は見とれたようになって、目をしばたたくばかりだった。

「ご遠慮なさらないで。ちょっとした雨宿りのつもりで」

夫人は厩戸の手を引いた。彼女に手首を握られた瞬間、身体が熱くなるのを覚えた。促されるままに従い、小走りになって進むと、すぐに彼女の家に着いた。厩戸は戸口で何度か布施を受けたが、中に入ったことはない。それが今、考える余裕もなく家の内部に招じ入れられてしまった。煉瓦《れんが》造りの家の中は薄暗く、ひんやりして気持ちがよかったが、濡れた身体が冷え始めた。

「侍女たちは市場に」夫人は言い訳をするように云い、自分で灯火具に火を灯した。かぼそい明かりが広間を照らし出す。家の富を象徴するように豪華な調度品で埋まっていた。

「これまでに五度、当家を訪ねてくださいましたね。おかげで徳を積むことができました。

侍女たちとも、よくお噂申し上げているのですよ。どちらからお見えになったお方かしらって。肌の色がわたしたちとは違っていらっしゃいますでしょ」

相変わらず丁寧な言葉遣いだ。厩戸は十二歳だが、僧侶の身なりをしている。彼女はそれを当然と考えているようだった。

何と答えようか。厩戸の頭はその思いで占められた。布施者と言葉を交わしてはならないという戒律は完全に忘れ去っていた。

「遠くです——海の向こうから」

夫人は神秘的な啓示でも受け取ったという顔になった。親しみを見せていたのが、敬《けい》仰《ぎょう》する風情を取り戻し、「わたしったら、失礼しました。お坊さまをずぶ濡れにしたままにして。すぐに着替えをお持ちします。いいえ、それよりも、どうぞあちらへ。水浴して、汚れを洗い流してください。その間にお召しもののご用意をしておきます」

浴室は邸宅の奥にあって、裏庭と接していた。小さな池のような浴槽に澄んだ水が張れてある。厩戸は糞掃衣を脱ごうとした。水を吸った布はぴったりと肌に貼りつき、なかなか思うようにならない。

「お手伝いいたしますわ、お坊さま」夫人が手を伸ばした。

恥ずかしい——そんな思ってもみない感情が湧きあがり、厩戸は強く首を横に振った。

「自分で脱ぎますから」

夫人は一礼した。厩戸は背中を向けた。彼女が出てゆく気配。苦労して糞掃衣を脱ぎ捨てた。浴槽に足を入れようとして、背後に重い衣ずれの音を聞き、振り返った。夫人が脱衣していた。濡れた衣を器用に外し、すでに上半身は裸だった。胸に揺れる黒い乳房に厩戸の目は吸い寄せられた。

見られている、と知って夫人がうれしげに笑みをそよがせた。とろけるような微笑だ。そう、昨夜、夢で見たような。いや、そうではない。彼女の笑みはいつもの優しい笑みではない。どういったらいいか……危険なものを感じさせる。それでいて厩戸は反応できなかった。全身が痺れたようになって、声が出ず、指一本動かない。耳の中に聞こえるのは心臓の音。聞いたことのない大きさで。こめかみがずきずきし始めた。彼は黙って見続けた、夫人の脱衣を。

彼女は全裸になった。みっちりとした肉体、豊かに実った女体が、黒い魔像のように厩戸の前にあった。

「せっかくですから、御一緒させてください。わたしも濡れてしまいましたし」

厩戸は混乱状態に陥った。自分は……どうしてしまったのだろう……息が……息が苦しい。

「そんなに緊張しなくったって」女の口調が変わった。僧侶に対する敬虔なものが消え、狎々《なれなれ》しいものを含んだ。「初めて見るってわけじゃないでしょ、女の裸？」

腰をくねらせ、両手で左右の乳房をすくいあげてみせる。やわらかそうに形を変える双球に厩戸の視線は吸い寄せられた。あのふくらみに自分も触れてみたい、という欲望が込み上げてきた。「初めてなのかしら。そんなふうになってくれて、うれしい。わたしに魅力を感じているのね」

女の目が下方に注がれる。厩戸はその言葉の意味を解しかねた。そんなふうになって？何を云っているんだろう。女の視線はぴたりと据えられて動こうともしない。目が妖しい光をたたえ、爛々と輝き始めた。獲物を狙う蛇を連想させる。厩戸は女の視線を辿って、目を下にやり、自分の身体に異変が起きているのを知った。

陰茎が硬く屹立《きつりつ》していた。犀の一本角のように。同時に理解した。自分を今襲っている未知の現象は、すべてここに淵源《えんげん》しているのだということを。

「見ているだけじゃたまらないでしょ。触っていいのよ、わたしの身体」

女は腰をくねらせて厩戸に近づいてくる。ようやく足が動いた、二、三歩後ずさったが、浴室の壁に阻まれた。

戒律で禁止されている女犯とはこれなのだ——という考えなど寸毫《すんごう》も脳裏に浮かばなかった。戒律どころではない。女の口から甘く繰り出される言葉に、頭とは別の何かが反応していた——肉体の奥底から。

心の混乱とは裏腹に、目は女の身体をせわしなく行き来する。はずむ乳房、くびれた腰、両脚の付け根の間にある密林に――。

女が手を伸ばしてきた。左手で厩戸を抱き寄せ、身体を密着させる。肌と肌が触れ合う快感に厩戸は喘ぎ声をあげたが、自分ではまったく意識しなかった。

女のほうが頭ひとつぶんほど上背《うわぜい》があり、彼の屹立した陰茎は女の引き締まったふとももに押しつけられた。逆らい難い快感が込みあげる。未知の快感。厩戸は無我夢中で腰を前に突き出し、陰茎を女のふとももに突き立てようとした。

「焦らないで」女が耳元で囁いた。「急がなくていいの。ほんとうに初めてなのね？」

厩戸は反射的にうなずく。そうだ、何もかもが初めてのこと。恐れと不安――逃れるには、女の声に従うのが一番だと思った。女の云う通りにする、女に縋る。うなずいてみると、自分を女にゆだねたようになり、恐れる気持ちが減じたかに感じられた。

「あなたが初めて布施に訪れた時から、こうしたいって思った。肌の白い年下の男の子と交わりたいって……さあ、床に寝そべって。そんなに焦っちゃだめ。ゆっくり腰を落として。そう、そうよ、その調子」

女に導かれるがまま厩戸は浴室の床に身体を仰向けに横たえた。女が覆いかぶさってきた。

「悪い女ね。お坊さまを、あなたみたいな子供を誘惑したりして……でも、我慢ができないの」

女は弁解するように云った。悪い女、悪い女……声が厩戸の脳裏にこだまする。では、悪い行ないなのか……悪い、悪い、悪い……もしや経典が戒める女犯がこれ？　厩戸はその可能性に思い至った。もはや手遅れだった。そんなはずのあるものか、と強く否定し、理性を押し潰すものがあった。こんなに気持ち良くって、どきどきすることが禁じられていいはずがない。仏典に出てくる女犯とは異にするものに違いない。

刹那、いきり立った陰茎が女の手に握られるのを感じた。信じ難い快感が押し寄せ、厩戸を翻弄した。ぐんぐんと高みに昇ってゆく――だが、すぐにも女は手を離した。女の手を追い求めるように厩戸は腰を突き上げた。誰に教えられたのでもない、自然な、本能的な仕種だった。

「慌てないの」女は余裕の笑い声をたてた。

厩戸の目の前で二つの肉球が弾んでいた。魅惑の丸み。頂点で乳頭が硬くしこり立っている。揉みたい、むしゃぶりつきたいという強烈な欲求を彼は同時にかなえた。右の乳首に吸いつくとともに、左の乳房を揉みしだいたのだ。

女が甘やかな泣き声をあげた。すすり泣くような、喜びを訴えるような、摩訶不思議な声が厩戸をさらに興奮させた。自分が一方的に守勢に回っていたのに、主導権を奪い返した気になる。その意識は須臾《しゅゆ》の間に過ぎず、凄まじい興奮の高潮に引き戻された。

「わたし、もうたまらないわ」女は悩ましい声で喘ぎながら、厩戸の左手首を握り、ゆっくりと引いた。彼はなすに任せた。口は女の乳首をしゃぶり、右手は乳房を揉みこむのにせわしかった。

　誘われた左手が、ぬるりとしたぬかるみのようなものに触れた。あそこ……両脚の付け根に触らされているのだ、とわかった。ぬかるみは濡れに濡れ、驚くほどの熱を帯びていた。

「わかるでしょ？　ああ、初めてだったわね。女は興奮すると、こうなるのよ。あなたのせい。もう待てない、たまらないの。来て」

　女が両脚を広げたのが、どうにかわかった。

「さあ、早く。早く来て。じらさないでっ」

「……ど、どうすれば……」ようやく声が出た。

「え？　そうよね、初めてですものね……初めての女になるのねっ……女を知らないあなたのっ」

　気がふれたような声音が、厩戸の燃え上がる興奮に冷水を浴びせかけた。狂気には恐怖を感じる。彼が引き返す最後の機会だった。恐怖こそは人間にとって根源的な本能。命を危うくするものに対して覚える、原初の反応。次の瞬間、陰茎が女の手に握られたことで興奮の炎が前にも増して煽られ、退路を完全に塞いでしまった。

　女が陰茎を握ったのは己の性器にいざなうためだが、そんなこととは知る由もない厩戸だ。ただただ快感の虜《とりこ》になっている。陰茎から指が離れていったことで覚えた不満は束の間のもので、すぐに陰茎は得体の知れぬものにすっぽりと包み込まれてしまった。たっぷりと濡れて、温かく、どこか懐かしい、得もいわれぬ強烈な刺激を送ってくる収縮が……わけがわからなくなりそうだった。

厩戸は自分を取り戻そうと目を大きく見開いた。弾む乳房が真っ先に目に飛び込んだ。女は厩戸の腰の上にまたがり、自らの腰を揺すり立てていた。女と一つに〝つながっている〟ということが視覚的にも理解できた。厩戸の身体の中には熱いものが張っている。咆哮を上げ続けている、野獣のように。暴れ回る脈動が腰の辺りで一つに凝縮したと思った瞬間、彼は身体から、いや陰茎の中を灼熱のものが駆けてゆくのを感じ取った。女が意味不明の言葉を喚き散らし、腰をこれまで以上に大きく振った。陰茎がぎゅっと四方から締めつけられた。

噴火が起きた。厩戸はそう感じた。快楽の嵐に巻き込まれた。快楽の嵐そのものになった。

どれぐらい気を失っていたのか。ほんの一瞬のことに過ぎないのだろう。女がぐったりとなって覆いかぶさり、意識が戻ったらしい。厩戸は呆然としていた。自分の身にいったい何が起こったのか、さっぱりわからない。頭は痺れきっている。

けだるい。とてもけだるかった。脈拍は上がっている。女は荒く息をして、声も出せないようだった。しとどの汗にまみれている。やがて顔を起こし、厩戸の目を至近からのぞき込んで云った。

「よかったわ。あなた、ほんとうに初めてなの？　前にもこんな経験があるのじゃなくって？」

厩戸は首を横に振った。何なんだろう、この感覚は。頭がまだ正常に働いていないのか。

「わたし、本気でいってしまったのよ。初めての男の子にいかされるなんて」

「どこに行ったの？」

女は忍び笑いを洩らした。「どこにって……そりゃあ極楽によ」

「極楽浄土に往生したってこと？」

厩戸はびっくりした。高僧たちが修行を重ねてもできないことを、この女は果したというのか。

女は今度は声を上げて笑った。陽性の笑いだった。「初めてだっていうのは本当のようね」

「ちゃんと答えて」厩戸は答えを迫った。いなされたと思ったのだ。「ほんとに往生したの？」

「もちろん」女は片目をつぶり、少し間を置いて先を続けた。「譬えよ。極楽に往生するくらい気持ちがよかったってこと」

「気持ちがよかった？」

「とっても。あなただってそうでしょ」

思わず首を縦に振ってしまい、気恥ずかしさを覚えた。「……ぼくは……その、何をしたの？」

「心配しないでいいわ。大人になったの」

「大人に？」

「大人の男に」

「………」

「大人の男と女はね、こんなふうにして楽しみを共にするの。子供にはできないことよ」

女は上体を起こすと、髪をかき上げ、腰を浮かし気味にした。陰茎が、包まれていたものからツルリと抜けだす感覚があった。厩戸は首を上げ、自分の下半身に目をやった。そして知った――どういうことになっていたのかを。

「………」

「驚いたの？」押し黙った厩戸に女は流し目をくれた。「すぐに慣れる。ね、もう一度してみましょう。まだ硬いわ。とても出したばかりだとは思えない」

もう一度、と云われて、厩戸の中から途惑いが消えた。女の手の中で自分の陰茎が脈打つのを厩戸ははっきりと意識した。

「もうあなたは少年僧じゃない、ただの男よ。わたしも布施主じゃなくて、ただの女。わたしたちはただの男と女になった。ひたすら媾合《こうごう》をする——交尾する雄と雌に。でも、それじゃあつまらないわ。お互いの名前を呼び合ってこそよ。あなた、名前は？」

「アシュヴァ」

「まあっ」女はくすくすと笑った。「名は体を表わすって、ほんとね。だって、あなたのここ、馬並みですもの。わたしはスジャータ」

「スジャータだって？」

「ええ、そうよ。ブッダに乳粥を捧げた村娘と同じ名前。でも、わたしはあなたを堕落させる悪いスジャータだわ。来て、アシュヴァ。純真な少年僧を誘惑した悪いスジャータを、その馬並みのもので罰してちょうだい」

スジャータが両脚を広げ、厩戸は全身が炎と一体化した思いで彼女の裸身にのしかかっていった。

終始涙を流しながら、時に嗚咽《おえつ》して言葉を詰まらせつつ、誠実に自己の体験を告白しようとつとめる厩戸を前に、シーラバドラは責め、罵るより他はなかった、自分自身を。悔やんでも悔やみきれないとはこのことだった。

隣村での遊行、説法を終えて戻ったのは深夜だった。都合三昼夜、厩戸のもとを離れていたことになる。本来は一日だけのはずだったが、シーラバドラの高名を聞きつけて近隣の、さらに近隣から大勢の在家信者が雲霞《うんか》の如くに押し寄せて説法を乞うた。当初の予定が大幅に狂い、このような事態を招こうとは。

星影の下でシーラバドラが見出したのは、結跏趺坐する厩戸の姿だった。こんな遅くまで瞑想か。もう寝なさいと声をかけようとして異常に気づいた。厩戸は瞑想の名手で、禅定状態に入った時は、姿勢を正して微動だにしない。小刻みに揺れていた。すすり泣きのようなものが聴きとれた。シーラバドラは不吉な思いに急かされるように厩戸の許へと駆け寄った。師の姿を認めるや、厩戸は身体を預けるように投げ出し、声を放って泣き始め、堰《せき》を切って告白を始めたのである。

混乱した、長い、微に入り細を穿った生々しい告白も、ようやく終わった。厩戸は、裁きを待つ罪人のようにうなだれ、押し黙った。今にも消えてしまいそうだ。何とか声をかけてやらねば。まずは落ち着かせ、慰めてやるのが肝腎だ——そうとわかっていながらも、シーラバドラが口を開けなかったのは、ある意味、師である彼のほうが衝撃が大きく、己を咎めることに急だったからである。

彼は激しく自身を呪っていた。迂闊！　迂闊！　何という迂闊！　厩戸の身に女人の誘惑の魔手が迫る危険をもっと配慮してしかるべきだった。事が起きてしまったと知った目で厩戸を眺めやれば、なるほど、確かにその外見は少年という域を脱しつつあるように見える。内部で第二次性徴が始まっていたのだ。ある種の嗜好《しこう》を持った女性には、こたえられない獲物であるに違いない。しかも厩戸の肌は黒くない。異人種というものは得てして嫌われがちなものだが、それとは逆の関心を注ぐ者もいよう。どうして自分はその可能性に思い至らなかったのだろうか。仏道修行に励む厩戸の姿が真摯で、性に目覚める片鱗《へんりん》も感じられなかったからか？　厩戸の実年齢が十二歳で、性に目覚めるのはまだ先だと思っていたからか？

いや、違う。そう思おうとしていただけだ。そう思えば現実を先送りにできるからだ。厩戸が第二次性徴を起こし、性欲に覚醒するのは避けられない。それはわかっていたが、そうならないことを、つまりは現状の維持を心のどこかで望んでいた自分にシーラバドラは忸怩《じくじ》たるものを覚えずにはいられないのだった。

――わたしの責任だ！

彼は声を振り絞った。「起きてしまったことは詮方《せんかた》ない」

その声は、厩戸を責めるが如くだった。厩戸の肩は鞭打たれたかのようにピクリと震え、第二撃を待ち構えて硬くなった。

「忘れるのだ、アシュヴァくん。かりそめにも仏道を歩む者が、女犯になど陥ってはならない。悟りから遠ざかりたいというのなら別だがね」

彼の口調は、話せば話すほど、内心の思いとは裏腹に、突き放したような冷たさを帯びてゆく。

厩戸は首がちぎれるほど強く横に振った。

「二度とこういうことを起こしてはならない」

「どうすればいいのでしょうか」声は、小さく、か細く震え、縋りつくようだった。

「修行に励むのだ。さらに深く、深く深く修行に邁進したまえ。ブッダ最期の言葉は、怠ることなく修行に励め、だった」

「……修行」

「そうだ。もう眠りたまえ。眠って、すべて忘れ、あすからまた修行だ」

しばらくの間、シーラバドラは厩戸のすすり泣きを背中で聴いていた。いつしか、それは止み、辺りには死のような沈黙が訪れた。シーラバドラは眠れなかった。なぜ、もっと厩戸にやさしく接してやれなかったのかと悔やみ、己を責め続けた。こういう時にこそ救いの手を差し伸べてやるのが僧侶であろうに。僧侶である以前に、人間として、師として、年長者として、当然の行為だ。自分にはそれができなかった。

性欲――。

この、やっかいなるもの。きっと自分は、その日が来るのを恐れ、思わないようにしていたのだ。何ということか。これでは僧侶失格だ。恐かったのだ、昔の自分の姿を見るのが。厩戸ほど幼年ではなかったとはいえ、彼も出家したのは早かった。十五歳で仏門に入った。すでにもう第二次性徴を迎え、精通があり、悪友から自慰を教えられていた。女と交わってもいた。年上の女に誘惑されて我慢できずに。出家前だったとはいえ、状況は厩戸と同じではないか。

自身の体験と酷似しているため、ことさら突慳貪《つっけんどん》に接してしまったに違いない。厩戸に真摯に向き合うことは、過去の自分を見つめること――克服し、封印し、一切をないことにしてしまった過去の自分を甦らせることにつながる。

出家してからもなお、シーラバドラは激烈な性欲に悩まされた。女体から酌み出す性の歓びを覚えてしまった育ち盛りの肉体は、禁欲という言葉をいとも容易く踏みにじった。こっそり自慰をしてもおさまらず、自慰に耽ればふけるほど熱い女体を求めて獣のように咆哮した。身体の中に制御不能の悍馬《かんば》を飼っているようだった。修行に身が入らず、性欲の抑制を説くブッダの言葉に疑心すら頭を擡げてゆくありさまだった。そんな時、理想の師であるマハーアモーガとめぐりあった。師の薫陶《くんとう》よろしきを得て、シーラバドラは己の悩みを隠すことなく訴えることができた。マハーアモーガは彼の煩悶《はんもん》に真正面から向き合ってくれた。結果、二人は男色の関係に陥ってしまった。

何がきっかけであったかは記憶にない。マハーアモーガの施してくれる〝秘法〟が、途方もない法悦を伴っているうえ、それが終わると心身ともにすっきりとした爽快感が齎され、シーラバドラは夢中になった。相手は女ではないから、女犯ではないという言い訳が立った。修行の一環なのだと自分に言い聞かせることもできた。相手は北インドにその人ありと謳《うた》われ、聖僧ナーガルジュナの再来とも噂される著名な高僧マハーアモーガなのである。彼の腕に抱かれていると、これこそが極楽浄土への往生なのではあるまいかと至福の一時だった。とろけそうな法悦が救済であり、延《ひ》いては悟りなのではあるまいか。悟るとは、この悦《よろこ》びの存在に触れ、極めることではないか。ブッダの説かんとしたことではないのか。

「性欲の悩みからお救いくださり、新たな知見を与えてくださった尊師こそ、わたしにとってのブッダです」

甘く喘ぎながらそう口にした時、マハーアモーガは腰の動きを止めた。

時は真昼で、場所は人里離れた山中の、断崖に穿たれた岩屋僧院の一室だった。二人は修行と称して一か月前からこの石室に籠り、昼夜の別なく汗にまみれた肌を合わせてきた。マハーアモーガは己の一物をシーラバドラの体内から引き抜くと、部屋の隅に置かれていた短刀を手に取った。毎朝、剃髪するのに使っているものだ。

「一緒に死のう、シーラバドラよ」

尊師の口から出た言葉にシーラバドラは耳を疑った。

「おまえは度外れた色魔になってしまったな。いや、そう仕向けたのはこのわたし」

マハーアモーガは短刀を振り上げ、のしかかってきた。師の急変にシーラバドラは全身が麻痺し、抵抗することもできなかった。

「わたしとておまえに破滅させられたのだ。おまえの深い悩みを聞いているうちに、何とかしてやりたい、力になってやりたいと……いや、わたしはおまえが可愛くてならなくなったのだ……すべては、おまえのせいだっ」

マハーアモーガは上体を大きくのけぞらせ、今にも短刀を振り降ろしそうにした。この期《ご》に及んでもなおシーラバドラはまばたき一つできなかった。高僧の手から短刀が落ち、床の岩に跳ねて、室内に乾いた音を響かせた。

「何と云うことだ！　おまえには霊性が、仏性が見える。さすれば、おまえは鏡。わたしは鏡に映ったものを見た。おまえの目に色魔を見たのは、果たしてわたし自身の姿であったか！　色魔とは、このマハーアモーガであったか！」

高僧は蹣跚《まんさん》とした足取りで石室を出ていった。シーラバドラは自分を取り戻した。寝台を下り、師の後を追った。薄暗い石室を出ると、陽光が眼球に突き刺さり、まぶしさのあまり彼は顔を顰めた。チカチカとする視界の中に見えたのは、断崖から飛び降りるマハーアモーガの姿だった。

シーラバドラは慌てて駆け寄り、首を突き出して下方をのぞき込んだ。彼が目にしたのは暗黒の深淵に似たもので、陽光の届かぬ谷底は細く伸びた黒い糸でしかなかった。自分も深淵に引きこまれそうになり、思わず後ずさりすると、へなへなと腰をつき、号泣した。

立ち直るまでには長い歳月と忍耐強い修行が必要だった。克服したと思っていた。そうではなかった。記憶を封印していただけだった。封印を解いたのは厩戸だ。自分と厩戸の関係が、マハーアモーガとのようなものに発展したら？ シーラバドラは身震いした。危険なものからは遠ざかれとブッダは教えている。中道を歩むべきだ、と。

厩戸はまんじりともできずにいた。自分の身に何が起きたのか、さっぱりわからない。スジャータの裸身を見た瞬間、自分が自分でなくなってしまったとしか、云いようがなかった。素晴らしい快楽が待っていた。色欲。仏典で何度も目にし、言葉だけでは知っていた。人間を滅ぼすという忌まわしき欲望。自分にも訪れたのだ。頭ではわかっても、動揺は抑えられない。どうやってこの先、身を処してゆけばよい。渾身の問いに対する師の答えは簡単で、冷淡だった。シーラバドラとの間に、急に高い壁が聳え立ったように感覚された。不意に、睡魔の訪れを知覚した。厩戸はほっとした。眠りということに感謝さえした。何もかも忘れて休むことができる。考えるのは明朝、目覚めてからにしよう。眠りは夢を伴っていた。夢はスジャータ夫人を伴っていた。夢の中の夫人は現実以上に艶《なま》めかしく、厩戸はスジャータに抱かれ、スジャータを抱き、幾度も幾度も頂点を極めた。夢であるだけに際限というものがなかった。

翌朝、厩戸は夢うつつのまま目覚めた。そして呆然自失した。陰茎は硬く屹立し、スジャータを求めていないないているようだった。粪掃衣は、ぬるぬるとした液体で汚れていた。はっとして顔を上げると、咎める目で見つめているシーラバドラの顔があった。厩戸は恥ずかしさを覚え、森を抜けると河に飛び込んだ。入念に身体を洗い、身体の火照りがおさまると、濡れた糞掃衣を絞って身に着け、とぼとぼとした足取りで元の場所に戻った。

「来たまえ、アシュヴァくん」

シーラバドラが手招きした。厩戸は師の前に両膝を揃えて坐り、うなだれて教えを待った。

「きみは色魔に取りつかれたのだ。色魔は人に取りつき、時と場所を選ばずに攻めかかる。女人を見ては興奮させ、夜寝ている時でも現われて淫夢《いんむ》を見せ、人を衰亡させる」

「淫夢……ぼくは、それを見ました」厩戸は処方箋への期待を込めて正直に云った。

「このままでは危ない。色魔の好きなように操られる人間になり、仏道を踏み外し、腐れ外道に堕ちてしまう。普通の人間は、足をすくわれて倒れる程度。仏道を歩む者はそれどころではない。仏道は高みにあるからだ。普通の人間が歩むよりも遥かに高次の道を仏教者は歩いている。足を踏み外したらどうなると思う。倒れるだけですむだろうか」

シーラバドラの脳裏に、深い谷底へと真っ逆さまに落ちてゆくマハーアモーガの姿が描かれていたことなど知る由もない厩戸だったが、比喩はよく理解できた。

「普通の人間なら頭に大きな瘤《こぶ》ができるか、悪くて骨を折るところ――」シーラバドラはだめを押すように云った。「仏道者は全身を強く打って、死ぬことになる」

「仏道者は色魔を敵としている。色魔のほうでも我らを意のままにならぬものとして憎んでいよう。仏道者への色魔の攻撃は俗人に対するものを上回っている。わたしたちはそれを受けて立たねばならないのだ。色魔の出現それ自体は案ずることではない。ブッダの前にも色魔は現われたからだ。問題はそれをどう退けるか――」

厩戸の戦いが始まった。色魔との戦い。それが自分自身との戦いであると気づくのにさほど時間はかからなかった。色魔などというものは姿を現わさず、実体を見ることがない。自分の身体的変化となって顕現するばかりだからだ。布施に赴く場所は、スジャータの居住区を注意深く避けた。施しを求める相手も、女人は避けることにした。女が目に入ればさっと目を伏せ、視界から追い払うよう努めた。やっかいなのは瞑想修行だった。すぐに雑念が入り込む。雑念とはスジャータへの慕情、執着。厳密には媾合することで得られる超絶の快感への欲望であろう。振り払っても振り払っても、気がつくとスジャータのことばかり考えている。スジャータとの肉の交わりのことばかりを。

なすすべが、ない――。

懐かしい父母のことを思って瞑想が中断されたことは過去に幾度もある。それを克服した自分ではないか。厩戸は自身を励まし、叱咤した。結果は惨憺《さんたん》たるもの。どれほど経文を唱えても効果が得られない。常にそのことばかり考えている。やっかいなのは、朝起きると、必ず陰茎が硬直していること。指で触れると快感が生じる。スジャータの禁断の部分が与えてくれるほどのものではないにせよ、それに似た快感であることは確かだった。ある朝、陰茎を握った手が離れなくなった。彼は手を烈しく動かし始めた。指でしごかれる陰茎から、次々に快楽が汲み出されてくる。陰茎の先端から白濁した液体が撃ち出され、厩戸は息も荒く、菩提樹にもたれかかった。

「自慰という」

シーラバドラの声が頭上から降ってきて、厩戸はぎくりとして跳ね起きた。目覚めた時、シーラバドラの姿はなかった。はやばやと布施に出かけたとばかり思っていた。慌てて糞掃衣を下げ、不様な姿を隠した。隠すには遅すぎたが。このまま死んでしまいたい羞恥の炎に焼かれた。

「色魔に取りつかれた者はそうなる。女との交わりを求めて得られないと、自分だけで快楽を再現しようと試みるのだ。自慰には習慣性がある。仏道のことなどどうでもよくなってしまう。堕落して僧を止めた弱虫、卑怯者《ひきょうもの》をわたしは大勢見てきた。自慰に溺れてはならない。踏みとどまるのだ」

厩戸は顔をそむけてうなずくと、立ち上がった。逃げるように走り出し、森を抜け、河に飛び込んだ。性欲を洗い流せたらと願いながら、身体を強く洗い続けた。

溺れてはならない、と禁じられれば禁じられるほど、厩戸は自慰に溺れていった。シーラバドラの目を盗んで自慰にふけった。特に、布施の時は師とは別行動になる。人けのない場所に隠れ、欲望を解き放った。自慰をした後は後悔に苛まれるものの、欲望は火が消えたようにおさまり、頭がすっきりとして瞑想に打ち込める。厩戸は自分に言い訳をして、自慰に夢中になるのを正当化しようとした。

シーラバドラは自分に腹を立てていた。自分の教えが一方的で、平面的で、強圧的であるとわかっていながら、厩戸に寄り添うことができない。性の悩み、苦しみに共に立ち向かうことは、昔の自分を甦らせるのではという恐怖に雁字搦《がんじがら》めにされていた。仏法という名の重い甲冑をまとい、ぎこちない動きで厩戸に接しているも同然だ。厩戸を指導する資格などあるのだろうか。

厩戸がこっそり自慰にふけっているのをシーラバドラは承知していた。厩戸の姿を見ればすぐにわかった。行ない澄ました顔をして瞑想に取り組んでいるのは、自慰をした証。自分がそうであったからだ。過去の自身を見ているようで、戦慄せずにはいられない。

厩戸を見ていること自体が辛くなった。口を衝いて出てくるのは、自慰に溺れるなかれ、仏法を炬火にして歩むべし、ひたすらブッダを信じて可なりという、いかにも教条的な言葉ばかり。昔の自分が聞いたら、反発を覚えただろう。厩戸は従順な顔で耳を傾けるが、内心ではどう思っているかわからない。

厩戸が次第に思いつめた表情になってゆくのが日々の観察からわかった。厩戸に同情したり、憐憫《れんびん》の情を覚えたりするよりも、次にどんな行動に出るのかを見届けたいという傍観者のような気持ちになっていた。

シーラバドラは予感めいたものを覚えて、布施に出た厩戸の後をこっそりと追った。

厩戸の足は、あの住宅街に向いた。布施先としてずっと避けてきたスジャータの住む町に。自慰だけでは我慢できなくなっていた。むなしい。自分の指ではなく、スジャータの肉体を求めている。

通りは人けがなかった。厩戸は心臓が大きな音を立てて脈打つのを感じながら、何気ないふうを装って戸口に立った。扉が開かれ、スジャータの顔がのぞいた。

「待っていたわ」スジャータは優しげな口調で云い、厩戸を家内に導き入れた。「安心して。女中は外に出ているから。どうしていたの、あれから。わたし、ずっと心待ちにしていたのよ」

服を脱ぎながらスジャータは云った。厩戸は自分が獣に変わるのを意識した。もはやスジャータのことしか考えられず――。

二度目とあってか、自分でも不思議なくらい落ち着いていた。欲望に駆り立てられながらも、自分が何を感じ、何をしているかを把握しながら行動することができた。行動を完全に制御できたということではない。完全にどころか、少しもできなかった。ただただ欲望の命ずるままに駆り立てられた。理性的な意思が介在する余地など寸分もなかった。にもかかわらず自分を観察する余裕だけはあった。

三度の射精が終わり、厩戸がぐったりとなっていると、スジャータが身を起こして彼に糞掃衣を投げた。「そろそろ女中が市場から戻ってくる頃だわ。今度はいつ来てくれるの。あまり待たせないで」

スジャータに背中を押されるようにして厩戸は家を出た。昂然《こうぜん》と胸を張り、自信に満ちた足どりで歩いていた。

角を曲がると、目の前にシーラバドラが立っていた。

厩戸はうなだれ、歩みは遅れがちになった。シーラバドラは修行の森への道をとってはいなかった。

「戒律を破った者は、教団を追放される定め」

「そんな……」厩戸は心臓が止まりそうな衝撃を受けた。

「忘れたとはいわせない。上座部のパーリ律から始まって、法蔵部の四分律、説一切有部《せついっさいうぶ》の十誦律《じゅうじゅりつ》、化地部《げじぶ》の五分律、大衆部の摩訶僧祇律《まかそうぎりつ》……すべてがそう定めている。何しろ不邪淫は、不殺生、不盗、不妄語、不飲酒とならぶ五戒の一つだ」

「…………」

「よって、きみの処遇は、ナーランダーの教団に諮《はか》るまでもない。この場で師弟の縁を断ったとしても、誰もわたしを非難しないだろう。それほどの大罪を犯したのだ」

「…………」

「もともとは、ヴァルディタム・ダッタ師よりわたしに個人的に預けられたという事情がある。きみに対しての裁量は、ゆえに、わたし個人が負っているともいえる。きみは他の人間よりも仏道を求める心が篤く、何よりも非凡な頭脳を持って暗記力にも優れている。ヴァルディタム・ダッタ師が保証したように、抜きん出た霊性の持ち主でもある。尊師は、きみが仏道修行を積んで母国に戻り、仏教を広める将来を楽しみにしておられた」

「…………」

「約束してほしいのだ、二度としないと。絶対に戒律を犯さないと誓ってくれれば不問に付そう。そもそも僧侶は、十四歳以上と定められている。シュラーマネーラに、戒律を厳格に適用することには躊躇いもあるのだ」

厩戸は足を止めてうなずいた。「誓います」

「修行を続けられるんですね」

「不問に付そう」

「ありがとうございます」

「そうだ」

シーラバドラがまた歩き始めたので、厩戸も安堵の顔色を隠さずに従った。

「きみを外界に連れ出したのは、わたしの失敗だったかもしれない。きみがこんなにも早く大人になるとは思ってもみなかったのだ。ナーランダーに帰ろう。あの家に行かないという自信はないだろう」

「行きません、絶対にもう」

「今はそう云える。先のことはわからない。ブッダはこう仰せになった――そういう危機からは物理的にも逃れる必要がある、と。出家という手段は、その最たるものだね」


再びナーランダー僧院での日常が始まった。前と変わらない生活。シーラバドラの指導、瞑想の繰り返し。すぐに厩戸は感じ取った。シーラバドラが自分に対してよそよそしくなったと。指導もどこかおざなりで、一緒にいる時間も少なくなった。長老会議でせわしい。以前には聞いたことのない理由を挙げて厩戸のもとを離れるようになった。見放されたのを厩戸は感じた。シーラバドラはもう指導する気がないのだ。ヴァルディタム・ダッタの遺志があるから、仕方なく接してくれているだけなのだ。

色魔との戦いはナーランダーに戻ってきてからも続いていた。最初は、ここに戻ってきたからには安全だ、と思った。僧院内は女人禁制であるという以前に、ナーランダーは仏法の要塞なのだ。色魔は入ってこられないはずだった。そうではなかった。相変わらず悩ましい夢、淫らな妄想が厩戸を苦しめた。前と同じ——前以上だった。一日一日と身体が成長し、大人に近づいているのだから。夜毎の淫夢、朝になって目覚めてみれば糞掃衣の前は精液でべっとりと汚れている。瞑想していても、いつの間にかスジャータのことばかり考えている。結跏趺坐していたはずが、印を結んでいた手は陰茎を握って恥知らずな動きを見せているのだった。

厩戸は一人でいる時間が多かった。シーラバドラの目を気にすることなく自慰に耽ることができた。このままでは、どうなるのか。不安が頭をもたげ、彼を責め立てたが、色魔の強力な力の前には屈服するばかりだった。自瀆《じとく》の日々が続いた。

ある夜の夢に、例の如くスジャータが現われ、淫らな姿態で彼を誘惑した。スジャータだけではなかった。何人、何十人という女たちがいて、いずれも輝くばかりに美しかった。年齢はさまざまで、その年代に応じた魅力を発散させていた。厩戸は途方もなく興奮した。伸びてきた数十本の手にたちまち全身を搦《から》め捕られ、次から次へととっかえひっかえ女たちと交わった。際限もなく——。

「ブッダよ！」厩戸は夢うつつに叫んだ。「許してください。ぼくは、ぼくは、もう戒律を守ってゆくことができないっ」

「わたしもそうであった」その声は存外に近くに聞こえた。

はっとして厩戸は上体を起こし、辺りを見回した。女たちが彼から離れ、後ずさり、畏まるのが見えた。金色の輝きが後方に浮いていた。光は強烈で、目を細めて見るしかない。輪郭は人間であるらしかった。

「人間には三つの本能的な欲望がある」光人間は云った。「睡眠の欲、食の欲、性の欲である。いずれも元から人間に備わったもの。睡眠と食事を欠いて人間は生きられぬ。性欲がなければ子孫をなすことはできない。人類は生存できぬことになる。そなたが崇めるブッダも、父と母が男と女として交わって生まれてきたのだ。男女の交わりなくしてブッダなし。ブッダをこの世に生み出したのは男女の交わりなのだ。男と女の肉の交わりの結果として生まれなかった人間など、この世に一人も存在しない」

「…………」

「ブッダもまた、出家前に大勢の美しい女と交わり、正夫人とは子供までもうけていた」

「…………」

「恐れることなど何もない。そなたの身に起きているのは、毫も不正常なものに非ず。誰にも発現することだ」

「でも、仏の教えでは……」

「仏の教えは、あらゆる人間の営みを考察して生み出された真理。そなたは仏の教えを知るばかりで、人間の営みを知らぬ。出よ」

「出る？」

「シッダールタ王子はカピラヴァストゥの城を後にした。そなたもナーランダー僧院を出るのだ」

「………」

「出家せよ、と諭しているのだ。さなくんば、悟りは得まじ」

光は消えた。スジャータを始めとする女たちも消失した。無限の暗黒の中で眠りが訪れた。

翌朝、厩戸は穏やかな、すっきりとした気持ちで目を覚ました。東に面した窓から見える空は白み、夜明けが近いことを示していた。

「何て夢だろう」厩戸は声に出して首をひねった。「ナーランダー僧院を出ることが出家だなんて」

話があべこべだ。ナーランダー僧院とは、世俗との縁を断って出家し、悟りを得たブッダの尊い教えを継ぐ牙城だ。聖界の総本山である。そこを出ることが出家であるはずがない。厩戸は笑おうとして、ぎくりとした。手を伸ばして股間をさぐった。目が覚めるといつも陰茎が硬くなっている。毎朝そうだった。そのまま自慰にもつれこむこともしばしばだ。今朝はその現象が現われていなかった。

何かに急かされるように寝台を下り、石室を走り出た。

空にはまだ金星が明るく輝いていた。金星はみるみる輝きを増して、巨大化し、輪郭を変容した。厩戸は時間の経過を忘れた。夢の中のように言葉は交わさなかった。それでも厩戸は光人間の意志を受け取った。受け取ったと思った。光人間は空を移動し、東の山の彼方に消えた。

「ナーランダーを出る？」シーラバドラは唖然とした顔をした。

「今度は自分一人で托鉢遊行《ゆぎょう》をしてみたいのです」

「しかし……」

シーラバドラは考え込むふりをした。驚いたのは一瞬のこと、すぐに安堵の感情が湧き起こった。顔色に出て、厩戸に悟られることにならないように、つと顔をそむけ、思いを巡らす風を装ったのである。万事解決だ、と胸中では喜びの声を上げた。これで厩戸とかかわらずにすむ。しかも厩戸のほうから云い出してくれた。彼はもったいぶって回答した。

「……いいだろう。一人前の僧侶になるためには、誰もが通らなければならない道だ」

「ありがとうございます。これまで、いろいろとお教えいただき、感謝しています」

厩戸は頭を下げ、部屋を出てゆこうとした。

「――待ちたまえ」あまりに恬淡とした別れに、さすがにシーラバドラは気が咎めた。

厩戸は振り向いた。「何か？」

「なぜまた単身での遊行を思いついたのだね」

「なぜって」厩戸はほんの一瞬小首を傾げかけて、すぐに笑顔を見せた。「お導きです」


托鉢修行に出かけるに先立って、柚蔓に会っておかねばならなかった。すぐには叶えられなかった。女僧院の戒律として、男性との面会は原則的に禁止。厩戸は近親者ということで例外扱いだが、その日のうちに会うことはできないとの由だった。

「では彼女に伝えてください。ウマヤトは独歩行に出る、と。帰りはいつになるかわからないけれど、きっと戻ってくるって」

「お伝えいたしましょう」応対に出た比丘尼は合掌して応じた。「あなたの托鉢が、どうぞご無事でありますように」

薄暗い女僧院を出て、厩戸は陽射しに目をつぶりかけた。すでに陽は高かった。だが、夜明けだ、と彼は思った。

正門の外に一人の女僧がたたずんでいた。

「御子さま」

呼びかけたのは柚蔓だった。

二人はどちらも言葉を呑んで、じっと互いに見つめ合った。柚蔓は肌が薄黒く焼け、この地の出身の女僧とほとんど変わりがなかった。男装の女剣士の面影はまったくといっていいほど残っていない。黒い貌《かお》の中で大きな目だけが、宝石を嵌めこんだように神秘的に輝いている。頭は尼僧らしく綺麗に剃り上げ、糞掃衣をまとっていた。その糞掃衣を通して、厩戸は女体を感じた。以前には絶対になかったことだった。厩戸はこの時初めて、柚蔓を女として、性の対象として見たのである。そんな自分に驚くとか嫌悪を覚えるとかいうこともなく、ただただ彼は柚蔓の女を生々しく感じ取った——聖なる糞掃衣を通して。柚蔓のほうでも、厩戸の変貌に気づいた。自分を見やる目が以前の厩戸の目ではなかった。目の光に邪な欲望があからさまに感じられた。御子さまは男におなりあそばされた。このまま黙って見つめ合っていては、厩戸が野獣と化して襲いかかってくるのではあるまいか。そんな予感さえ覚えた。

「お待ち申し上げておりました」かろうじて自分を取り戻し、平静な口調を心がけて云った。「僧院にいれば、戒律に縛られてお目にかかることはできませんから」

「待っていた？　ぼくが来るって、どうして——」

「夢を見たのです。明日、おまえの守るべき御子が会いにやってくる。御子の決意を妨げてはならぬ、と昨夜、金人——全身が金色に輝く尊いお方が」

「……柚蔓、ぼく……ぼくはね……托鉢に出ることにしたんだ」

「お帰りになったばかりと聞き及びます」

「今度はシーラバドラ師と一緒じゃない。一人で出かけるんだよ」

「それはいけません。御子のお齢で一人きりの托鉢だなんて」

「ナーランダーで学ぶことは何もない。ほんとうだ。仏典ならすべて読んで諳《そら》んじてしまった。論書のほとんどもね。ぼくに足りないのは外の世界の知識なんだ。人はどうして生きるのかを知りたい。人の営みを知りたい」

「御子さま、それは――」

「なぜブッダは出家を決意したのか、それが知りたいんだ。原因を知らずして、結果だけを知っても完全とは云えないよね？　原因があって初めて結果があるんだもの。それを納得しないことには、仏教の知識をいっぱい詰め込んだだけで終わってしまう。知識としては仏教を体系的に完全に把握した。そして、わかった――核心は、この壮大な教義教理をブッダが悟ったことではなく、なぜ出家したかという、そのことにあるんだって。いま云ったように、悟りは結果であり、出家は原因だからさ。ナーランダーのお坊さんたちは、結果のほうにだけ群がって、自分たちも分け前にあずかろうとしている。でもね、大事なのは、ブッダを悟りという結果に導いた原因――つまり出家にあるんだよ。出家があったからこそ悟りがある。ブッダはなぜ出家したのかを知る必要がある」

「おっしゃることは、わかったようでよくわかりません。でも、わからないようでわかった気もします。確かに、わたしの僚僧を見ても、御子の疑問——そもそもなぜブッダは出家したのかを考えている者はおりません。ブッダの悟りをひたすら理解しようとしている者たちばかり。御子のお考えは理《ことわり》あることなのかも。だとしても危険すぎます。わたしがご一緒いたします」

「これはぼく一人でやらなければならないんだ」

「お邪魔はいたしません。御子さまの目の届かないところでお守りすることに」

「だめだ。ブッダだって、一人で出家したんだよ」

柚蔓は押し黙り、そっと目を伏せて云った。「わたしとしたことが……とんだチャンダカになるところでした」

「ありがとう柚蔓、わかってくれて」

シッダールタ王子は、馭者チャンダカの引く愛馬カンタカ号の背に乗って深夜、ひそかにカピラ城を脱出、アノーマ河畔に至って馬を下り、チャンダカに愛馬を引いて城へ帰るよう命じた。チャンダカは涙を流し、自分も出家して同行したいと願い出たが、王子はそれを拒絶した。

「不思議です」柚蔓はまぶたを数回上下させた。「ブッダは王城を——つまり世俗を棄てて出家なさった。御子さまはナーランダー僧院を——聖域を出てゆこうとしておいでです。

ブッダと御子さまの目指す方向は正反対なのに、わたしったら、自分をチャンダカに擬えてしまったなんて」

「ぼくが原因に遡ろうとしているからさ。確かにブッダとは方向は逆だよ。でも、同じ道を辿っていることに間違いはない。心配しないで。ぼくはきっと戻ってくる」

「戻ってきていただかなくては困ります」

「柚蔓のほうこそ達者でいるんだよ」

「わたしはわたしなりに、ここナーランダー女僧院で研鑽を積みながら、御子をお待ち申し上げます」

厩戸はわざとおどけたような仕種で糞掃衣の裾を翻すと、振り返りもせずに南へ向かって歩き始めた。柚蔓は修行の無事を祈って合掌しながら、厩戸の弾むような軽やかな足取りを見送った。

街道の脇の茂みの中から一人の僧侶が現われた。同じく南に向かって歩き始める。若い男の僧侶だった。厩戸の後をこっそりと追っているように見えた。柚蔓は小首を傾げ、得心した。シーラバドラの手の者に違いない。心優しいシーラバドラのこと、厩戸が一人で布施修行に旅立つことを許したものの、秘かな見守り役をつけたのだ、と。

「シッダールタ王子もこんな気持ちだったのかな。いや、まさかそんなはずはないか」

歩きながら厩戸は声に出して呟いた。心細さをまったく感じないのが不思議でもある。シーラバドラと連れだって旅に出たことで、厩戸はインド社会の一端を知った。仏道を歩む者だけでなく、出家者はいずれも敬《うやま》われており、危害を加えようとする者など誰もいない。だから安心していられた。スジャータのところへ戻ろうかという誘惑とは戦わねばならなかった。柚蔓の前ではもっともらしいことを口にした。本心であった。けれど、僧院の外に一人で出れば、シーラバドラの目を気にすることなく性を謳歌《おうか》できるのだという期待のあることは否定すべくもない。街道をゆく女たちが次々と目に止まった。厳粛たる僧院から解き放たれた性欲は高まってゆくばかりだ。

厩戸は旅を続けた。布施で食事を取り、ひたすら歩く。シーラバドラとの旅の再現だ。あれと同じことをすればよかった。シーラバドラがいないという違いがあるだけ。ブッダが出家した理由を知りたいという思いは燃えていたが、実際にどうすればいいのかまだわからなかった。彼は布施修行僧として人々から遇せられているのであり、それ以上でもなければそれ以下でもなかった。ブッダが出家した理由を知るには、ブッダの出家前の状態になる必要があった。俗世界に帰属すること、つまり糞掃衣を脱ぐということだが、さすがにその勇気はなかった。優柔不断のまま旅に日を送り、性欲は高まる一方である。木陰で瞑想修行を積みながら、我慢ができなくなると奥に入って自瀆行為にふけった。

厩戸の足は南のブッダガヤへ、スジャータの住まう村へと向かった。性欲の誘惑に敗北した。彼は自分にこういう言い訳をしていた。中断した旅を再開するのだ、と。スジャータのことがシーラバドラに知られたので旅は所期の目的を達し得ず、ブッダが悟りを開いたブッダガヤで終わったが、予定ではその先、ブッダが初転法輪を行なったサールナート、入滅の地であるクシナガラを巡礼することになっていた。自分一人で辿ってみようと厩戸は思った。スジャータのもとを訪れるために自分を誤魔化したのだが。

河を渡り、町を過ぎ、野山を越え、逸《はや》る心を抑えて厩戸は旅を続けた。十数日の行程が過ぎ、胸躍らせながらスジャータの住む一画へと足を踏み入れた。厩戸は呆然とした。スジャータの家は無惨な姿を晒していた。煉瓦が黒く煤《すす》けているのは、炎が勢いよく噴き出したためでもあろうか。猛火の痕跡は一目見てそれとわかるほどに生々しい。ところどころ崩れ落ちてもいる。出火してさほど日を経ていないからか、乾燥した空気の中、焼け焦げた臭いが嗅げるようであった。どれだけその場に立ちつくしていたか――厩戸は我に返ると、周囲を見回した。通りかかった商人風の男に声をかけた。

「この家のありさまは、いったい――」

「見ての通り。火事です。悲惨でしてね」

「というと？」

「女房がひんぱんに浮気していたのを亭主が知るところとなったんです。恋女房に裏切られたと知った亭主は逆上して斧《おの》で頭を叩き割ったんだそうですよ。悪いことに、ちょうど帰ってきた女中に見られてしまった。で、亭主は絶望して家に油をまいて火を放ったたってわけで」浮気という言葉は初めて耳にしたが、意味は何となく理解ができた。男は興が乗ってきたように話を続ける。「以上は女中の語った事実で、この先からは噂なんですが、その女房の浮気相手ってのは、僧侶だったとか」

「………」

「いや、あくまでも噂です、噂。貞淑なことで有名な女だったんですが、どうしたことか、布施に来た坊主をくわえこんでしまったそうで。よっぽど美男の、水もしたたるようないい男だったんでしょうな」

目の前にいるのがその当の坊主だとは思いも寄らず男は云う。厩戸の外見は、沙弥に毛が生えた程度の少年僧なのだから。「――それともよっぽどたくましい野獣のような男だったのか。そういう男に犯されてみたいって願望、性癖が、ある種の女にはあるっていいますからね。好みは人それぞれってわけで」

では、と厩戸は思い当たる。スジャータは自分より年下の――まだ女性を知らない少年に魅かれる性癖を秘めていた、ということなのだろうか。厩戸に心を動かされ、貞婦の名をかなぐり捨てて誘惑に及んだ――。

「あるいは」話しぶりが滑らかになるとともに男の顔に好色な色が浮かび始める。「外見は普通でも、あそこが馬並みだったたっていうこともありますなあ」すぐに慌てた表情になった。「こんな下世話も下世話な話、お坊さまにすべきじゃなかった。いやもう、大変に失礼を。とはいえ、話の途中で打ち切るのもなんですから最後まで聞いてください。危うく難を逃れた女中の話によると、どうもその相手の坊主が突然、来なくなってしまったようなんで。落ち込んだ女は、見境なく男をくわえ込み始めた。それが目に余るほどになって、亭主の知るところになったって次第らしいです。淫婦《いんぷ》と哀れな亭主の二人ですが、どうぞ供養をしてやってくださいませ。わたしはこれで」

男の姿が先の角に消えると、厩戸は逃げるようにして反対方向に駆け出した。斧で頭を真っ二つにされるスジャータを想像して総毛立った。性欲を戒める経典の文章が押し寄せてきた。彼の脳に暗記されて蓄積されたそれらが襲いかかってくる感覚だった。ただの暗記事項でしかなかったものが、恐ろしいまでの現実感をともなって彼を責め苛む。

気がつくと、周囲は真っ暗になっていた。厩戸は人の通わぬ山道を黙々と歩いている自分に気づいた。夜空には星がまたたき、夜風は生ぬるい。歩く速度をゆるめた。ここはどこだろう。とぼとぼとした足取りになった。空腹を覚えた。こんな時でもお腹が空くんだと思うとなぜだかおかしく、少しだけ気分が晴れた。スジャータはもういないのだ、と改めて思った。あのかぐわしい、天国のような肉体はこの世から消えてしまった……新たな感情が芽生え始めた。

――惜しいことだ！

スジャータを再訪しようとした当初の目的は、彼女と媾合することだった。それを心待ちにして足を急がせてきた。熱い期待が砕け散ったことに、今になって厩戸は思い当たった。もうスジャータと媾合することはできない。代わりの女は見つからない。そうした感情が、惜しいことだという内心の声となった。

スジャータの夫に対しての怒りも湧いた。どうして殺さなくてはならなかったのだろう。次の瞬間、厩戸は自分に愕然とした。最初は罪の意識に震え上がった。自分を責めた。スジャータの死を悼《いた》んだ。それが今は、スジャータの夫を憎んでいる。スジャータと媾合ができなくなったからだ。この心の動きは何なのか。

いつしか足が止まっていた。暗い山中の道で微弱な星明かりを浴びながら考える。自分の中に二人の人間が住んでいるようだ。いや、そうではない。これが心だ。心の動きのしからしめるところだ。仏典に学んだこと、老師の、シーラバドラの教えを思い出す。仏教とは最終的には解脱を目指す。必要とされるのは、心のありようを見つめること。仏教は心の学問としての面を持っている。

別の感情が生じていることに気づく。第三の感情。前の二つと違って生々しくはなかった。心の動きを観察しようという意識。別の自分が、どこか違うところから心の動きを見つめているような感覚だ。なぜ心はこんなふうに動く、次々に変わる……心……心って何だ……厩戸は頭を回転させて経典の文句を次々に取り出し、点検し、吟味した。

心は諸法――諸々のものごとを作り出し、支配する。心こそは一切の主人であって、言葉も行動も、すべて心から発したものである。

『華厳経』にいう、

――三界は虚妄にして、但だ是れ一新の作なり。十二縁分は是れ皆な心に依《よ》る。

棒のように丸暗記しただけの無味乾燥な字句が、今の自分の心を照らし合わせる矩尺《かね》となった。

心と矩尺の照合に夢中になり、前方に現われた一団に気がつくのが遅れた。彼らが音もたてぬ足どりで山道を登ってきたこともあるのだが。はっと目を上げた時には、頭に黒いターバンを巻き、全身黒ずくめの巨漢の集団が魔風のように目の前に迫っていた。あわてて道をよけようとして、ターバンの前部に金蛇の文様が刺繡されていることに気づいた。

「生きのいい獲物だ」

「肌の白い坊主とは珍しい」

そんな声が飛び交い、にゅっと伸びてきたたくましい腕に手首を摑まれたかと思うと、厩戸は軽々と男の背中に荷物のように担ぎ上げられた。

「コーフラー団？」

「その名の通り霧《コーフラー》のように突然現われ、霧のように突然消えてしまう。誰が呼んだかコーフラー団。ターバンの前に蛇の紋章を付けているのが目印だとか。それをしかと見ました」

「見間違いということはないのだね」

「周囲は、暗く遠目でしたが、星明かりを反射して金蛇がピカピカ光って見えました。わたしの目の良さは、シーラバドラさまもよくご存じのはず」

シーラバドラはうなずいた。だからこそ厩戸を見失わないようにと、この僧侶に監視役を命じたのだ。

「シーラバドラさまは世俗を超越された高僧ですから、コーフラー団などご存じなくて当然でございます。遠くシュラーヴァスティー地方を荒らし回っていた山賊集団とかで、追《お》い剝《は》ぎ、かっぱらいはもとより、押し込み、かどわかし、人殺しなど何でもござれの兇悪集団だとか。ここのところブッダガヤ地方に拠点を移して活動を始めたとのことです」

「あの子が、そんな集団に……」

「獲物とか云っておりました」

ややあってシーラバドラの口が開かれた。「よく伝えてくれた、ヤーヤナマーヤナ。おまえの僧位を二階上げるよう老僧会議に諮ることにしよう」

「二階も！」

「それだけの働きをしてくれた。報いるのが当然ではないか。大船に乗った気持ちでいてよい。わたしの推挙が拒まれたことは一度もないのだから」

「ありがとうございます」ヤーヤナマーヤナは満面の喜色の中に、わずかながらも怯えの色を見せて訊いた。訊かずにはいられないという思いが、搾り出すような低い語調に表われていた。「わたしは何も見ておりませんし、聞いてもおりません。誰に何を訊かれても、知らぬ存ぜぬで押し通します。そもそも知らないもの、見てもいないものについて答えることなどできないのですから」

「それでよろしい、ヤーヤナマーヤナよ」

「ですが、放念する前に、一つだけ訊いておきたいのです。あの少年僧は……」

「ブッダは仰った」ヤーヤナマーヤナを遮り、シーラバドラは法を説く調子で云った。

「何事も前世の縁である、と」

　厩戸は目を覚ました。炎に赤々と照らされた武骨な岩肌。洞窟の中のようだ。地面の一部が隆起して寝台の形をなし、そこに横たえられていた。虎の毛皮が敷かれている。思いきって上体を起こし、周囲を見回した。次第に目が慣れてくる。四方に炬火が燃えている。炬火は、壁に取り付けられた受け台に差し込まれていた。炎の明かりが届かぬほど天井岩は高く、洞窟内は小さなお堂がおさまりそうなほどの広さがある。岩肌の周囲には、さまざまな箱が積み上げられていた。蓋が開いているものがあり、内部がきらきらと光って見える。黄金か宝石でも詰められているのだろうか。妖しいきらめきは金蛇の文様を思い起こさせた。刹那、厩戸は自分の身に起きたことを思い出した。巨漢に担ぎ上げられたことを。いくらで売れるだろうか、などという話を男たちが始め、自分のことだと悟って愕然とした——それが思い出す限り最後の意識だ。

厩戸は寝台状の岩の上から両脚を降ろした。足を床につけようとした時、ぎくりとして動きを止めた。

「目が覚めたのかい」

洞窟内に響き渡ったのは女の声だった。入口と思しき辺りに人影が立っていた。支配者のような悠然とした足取りで彼の前にやってきた。炬火の炎の投げかける赤々とした光が、女がたっぷりと身にまとった宝玉類を輝かせた。背の高い女で、岩寝台に腰かけた厩戸は、女を見上げた。年の頃はスジャータと同じ三十半ばほど。不自然なくらい大きな目には鋭い力があり、炬火の明かりを反射してのことには違いないが、眼球それ自体が発光しているかのような錯覚を与える。鼻が高く、唇が大きい。深く彫り込まれたようにくっきりとした顔立ちが、生来の意志の強さと、人の上に立つ者ならではの権力者の力強さを放っている。豊かな黒髪を黒い炎のように巻き上げて、色とりどりの宝石の類いで飾っていた。

「わたしはアンリバーパよ」女は名乗った。「コーフラー団って聞いたことがある?」

厩戸はぎこちなく首を横に振った。

「ブッダガヤでも名前が知れ渡り始めた頃なんだけどね。平たくいえば、山賊よ。聞けば、おまえは夜の夜中に山の中を歩いていたっていうじゃないか。あたしの手下たちに行き合ったが不運だったわね」

驚きが言葉になって出た。「――山賊?」

「女が山賊の首領をやっていてはおかしいかい? 蜂や蟻の頂点に君臨するのは、雌なのよ」アンリバーパは左ひざを岩寝台の上に乗せ、右手で厩戸の顎を摑んで引き寄せた。傲慢な仕種だった。「おまえをさらってきたわけがわかるわ。こんな白い肌をした人間はもの珍しいもの。どこから来たの?」

ためらった末に厩戸は答えた。「倭国」

「どこにあるの? まあいいわ。後でゆっくり訊くから。それよりも……おまえの白い肌はなめらかで、素晴らしい触り心地よ」

アンリバーパの指が厩戸の顔を這いまわった。冷徹に品定めするようでもあり、愛玩するようでもある。厩戸は山賊の女頭領のなすがままにされていた。動けなかった。恐怖からではない。女の指が肌をすべってゆくと、ぞくぞくするものが込み上げてきた。

「売り飛ばすにしても、どんな商品なのか売り手が知っておかなければね」

脅すような声さえもが甘美に感じられた。アンリバーパは厩戸の糞掃衣を脱がし始めた。厩戸は抵抗せず――むしろ協力するように身体を動かした。たちまち丸裸にされた。

「おや」意外だというようにアンリバーパは声を上げた。厩戸の股間に向けられた目が一気に熱を帯びた。陽根は硬くそそり立っていた。「何て子なの！　おまえ、恐くはないのかい？」

厩戸は首を横に振った。ぎこちなさのない、自然な動きだった。恐くはなかった。恥ずかしさも感じなかった。何も考えられず、自分を抛棄していたといっていい。

「気に入った！　何て度胸があるの。おまえには不思議な魅力があるわ。年上の、男慣れした、男勝りのあばずれ女をも惹きつけるような……」

アンリバーパも着ているものを脱ぎ始めた。

厩戸は息を呑んで見つめた。夢にまで見た裸の女体が目の前に現われた。アンリバーパの目の奥には欲情の炎が燃えていた。スジャータがそうであったように。

アンリバーパが覆いかぶさってきた。厩戸は虎の敷皮の上に押し倒された。待望の媾合にたちまち我を忘れて没入した。何度も何度も絶頂に達し、ぐったりとなるが、すぐに恢復した。アンリバーパのほうでも厩戸を離そうとはしなかった。

どれぐらい時間が経過しただろうか。気がつくと、周囲に巨漢の男たちがいた。ターバンには金蛇の刺繡が施されている。厩戸を拉致した山賊どもだった。男たちは岩寝台を取り囲み、血走った眼でアンリバーパと厩戸の媾合を眺めている。不可解なことに、アンリバーパは見られていてもいっこう平気なようだった。いっそう身悶えを烈しくし、奇妙で大胆な形に身体をよじらせ、男たちを挑発しながら叫んだ。

「ああ、いいよ！　とってもいいんだよ！　おまえたち、わかるかい、このアンリバーパがここまで感じるのは久しぶりだよ！」

「年端もいかねえガキ相手に派手に腰振って、お頭はどうかしちまったんじゃないのかい」

「ガキ好みの趣味があったなんて知らなかった。なあ、おまえら」

「まったくだ」

「お頭は正真正銘の大淫婦だぜ！」

男たちが口々に叫んだ。下卑た野次だったが、声に悔しさがにじんでいる。

「お黙りよ！　あたし、この子が気に入ったよ。もう何度イッたと思う？　十三までは数えたけど、その先はやめちまった。おまえたちの誰も、この子に敵《かな》う雄はいやしないよ！」

男たちが歯嚙みし、怒りの声を上げた。自分が嫉妬の対象にされているのを厩戸は感じて恐怖を覚えたが、それでも腰の動きを止めることはできなかった。

「ほらほら、まただよ、またイクよ。おまえたち、よーく見てな！」

アンリバーパは絶頂に達した。すぐにまた再開した。男たちは立ち去ろうとしなかった。こんな状況ではあっても、両者の間には頭領と手下という支配被支配の関係が厳然と維持されているようであった。男たちは次第に黙りこみ、お預けをくらった犬のように涎を垂

るすのみとなった。ふと厩戸は、自分が野獣に囲まれながらアンリバーパとまぐわってい
るような気分に襲われた。それからまたどれほどの時間が経っただろうか。さすがに限界が来た。陽根が軟化し、硬さを取り戻してはくれなかった。

アンリバーパが厩戸との結合を解き、立ち上がった。足を振り上げて、厩戸を岩寝台の上から蹴落とし、今度は自分が横たわった。

「さあ、待ちかねただろう、おまえたち。このアンリバーパの身体をたっぷりと味わわせてやるよ」

男たちはどっと歓声をあげて女体に群がっていった。

厩戸は床から身体を起こした。疲れ果て、頭が痺れるようになっていたが、燃えさかる情欲の炎がおさまり、冷静な心を取り戻している。眼前に展開するのは、凄まじいとしかいいようのない痴宴だった。男たちは全員が裸になり、押し合い圧《へ》し合《あ》いして、肉弾戦を展開しているかのようだ。ひしめき合う筋肉と筋肉の間にアンリバーパの肉づきのいい女体が見え隠れする。人間の身体とは思えないほど変形して見えた。彼女の放つ嬌声は、十数人の男たちの咆哮に充分拮抗《きっこう》して聞こえた。

厩戸が呆然と気を呑まれていたのは最初のうちだけだった。自分もこれと同じことをしていたのだ、と気づいた。人間の、表では見ることができない秘密の営み……いったい何のしからしめるものなのだろうか……。

彼は自分では意識もしなかったが、頭の一部でその解析を始めていた。心の動きを解析することを第一義とする仏教徒としての、習《なら》い性《しょう》となった行動であった。

アンリバーパはよほど厩戸が気に入ったものらしい。彼を愛玩動物のように扱った。男たちは異を唱えた。商品として、どこかに売り飛ばして利益を得るために引っさらってきたのだから。アンリバーパの権限は絶大で、力で逆らえる者はいなかった。不平を表情にし、ぶつぶつと不満を口にするのが関の山だった。

愛玩動物とは、媾合のためだけの存在ということである。アンリバーパは毎夜のように厩戸を呼びつけ、性交にふけった。飽きるということを知らないかのようだった。厩戸にあらゆる性技を教え込もうと熱を上げた。厩戸のほうでもまた、アンリバーパとの房事で得られる快感に惑溺し、忠実な生徒となった。彼女が教え込むさまざまな性的技巧を貪欲なまでに吸収していった。厩戸がのめりこめばのめりこむほどに山賊の女頭目の欲望も深く濃くなってゆくようだった。

アンリバーパは自らを譬えるに女王蜂《じょおうばち》や女王蟻《じょおうあり》を以てしたが、巣の奥深くに君臨するだけの存在ではなかった。本拠地である洞窟を留守にすることが多かった。何日間か帰ってこないこともたびたびである。戻ってくると必ず厩戸を呼び、長時間の夜伽《よとぎ》を命じた。

「現場に出て、あれやこれや指示してるんだよ」ある夜、寝物語にそう云った。「何しろ、このブッダガヤ近辺は、コーフラー団にとって開拓のし甲斐のある未開の地だからね。あたし自ら陣頭指揮を執る必要があるのさ。おかしいかい？　盗賊も軍隊と同じで指揮官って者がいなくちゃならない。それが務まるのはあたしだけなんだ」

自分の来歴をもらすことがあった。ガンジス河上流にある小国の王女だったという。グプタ朝が崩壊して以来、インド世界は中小の王国が簇生している。ある日、侍女たちと野遊びを楽しんでいるところを山賊団に襲われた。護衛の兵士たちは皆殺しにされ、侍女ともども山賊の奴隷となった。そのうちに彼女は山賊の頭領の愛妾《あいしょう》のような存在となった。美貌と気品が群を抜いていたからである。処女だったアンリバーパ王女は、あまりの境遇の違いに心を病んだが、それを癒したのが――自分でも思ってもみないことに――残忍さへの渇仰だった。残酷な行ないを見ると心が休まった。自分と同じくかどわかされてきた女たちが山賊どもによって凌辱《りょうじょく》される光景であったり、野卑な男たちがささいなことでいきり立ち、殺し合いに及ぶ蛮行であったりした。

アンリバーパは頭領にねだって、奴隷女を自らの手でいたぶったり、男たちを挑発したりするようになった。彼女にぞっこんとなった頭領はアンリバーパの好きなようにさせた。心に受けた痛手を他人の血と涙で癒してゆき、全治した頃には鬼女、魔女と呼ぶに相応しい残虐さの化身のような冷血漢が誕生していた。彼女は頭領の目を盗んで山賊団の幹部たちと肉体関係を結び、その卓抜した性技で彼らを虜にした。老いた頭領を殺させ、彼らの力の均衡の上に推戴される形で女頭領となった。

山賊たちが本拠地にしている洞窟は山中を穿った天然のもので、厩戸は一室を与えられた。高齢の老人が身の回りの世話係としてつけられた。性別を訊いても、歯のない口を開けてにやにや笑うだけの不気味な老人だ。監禁されたというべきなのだろうが、鉄格子に相当するものはなく、洞窟内を自由に行き来できた。脱出することはできなかった。常に誰かの目が光っていた。厩戸にも逃げる気はなかった。籠の中の鳥ではあったが、彼の心身は常に性交を渇望していて、ここにいさえすれば供給されたのだから。

厩戸はアンリバーパ以外にも女体を知った。数えきれないほどの女体を。山賊たちがかどわかしてきた女を、一種の〝学習教材〟としてアンリバーパは惜しみなく厩戸に投げ与えた。宴会の席で厩戸に奴隷女との性交を強要し、見世物にすることもあった。一対一ばかりでなく乱交もあり、アンリバーパも加わることがあるかと思えば、山賊たち全員が参加しての無礼講ともなった。

女の顔触れはめまぐるしく変わった。かどわかされて、山賊たちのなぐさみものになり、売り払われ、新たな女たちが運び込まれてくる。流血の惨事も発生した。抵抗する女たちは容赦なく鞭打たれ、逃げようとした女は見せしめのため殺された。厩戸の神経は麻痺してしまった。彼は性技の習得に熱意を燃やした。教えられたことだけでなく、女体を通して自分で発見した技も多く、アンリバーパの女体で再現すると、彼女は気がふれたようによがり声をあげて喜ぶのが常だった。彼女も人倫に反する狂気の世界で正気を保つために性の快感に縋っているのかもしれない、と厩戸は思った。

アンリバーパを喜ばせることは、厩戸に自信めいたものを与えた。ますます彼は性技の習得と開発に努めた。射精を終えて冷静に返っても、房事のことを細かく逐一反芻《はんすう》し、あそこがよかった、もっと発展させたい、あそこはよくなかった、もっと改善したい、そもそもなぜよくなかったのだろう、と考え続けた。性交の虜になり、頭の中が性交のことだけで占められているようであったが、他の男たちと決定的に違うのは快楽の追求が一過性でないということだ。普通の男は、いったん快楽が満たされてしまうと性から身を引き離す。表の世界に戻る。性の世界は、一過的に足を踏み入れるものでしかない。表の世界にしばらくいると、またぞろ性欲が恢復し、性の世界の客となる。その反復である。往復運動である。ひたすら飽くことのない繰り返しである。所詮は一過性のものであるから、満足することが目的の。

厩戸はそうではなかった。自分ではまったく意識していないが、性の根源を見極めたいという心持ちだった。彼の前には性欲という名の一本道が次第に拓けつつあった。拓いているのは厩戸自身である。彼はその道を自ら切り拓き、道を作り、進んでゆこうとしているのだった。

洞窟の外へ出ることを許された。暗がりの中ばかりでは肉体が弱ってしまうとアンリバーパに訴え、許された。洞窟を出ると、一目で感得された。山の中ではあるが、奥山ではない。植生がそうであった。人里は存外に近い。逃げる気にはなれなかった。すぐに追いつかれてしまうだろうし、そうなればアンリバーパの怒りに触れて死あるのみ。人界に降りてどうするというのか。まだここでなすべきことがあるような気がした。

　身体を鍛えることにも集中した。燦々たる陽光を浴び、林を駆け、木に昇った。山賊たちの中にも気のいい者がいて、格闘技を教えてくれたり、刀の使い方を伝授してくれた。夜はアンリバーパの愛玩動物として性交にふけり、陽の高いうちは山中を駆けまわる。そのような生活をしていると、半年としないうちに彼は頑健な肉体に変貌した。子供から大人への端境期《はざかいき》にあたっていたこともあり、みるみるうちにたくましくなった。背が伸び、骨格がしっかりとし、筋肉もついた。髪は伸び、もはやどこから見ても沙弥ではなかった。顔つきも大人びたものに変化した。仏道修行から性道修行へと、内外の環境が一変したせいか、瞳は複雑屈折の輝きを帯び、唇には謎めいた微笑が浮かんだ。それが彼の容貌をおよそ神秘的に見せ、アンリバーパの欲情をますますそそった。

　二人の性交にもはっきりと変化が表われた。最初の頃、厩戸は受け身だった。アンリバーパが男で、厩戸は女のようだった。行為は一方的で、アンリバーパが厩戸を犯すかの如くだった。いつの頃からか主導権を厩戸がとるようになった。表面的には厩戸が呼びつけられ、アンリバーパの命令に屈服する形で性交が始まるのだが、アンリバーパの目には期待の色、懇願の色さえあった。

厩戸の性欲は肥大、増大する一方だった。どんなに交わっても、交わり飽きるということがなかった。山賊たちが新たな獲物を毎日のように運び込んでくる。新鮮な肉には事欠かなかった。彼女たちと肉の交わりを持つようアンリバーパがけしかける。厩戸が女と交わるのを飲酒しながら欲望に濁った眼で見つめ、興が乗ると自分も加わった。スジャータに誘惑されるまで女を知らなかった厩戸は、性道の修行を積んだも同然で、半年ほどで性の達人にまで到達した。

自分でも不思議なことに、相手の女性に対する好悪《こうお》は少しも湧かなかった。アンリバーパに魅せられるとか、かどわかされてきた女の一人に心を奪われるとか、特定の女に心を移すとか、あるいは同情するとか——平たく云えば、好みの女が一人も出来なかった。山賊たちが誘拐してくる女である。ただの女であるはずがない。より高く売れるようにと、とびきりの美女、貴族の令嬢、富家の娘などであった。それは厩戸にとってどうでもいいことだった。彼の関心は女にではなく、女という触媒によって生み出される性の快感、快楽そのものにあった。快感を感じるのは自らの感官、肉体である。快感は自身の肉体にこそあって、自らの問題。彼の関心は女には向かわず自分の肉体に——肉体に生じる性の快感へと常に向かうのである。

これは仏教的な考えのしからしめるところといえた。厩戸が営々として積んできた仏道修行が血肉と化していた証である。喜も怒も哀も楽も、あらゆる事象は心が生み出す、とするのが仏教の根本的な考え方。性の快楽に即していうならば、厩戸は女体を六境で捉えている。六境は六外処ともいい、六つの対象——色、声、香、味、触、法である。彼は自身の肉体に備わった六つのインドリヤ——眼、耳、鼻、舌、身、意で把握する。眼識、耳識、鼻識、舌識、身識、意識として認識される、最終的には快感に転化するのだが、そのことと心との関係を解き明かそうと厩戸は試みていた。無意識のうちにではあるが。だから触媒である女体に執着するということがなかった。

厩戸の性感の解析作業はアンリバーパの理解の及ぶところではない。当の本人の厩戸でさえ意識していないのだから当然だ。女に心を移さぬ彼の態度は、アンリバーパに畏怖の心を生じさせていった。厩戸の肌の白さと、年齢の若さ、僧侶であるという三点に興を惹かれ、手を出したに過ぎなかった。すぐにも飽きて手下の男たちに放り投げるつもりだった。ところが、存外に旺盛な厩戸の性欲に夢中になった。底を知らない精力の強さにも魅かれた。性技の習得の早さと、卓抜した応用能力の高さに虜になってしまったところに加えて、女を女とも思わぬ厩戸の態度が彼女に所有欲を起こさしめた。厩戸は彼女の所有物には違いなく、愛玩動物であり、性の奴隷であったが、それでは飽き足りなくなった。一人の男として厩戸を意識し始めた。厩戸の心を自分に向けさせたい、焦がれるようにそう思った。

「副頭領になりたくはないかい」

ある夜、合体して一つになった時、彼女は厩戸の耳にそう囁いた。

「副頭領？」

鸚鵡返しに声をあげかけた厩戸の口をアンリバーパは慌てて押さえた。事は用意周到に進めなくてはならない。彼女の地位は、手下の男たちの勢力均衡の上に成り立っている。彼女が男たちの手綱を巧みに操っているからであり、男たちにしても彼女の下で対等、平等だから従っているのであって、そこへ厩戸が副頭領として割り込んでくれば、当然、不平の声をあげるだろう。

厩戸は、さすがに自分の身の変転を嘆ぜずにはいられなかった。半年前まではナーランダー僧院で仏道の研鑽にいそしんでいたのが、今は凄まじい性欲の世界に囚われ、山賊の女頭領から副首領格にならないかとまで持ちかけられている。山賊になれば、性の世界に惑溺《わくでき》しているだけではいられない。さまざまな悪事を働かねばならなくなる。強盗、殺人、放火、誘拐……。焚火《たきび》を囲んで男たちが自慢し合う犯罪の数々を、いつも耳をふさぎたい思いで聴いている。

アンリバーパはすぐにそれと察した。「安心おしよ。何も現場に出向いて手を汚せと云ってるんじゃないのさ。いずれはそうなってもらわないと困るけど……しばらくの間は、あたしの傍にいて、そうだね、山賊見習いでもやっておくれよ。そうすりゃ慣れてくるさ。あたしだって、前は山賊とは似ても似つかぬ王女さまだったんだ」

「知っているか。頭領があの白いガキを副頭領に据えようとしていることを」

焚火を囲んで男たちが密談していた。コーフラー団の中でも最高幹部級の者たちだった。一人が声をひそめつつ憤懣やる方ないといった調子で告げやると、驚きを隠さぬ声が次々とあがった。

「本当か」

「間違いだろう。アンリバーパさまがそこまで愚かなはずは――」

「年端の行かぬガキだぞ」

「近頃のお頭を見たか。あの白い坊主にぞっこんという風情だ」

「あれは女が男を見る目だ」

「お頭は女に目覚めたのだ」

次第にアンリバーパの〝異変〟を報告、肯定する発言が相次いだ。

「年端の行かぬガキというが、あいつの性欲、精力の強さときたら異常なほどだ。おれたちが束になっても及びもつかぬ。アンリバーパさまが腑抜けになったとしてもおかしくはない」

「その話、どこまで本当なのだ」

「ここにいるイーカクートが頭領から直に訊かれたそうだ」最初の男が答えた。「アシュヴァを副頭領に迎えたいのだけれど、おまえ、どう思うかって」

「お頭は確かにそう云った」イーカクートがうなずいた。「みんなの反応が知りたいから、おまえ、ちょっと探りを入れてみておくれでないかいって」

「ちくしょう!」一人が憤激の叫びをあげた。「おれたちという者がありながら!」

「商品としてかどわかしてきたんだぞ。それを副頭領として崇めろと?」

「アンリバーパ自身がそうだったじゃねえか。かどわかされてきた王女さまが、先代の頭領に気に入られて、いつのまにか後釜に座って頭領になっちまった。それと同じことを繰り返そうってんだ」

「お頭もヤキがまわったな。おれたち全員の女神なら奉戴もするが、一人の男にうつつを抜かすようじゃ、これ以上担いでいる意味がないってもんだぜ」

「そこで相談だが……」

密談は遅くまで続いた。

その夜、いつものように厩戸はアンリバーパに夜伽を命じられ、虎の毛皮を何枚も重ね敷いた豪華な寝台の上で身体を重ねていた。アンリバーパは妖艶に悶え狂った。厩戸は全力を挙げて攻め立てた。隙あらばアンリバーパが睦言《むつごと》の合間に、副頭領になるよう囁きかけるので、それを封じるためにも房事に集中した。二人は汗にまみれ、汗は一つに混じり合い、二人の身体も汗に解けだし一つに混じるかのようであった。アンリバーパは軟体動物になったかの如く肢体をうねらせていたが、わけのわからない甘い声をほとばしらせると、背筋を大きくのけぞらせ、宙に投げ上げた両脚を派手に震わせた。厩戸は精を放たなかった。射精に至らしめない術を自得的に学んでいた。女が絶頂に達するたびに精液を放出していては、衰弱すること甚だしい。身が幾つあっても足りない。射精する代わりに、アンリバーパの反応を細かく観察した。自分も射精の瞬間には、こんな陶酔の極致にあるような姿態、痴態をさらけ出しているのだろうか。自分自身の絶頂の瞬間を冷静に観察してみたいというのが厩戸の願い。願いは叶えられてはいない。いつも快感の高波にさらわれて、我を忘れてしまうからだ。その瞬間の自分自身を冷静仔細に観察できさえすれば、快感の正体により深く切り込めるのだが。

「何て悪い子なの！」恢復したアンリバーパは厩戸を甘く詰《なじ》った。「わたしだけイカせて、自分は平然としているなんて。いつからそんな意地悪になったの？　ああ、あたし、とんでもない化物を育ててしまったみたいだわ」

「後悔しているの？」

厩戸は情夫めいた口のきき方をしたが、アンリバーパが望んで仕向けたこと。厩戸を副頭領に据えようとする彼女にとって、彼がいつまでも愛玩動物や性の奴隷であっては飽き足りないのだ。アンリバーパが答えようとした時、寝室を隔てる厚い垂れ幕がばっさりと真一文字に斬り落とされて、手に手に剣を握った男たちが乱入してきた。

「おまえたち！」アンリバーパは厩戸との結合を解いて素早く立ち上がった。最高幹部たちを一睨みした目に燃え猛る怒りの炎が、一瞬にして怯えの色に変わった。「イーカクート！　この裏切り者！」

それが山賊コーフラー団の女頭領アンリバーパの最期の言葉だった。殺到した剣に串刺しにされてアンリバーパは事切れた。男たちは弁明の機会を与えようともしなかった。

「全員で手にかけた。これで公平だ」彼らの目は厩戸に注がれた。

「おまえが原因だ」男の一人が云った。「首を刎《は》ねてアンリバーパの後を追わせてやりたいが、大事な商品だ。まぐわっていた女が殺されて縮こまりもしない並み外れた精力には、凄い値段がつくに違いない。おまえのような肌の色の違う少年奴隷を求めている旦那がいる。命拾いしたな」

厩戸は自由を奪われた。縄を打たれ、他のさまざまな盗品とともに山を下りた。人里に出ると、猿ぐつわまでかまされ、縛られたまま箱の中に押し込められた。思いのほか長旅となった。途中から荷車の震動がなくなったのは、船に乗せられたからだろうと察した。箱の中にいても船特有の揺れが感じられた。山賊たちは日に一度、箱の蓋を開いて食事を与え、用を足させた。荷物が山積みにされたその薄暗い場所は船倉らしかった。数日が過ぎ、船から降ろされた。荷馬車による移動は短く、箱の蓋が開かれると、まぶしい太陽の射し込む室内にいた。宿屋の一室のようだった。山賊たちの中に、洞窟で厩戸の身の回りの世話をしていた老人がいた。山賊たちに見張られながら厩戸は老人の手によって入浴させられた。

「きれいに磨きたてろ」山賊の一人が老人に指示した。アンリバーパが最後にイーカクートと呼んで面罵を浴びせた男だった。「大切な売り物だ。髪もちゃんと洗え。これが女なら、化粧して飾り立てるところだが……フフフ」

イーカクートが妙な笑い声をたて、他の山賊たちも陰湿な調子で笑った。老人に陰部を洗われ、厩戸は勃起した。さっそく山賊たちはそれを嘲笑したが、彼は恥ずかしさを覚えなかった。若さが表われた現象でしかない。彼の関心は快感そのものにある。快感をもたらす触媒にはない。

厩戸は裸のまま縛られ、箱詰めされた。再び荷馬車の荷物となった。厩戸は心を無にし、何も考えないよう努めた。馬車が止まり、箱が宙に浮いた。山賊たちが肩に担ぎ上げて運んでいるのだ。幾度か辺りを憚る声が交わされたが、小声過ぎて箱の中では聴き取れなかった。

周囲が静かになった。扉の開く音がして、跫音が響いた。振動が背に伝わった箱は床に降ろされているに違いない。

「……ご注文の品をお届けにあがりました」イーカクートの声が聞こえてきた。「きっとお気に召します。何しろ、元気盛りの少年でして、お好みにぴったりですよ――口上はそのくらいにして、早く見せろ？　わかりやした。とっくりご覧になってください」

箱のふたが開けられた。まぶしさに厩戸は一瞬、目を顰めた。

誰かが膝を屈め、箱の中をのぞき込んできた。品定めの視線を向ける男の顔に見覚えがあった。

「――ムレーサエール侯爵！」

第五部　タームラリプティ

手厚い看護をほどこされ厩戸《うまやと》は恢復《かいふく》した。

ムレーサエール侯爵の顔を見た途端、厩戸は気を失ったのだった。安堵からか、絶望からか。気がつくと、僧院とは比較にならないほど豪華な部屋、麗美な寝台の上に寝かされていた。すぐに彼は気づいた、侯爵邸の客間だということに。ナーランダーに向かう前に逗留した部屋の記憶とそっくり同じだった。

侯爵は一度も姿を見せなかった。館の侍女であろう美しい娘たちが、つきっきりで彼の世話をした。肌の傷が癒える頃になると、大きな浴槽が運び込まれ、湯浴みまで供してくれた。室内には、開け放たれた窓から常に爽やかな風が吹き込み、炎熱の国インドだということを何度も忘れそうになった。シーラバトラとの長旅、スジャータとの出会い、ナーランダーからの旅立ち、コーフラー団に囚われたこと……十二歳の年はめまぐるしい。今は晩秋の時を迎えていた。倭国とは違い、春のような暖かさだったが。

ムレーサエール侯爵が現われたのは、厩戸が寝台に横たわり、入浴直後の火照った身体を微風に撫でさせていた夕刻だった。

「そのままでいい」

厩戸が上体を起こそうとすると、侯爵は手をあげて制した。寝台の両脇にいた侍女二人が、頭を下げて心得顔に退室していった。厩戸と侯爵だけになった。

ムレーサエール侯爵の印象は、まったく変わってはいなかった。精気あふれる美丈夫で、生まれついての威厳は元のまま。男ぶりを象徴する立派な髭も。柚蔓《ゆづる》、虎杖《いたどり》とともにこの屋敷に泊まったのが昨日のことのように思われる。

「すっかりよくなったようだ」

感情を交えない、落ち着きのあるその声も。侯爵は、見た目にも豪奢なものとわかる、ゆったりとした毛織物の長衣《ながぎぬ》をまとい、装身具類はいっさい帯びていず、くつろいだ姿に映じた。

「おかげさまで、この通りです。ありがとうございました」厩戸は上体を起こし、頭を下げた。

「大人びた口を利くようになった」侯爵は微笑を浮かべ、寝台脇の椅子に腰を落ち着けた。

「あれから何年になるかな、白い王子」

「白い王子？」

「侍女たちがそなたのことをそう呼んでいる。海の向こうの王族で、名前はアシュヴァという――そう教えたのだが、誰が最初に云い始めたか、彼女らの間ではその呼称が気に入られているらしい。見た目にもずいぶんと大人になった」

「四年になりますから」

「四年か。あの時、確か八歳とのことだったが、では十二歳になったと。いやいや、とてもそんな若年《じゃくねん》には見えぬな。少なく見積もって十五歳、というところか」

厩戸は口ごもった。返す言葉を探そうとしたが見つからない。「助けていただいて感謝しています」

「助けた？」侯爵の目がすうっと細められた。

「あの……」

「わたしはきみを買ったのだ」

「買った？」

「コーフラー団の人売り商人からきみを。値段は三万ヤロヴァ」

厩戸の息が止まった。

「相場を知っているかね。きみぐらいの年齢の少年は三千ヤロヴァほど。最初から愛玩用なら二倍の六千となる。その五倍の価格できみを買ったわけだ」

愛玩用という単語の意味を訊いてみる気にはなれなかった。

「詳しい話は後にしよう。きみの話が訊きたい。四年前、ここを去った後のきみたちのことを」侯爵は急かすでもなく、悠然と言葉を継ぎ足した。「無事にナーランダー僧院に着き、迎え入れられたということは、戻ってきたナルガシルシャという男から報告を受けた。あれほどのシーラバドラ師がきみの指導僧になったそうだな。たいへんに異例なことだ。あれほどの高僧が」

「シーラバドラ師を——」ようやく声が出た。「ご存じなんですか」

「師の高名は全インドに鳴り響いているのでな。四年間ずっとナーランダー僧院で励んだのか、所期の目的である仏道修行に。それがどうしてまたコーフラー団などの商品に身を堕とすことになったのだね」

「誘拐されたんです」

「イーカクートもそう申していた。托鉢修行の少年僧を山中でさらったと。アンリバーパという女盗賊とのことも聞いた。きみは大人びて見えるが、シーラバドラ師ともあろうお方が、十二歳のシュラーマネーラを一人で托鉢に出すはずがない」

厩戸は息を吸い込んだ。その短い間に、すべてを包み隠さず話すと心を決めた。口を開き、ありのままを語っていった。スジャータとの出会いから、淡々と、何ら省略することなく。

「女の誘惑——そもそもの発端か」いつのまにか日が暮れ、室内は薄暗くなっていた。

「きみのような沙弥を咥え込むとは、性悪女にもほどがある。いるのだよ、外面は貞淑な人妻で、実は娼婦の魔性を秘めている女が。さらに月並な言葉を呈すれば、悪い女に引っかかったということだ。名前がスジャータとは——ブッダにとってはなくてはならぬ女だが、きみたち倭国人には、よほど悪縁の名前と見える」

「どういうことです」

「きみの従者の一人がいたく惚れ込んだ女は商売名をパターチャーラーと云ったが、実の名はスジャータなのだ。もっともこちらは正真正銘の娼婦だがね」

即座に厩戸は思い出した。乗船間際に現われ、おれのことは忘れてくれと、ナーランダーへの同行を拒んだ物部灘刈《もののべのなだかり》。

「心配はいらぬ」厩戸の表情に心を読み、侯爵は先んじて告げた。「彼と二人の手代は倭国へ戻っていった。ナーランダーから引き返してきた速熯《はやひ》という男と四人揃って」

「灘刈は……」

「気になるかね。奇しくも同じ名前の女によって道を踏み外した者として。失敬、別にあてこするつもりはなかったのだが、つい面白くてな。人の悲劇というやつは、他人の目にはえてして笑劇に見えるものなのだ。灘刈という男は、あれからすぐスジャータに棄てられた。飽きられ、見向きもされなくなった。ここでもう一つ真理を教えよう。男女の仲においては、どちらかが血道をあげると破綻する率が高くなる。男と女の相互牽引力《けんいんりょく》は微妙な機微の均衡の上に成り立つ。その機微、その均衡を努めて冷静に理解し、維持してゆかねばならない。さて、今度はわたしが話す番だな」侯爵は表情を改めた。眼光に鋭さが加わった。「初めに云っておくべきだろう。きみには二つの選択肢がある。一つは、わたしの話を聞かぬという選択だ。そして、ここでのことはすべて忘れる。そうすれば、きみをナーランダー僧院に送り帰してやろう。きみはまた元通り仏道修行に励むことができる。誘拐など一切なかったかの如く。もう一つの選択は——」

「待ってください」厩戸はさえぎった。「今お話しした通り、ぼくは自分の意志でナーランダーを出てきました。帰るつもりはありません。今もって——托鉢修行の途上にあるんです」

いったん開きかけた侯爵の口が閉じられた。しばらくの間、黙って厩戸を見つめた。目には驚きと、観察的かつ分析的な光があった。「大人びた口を利くようになった」先ほどと同じ台詞。「とても十二歳とは思われぬ。何がきみをかくも大人にした。悟りを求めてのたゆまざる仏道修行か。スジャータやアンリバーパの熟れた甘い女体か。ま、それはいい。コーフラー団に誘拐されたことも、人身売買の商品となったことも、修行だというのだな」

厩戸は小さく点頭した。

「ならば警告しよう。ナーランダーへ帰りたまえ。それが身のためだ。修行は充分に積んだはずだろう。きみを買い取った三万ヤロヴァは、返済するには及ばぬ。わたしからの好意あるいは喜捨として受け取ればいい。自分の身に起きたことには口を噤んでいるという約束でね」

「もう一つの選択とは？」

侯爵は溜め息をついた。それまでの鷹揚《おうよう》な態度が消えて、何かぎらぎらとしたものが表情に表われだした。「聞けばナーランダーに戻れなくなる。それでもいいのか、白い王子」

「イーカクートの言葉を覚えているんです。ご注文の品をお届けにあがりました――あの盗賊はそう云ってました。ぼくはあなたの注文品だった」

「きみと名指ししたわけではない」弁明口調を隠すためか、侯爵はわずかに声を荒らげた。

「その覚悟なら、もう一つの選択を話そう。きみは三万ヤロヴァでわたしのものになった。わたしの所有物にね。よって、きみはわたしの命ずるがままに働かねばならない」

「イーカクートはこうも云ってました――元気盛りの少年で、お好みにはぴったりですよ。元気盛りの少年に、何をさせるつもりで侯爵は大金を払ったのですか」

「表向き、このムレーサエールはタームラリプティきっての大貴族、商人連合の実力者の一人にして、諸宗の庇護者という名声を得ている。すべて物事には表と裏があって、裏の顔は恥ずべき、唾棄《だき》すべき売春宿の経営者なのだ」

「売春宿……」

「きみの語彙帳《ごいちょう》にはあるかね。お金を介して性行為を成立させる商売だ。趣味と実益を兼ねて、わたしはこれを行なっている。趣味のほうがいくらかまさっているがね。驚いたかな。灘刈と申す男の起こした揉め事をなぜわたしが解決できたと思う。あの女が、わたしの経営する売春宿の商品だったからだ」

厩戸はかすれた声で訊いた。「ぼくを売春宿に？」

「そのつもりでコーフラー団に発注した。元気盛りの少年を、と。売春宿の客の九割は男性だ。その要求に応じられるよう、あらゆる美女を取り揃えている。残りの一割は女性の客で、少年を嗜好する者が少なくない。きみを誘惑した人妻スジャータや、女盗賊のアンリバーパのような女だ。金を支払うという商行為によって女も自由に自分の性欲を満たすことができる。これが売春宿の素晴らしいところだ」侯爵の言葉は熱を帯びた。が、冷静さをすぐ取り戻した。「不幸なことに、きみは知ってしまった、わたしの裏の顔を。タームラリプティの名士であるムレーサエール侯爵は、忌むべき売春宿の経営者で、盗賊団と人身売買も敢えて辞さない卑劣漢だった。知った以上は、きみをナーランダーへ帰すわけにはいかない。ナーランダーどころか、そもそも自由の身にするわけにはゆかぬ」侯爵は厩戸の顔をのぞき込み、首をひねった。「あまり怯えているふうでもないが」

「……アンリバーパのもとで、すでにそんな境遇でしたから」侯爵に、というよりは、自分自身に答えるように厩戸は云った。「アンリバーパには、愛おしいという気持ちしかありません。スジャータがあんなことになって、どうしていいかわからないくらい途方に暮れていましたから」

「愛しい、か」侯爵は驚いたように云い、納得した表情になった。「きみぐらいの齢の男の子ではそういうものかもしれぬな。売春宿となるとどうかな。毎回、相手が替わる。さまざまな奇怪な嗜好、趣向を持った者たちが、己の快楽のためだけに金を払い、払ったからには元を、元以上のものを取ろうと、きみの肉体を蹂躙《じゅうりん》する。貪欲な彼らは性の怪獣といっていい。そんな相手に対し、愛おしいという感情など入り込む余地がなかろう」

「……なるように……なるだけです」

「今夜から働いてもらおう。客は決めてある」

反射的に厩戸の頭に思い浮かんだのは、彼の面倒を見てくれた侯爵家の侍女たちの顔だった。

ムレーサエールは、しかつめらしく云った。「わたしだ」

「驚いておるな」

「だって」

「新入荷した品物を真っ先に味見するのは、買い主たる者の特権だ。客に自信をもって提供できる商品かどうか、きっちりと品定めをせねばならん。それによって、きみの値段も決まってくる」

「そんなことではなく……」

「コーフラー団の野獣どもは、きみの身体に手を出さなかったのか」

「……」

「はてな、やつらにその習慣がないと？」侯爵は首をひねっていたが、ややあって頬を緩めた。「ということは、わたしは初物を賞味できるわけか！　何と、これぞ望外の幸運！」

「待ってください。ぼくは男ですよ」

「男色というのだ。きみがスジャータやアンリバーパと交わした行為は、男と女の間だけに限って行なわれるものに非ず。男同士、女同士でもよくあることでな。人間と動物の間でも、だ」

「………」

「さほど驚くことではない。想像してみたまえ。最初の相手が女ではなく、巧みな男色者だったとしたら──何も知らない無防備なきみは、素直に彼の誘惑を受け容れたと思うのだがね。スジャータの誘いにやすやすと屈したように」ムレーサエール侯爵は立ち上がった。「誰ぞある」

呼ばわると、すぐに扉が開いて、入ってきたのは侍女の一人だった。つい今しがた厩戸が思い浮かべた中にあった顔だ。ふくよかな体つきで、おもざしがスジャータを思わせた。名は──。

「ユーシラか」侯爵はぞんざいに云い、ユーシラと呼ばれた侍女は彼の前で恭しく腰を屈めた。

「わたしは今からこの少年を抱く。おまえはこの場に控えて、夜伽の介添えをせよ」

「心得ました、閣下」ユーシラは平静な声で応じ、立ち上がった。心得ましたという言葉通り、心得顔で侯爵の着衣を剝がし始める。

厩戸は啞然として見守った。十二歳ながら多くの女体を知る厩戸である。アンリバーパとの媾合は異常な状況下で行なわれ、少しのことでは驚かない耐性もできている。アンリバーパの君臨する空間は常に暴力が支配する世界だった。媾合と、それにともなうすべてを暴力が動かしていた。荒々しく、ぎすぎすして、毒々しい雰囲気が随伴していた。眼前で進行する侯爵と侍女の脱衣劇は、そのような暴力的な雰囲気とは無縁だった。日常性の上に立脚しつつ淫靡《いんび》な性の営みに向かって突き進んでいるのである。厩戸の知らない空気がそこにはあった。

やがて侯爵は全裸になった。豪奢な生活を送っているはずなのに、それに溺れた様子を微塵も感じさせない、引き締まってたくましい裸身。余分な贅肉《ぜいにく》がついておらず、筋肉の隆起がそのまま身体の線をつくっている。黒い神像だ。男盛りを極めた肉体の中央で、長大な男根が犀の角のように屹立していた。

「きみを思ってこうなっておる」

「妬ましいわ。侯爵さまをこんなふうに仕向けるなんて」ユーシラは厩戸に流し目をくれながら云う。指を侯爵の男根にからめ、ゆるゆるとしごき始めた。「侯爵さまは、もうわたしたちが束になっても、こんなに硬くしてはくださらないのよ」

厩戸は下半身に熱い疼きを覚えた。

「おまえはわしの服をたたんでおれ。ここは女の出る幕ではないわ」侯爵はすげなく命じた。

ユーシラは恨みがましい視線で厩戸を刺すと、男根から指を離した。傍らに退き、侯爵の長衣をきちんとたたみ始めた。

「白い王子よ、きみが四年前にこの館を訪れた時から、激しく気に入っていたのだ」侯爵は欲情を隠さぬ声で云った。「その白い肉体をわがものにしたくてたまらなかった。八歳の男の子を抱くわけにはゆかぬし、屈強な護衛剣士が二人もついていたことでもあるから、涙を呑んで差し控えたのだ。コーフラー団の持ち込んだ商品がきみだと知った時のわたしの歓びがいかばかりであったか、想像もできぬだろう。我らはこうなる運命だったに違いない。相手が女でも男でも性の快楽には変わりはない。いいや、男同士には男同士ならではの、女相手では得られぬ歓びがある。たっぷりと思い知らせてやろう。裸になるのだ」

「侯爵さま、わたしが――」ユーシラが口を挟んだ。

「女の出る幕ではないと申したであろう」侯爵は鷹揚な笑いを浮かべた。「そこに控えて、男同士の熱い媾合を観賞しておればよい。ものほしげにな」

侯爵は掛け布団を剝いだ。廐戸の寝着に手をかけ、音をたてて引き裂いた。

廐戸はされるがままになっていた。恐怖は感じなかった。男との性行為など、考えてみたこともなかった。女とするものとばかり思っていた。好奇心が勝っていた。期待も膨らんでいた。アンリバーパと最後の交わりを持ってから、どれだけの日数が経過しているだろうか。廐戸の肉体には、十二歳にしては異常なほど早熟な官能の愉悦への欲求、渇仰が荒れ狂っている。性来のものではない。心の奥底——癡と呼ばれる最深の心所《しんじょ》に、揚州は坤元山道観の火災で焼け死んだ九叔《きゅうしゅく》道士の怨念がとりついていた。精神に毒として作用し、人間を内側から蝕む陰の太一が。陰の太一は長く眠っていた。雌伏を余儀なくされていた。地中の種が長い冬の寒さに耐え、春になって芽生えるように、廐戸の身体が子供の段階から大人の男へと向かう端境期、第二次性徴を迎えると、勢いよく発現し始めた。陰の太一は活動を増していた。彼の第二次性徴を肥大させた。普通の子供の百倍、千倍にも増大させた。廐戸の癡を怪物的に育て上げ、内部から廐戸を崩壊させるべく。

廐戸は全裸に剝かれた。男根はあさましいほど勃起していた。ムレーサエール侯爵のものと同じくらいに熱く、烈しく、硬く。

「きみには、資質があるようだ」侯爵が上擦った声で云った。支配者の余裕を見せつけようとして、含み笑いしたが失敗した。猛然と荒くなった鼻息が邪魔をし、意図したようには上手くゆかなかった。

ユーシラがまたも口を挟んだ。「侯爵さま」

「何だ」侯爵は苛立たしげに云ったが、わずかながらもホッとした口ぶりではあった。

「男盛りの侯爵さまが、白い王子をお犯しになる。こんな極上の見世物を、ユーシラ一人で見るのはもったいのうございます。いかがでございましょうか、あの娘たちを呼び入れて、侍女一同こぞって目の保養にあずからせていただくというのは」

「そんなに見たいか」

「みな悦びましょう。それに、侯爵さまだって」そういう趣向のほうが興奮は高まるというものではございませんか、とユーシラは粘着質な声音で続けた。

ムレーサエールは、寝台に横たわる厩戸の一糸だにまとわぬ裸身に視線を向け戻すと、しばし思考をめぐらした。この閨房《けいぼう》にユーシラを控えさせたのは、何かの時の介添え役に過ぎなかったが、彼女の提案は実に魅力的に思えた。美しい侍女たちに、男同士の迫真の媾合を見せつける。素晴らしく刺激的で、背徳的であり、想像しただけで彼の男根は雄々しくいないた。

だが、と侯爵は厩戸の裸身――十二歳なのに十五、六歳にも見える――を目で愛《め》でつつ、冷静に考え直した。様々の房事において奇矯な趣向に走るあまり、愛玩物を幾度も毀《こわ》してきたことに思い至ったのだ。百戦錬磨の性の好事家《こうずか》である侯爵にとっては興奮を高める香辛料に過ぎなくとも、趣向を強制的に加えられる者には、受け止め難い、時に致命的なまでの打撃となって作用する。人に見られていては、それも大勢の侍女たちに凝視されていては、厩戸は萎縮してしまうのでは、と侯爵は考えた。そうなっては面白くない。その趣向はすこぶる魅力的だが、いずれ厩戸が男色に慣れてから実行に移しても遅くはなかろう。

「たわけたことを申すな」侯爵はユーシラを叱りつけるような烈しさで云ったが、すぐに声音をやわらげて、「この子にはまだ早い。ユーシラ、おまえがいても邪魔になる。出てゆけ」

自分の言葉が藪蛇《やぶへび》となり、期待していた見世物を逸することになってしまったユーシラは、後悔と未練の表情で退室していった。

「そなたにとってはこれが初めの男色だからな」

恐ろしい言葉を、侯爵は保護者然とした声音で口にした。余裕を、いつもの落ち着きを取り戻した。白い裸身を前に、思いのほか興奮している自分が不思議だった。

厩戸は、侯爵の身体から波状に放射されてくる熱気の中に、スジャータやアンリバーパと同質のものを感じ取っていた。貪欲で、見境なく、嗜虐的、攻撃的でありつつ、背中がガラ空きの、滑稽なほどの無防備感を伴うものを。男色という未知なるものに向かって期待をかきたてられていた。彼の肉体は、侯爵同様に興奮の極へと駆け昇ってゆく。九叔道士の「陰の太一」の微妙な作用のなせるわざである。

「こわがることはない。初めての子にはやさしくして進ぜよう。それがわたしの流儀だからな」侯爵は噛んで含めるように云った。男女を問わず性の悦楽の深淵に沈潜することを標榜《ひょうぼう》する彼は、地位にあかせて五百人以上の童貞、千人以上の処女を大人に導いてきた。国籍も、肌の色も、貴賤もさまざまだったが、厩戸には特別に魅かれるものを感じていた。「きみは、すでに女を知っている。半ば経験者だといえる。おそれず、身体を伸びやかにして、わたしを迎えるのだ」

最初から秘処を攻めるつもりはない。指と唇を駆使して厩戸を高め、快楽の絶頂である射精に導き、快楽を味わわせてやる。今夜のところはそれでいいだろう。時間をかけて男色のよさを教えこんでゆくのだ。侯爵は寝台に腰を下ろし、厩戸の横に身体を横たえた。肌と肌が触れ合った。意外にも厩戸は震えてはいなかった。腕をまわして華奢な肩を引き寄せ、唇を奪った。厩戸の唇から蓮《はす》の香が匂い立った、と思った瞬間、ムレーサエール侯爵は我を忘れた。ゆっくりと事を運ぼうなどという小賢《こざか》しい考えは脳裏からたちどころに霧散、蒸発した。この香《かぐわ》しい肉体をとことんまで責め抜かねばおかじの激烈で狂暴な情動に駆られ、厩戸の可愛い舌を引き千切らんばかりの勢いで吸い取り、舐めしゃぶった。

厩戸は嫌がる素振りを見せるどころか、縋りついてきた。まだ男の手によって汚されたことのない男根が積極的に侯爵の腹部に押し当てられて——。

厩戸が抵抗を感じたのは、わずかの間に過ぎなかった。抵抗は確かにあった。自分の口をふさいでいるのがスジャータやアンリバーパではなく男性なのだという意識は、すぐにどうでもよくなった。身体に込み上げてくる快感は同じと気づいたからだった。安心した。安心すると同時に、抵抗も、かすかな嫌悪感も霧散し、蒸発し去った。

違うことといえば、侯爵には乳房がなく、女陰がなく、代わりに彼と同じ男根が生えていることだった。どうということはない。侯爵がやっていることは、やろうとすることは、スジャータやアンリバーパと変わりがなかった。代わり映えがしなかった。この点、厩戸にとってスジャータよりもアンリバーパの存在が大きかった。スジャータは彼にとって初めての性交の相手であり、初体験の印象は強烈ながらも房事の経験数を欠いていた。技巧は経験によってのみ磨かれる。アンリバーパは女だてらに性豪であった。彼女の放埒《ほうらつ》さは常軌を踏み外したものであり、あらゆる規範に縛られぬ大淫婦そのものだった。そうやって積み重ねた経験――累積した経験から得られた技巧を、アンリバーパは惜しげもなく厩戸に使った。厩戸もアンリバーパの強欲さ、貪欲さに応えた。彼女から加えられた淫虐《いんぎゃく》ともいえる性技の数々が厩戸を廃人に追い込まなかったのは、何とも皮肉なことに九叔道士の「陰の太一」が下支えしていたからである。

侯爵は知る由もない。十二歳の少年がそこまでの性巧者になっているなど想像を絶していた。余裕をもって高みに立った侯爵と、女色の経験値を充分過ぎるほどに有し、男色にも興味を抱いて応じた厩戸の媾合は、意外や長時間に及んだ。

厩戸は快感の虜になった。快感の前には、相手が女だろうが男だろうが関係なかった。快感こそが厩戸に君臨する主人、支配者なのであって、媾合の相手は快感の媒介者に過ぎない。ためらいも、遠慮も、気後れもなく、自ら進んで快感の大波に身を投じることができた。快感の大波に翻弄され、我を忘れ、時間をも忘れ去った。

ムレーサエール侯爵が余裕綽綽《しゃくしゃく》であったのは、これまでに五百人以上の童貞を奪ったという経験に裏づけられていたからだ。経験の絶大な厚みが彼に余裕を与えていた。だが、のっけから彼は余裕を消失した。厩戸の反応のよさに、ずいぶんと敏感な子ではないか、などと思っていた間は、まだゆとりはあったのだ。未経験の男の子ならば果てていいはずなのに、厩戸はその気を見せない。股間のものはますます硬く脈打っているというのに。それどころか侯爵を焦らすように、挑発するように、嘲るかのように挑んでくる。快感に忘我の境地にある厩戸としてはそんな意図は毫もないが、肉体の動きとしてはそうであり、侯爵はたじたじとならざるを得なかった。余裕が失せてゆき、本気で厩戸に対していた。

——ば、莫迦なっ、このおれともあろうものが！

どういうことなのだ。こんなはずがあるか。厩戸を射精に追い込めない自分を侯爵は叱咤した。余裕は消え、焦りすら覚えた。

——恐がることはない。初めての子にはやさしくして進ぜよう。それがわたしの流儀だから。

初めに宣言したものの、流儀もへったくれもあるものではなかった。ここまでしたら厩戸を恐がらせ、怯えさせてしまわないか、壊してしまうのではなかろうか、という懸念も配慮も吹き飛んだ。性の好事家を自負する侯爵にとっては沽券《こけん》にかかわる問題だった。彼のほうが先に射精する危機に瀕し始めた。彼は全力をあげて厩戸を責めにかかった。彼のほうが先に射精する危機にあってはならぬことである。男色の未経験者たる少年を射精に導こうとして、自分のほうがあえなく射精に導かれてしまう、などということは返り討ちに遭うに等しい。嵩《かさ》にかかって厩戸を責め立てた。厩戸は陥落するどころか、いっそう熾烈《しれつ》な反応を示してやまない。押しひしごうとする侯爵の手を、いつのまにかするりとすり抜け、侯爵が厩戸に加えたのとそっくり同じ愛技をし返してくるのだった。

——おのれ、負けはせぬ。

侯爵は懸命に自分を駆り立てた。若く、血気盛んだった頃、幾度か剣の決闘に臨んだ。その時の感覚が突然甦ってきた。荒ぶる魂を、血の奔騰を、決闘ではなく房事で飼い馴らすようになってからは、久しく忘れていた感覚である。彼は自分の声を聞いた。聞くに忍び難い、何とも情けない喘ぎ声を。最初、厩戸の声だと思ったが、絡み合う快美の声をよくよく弁別してみれば、疑いようもなく自分の声なのだった。

——この子は！　男色が未体験だと？　場数を踏んだ男娼も、これほどまでは……。

ムレーサエール侯爵は狂奔した。絶対にするまいと自分を戒めていた禁断の行為に出たのだ。彼の男根は厩戸の身体を貫いた。腰を激しく使ううちに、侯爵は今まで達し得なかった高みに自分が押し上げられてゆくのを感じた。自分が咆え、喚き、泣く声が聞こえた。嵐の中に投げ出されたような感覚にひたすら身を委ねているうち、手の中に握り締めていた厩戸の男根がこれまでとは違った動きを伝えてきた。厩戸が射精の態勢に入ったことを侯爵は知った。

——勝った！

一瞬の気の緩みが命取りになった。彼は厩戸に先んじて精を放っていた。

——ふ、不覚！

ムレーサエール侯爵は快感の高みにさらわれ、意識が遠くなった。

厩戸は目を覚ました。あまりの気持ちよさに失神していたのだと知った。まだ夜だった。窓から月光が射し込み、寝台を薄明るく照らし出している。敷布は汗を吸いこんでぐっしょりと濡れ、凹凸《おうとつ》が激しく、ぬかるみのようだ。頭はすっきり澄み冴えていた。盛んに燃え上がっていた炎が嘘のように消えている。何事もなかったかのように。いつも、きまってこうだ。なぜなんだろう……。厩戸はまたも同じことを考え始める。媾合の最中は媾合のことしか考えられない。世界にあるのは性の快感だけ。事が終わると、あとかたもない。

自分が二人いるようだ、と厩戸は思う。平静に日常生活を送っている自分と、スジャータ、アンリバーパ、そしてムレーサエール侯爵の腕の中で情痴の限りを尽くして乱れる自分と。どちらが本当の自分なのか——。どちらも自分には違いないが、二人に分裂しているようで薄気味の悪さを覚えずにはいられない。

平静な自分と、性に乱れる自分。その限りない繰り返しだ。振り子。無限の循環。境目はどこ。いつ別の自分に切り替わる。後者から前者への移行は簡単だ。射精し、相手も満足して房事が終われば、また元の自分に戻ることができる。平静に日常生活を送る自分に。なぜそうなのかはわからないが、前後の差は歴然としている。前者から後者への移行となると曖昧模糊《あいまいもこ》として、見極めが実に難しい。気がつくと媾合のことを考えている。何がそうさせる。厩戸はそれを知りたいのだった。性への欲望はあまりにもひそやかに忍び寄ってくる。気がついた時には存在感を主張している。侵入してくる瞬間をとらえたいと思う。それがうまくいかない。考えは虚しく堂々巡りをするばかり。そのうちに意識が侯爵に向いた。侯爵は傍らで長々と横たわり、ぴくりともしなかった。厩戸は愕然とした。てっきり侯爵が死んでしまったと思ったのだ。息をつめ、目を見開いて観察すると、月影を浴びてつややかさを帯びた漆黒の胸がかすかに上下しているのに気づいた。ほっとして息を吐き出す。自分が失神するのはわかるが、大人の男である侯爵もそうなるとは想像の埒外にあった。

されていた。厩戸はそっと上体を起こし、侯爵の裸身を見おろした。見ているうちに、赤ん坊が連想された。大きな赤ん坊を。自分でも不思議な連想というほかなかったが、そこに眠っているのは、豪奢な服装を身に着け悠然と人に接する平素の侯爵の姿からすれば別人としか見えない。信じられないほど無防備で、大人の慎みも威厳もなく、ひたすらに眠りこけている。厩戸を快楽の極致に追い上げたたくましい男根は、活躍を終えて縮こまり、陰毛の中に見え隠れしている。

――ぼくもきっとこうなのに違いない。

厩戸は、失神中の我が身を思った。人間の二面性。何がそうさせるのか。

小さな呻き声をあげて、侯爵が目を覚ました。月影に照らされた厩戸の顔が自分をのぞき込んでいることに気づき、まばたきを繰り返す。

「……きみは、いったい……」唖然とした表情になって、「……わ、わたしは……そ、その……まさか気を失っていた、と?」

厩戸の頭が、ごく自然にこっくりと振られるのを見るや、侯爵の頬は塑像《そぞう》のように強張った。あり得ないこと、断じてあってはならないことだった。男色においても女色《にょしょく》においても、彼は常に征服者であった。征服した獲物を翻弄し、快楽の絶頂に追いつめ、失神させ、それを見降ろして初めて満足感に浸ることができた。自分の力を信じ、実感することができた。自身が失神したことなど未だかつてない。何ということか。被征服者のように気を失った。被征服者であるべき厩戸に見られていた！

「き、きみは、大丈夫だったのかね」

「ぼく？」厩戸は少しの間、その問いの意味するところを考え、答えた「少し前に目を覚ましたところです」

侯爵はやや安堵した。しからば相討ちであったか。だとしても、失神の度合いにおいて彼のほうが深かったのは否めない。目覚めの時間差となって発現したのだから。「なかなかよかったよ、きみは」自分を取り繕うかのように、侯爵は口にするに批評的な言辞を以てした。「初めての男色にしては、なかなかの興奮ぶりだったではないか。仏道を学んだとは思えぬ乱れようだった。わたしも、いつも以上に調子があがってしまったようだ」

「じゃ、もう一度」

「何？」

「もう一度、して」

侯爵は口をポカンと開けた。彼に責め抜かれた相手は、半日は腰が抜けるのが通例なのである。失神したまま人事不省の状態に陥ったり、悪くすれば廃人になってしまったことも二、三度ではなかった。事を終えた直後に、おねだりされたことなど絶えてない。

「だって、ほら――」

厩戸に手首を取られ、いざなわれた。十二歳の男根は活力を取り戻していた。硬く、熱く、今にも弾けんばかりにそそり立っている。

「よ、よし、わかった」

侯爵は再戦態勢に入った。房事の主導権を取られてなるものかと対抗意識を燃え立たせながら。不覚にも二度目は一度目以上の激しさで、ことに及んでしまった。またも彼のほうが先に高みに追い上げられてゆく。今度は厩戸の口の中で果てた。再び気を失った。目を覚ますと、厩戸の笑顔が目の前にあった。血走った侯爵の目には、その笑みが何とも妖艶に映じた。厩戸も果てたのだろうか。失神していたのか、と訊ねることは彼の誇りがゆるさなかった。

「もう一度だ」

今度は侯爵のほうから再々戦を申し出た。厩戸はいやがるどころか、うれしそうにうなずいた。

その日、侯爵の居館では召使いや侍女たちが顔さえ合わせればひそひそ話に花を咲かせた。昼過ぎになっても侯爵が部屋から出てこない。扉を突き破らんばかりに漏れ聞こえてくる媾合の声。侯爵の性癖を知悉《ちしつ》している使用人たちにしても、こんなことは初めてであった。房事は夜のうちに済ませ、日中は日中の顔で立ち振る舞うのがムレーサエール侯爵の流儀なのだ。

夕刻が迫る頃、かろうじて常態を取り繕ってはいるものの疲労の色を隠せない侯爵が、潑剌《はつらつ》とした白い肌の少年を連れて部屋を出てきた。彼は号令して大広間に全使用人を集め、厩戸をお披露目した。

——アシュヴァ少年は本日より侯爵家の上客であり、当分の間、逗留することになった。

そう云い渡した。上客とは、主人の新しい愛妾であることを使用人たちは即座に理解した。幾度もあったことである。かくして厩戸の存在は公認された。侯爵さまの愛人として下へも置かぬ扱いだった。

ムレーサエールは厩戸に夢中になった。いい齢をした大の男が、十二歳の少年にのめり込んだ。少年との激しい男色に惑溺した。それを誰からも咎められないだけの地位と権力とが彼にはあった。自らの欲望に忠実に生きてきた彼には、少しは慎もうという殊勝な考えなど露ほどもない。屋敷にあっては常に傍らに厩戸を置きたがり、毎夜、寝台を共にした。

半月が経過した。厩戸は連夜の荒淫に壊されなかったし、屋敷から逃げ出しもしなかった。ムレーサエールはますます厩戸に入れ揚げていった。

侯爵はガンジス河口の商業都市タームラリプティの立役者の一人である。表の顔は、民の尊敬を集める。貴族院議員、貿易会所の重役、施善院の理事と、さまざまな公職に就いている。日中は多忙で、屋敷を空けることになるが、厩戸を帯同するわけにはいかない。

公私の別は彼もよく弁《わきま》えていた。若い愛人を囲った年配者の例に洩れず、彼は自分の不在中、厩戸が誰かと通じるのではないか、と気を揉んだ。厩戸は屋敷に軟禁されたも同然の身であるから、侯爵は一人ひとりの使用人の顔を思い浮かべ、彼あるいは彼女が、厩戸と抱き合っているさまを想像して気もふれんばかりの焦慮に駆られた。侯爵が狭量で嫉妬深いからではなく、寝台で見せる厩戸の、十二歳とは思えぬ奔放さ、性に対する飽くなき貪欲さが、彼をしてそのように憂慮せしめるのである。

厩戸を檻《おり》の中に閉じ込めておきたいくらいだが、性事の趣向の一つとしてはあり得ても、日常生活に持ち込むことは彼の矜持《きょうじ》が許さなかった。といって厩戸を放し飼いにはできない。

よい監視役はいないものか、と考えた末に思いついたのが、家庭教師をつけることだった。性事には無縁の齢の老家庭教師を何人かあてがい、厩戸を勉強漬けにすれば心おきなく外で公職をこなすことができる。

厩戸はいやがらなかった。むしろ感謝の意を表わした。勉強したかったのだ、と。

「学ぶためにこの地に来たんです。仏教については大方のところ学んでしまったし、今ちょっと微妙な立場にいますから——」巧みな言い回しをした。「他のことも学んでみたいと思っていたところでした」

意欲あふれる厩戸に感心して、というよりは監視役の教師の数が多ければ多いほど厩戸への目が行き届くと、ムレーサエールはびっしり教育課程を組んだ。

まずは言語である。厩戸はナーランダーでサンスクリット語、パーリ語を習得しているから、ペルシャ語、アラブ語、ギリシア語の教師を集めた。ペルシャ語は、隣国ササン朝で話されている。アラブ商人が出入りする港ではアラブ語が普通に聞かれた。ここガンジスの河口でもそうだ。ムレーサエール自身、アラブ語を操ることができるし、やはり交易上の必要性からペルシャ語も使えた。若い頃、ササン朝の首都クテシフォンを訪れ、西に悠久のティグリス河を望んだこともある。さすがにアラビアとギリシアには行っていないが。

ギリシアは、聞くところによれば、はるか古に栄えたものの、マケドニアのアレクサンドロス大王によって征服されたのが九百年ほど前のことで、その後、曲折を経て、今はビザンツ帝国に組み入れられているという。ギリシア語は純粋に学問語としての価値があった。ギリシア語をカリキュラムに加えたのは、ペルシャ語やアラブ語より難解に思えたからである。難解さが厩戸を縛る鎖になってくれることを期待した。

商売のための学問である数学や、社会を成り立たせる法律、この世の仕組みを考える物理も教えるべく教師を手配した。貴族の子弟に学問を教える専門職としての家庭教師は余るほどいた。厩戸の要求で宗教も加えることにした。仏教を修得した厩戸は、他宗教にも関心の目を向けているようだった。新興のマーニー教、ササン朝の国教であるゾロアスター教、アルメニアのミトラ信仰、キリスト教の宣教師たちも集めた。キリスト教に関しては正統のアタナシウス派と、異端のアリウス派、グノーシス主義の三人の宣教師を用意した。

自分の護衛の中から特に剣の腕の立つ者を選んで剣術も教えることにした。剣術というより、体力づくりの一環だった。多くの愛人を囲ってきた経験から、侯爵は愛人たちの厚生を気遣うようになっていた。愛人たちは性の快楽に溺れ、その余韻が麻薬のように日中も引き続く。他にすることがないからだ。彼ら彼女らは、ムレーサエールの快楽のためだけに奉仕する存在であって、それ以上でもなければそれ以下でもない。かくして生活ぶりは懶惰《らんだ》を極めたものとなり、真っ先に体形がぶよぶよと崩れ、果ては健康そのものが蝕まれてゆく。厩戸にその轍《てつ》を踏ませるつもりはなかった。剣術を通じて心身を鍛え、その裸身をさらに引《ひ》き締《し》めさせたいと目論んだ。

厩戸は日中、中庭で剣術の指南を受ける以外は、各教科の教師たちが出入りする一室に監禁状態となって、各種の学問を次から次へと強いられた。インドにおいても、貴族の子弟でなければ受けられない高級学問だった。

夜になって侯爵が帰宅すると、伺候《しこう》して彼に仕え、寝所で十二歳の身体を存分に駆使する。睡眠時間は短いが、眠りの度合いは深いのか、毎朝の目覚めは爽快で、夜の妖しい快感は少しも後を引いていない。性の強烈な快感あるがゆえに、眠りはいっそう深く、目覚め覚めも爽やかになるようだ。侯爵は一度、厩戸の寝顔を見てやりたいと思うのだが、彼の目覚めは厩戸に遅れるのが常だった。

侯爵が出かけてゆくと、すぐにも入れ替わりのように家庭教師たちがやってきて、厩戸を学問という名の檻に監禁する。午後、食後に剣術で汗を流した後、再び学問。そして侯爵が帰宅。

これが繰り返されるうちに厩戸は十三歳になった。ムレーサエール侯爵は自分自身に驚きを禁じ得ない。一年近くになろうというのに、特定の愛人にまったく飽きが来ないとは我ながら信じ難い。十二歳から十三歳へ――伸び盛り、育ち盛りの厩戸は、むしろ一日ごとに新鮮になっていく。長時間、高度な学問を授けられているせいか、その顔は知的な魅力を増し、寝室でのあられもない乱れぶりとの懸隔が侯爵にはたまらなかった。剣術の稽古によって筋肉がつき、上背もすらりと伸び、たくましくなってゆく一方である。厩戸の裸身を愛でながら酒を傾ける時間が、房事そのものと同じく至福になった。最初のうちは厩戸を可愛がることに没頭していたものだが、最近では自ら受け身を志願することが多くなっている。十三歳の少年に貫かれ、女のように喘ぐ自分を使用人に知られてはならないと思えば思うほど、自分をそんなふうに変えた厩戸への執着が強まってゆく。

厩戸は夜の営みを忌避しなかった。一年近くも同じ男と毎晩のように肉体を交えていては、年の若い厩戸のほうこそ侯爵に対して飽きが来そうなものなのに、それがない。さらに積極的になってくる気配さえある。衰え知らずの貪欲さであった。

「商談を進めながらもきみを思うことがある。今夜はどんな方法できみに可愛い声をあげさせてやろう、と。きみは、どうだ」

「ペルシャ語を習っている時は、ペルシャ語のことしか頭にはありません。ミトラ教の教義を教わっている時は教義のことしか」

ペルシャ、アラブ、ギリシア、この三つの言語を厩戸は併行して学習し、三か月とたたず習得してしまった。教師たちから報告を受けた時、ムレーサエールはにわかには信じられなかった。不意討ちをしかけるように厩戸にペルシャ語で話しかけてみて驚嘆した。彼の習得度合いを遥かに凌駕《りょうが》する流暢《りゅうちょう》なペルシャ語が返ってきたからである。得意とするアラブ語についても同じだった。目をつぶれば、ペルシャ人、アラブ人と話しているかと思われた。

「どういうことなのだ、これは?」侯爵は教師たちに訊いた。

「かの少年は言語の習得に異常に秀でておいでです。生まれついての才能、けだし語学の天才でありましょう」ペルシャ語の教師ジャール・アナルブールが答えた。

「わが弟子の中で最も優秀。冠絶しておりまする。あのような生徒は今までおりませなんだ」とはアラブ語教師のアリー・カイマーンの答え。

「発音、文法、読解、聴き取り、作文、会話、すべてにおいて完璧。教えることがなくなってしまいました。逆に、かの少年から中国の象形文字を学んでいるところです」ギリシア語教師のエイヌスキュロスが云った。

三人の教師はいずれも興奮の面持ちだった。彼らはお払い箱にはならなかった。侯爵は別言語の教師を探そうとしたのだが、厩戸は習い覚えた三言語による文学作品の鑑賞や、その言語世界で繰り広げられてきた歴史について知りたがったからである。彼らは引き続き詩歌、散文、演劇、歴史を教えた。

かくして六世紀後半の倭国人である厩戸の頭の中には、膨大な知識が流れ込むことになった。数学や法律、物理の教師も、厩戸の才能に太鼓判を押し、剣術担当のラクーマ・グンまでもが、まことに筋がいい、一日ごとに上達しておりますと激賞した。宣教師たちは宣教師で厩戸を自宗教の信者にしたつもりでいるらしいのは、厩戸の理解がそれだけ深いことを物語るものだろう。

厩戸は、熱心な学習である昼の自分と、侯爵の前で淫らな男色妖精と化す夜の自分とをどう両立させていたか。易々《やすやす》と両立させていた。厩戸には両者の別を建てるつもりがない。どちらも「気持ちのいいこと」「自分には未知のこと」という分別において同じだった。

夜、大切な庇護者であるムレーサエール侯爵と身体を重ねて身も心も燃焼させ、深い眠りに落ちる。朝がやってくると、侯爵との男色に駆り立てた淫らな情動は消えていて、楽々と学習へと駆り立てることができた。侯爵の帰宅時間が近づくと、そわそわと落ち着かなくなり、身体が侯爵を求めて淫らに疼き出す。その循環の中に厩戸は安住していた。

なぜ性的な衝動、淫らな欲望が起きるのか。その謎への関心はずっと持ち続けているが、解答は発見できずにいる。だからこそ、いっそう侯爵との男色にのめり込んだと、いえなくもない。昼間の学習において生来の天才性を無限に発揮したのと同じく、寝室においても彼は痴態の限りをつくした。インドに古来から伝わる性典『カーマ・スートラ』とその男色版を読破して秘技をすべて体得し、侯爵を相手に試みた。ためらいはなかった。恥ずかしいことをしているとも思わなかった。快感は肯定されるべきであり、汲めるだけの快感を汲みたい。汲んで汲んで快感の井戸を汲みつくし、その底にあるものを見極めたい。明確に自覚しているわけではないが、それが彼の意識下での願いだった。十三歳になったことで肉体の発育面でも大人にさしかかり、厩戸はさらに性事に励んだ。

ムレーサエールが音《ね》をあげる時がきた。このままでは身が持たない。危機を覚えるほどだった。厩戸が性の怪物のように思えてきた。珍種の幼虫を拾い上げ、自分好みに飼育したつもりが、成長したのは怪物だった。といって、手放す気などさらさらない。怪物と知って、ますます魅入られてゆく感すらある。身体がもたないだけ。それを認めるのは癪だった。

「仲間入りしてくれ、ユーシラ」

美貌の侍女頭を寝室に引き入れた。三つ巴になって交わり、疲れてくると自分だけ寝台を離脱して、厩戸とユーシラの媾合を眺めた。男色に馴染んでいたはずの厩戸は、約一年間の女色の空白を感じさせないほどユーシラとの相性がよかった。興奮してそれを観賞しながら、四十歳間近の侯爵はふと、これが老いというものかと思い、初めての寂寥《せきりょう》感に見舞われた。

女はユーシラだけでは終わらなかった。新鮮さを求めて次々と侍女たちが寝室に引き入れられた。ムレーサエールの夜の生活は乱脈の兆しを見せ始めた。屋敷内に退廃《たいはい》の雰囲気が忍び寄った。このままでは使用人に示しがつかない。昼間の活動にも影響が出た。貴族院での討議中、云うべき言葉が見つからずに演台を前に立ち往生したり、取引内容を取り違えたりもした。

「少し慎もう、白い王子」

ついに彼は宣言した。身を切る思いで。

「侯爵がそう仰せでしたら……」

厩戸は悲しげな眼の色になってうなずいた。

けれども厩戸が殊勝だったのはその一晩だけだった。翌夜から、あの手この手で侯爵を誘惑した。何も聞かなかったような顔をして。ムレーサエールはひとたまりもなかった。慎もうとは云ったものの、厩戸に飽きが来ていたのではないうえに、謹慎、抑制を宣言したことで、厩戸への欲望が強まってしまっていた。そこに厩戸は誘惑攻撃を仕掛けてきた。

ムレーサエールが教え込んだ手練手管《てれんてくだ》をそっくりそのまま打ち返してきた。侯爵が厩戸に仕込んだ色ごとの性技は、自分の好みである。つまり弱点である。それが返ってくるのだから効果は覿面《てきめん》、慎むどころか、以前よりも身を入れてしまう始末だった。

「旦那さま、少しはお慎みあそばされませ」家宰のバラン・デーヒが思いあまった表情で諫言《かんげん》に及んだのはそんな時である。「他言は無用と厳しく云って聞かせておりますが、末端の使用人の口にまで戸は立てられません。このままゆきますと、タームラリプティの町の隅々にまで旦那さまの芳しからざる噂が広まるのは必定にございます」

「よくぞ申してくれた。実は、ほとほと困《こん》じ果《は》てておるのだ。自分のことがわからぬではない。慎めるものなら、とっくにそうしておる」

「元兇は、かの白い少年にございますな」

「あの子を手放す気はない」ムレーサエールは先回りをするように云い、さらに先回りして脅迫口調で決めつけた。「あの子に手を出してはならんぞ、バラン・デーヒ」

家宰は溜め息をついた。「困りましたな」

「何かいい考えはないか」

「これ以上、侍女を動員することは賢明とは申せませぬ。仕事ぶりに、ゆるみが生じております。侍女頭のユーシラまでがそれに気づかぬというか、目をつぶっているようで」

「おれ一人では、毎夜の相手はできぬのだ」

「そのようなお言葉を旦那さまの口から聞くことになろうとは」

「歳《とし》はとりたくないものだな」

家宰はうなずきかけ、ぽんと手を叩いた。「旦那さまがご経営の娼館に、あの少年を通わせてはいかがでしょうか」

「なるほど、あそこならば屋敷の外だからな」

「屋敷の外ではありますが、ムレーサエール侯爵さまの支配下であることは変わりません。いうなれば裏の屋敷。よって悪評、醜聞《しゅうぶん》は広まりませぬ」

「うまいことを考えたな。あの子の怪物的性欲を、娼婦たちに解消させるというわけか」

侯爵は自嘲《じちょうてき》的に云い、次の瞬間には声をたてて笑い始めた。

「何がそんなにおかしいのでございます、旦那さま」

「これが笑わずにいられるか。おれはそもそも、あの子を娼館の男娼にしようとコーフラー団から買ったのだ。三万ヤロヴァで。思いきや、その子を、客として娼館に送迎することになろうとは」

ムレーサエールの経営する娼館はタームラリプティに五つあり、階層別の趣を成している。金に糸目はつけないからともかく最上の思いを味わいたいという富裕層の客から、爪に火を灯して貯めたなけなしの金を払ってでも劣情を遂げたいという貧しい客まで、あらゆる層に対応できるようになっている。

「それが人間社会の原理なのだ」目を丸くする厩戸に、侯爵はしかつめらしい表情で説く。

「社会的体面も何も剝ぎ取った、剝き出しの世界だからこそ、人間社会の本質が凝集されて表われているといえる」

侯爵は厩戸を最上格の娼館に連れて行こうとしたが、厩戸は異を唱えた。いちばん下の娼館に行きたい、と。

「きみに最高の思いをさせてやりたいのだ。きみを独占できなくなったことへの、せめてもの罪滅ぼしとして」

「せっかくですから、階層ってどんなものなのか、いろいろ体験してみたいんです」

ムレーサエールは目を剝き、まじまじと厩戸を見つめ、肩をすくめた。「きみにはますます敵わなくなったな。よかろう、その望みを叶えてやる」

ガンジス河口の一大商業都市にして殷賑《いんしん》の巷《ちまた》タームラリプティに蒼い暗闇が舞い降りた頃、ムレーサエール侯爵邸から四つの影が忍び出た。いずれも踝《くるぶし》までの長いマントで全身をすっぽりと包み、顔は仮面で隠していた。ヒンドゥー神話に登場する神を意匠した仮面である。四人の中で一人だけ背が低い。上背のある三人のうちの一人は、マントが何かの拍子にめくれると腰に長大な剣を佩《は》いているのが見て取れた。

見るからに怪しい四人——さりながら、夜ともなれば退廃堕落の都に変貌するタームラリプティでは、さして人目を引く姿とはいえない。四人は街区を抜け、運河沿いに歓楽街へと入っていった。静かな住宅街とは一変して、けばけばしい外観の売春窟、賭博場、居酒屋が軒を連ねている。人出も多かった。どこから湧いてきたのかと目を疑う数の人々が通りに渦を巻いている。彼らを引きこもうと客引きたちが声をあげ、店の扉が開くたびに音楽が流れて、その喧《やかま》しいことといったら昼間の市場以上の感がある。

客引きの手を邪険に振り払い、四人は歓楽街外れに立つ三階建ての館の前に立った。看板に、亀頭のイメージを意図的に擬えたコブラの絵柄が描かれている。

「ナーガの館」看板の文字を読んだその声は、背の低い一人の口から出た。

長身の三人の一人がうなずいた。「ナーガとは不死と生命力とを象徴する蛇神。生命力の根源である性の象徴でもある。そうはいっても、ここの番付は最下級だ。娼館、売春窟という呼び名より、淫売宿と呼ぶのが相応しいが」

扉の前に、呼び鈴の編み紐が下がっていたが、待っていたかのように扉が内側から開かれた。

屈強な身体つきをした男が四人を恭しい態度で招じ入れ、大広間を抜けて、奥へと案内した。大広間は待合室を兼ねていて、すでに何人かが酒盃を重ね、指名した女が先客との仕事をすませるのを待っている。彼らは自分たちの前を横切ってゆくマントに仮面の四人を冷ややかな目で見送ったが、素っ頓狂な声をあげた二人組がある。

「何でえありゃあ？　こんなところだってのに、意味深な恰好をしやがって。あれじゃまるで、お偉いさんのお忍びだ」

「ばか、金持ちがこんなところに来るかってんだ。ここは、なけなしの金をもったおれたちのような者が通う場所だ」

すると、別の一人が訳知り顔で、

「おまえさんたち、ここは初めてらしいな。いかにもあの四人は高貴の身分よ。どこぞの殿ばらじゃ。上玉を抱くことに飽きがくると、ああして下賤《げせん》の味見をする気になるらしい。あやかりたいものよ」

四人は奥の一室に通された。

「お待ちしておりました、侯爵さま」

樽《たる》のように肥えた中年の女が深々とお辞儀をして出迎えた。派手な化粧、派手な衣装、かつてはそれなりの美貌であったことがうかがえる顔。

「このような掃き溜めにご降臨くださり、アグニスーリヤ、光栄至極ですわ」

「云ってくれたな」仮面の下からムレーサエール侯爵の笑いを含んだ声が響いた。「何が掃き溜めだ。わたしは掃き溜めを経営しているつもりはない。あくまで客の懐具合に合わせているのだ。性に餓えたるすべての男女に斉しく性交を――。機会均等は、表裏を問わずわたしの商売上の標語である」

「ご高説はもう聞き飽きました。何かお呑みになりまして？」

「やめておこう。準備はできているな？」

「あのカーテンの向こうに揃えております」アグニスーリヤと自らを呼んだ女は、奥の壁と見えて垂れ下がった緞帳《どんちょう》を指し示し、次いで視線を背の低いマントの主に向けた。「では、こちらが？」

ムレーサエールはうなずいた。「アシュヴァ王子。我が最愛の寵童にして、本日の賓客だ。よろしく世話を頼みたい」

侯爵は自らの手で厩戸の顔から仮面を外した。

現われた顔にアグニスーリヤは目を大きく見開いて、息を止めて見惚れるふうだった。ややあって、吐き出した溜め息は熱を帯びていた。「まあ、これは何と魅力的な！　侯爵がぞっこんでいらっしゃるとはうかがっておりましたが、いかさま、この子ならば……美しく、艶めかしく……」

十三歳の厩戸は、幼年期のあどけなさが進化し美麗なものに変貌してゆく過程にあった。それでなくともムレーサエールとの連夜の媾合で、性的に磨かれている。そのように開発された魅力が、娼婦上がりの女差配人、海千山千《うみせんやません》のアグニスーリヤの心を一撃したものらしい。王子という呼称、異国の王子の証明であるかのような白い肌も、彼女にとっては媚《び》薬《やく》となって作用した。

「王子さま」アグニスーリヤは侯爵に対する以上の恭順さを見せて一度ひざまずいた。「アグニスーリヤと申す当館の主人にございます。王子さまのことは、侯爵さまより仰せつかっております。何なりとお申しつけくださいませ」

「聞いての通りだ、白い王子。この女がすべての願いを叶えてくれる。ここはきみの後宮なのだ。思いのままに振る舞うがいい」口添えするように侯爵は厩戸の耳元で云った。自らの権力を愛人に誇示してみせる権力者の満足が盛られた口ぶりだった。アグニスーリヤをかえりみて、冗談めかした口ぶりで云った。「王子が気に入ったようだな」

「それはもう。もしおいやでなければ、わたし自ら手とり足とりお教えして差し上げたいとまで考えているところですわ」

「現役に戻るというのか。これは面白い。だがな、アグニスーリヤ。手とり足とりというのは思い上がりも甚だしいぞ。何とならば、この子はわたしが一年をかけて育て上げた逸品だからだ。手練手管を極めたおまえであっても、敗北は必至であろう」

このわたしでさえ——うっかり出てしまいそうになったその言葉を侯爵は呑み込んだ。厩戸をここへ連れてくる真の理由を娼館の女差配人には話してはいなかった。寵童に対する性教育の一環という説明を、アグニスーリヤは真に受けている。

「まあ、侯爵さま、お戯《たわむ》れを」

アグニスーリヤは笑いだしたが、すぐにその笑いは止んだ。ムレーサエールが厩戸のマントを剝ぐと、その下から裸身が現われたからである。アグニスーリヤはぽかんと口をあけ、落雷を浴びたように動きを止めた。厩戸は、足元を飾るマウリヤ王朝風のクラシカルな紫染めの革サンダルをのぞけば、一糸まとわぬ全裸だった。照れるでもなく、恥じるでもなく、一種の高貴な自然体とでもいうべき香気を放って、娼館の女主人の前に生まれたままの姿を晒した。口辺に妖しい微笑をにじませて。

「この通り、王子はもう臨戦態勢に入っている。マントの下は丸裸。そのような趣向で連れていってほしいと願ったのは、誰あろう、王子のほうから……や、アグニスーリヤ、何をするつもりだ」

娼館の女主人は、鼻息を荒らげていたが、やにわに着衣を脱ぎ始めた。

侯爵を含む三人の大人はたじろいだ。

「王子さまを見ていると、わたしも同じ姿になりたくなったのですわっ」

息を弾ませて答えると、アグニスーリヤは贅肉をぶよぶよと波打たせながら小走りで部屋の奥に向かい、カーテンをさっと開け放った。

幾つも置かれた長椅子に、着飾った、あるいは露出過多の装いをした館の商品たちが、思い思いの姿で腰かけていた。その数は三十人ばかり——。

「お言いつけどおり、稼働中のものをのぞいて皆を集めておきました」

アグニスーリヤは云うと、長椅子の一つに空きを見つけ、駆け込むようにして豊肥な尻を押し込んだ。さあ、わたしを選んでといわんばかりに左の腋を見せて、しなをつくった。

女主人が素っ裸で現われたのを見て、呆気にとられていた商品たちは、次の瞬間、どっと笑い声をあげた。

「さあ、王子よ」ムレーサエール侯爵は全裸の厩戸を追いたてるようにして導いた。「これに打ち揃いたるは、ナーガの館の性神たち。まさに十人十色《じゅうにんといろ》、いずれを選ぼうと王子の自由、お好み次第だ。ただし、ここを選んだのは王子自身であるからには、今になって、気に染まぬ、他の館に変えてほしいとのわがままは許されぬ」

この時、ムレーサエールはいささか嗜虐的《しぎゃくてき》な心理に駆られていた。ここに揃っているのは、最低級の商品たち。どれもこれもひどいご面相、少しでも目の肥えた者ならば正視に耐えぬ醜悪な肉体、誤魔化しきれぬ齢の高さである。厩戸の驚きはいかばかり——。厩戸は最低級の娼館を選択したことで侯爵の意に反した。せっかくの好意を踏みにじった。それを今、後悔しているに違いない。厩戸の肩が今にも震え出すのを期待した。

「誰を選んでもいいの?」振り返って念押しするように問いかけた厩戸の顔には、無邪気といっていい歓びがあふれていた。「誰にしようかな」

厩戸は弾む足取りで前へと進んだ。

女主人の張り切りようを笑っていた猥雑なざわめきは、ぴたりと止んだ。性の商品たちは一転、呆気にとられた顔に逆戻りした。自分たちの客は仮面に顔を隠しマントに身を包んだ三人――当然そう看做していた。思いきや、全裸の少年に品定めをされようとは。

彼女たちはよく承知していた、娼館が別世界であるということを。世間の規範とは隔絶し、ここでは何が起きてもおかしくないし、また現に起こってきた。たいがいの変事、意外事には慣れっこである。その彼女たちが驚いた。前代未聞の珍事だと。

厩戸は恐れることなく彼女たちに近づき、一人ひとりをじっくりと眺めやった。一見、常連客らしい手慣れた態度であるかに見えて正反対。まったくの好奇心からと知って、彼女たちの驚きの増すまいことか。そんなふうに見られたことは一度としてないのである。

驚きが去ると、次に彼女たちは声にならないどよめきをあげた。この娼館の客といえば、相手にしたくない者たちばかり。すかんぴんで、風采が上がらず、頭のネジがゆるんだようなのもいれば、不潔極まりないご仁も少なからず。不平をいう筋合いではないことは、そういう輩に買い上げられる彼女たちも弁えている。哀しく自覚している。目くそ鼻くそを笑って何になろう。ところが、目の前を行き来する裸身ときたら、ついぞ彼女たちがお目にかかったことのないものであった。みずみずしさ、少年らしい清潔さ、見るからにすべすべとした肌、適度な肉づき、全身から放たれる若い雄の蒼い媚香――。

――ああ、これではどちらが商品かわからない！

にわかに彼女たちは顚倒した思いに駆られた。欲情を隠さぬ目で厩戸を眺めやった。自分が商品であることも忘れ、あの子を買いたいと誰もが熱望した。

何人かが手を伸ばし、厩戸に触れようとする。あと少しというところで、はっとした表情になって手を引っ込めてしまう。すれっからしの娼婦らしからぬ純情さであった。ムレーサエール侯爵は興味の目で厩戸を見守り、興奮さえ覚え始めた。嫉妬のなせるわざである。

「誰を選ぶであろうか」声をひそめ、傍らの仮面に問う。

「見当もつきませぬ」冷めた声は家宰バラン・デーヒのものだ。彼は今回の件の発案者としての責任と、さらには侯爵の監督官たるの自負を以て同道したのだ。

「おまえはどう思う、ラクーマ・グン」

「右から三つ目の長椅子にいる、髪の短い女ではないでしょうか。胸はぺしゃんこですが、あれが拙者にはいちばんの美形に見えますので」厩戸の剣の師は、興奮を隠さない声で云った。彼は侯爵の護衛役として同行を命じられた。「して、侯爵さまはいかが思し召されまする」

「おれはな……」ムレーサエールは心のどこかで期待していた。土壇場《どたんば》になって、厩戸が駆け戻ってくることを。

厩戸は、とある商品の前に足を止めた。ムレーサエールが、その可能性を一顧だにしなかった商品の前に。

「名前は？」

訊ねられたほうは、一瞬、惚けた表情になった。自分など素通りされると思っていたのだろう。

「……ブーカンプと申しますが、旦那さま？」

「旦那さまはやめろ、ブーカンプ。ぼくはアシュヴァだ」

「さよう心得ます、アシュヴァさま」

「どうして男はおまえ一人だけなの、ブーカンプ」

ブーカンプと名乗った男娼は、激しく左目をしばたたいた。右目は無惨な傷跡とともに潰れていた。鼻も潰れ、引《ひ》き攣《つ》ったように開いた唇からは変色した乱杭歯《らんぐいば》が剝き出しになっている。初老に入ったばかりと見える齢の頃で、腰布一枚まとっただけの裸身はあちこちに傷跡が走り、筋骨のたくましさを留めている。

「わたくしから説明いたしますわ、侯爵さま」アグニスーリヤは了解を求めるようにムレーサエールに云うと、贅肉を揺らしながら厩戸に歩み寄り、まずは男娼を叱りつけた。「お立ち、ブーカンプ。お客さまからご下問を受けているのに、いつまで坐ったままでいる気？」

ブーカンプはのっそりと立ち上がった。

「男が一人混じっていたので、お驚きになられたのも当然と存じますが――」アグニスーリヤは厩戸に説明を始めた。「この男はいわゆる男娼なのでございます、王子さま。男娼と申しますのは、いわゆる男の娼婦でして、彼を買うのは六割方は男に飢えた女、残る四割は男に飢えた男にございます。男が娼婦をするなど、不思議とはお思いでしょうが――」

「思わないよ、全然」厩戸は屈託のない声で答えた。「ぼくが訊いたのは、どうして男がいるのかってことじゃなく、男が一人しかいないのはなぜってこと。他はみんな女だなんて、おかしいじゃない。ね、どうして？」

「それは王子さま」アグニスーリヤは面食らったように答えた。「需要と供給の問題でございますわ。つまり、男娼を買おうという者は、絶対的に――いいえ相対的にというべきかしら――ともかく少数派なんですの」

「ふーん、どうして？」

「どうしてと仰せられましても。生理学的、社会学的にはそれなりに理由付けができましょうが、難しいことはわかりません。ともかく、娼館の経営者であるわたくしが申すことですから、これが間違いのない現実でございます。大切なのは理屈より現実……さ、王子さま、それはそうと、意中の娘はお決まりになりまして？　もしもお迷いでしたら、このアグニスーリヤから味見なさってはいかがでしょうか。若さでは引けをとりますが、そのぶん経験はたっぷりと積んでおりますから、床の中で王子さまのお好みを見抜いて、次からは相性ピッタリの娘を選んで差し上げられますわ」

女主人の立場を利用した売り込みに、職権濫用《らんよう》だと娼婦たちの間で不満の声が上がる。

「お黙り！　この館を仕切っているのは、このわたしなんだからね！」

アグニスーリヤのいきり立った声の後、厩戸の朗らかな声が続いた。

「ブーカンプって、どこが魅力なの？」

「は？」アグニスーリヤは拍子抜けした顔で厩戸を見つめ、肩をすくめて答えた。「そりゃあ男娼の売り物といったら一つですわ。ブーカンプ、腰のものをお取り」

女主人のいいつけに従い、初老の男娼は腰布を無造作に外した。厩戸が眼を丸くした。

長大な陰茎が太腿の半ばを過ぎて垂れ下がっている。

「うわあ、おっきいや！　象の鼻みたい」

厩戸は弾んだ声をあげた。一瞬の間隔をおいて娼婦たちがくすくすと笑い出した。少年らしい無邪気さと聞いたのだ。

仮面の下で、ムレーサエール侯爵の歯軋りが洩れ聞こえた。

「おたいらに、旦那さま」

すかさず自重を促すのは、家宰のバラン・デーヒである。

「ね、触っていい？」

厩戸が訊いた。アグニスーリヤにではなく、目の前のブーカンプ本人を見上げて。

意気込んでいたアグニスーリヤは白けた、というより憮然《ぶぜん》とした顔になり、他の娼婦たちはまだくすくすと笑っている。短い笑劇を見ているつもりなのだ。

「ご随意に、アシュヴァさま」

ブーカンプがむっつりと答えるのを聞き、彼女たちはさらに笑う。

「ブーカンプったら照れてるわ」

「ほんと。からかわれているのにねえ」

「からかわれてもいいから、わたしもあんなきれいな男の子におさねをいじられてみたいわあ」

同意する頭が幾つか振られ、何人かの娼婦が厩戸の気を惹こうと衣服の裾をはだけて股を広げ、女陰を露わにした。

厩戸は彼女たちには眼もくれず、ブーカンプの陰茎を握った。

「うっ」

初老の男娼の口から洩れたのは狼狽の声だった。娼婦たちの笑い声がさざ波のように引いてゆく。アグニスーリヤがぽかんと口を開けた。

厩戸の指をからめられたブーカンプの陰茎は、みるまに雄渾になっていった。マントを侯爵に剝ぎ取られた時からそうであった厩戸のほうも、みしっと硬度を増したかに見えた。

「決めた」厩戸はムレーサエールに向かって声を投げた。「ぼく、この人がいい」

侯爵は低いうなり声をあげて一歩前に出る。バラン・デーヒが即座にその肩に手を触れた。

「どうか、ご自重くださいませ」

我を忘れてしまったことを隠すためか、侯爵は胸を張り、威厳に満ちた声を出した。

「よかろう。それが王子の選択なれば。その者を選んだ理由を聞いておこうか」

侯爵だけでなく、誰もが固唾《かたず》を呑んで厩戸の答えを待った。室内が一気に静まり返った。

その中で次第に高まってゆくのは、抑えようとしても抑えきれないという勢いで洩れ出るブーカンプの喘ぎ声だ。初老の男娼は本気で感じているようであった。

当の厩戸は指を遣いながらしばらく考えているふうだったが、ブーカンプのわき腹に頬を寄せ、自らのものにもう一方の手を添えて答えた。「ぼくのここみたいだから」

ムレーサエール侯爵は苛立ちの日々を過ごした。厩戸がいっこうに帰ってこない。ナーガの館を去り際、好きなだけ遊んでくるがいいと鷹揚に云い渡しはした。遅くとも三日後には屋敷に戻ってくるだろうと考えていた。今日で十日になるというのに館に滞在中とは！

四六時中手元に置いておきたい掌中《しょうちゅう》の珠《たま》を、断腸の思いでアグニスーリヤのもとに通わせた。安否が気にかからない日はなく、連日使いを出して厩戸の様子を尋ねさせた。使いの持ち帰る答えは判で押したように決まっていた。もう少し居させて、と。

「もう我慢ならん。あの子を迎えに行くぞ、バラン・デーヒ」

出陣を下知する武将のように彼は叫んだ。厩戸に虚仮《こけ》にされているような腹立たしさとともに、厩戸を抱くことのできない性的な飢餓感も相俟《あいま》って、苛立ちは頂点に達していた。

家宰は冷静に応じた。「迎えに行く？　まるで奪い返しにゆくとでも仰せのようでございますな」

「何の違いがある。あれはおれの所有物だ」

「お待ちくださいませ、旦那さま。こちらから足を運んでは、侯爵の面目にかかわります。そろそろ戻って参れと命じるだけでよろしいかと。そこまで気がお急きでしたら、わたしが参りましょう」

夜陰に乗じ、例の如く仮面にマントという姿で出かけていったバラン・デーヒは、時間を経て戻ってきた。連れ帰ったのは厩戸ではなく、娼館の女主人だった。

「わたしの報告では、とてもご納得いただけないであろうと存じ、ご足労を願った次第にございます」

バラン・デーヒがそう前置きして、アグニスーリヤを前面に押し出した。

「あの子は、何と申しますか、性魔ですわ、侯爵さま」

声だけでなく肥満した身体をぶるぶると震わせて女主人は云う。

「どういう意味だ」

「底なしの性欲、飽くなき欲情……ともかく、あんな子は見たことがありません！」

アグニスーリヤの語るところによれば、こうであった。

——最初の夜、侯爵が去ると、さっそく厩戸はブーカンプと同衾した。憐れブーカンプは涸《か》れつくし、それから三日間、男娼として使いものにならなくなったという。本人いわく、一滴残らず搾り取られてしまった。かたや厩戸は、次の日には別の女を指名して、明け方まで放さなかった。女の顔ぶれは変わるものの、連日その繰り返しで、今では館の娼婦全員と交わっている、と。

「何ということか」ムレーサエールは天井を見上げて長嘆息した。厩戸は十三歳である。常識的に考えるならばあり得ないことながら、アグニスーリヤの話にいっさいの誇張がないと侯爵には直感された。彼女は厩戸を性魔と呼ばわったが、他ならぬ侯爵自身が彼を怪物視していたのではなかったか。怪物が娼館という異世界を知り、適応順応し、さらなる変貌を遂げた、性魔に！　その流れが彼の腑に落ちるのは、育ての親なればこそであろうか。

「や、アグニスーリヤ、おまえ、あの子を抱いたな」

「わたしが抱かれたのでございます！」

娼館の女主人は、悔しさと歓喜の入り混じる恍惚《こうこつ》とした表情になって身を揉む。五十歳を超えたこの肥満女が童女かとも見え、ムレーサエールは息を呑んだ。

「二番目」アグニスーリヤは子供じみた仕種で二本の指を立てた。誇らしげに云う。「ブーカンプの次に指名された女というのが、実はこのわたしなのです」

侯爵は心の中でうめいた。最初が初老の男娼、次に五十路の女将。おお、何という選択だ。

「素晴らしい抱き心地、いいえ、抱かれ心地だったことでした。こんな商売をしておりますけれど、あれほどの夢見心地を味わったのは生まれて初めてかと。これまでのわたしって、いったい何だったのか――そう思ったほどにございます」

「こ、こいつめ、ぬけぬけと！」

「わたしだけではございません。他の女たちも口々に同じことを申しております。すれっからしの最低級の娼婦たちが、幸福そうに顔を輝かせて」

侯爵は大きく舌打ちした。「のろけ話を聞かせるために参ったか。わたしはあの子を戻せと命じたのだぞ。なぜ従わん」

「それは……」

アグニスーリヤは異常に怯えた表情になり、助けを乞う視線をバラン・デーヒに投げた。

家宰は首を横に振った。「おまえ自身の口から旦那さまに申し上げよ」

「王子さまは、まだしばらくはナーガの館に滞在したいと……つまり……」

顔を引き攣らせ、口ごもるアグニスーリヤに侯爵は声を荒らげた。

「すでに全員とやったというではないか」

「いいえ、その……ですから……」

「はっきりいえ」

「王子さまはお望みなのです……男娼になりたいと」

ムレーサエール侯爵はナーガの館に急行した。バラン・デーヒ、ラクーマ・グンが脇を固め、その後をアグニスーリヤが咽喉をあえがせて懸命に追った。

厩戸は娼館の一室で、三人の娼婦を相手に乱戦中だった。ムレーサエールの剣幕に恐れをなした女たちは悲鳴を上げて逃げ出し、室内は二人だけとなった。

寝台の上にしどけない姿で横たわった厩戸の肌は、女たちが舌を這わせた唾液で濡れ、股間のそれは十三歳とは思えない威容を見せてそそり立っていた。踏み込んできたムレーサエールから放たれる怒気に怯むどころか、誘いかけるように不敵に脈動した。厩戸を一目見るなり、侯爵を駆り立てていた怒りは一気に欲情に変換した。それでなくとも厩戸を抱かなくなってもう十日が経過しているのである。彼は着ているものを荒々しく脱ぎ捨て、猛然と厩戸に襲いかかった。怒りに煽られた欲情であったから、容赦なく厩戸を扱った。抱くというよりも犯すといったほうが適切な挑み方だった。厩戸に対するあらゆる感情が、強姦も同然の表現形態となって発露した。厩戸は拉《ひし》がれもしなければ、耐えてやりすごしもしなかった。敢然と応戦した。侯爵は、自分が主導権を取られていることに気づいて愕然とした。怒りと欲情に駆られて押しまくっているうち、不覚にも逆転されてしまった。厩戸の愛撫に快感の波が押し寄せ、責め立てる鋭鋒が鈍った。快楽に何度も我を忘れそうになった。懸命に踏みとどまると、主導権を取り戻すべく持てる技巧の限りを尽くした。凄まじいばかりの性技の応酬が長時間にわたって繰り広げられ、勝負はついた。侯爵は勢いよく精を噴き出し、厩戸は然《さ》に非《あら》ず、という決着だった。

「本気なのか、王子」ムレーサエールは息も絶えだえになって訊いた。

厩戸は首を縦に振った。「気づいたんです。ここにいれば、毎回違う人とできるって」

侯爵は厩戸の顔を凝視し、それが心懐を率直に言葉にしたものであることを認めた。驚倒しつつ、彼は必死に説得の言葉を探す。「よいか。毎回違う人と交わるとは、いやな者であっても相手にしなければならないということだ。それが王子には耐えられるかな」

「いやな者?」

「意にそわぬ者ということだ。いや、この言い回しのほうが難しいか。ともかく、そなたは選ぶ側から選ばれる側になる。金で身体を買われ、拒否する自由はない。それでもいいというのだな」

「やってみなければわかりません。でも、ぼくは今これがいちばん楽しいんです」

「学業はどうするのだ。数学は、物理は、語学は。教授たちは口を揃えて申しておる。あの子は一流の学者になりましょう、と」

「ひととおりは習ってしまったから。習うだけで、応用、実践がないからつまらないんです。ギリシア語ができてもギリシア人と喋れるわけではないし」

「わたしがきみを三万ヤロヴァで買ったということを忘れるな。きみはわたしのものなのだ。屋敷へ連れ帰ることもできる」

「侯爵は、ぼくを男娼にするためにお金を出したんでしょう？」

ムレーサエールの措辞は尽きた。いっさいの始まりはそれだった。金銭のみの関係。今は自分と厩戸の間に絆が生まれている。身体と身体の交わりが生んだ奇しき縁《えにし》が――。

その思いは言葉にはならなかった。厩戸が男娼になれば、その絆が、奇縁が、すっぱり断ち切られてしまう、という考えは正しいのか――。そんな着想が新たに湧いたからである。確かに自分は育ての親だが、雛《ひな》は成長していずれ親元から飛び立つ。自分の手に負えなくなった怪物を然るべき世界に解き放ってやる、それも親たるものの務めではなかろうか。この類い稀な性的怪物が娼館という恰好の舞台を得て、どこまで変貌を遂げるのか見届けたい興味もある。厩戸の性技は驚異的なまでに磨かれており、屋敷で彼が囲い者にしていた時の比ではなかった。厩戸を本人の希望通りこの館で男娼にして、気が向いた時に抱きに来ればいいではないか。

ムレーサエールは諾《うべな》った。「勝手にするがよい」

退廃の都タームラリプティの最底辺の娼館ナーガの館で、男娼および娼夫としての厩戸の生活がはじまった。男を相手に男色行為をするときが男娼、女とふつうの男女の交わりをするときが娼夫という言葉の使いわけである。

最初、厩戸は男娼となることが多かった。それは娼館の女主人であるアグニスーリヤがそのように売り出しを図ったからであった。男娼としてのほうに商品価値があると判断したのだ。

白い肌の男娼、十三歳。二つの商品価値がある。肌の色については、あくまで物珍しさであり、インド人と違うということは不利にもなりかねない要素である。事実、気持ちが悪いからと敬遠、尻込みする客は少なからずいた。年齢についても、そのような危うさがあった。一口に男色というが、結局のところ女色と同じで、好みには幅がある。成人男子を好む男客がやはり圧倒的多数であり、多くの人が少女姦に抵抗をおぼえるのと同じく、十三歳の少年を抱くことに忌避感情をいだく男客は多かった。珍しさから品定めされることはあっても、別の男娼に客をうばわれる場合がほとんどだった。

厩戸を好んで買ったのは、根っからの少年嗜好の客であった。彼らの口を通じて、あの白い男娼はすごいという評判が広まった。十三歳とは思えない性技を駆使する、と。権力と金にあかせて百戦錬磨の色事師を気どっていたムレーサエール侯爵を陥落させたほどの

〝すご腕〟である厩戸に、金で男の身体を買うしか能のない男色者たちが敵うはずもなかった。厩戸を男色の快楽の海に叩き込んでやろうと手ぐすねを引いていた彼らは、自分たちのほうがこれまで味わったことのない法悦の深海に沈められ、骨抜きにされた。厩戸が人気男娼となるのにさほどの時間はかからなかった。

彼を買うのは客だけではなかった。同じ男娼仲間が金を払って厩戸の一夜夫となった。ブーカンプが口を極めて激賞したからで、彼らも厩戸の魅力にとりつかれ、厩戸を共有した。男娼に買われる男娼、というのが厩戸につけられた宣伝文句だった。つけたのはアグニスーリヤである。厩戸に興味はしめすものの、自分とは違う色の肌、あまりの若さに二の足を踏む客たちに、女主人はこんな口上を弄《ろう》して売りこむ。

「あら、この子は男娼がお金を出してまで買いたがる男娼でしてよ。それがどんなに素晴らしいことか、おわかりになりまして、旦那さま」

厩戸は予約がなかなか取れないほどの人気男娼となった。男たちとの〝実戦〟を通じて、厩戸の性技はますます磨かれていった。回数をこなせばこなすほど実力はあがっていった。疲れることはなかった。それが若さだった。男色行為は、彼の第二次性徴を進行させ、同世代の少年に較べてすこぶる大人の男にした。一日の客数を制限するアグニスーリヤの配慮もはたらいていた。貴重な稼ぎ手を際限なくはたらかせ、潰してしまってはもったいないという経営者としての配慮であり、ムレーサエール侯爵からの預かりものであるという遠慮であった。

女たちも厩戸を放ってはおかなかった。彼女たちが最初に目をとめたのは、スジャータがそうであったように厩戸の容姿である。白い男の子を可愛がりたい、愛玩動物にしたい、単純に淫ら心をゆすぶられた。アグニスーリヤは厩戸を当面は男娼一本で売り出すつもりだったので、女客たちの前に厩戸を連れ出すことはなかった。それでも同じ娼館の中である。男色と女色は階が違ったが、入口は同じで、階段も共有。男客を導き、見送る厩戸の姿を女たちは目撃した。あの子を買いたいとアグニスーリヤに懇願した。

ナーガの館は最底辺の娼館で、男客は最底辺の階層の者ばかりだったが、意外や女客は上流階級の夫人が多かった。というのも彼女たちは同じ階級の優男たちにはあきあきしているからで、身分を秘し、お忍びでナーガの館にいそいそと通っては、身分を鼻にかけてそのぶん男らしさや野性味を失ってしまった夫や愛人たちより、野卑でたくましい男たちを買い、その肌をむさぼるのを好んだ。身分の賤《いや》しい者に抱かれることに堕落の愉悦も味わえた。そんな女客の懇願なのである。アグニスーリヤは拒否してばかりもいられなくなった。上客の女たちからの要求に応じているうち、厩戸は女客の間でも評判を呼んで、男客と女客の争いにまで発展しそうになった。かくしてアグニスーリヤは奇数日を男客に、偶数日を女客にと公平に割りふることで事なきを得た。

厩戸は仕事をこよなく愉しんだ。すべての行為に悦びがあった。新しい客に対してはどきどきするほどの新鮮さがあり、馴染みの客には馴染みの客ならではのこなれたよさがあった。一方的に男に抱かれ、女に抱かれているのではなかった。大人たちの性欲に奉仕し、その劣情の犠牲になっているのではなかった。なんといっても厩戸のほうが積極的だった。悦びは二人でつくりあげる共同作業のようなもの、というのが厩戸の基本思想としてあった。

それを好まぬ客はいた。彼らは厩戸を一方的に支配し、蹂躙しようとした。厩戸は逆らわず、彼らの意にまかせた。性向の把握につとめ、その源泉は何かを理解しようとつとめた。

理想的な男娼であり娼夫ではあったが本性ではない。すべては九叔道士のたくらみだ。厩戸の心の中核にとりついた、彼の陰の太一は性欲を煽った。厩戸を性欲の虜にし、堕落させ、性の地獄に呻吟《しんぎん》させて、最終的には破滅させようとした。厩戸がナーランダーにいたら、そうなっていた可能性は高い。確実に破戒していただろう。九叔道士の怨念が本格的に活動を開始した時、厩戸がいたのは娼館だった。皮肉にも、といったらよいのか、幸運にもというべきか。娼館という、人間社会の反転世界である異空間において、九叔道士の怨念は厩戸をむしろたくましく生きのびさせる活力となって作用したのである。厩戸には九叔道士にとりつかれたという自覚はなく、いまの自分が本来の自分であると考えていた。九叔道士の怨念なしに彼がナーガの館に放り込まれたとしたら、厩戸は生きてゆくことができなかったに違いない。彼は九叔道士の道教的な操作によって、性事に、金でやり取りされる肉体関係に、汲めども尽きせぬ快楽を貪ることができたのだ。

表面だけ見れば、まことに醜悪な行為であった。金銭の授受とひきかえに、厩戸と客の男女との間には熱く汗ばむ肉体の交わりがあり、敏感な粘膜のこすり合いがあり、ぬらつく粘液のまぜあいがあり、吐息と嬌声の応酬があり、平時では聞くにたえない露骨な淫語のやりとりがある。それがどれほど汚らわしく滑稽なことかということを頭のいっぽうで考えない厩戸ではない。しかし泥中から伸びた蓮が美しい華を咲かせるように、醜悪で、汚らわしく、滑稽な行為から生まれる性の快楽のすばらしさは、蓮華に比せられるほどのものだった。

性の快楽の正体とは何か。それが厩戸の頭を片時たりと去らない疑問なのであった。スジャータとの間に破戒の行為を結んで以来というもの、彼はずっとこの問題を考えつづけてきた。快楽とは何なのか、と。ナーランダーに答えはなかった。あの僧院にあったのは、快楽を否定する思考だけだった。いわく、欲望は煩悩であり、苦を生む。よってこの毒を捨て去らなければならない、と。厩戸は快楽の是非を問う前に、性の快楽の正体を見極めたかった。ナーランダーでは不可能だった。今にして思えば、そのために僧院を出たのだと確信できる。快楽の綱に引きよせられるがまま、破戒者、落伍者、堕落者の敗北感にうちのめされ、ナーランダーを後にしたものだが。

今、彼はここにいる。ナーガの館に。快楽の根源、快楽の策源地ともいうべき娼館に。

厩戸は見極めようとした。まずは快楽の正体を。なぜ快楽が起きるのかを。人間にとって性の快楽とは何か、それにどう対処すべきなのか――そんな哲学的な考察など後回しだ。ともかく第一に快楽の実態をつかまねばならない。すべてはそれから始まることだ。できるのか。できる、と厩戸は確信した。方法を知っていたからだ。その方法とは、ナーランダーで学んだものだった。一つは、心の重視である。仏教では畢竟《ひっきょう》、すべては心に帰すると説かれる。唯心、唯識である。心こそはもろもろのものごと、すなわち諸法をつくりだし、これを支配するものなのである。心がいっさいの主であり、言葉も行動も、すべては心から生まれる、心がつくりだす。ならば性の快楽も、結局のところは心の作用にほかならないということになる。心から生まれ、心がつくりだすものだ。それは仏教の徒たる厩戸にとって疑問をさしはさむことのない自明の理だった。

しかるに現実問題として、性の快楽と心とは、まったく架橋する余地のないほど別個のものに見える。心は個々人の胸の中にあると考えられ、いっぽう性の快楽は肉体から生まれる、肉体がつくりだす、と見えるからだ。だから、心と性の快楽をつなぐ道を見つければよい。心が、さまざまな複雑な過程を経て、性の快楽へと到る、その不可視な操作を可視化すること――それこそ厩戸がおのれに課したことであった。

厩戸が確信し、楽観したのは、すでに答えは出ているからであった。性の快楽とは何か、というのが問いであり、心が生み出すもの、せんじつめれば「心」というのが答えである。究極的に切りつめていうと、性の快楽とは心だ、ということになる。答えがわからずに、性の快楽とは何かという命題をたてて、やみくもに探してまわる、という作業ではない。だから、楽だと楽観した。必ずできると確信した。厩戸がやろうとしているのは答えを探すことではなかった。答えに到る過程をあばきだすことである。自分なりに納得することなのである。性の快楽とは心であるということが納得できれば、性にまつわるすべてのことどもが氷解するにちがいないという予感めいたものすらいだいている厩戸であった。

具体的にはどうするのか。方法の第二もナーランダーで学んでいた。

仏教は、八つの正しい修行法を説く。八正道である。正見、正思惟、正語、正業、正命、正精進、正念、正定の八つの方法だが、すべての出発点、基本となるものが最初の「正見」だ。見ること、正しく見ることである。正しく見るとは、見て、正邪の区別をすることではない。それではあらかじめ価値判断をもって物事を見ることになる。予断である。そうではなく、ありのまま、あるがままに物事を見るのが正見である。予断もなく、偏見もなく、ひたすら対象を見つめること。目をそむけず、見方にむらをなくし、きっちりと現象に向き合うこと。すべては「正見」から出発しなければならない、そう教えるのが仏教だ。神の預言に縋るのではなく、先祖から受け継がれてきた「智慧」に検証もなしに頼るのでもなく、法則といわれるもの、定理といわれるもの、天道といわれるもの、格言といわれるもの、そんなものをむやみとありがたがるのでもなく、自分を苦しめる対象を自分の目で凝視すること、見ること、見る、見る、見る、これがすべての出発点だ、と釈尊は教えた。仏教は演繹的《えんえきてき》ではなく帰納的《きのうてき》宗教だといわれるのはこのためだが、仏教がその他の幾多の宗教と根本的にちがうのは、まさしくこの点にある。幾多の宗教はおしなべていう、神を信ぜよ、わたしの神を信ぜよ、ただわたしの神だけを信ぜよ。さすれば、あなたは救われる、幸福になれるであろう。だから、わたしの神だけを崇めよ、と。釈尊はいう、見よ、と。現実を見よ、と。現実と向き合うのだ、と。すべてはそこから始まる、自力で始めよ。神などいない、と。正しく見ることから始め、修行をつみ、解脱する。涅槃《ねはん》にいたる。あなた自身が仏になるのだ。これがわたしの教えの精髄である、と。

厩戸もまた、その方法をえらんだ。正しく見ることから課題の究明を始めたのだ。娼館の男娼、娼夫は、それに最適の職業だった。立場を換えて、客だったとしよう。彼は何をもとめて娼館に来るのか。性の快楽だ。そのために金を払うのだ。ナーガの館のような最底辺の娼館の客は、働いて貯めたなけなしの金を払って、一夜限りの快楽をあがないにくる。そんな人間には、快楽を正しく見る余裕などない。彼は快楽に溺れに来るのだ。快楽と一体化して燃えあがるために来るのだ。溶けるために来るのだ。快楽の正体とは何か、快楽の正体が心であるのはなぜなのかという究明どころではない。

それができるのが厩戸の立場である。客にとって娼館での行為は非日常だが、厩戸にとっては日常だ。客をこなし、送り出し、次の客を迎え入れる。その繰り返し。そこには必ず性の快楽がともなった。掛け値なしに日常である。彼は次第にそれに慣れ、冷静に見られるようになったのだ。観察眼をはたらかせることができた。性の快楽は、頂点の前後は我を忘れてしまうほど強烈なもの。いかに正見をと自分に言い聞かせても、これだけは、どうにもならない。快楽の波が迫り、捲《ま》き上げられ、恐るべき速度で高みに連れていかれてしまう。そんな自分を観察などしていられない。まして厩戸の場合、心の奥底に九叔道士の悪因子がとりついているのだから、その快楽の度合いは常人にまして強烈であった。厩戸は、その前後の自分を観察することから始めた。自分がどの時点で快感を得はじめたのか、その見極めから着手したのだ。そして、快感の頂点が去って自分で自分を観察できる状態にもどると、快楽が引いてゆく自分を見つめた。頭で考えるほどやさしいことではない。幾度も失敗した。どれだけ失敗しようが、すぐに再挑戦の機会がやってくる。男娼だからだ。娼夫だからだ。なぜ失敗したのかも考慮のうえで再度、挑戦する。その繰り返しだった。男娼、娼夫としての商売行為は身を入れてこなす。きっちりこなす。相手を愉しませ、自分も悦楽を味わう。その一方で、快感に溺れる自分を冷静に見つめている自分がいる。孤独な観察者たる自分がいる。そんな状態に慣れていった。会得していった。

やがて厩戸は、刺激を受けた自分がどのような過程を経て法悦の絶頂に至るのかを把握できるようになった。そうなると、性の快楽はどきどきするほど未知なものでなくなり、面白みのないほど既知のものとなった。相手をする客は千差万別である。男と女の別があって、老若の別がある。容姿も違う。美しいといえるのはまず例外で、普通の顔だちの者から、目をそむけそうになるほど醜い容貌までさまざまだ。自分の容姿に自信を持っている者などまずいない。性の嗜好もありとあらゆるものがあり、一人ひとりが違うといっても過言ではないが、厩戸を従わせて悦ぶ者、従わせられて悦ぶ者、その中間の者に三分できる。そうした変化があり、多様性に富みながらも、厩戸にとって性の快楽は、もはや既知のものでしかなくなっていった。

それが、一種の余裕のようなものを生んだのだろうか。厩戸は快感を制御できるようになった。抑制したいときに抑制し、解き放つときは、ぞんぶんに解き放つ。それが可能になったのである。最初のころは、自分も客といっしょになって、ひたすら燃えていたが、そのような回数は日を追って減っていった。まだ、心が性の快楽を生む仕組みに肉薄するところまでは到達できてはいないものの、そうではあれ、自分がどのような刺激をうけると、快楽の種子がうまれ、芽吹き、成長してゆくかという仕組みがわかったからには、刺激に対する耐性を涵養《かんよう》すればよいことが自覚されたのだった。そうなると面白いもので、自分の快楽よりも客の快楽のほうに興味と関心が移るようになった。自身の快楽などそっちのけで、客を悦ばせることだけに専念した。それがまた厩戸の人気を高めたのだが、しかし、そこでも彼は、単に職業的にそうしたのではなく、観察者の目を忘れなかった。彼らは、彼女らは、結局のところ、何を求めているのだろうか。性の快楽それだけなのか。

その頃から、彼は自分を性の導師だと考えるようになった。十三歳の少年がそう考えること自体、およそ滑稽なことであり、自分でも呆れ、笑ってしまうしかないのだが、客観的に見るとそうとしか思えないのである。それは不遜な考えからではなかった。自分が高みに立ち、彼らを支配し、その情欲を誘導しているのだから、というおごった考えに発したものではない。客たちは性の快楽を一途《いちず》に追い求める。自分も最初はそうだったけれど、そうではなくなった今、何か彼らの介添えをしている気分、彼らに寄り添い同伴している気分、彼らが彼らの求める快楽を確実に得られるよう、それに至る道程を踏み間違えないようにぬかりなく点検しているのだという気分、それが、ナーランダーの僧侶社会にいた厩戸には、導師という言葉に仮託していいもののように感じられるのである。

そしてまた、やはりその頃からであったろうか、それもまた余裕のしからしめるところに違いなかったのだが、彼は客の話に耳を傾けるようになった。客たちは厩戸の超絶の技巧によって絶頂を味わうと、何かつきものが落ちたようになって、おのれのことを語りはじめる。話を聞いているほうが性交よりも面白いと思えることが増えていった。話の大半は失敗譚だった。自分がどうしてこんな最底辺の人間におちぶれてしまったのかという自責、後悔の念、自己憐憫にかられての告白である。物欲にかられての盗み、淫欲を制することができずに犯してしまった姦淫《かんいん》、憎しみのあまりの、嫉妬のあまりの人殺し……。もとより年少で、まだ人間社会というものをよく知らない厩戸のよく理解するところではないはずだったが、彼は理解した。なぜというに、それらはすべて、仏典に盛られていたからだ。彼は膨大な量の仏典を暗記している。聞いた話は、何という経典の、何という章に書かれている挿話と同じだということがわかった。そっくり同じといえないものも、捨象すれば必ずどれかの類例にあてはまった。

――仏典ってすごいんだな！

あらためて、いや、はじめてそう実感した。それまで釈尊の教えは、彼にとって文字面の情報、自分と無縁の物語だった。あくまで形而上《けいじじょう》のものだった。幼いころから彼だけに見えて、彼を苦しめてきた禍々《まがまが》しいものを祓う方便として必要なものに過ぎなかった。それが何と、ここで、こんな最底辺の娼館で、男娼、娼夫に堕した身になって、仏典に書かれていることが、血の通った人間の罪業として理解できるようになろうとは。ナーランダーで仏典をよみ、師の註釈に耳をかたむけ、心地よい瞑想にふけっていては得られないものを彼は得たのだ、この娼館で！

人間を堕落させるもの、失敗させるもの、破滅させるもの、それは欲だと。厩戸は理解した。

――苦の元となるものは欲である。欲が生み出す煩悩である。膨大な量の仏典が、手を変え品を変え、繰り返し繰り返し説きつづけていること、それを彼は深く理解した。今にして理解した。客たちから聞かされるのは、畢竟すれば、欲を制御できなかった悲劇的結末、それに要約できるものなのだった。物欲、情欲、我欲、強欲、金銭欲、支配欲、名誉欲、愛欲……すべての欲の総元締めは、ひょっとしたら性欲なのではないか。そう直感したのは彼がほかならぬ娼館の住人だったからであろう。

最初のうち、厩戸は耳を傾けているだけであった。性交のあとのおまけのようなものだった。もちろん彼は貪るように聞いていた。頭の中で仏典と照らし合わせながら。彼は天性の聞き上手でもあった。

客たちは告白した。堰をきったように告白した。涙を流しながら告白した。自分が今この境遇に堕ちているのを泣くというより、なぜあのとき魔が差してしまったのかと、まるで今がその逢魔《おうま》が時《とき》であるかのようにおびえ、身を震わせて泣く。泣いて告白し終えると、何か憑きものでも落ちたようにすっきりとした顔になって帰ってゆく。そして日をおいてまた性欲の虜となった顔で客として現われ、厩戸の身体で劣情をとげ、前とは違う失敗譚の打ち明け話をし、泣き、同じように満ち足りて帰ってゆく。その繰り返しだった。

そうではない客もいた。過去の愚かで醜い自分と向き合ってしまったことで、立ち直れなくなる客が。やむなく厩戸は彼らに語りかけた。なぜそんな失敗をしてしまったのか。どうやって悔いあらため、二度と同じあやまちを繰り返すことなく、これからを生きてゆけばいいのか、を。もちろん厩戸が考えたものではない。すべては仏典に書かれてある。

釈尊の言葉として。欲にかられて失敗し、罪を犯した人間。それを自覚している者もいれば、気づいていない者もいる。彼らに対して仏陀はどういう答えを与えたか。その個々の事例に関する膨大な問答集――仏典とは、いってみればそのようなものであった。厩戸にすれば、客たちが口にする告白の事例に似た案件を、脳内にすべて記憶した仏典を検索することで探し出し、釈尊の回答をそのまま伝えればいいだけのことだった。釈尊ならこういうでしょう、と。

釈尊の生きた時代から千年は経っているとして、人間は相変わらず愚かで、醜いものだと厩戸は思わずにはいられない。この千年、何の改善もなく、進歩もなく、覚醒もなく、同じ醜行を繰り返しつづけているとは。だから仏陀の言葉は千年を経たいまもなお何ら褪《あ》せることがない。昨日今日発せられた言葉のごとくだった。

厩戸が口にする言葉にすぐ納得する者もいれば、反論する客もいた。仏典には、反論に対する仏陀の再回答も記されているから、応答に厩戸は苦労しなかった。表面だけ見れば、仏陀の言葉を鸚鵡返《おうむがえ》しに口にしているにすぎなかった。だが、そうすることで厩戸は仏陀の言葉を咀嚼《そしゃく》し、自分の血肉としていった。仏典の一言隻句が単なる知識としてではなく、仏陀の肉声として理解されていった。仏陀たるの追体験。告白者たちとの対話は彼にそのような効果をもたらした。仏典を読み、知識として頭で理解するのではない。苦悩をかかえ救いを求める生身の人間が目の前にいて、彼らの表情を、声音を、吐く息のにおいを、汗まみれの体臭を実感したうえで仏典を脳内検索し、回答を見つけだし、それを声にする——それは、僧院の中でどんなに深く仏典を読もうとも、読みこもうとも、絶対に得られない迫真の追体験だった。それを厩戸は積んだのである、こともあろうに娼館で。

娼館の一室で展開される問答はやがて評判になった。白い男娼に悩みを相談してみろ、たちどころに解決してくれるから、と。厩戸を抱くためではなく、最初から自分の悩みを聞いてもらおうとナーガの館にやってくる客たちが増えた。それらは常連ではなく新顔だったので、アグニスーリヤは最初、客層が広がったと喜んだが、事の次第を知って、喜んでいいのかどうか複雑な表情をみせた。娼館はある意味、悩み相談所であるというのがアグニスーリヤの経営理念としてはあった。人々は日常の悩みを、性欲を燃焼させることで解決するため娼館に来る。だから娼館にもそれなりの立派な存在理由があるのだ、というのが彼女のひそかな自負であった。しかし性行為をともなわない単なる悩み相談所になってしまっては、娼館の意義にかかわる問題である。

厩戸は本来の職である男娼に倦《う》み、嫌気がさして、そこから逃げようとしているのではないか。だから仏陀の真似ごとのようなことをしている——アグニスーリヤはそう考え、館主の権限で久しぶりに厩戸を自分の寝室に呼んだ。厩戸を問いつめ、きつくお仕置きをしてやろうと企図した。久しぶりに肌を合わせた厩戸は、さらに磨かれた性技でアグニスーリヤを翻弄した。この子は格段に上手くなっている、と彼女は認めざるを得なかった。

接客に手を抜いているのではという疑念は払拭された。のみならず、快感があまりに強烈で何度も我を忘れるほどだった。これほどの快感、もう死んでもいい、とまで思った瞬間、娼館の女主人は憑きものが落ちたようになり、厩戸に抱かれ、その胸に顔をうずめながら、良家の娘に生まれた自分がどうして堕落し、最終的にはいまのような立場になったのかを縷々《るる》告白した。家に出入りしていた見栄えのする青年の甘言に騙され、ふたりきりの幸せな暮らしを夢見て駆け落ちしたまではよかったが、男に騙されて娼婦に売られてしまってからの一部始終を。喋りながら彼女はぼろぼろと涙を流した。

知る人ぞ知るの、絵に画いたような転落物語ではあったが、それを彼女は今まで自分から口にしたことは一度もなかった。だから自身がいちばん驚いたのである。いったいどんな変化が生じて、醜い来歴を打ち明ける気になってしまったのか、と。

「アグニスーリヤ、あなたには感謝しています。ぼくはあなたによって守られているのだから」

厩戸の言葉を聞き、娼館の女主人は浄化されたと感じ、厩戸に〝帰依《きえ》〟した。彼女は泣きながら叫んだ。「ナーム・アシュヴァ」

アシュヴァに帰依します、と。

帰依者は着実に増えていった。こうして厩戸は娼館の男娼かつ擬似仏陀として日々を送り、性技を練り、仏性を高めてゆきながら、十四歳となった。

十四歳の厩戸――。

父の異母兄であり、伯父である渟《ぬ》中《な》倉太珠敷天皇《くらのふとたましきのすめらみこと》が放った刺客をかわしながら日本を脱出したのが七年前、七歳の時だった。インドに来たのが八歳の時。それからもう六年。外見も成長していた。顔は大人び、もともと少年ばなれしていた上背もさらに伸びて、成人男性とほとんど変わらない。数えきれない房事で鍛えられた筋骨はたくましく、どこから見ても十四歳には見えなかった。何といっても娼館で男娼として暮らした歳月が、完全に彼を少年から卒業させたといっても過言ではなかった。擬似仏陀を演じることで風格が出たかといえば、そうではないのは、日々男娼として明け暮れしているからであろうか。年齢不相応にたくましくはあるが、あくまでも涼しげで爽やかな魅力を備えつつ、同時に色香のにおうような成長ぶり。毎夜、入眠前の瞑想も欠かさない。瞑想の中で彼は自在な存在となる。その日に体験し「正見」した性事の深層を解析し得るのは、瞑想という手段を通じてであった。この世のすべては「五蘊《ごうん》」によって説明できる、と仏教は説く。五蘊とは、色《しき》、受《じゅ》、想《そう》、行《ぎょう》、識《しき》だ。色は対象であり、受はそれを感じて受け容れるはたらき。受け容れたものをイメージとして構成するのが想、そのイメージによって心がアクティヴにリアクションを起こすのが行であり、その具体的な行動が識である。

性の営みもこれに合致する。眼、耳、鼻、舌、身、意の六つの感官が色を認識し、受容する。その結果、肉体に情動がわき、男性の場合は一物が勃起し、射精へと至る。射精すれば、心身の支配者であった情欲が吹き払われ、何事もなかったかの如くである。この一連の過程は果たして何であるのか。

心が性の快楽を生む仕組み――十四歳もそろそろ終わりに近づくころ、厩戸はそれを発見しつつあった。何のことはない、その原理は人間に生来的なものであった。だからこれを取り外したり、破壊したりすることはできないのである。ひらたくいえば性欲すなわち人間ということだった。考えてみればあまりに当然のことで、人間が種として子孫を残せるのも性欲があればこそである。性欲により人間は生まれ、次代を生む。性欲がなければ人間は滅びる。性欲なければ人間なし、これが真理だ。げんに釈尊も妻《めと》を娶り、子をもうけたではないか。

しかし性欲には邪しき側面もある。客たちの告白に耳をかたむけつづけ、厩戸はひとつの結論に到達した。彼らの転落の原因の多くは色ごとだった。性欲に人生を誤ったのである。表面的には色ごとではなく見えても、よく話をきけば、その裏には必ず男に女が、女には男が、そしてごく稀には男には男、女には女がいた。彼らが道を踏みはずしたのはそのためだった。性欲は人間であるから、すなわち生きることである。これを根絶することはできない。性欲という心のはたらきは、しかし野放しにしておけば、醜く肥大してやがてはその心の持ち主をも滅ぼさずにはおかない。我欲の追求は破滅への道である。それにどう対処するのか——釈尊が直面した問題とは畢竟、そういうことではなかったか、と厩戸は思い到った。せんじつめれば、それにつきる。その根源問題を釈尊は自分に問うた。問うた結果、答えを得たのだ。

答えとは何か。

性欲を制御する方法、これである。

厩戸は実践に挑んだ。客との性交渉中、性欲から自らを剝がすのである。燃えに燃えている情欲の炎を一瞬にして消し去るのである。そんなことが可能なのかといえば、可能なのだった。なんとなれば、性欲も非性欲状態も心の作用だからである。心の作用をうまく操れば、瞬時のきりかえなど造作もないことだと仏教理論上はそういえる。その理論を厩戸は実践することにした。性の快楽の仕掛けは実体験と「正見」と瞑想によってほぼ把握していたから、それが起こらないように心を操作すればいいのだった。その操作法を現わす言葉は、しかしながら、ない。というのも人間の識には八つあって、そのうちの眼識、耳識、鼻識、舌識、身識、意識まではそれを表現する名詞、形容詞を人間はもっているが、残りの二つの識、すなわちマナ識とアーラヤ識の解明は充分ではないので、それを言葉で表現はできないのだった。どんな分野であれ深遠な真理は言葉で言い表わすことができず、求道して体得しなければならないのと同じことである。

厩戸は実践した。客とのただれた情欲に燃えあがる自分を、瞬時にして消し去る。客の肉体の一部を受け容れながら、あるいは客に受け容れさせながら、真の自分は澄みきった湖の底に瞬間移動している。あるいはヒマラヤの万年雪の洞窟に。効果は肉体上に覿面《てきめん》に現われる。漲るばかりにそそりたっていた陰茎がすうっと縮小してゆく。しかし、まだ完成ではない。この修行の目的は性欲を消し去ることにあるのではなく、その制御法を会得することにあるからだ。性欲の制御とは同時に非性欲状態の制御でもある。それをふたつながら身につけなければならない。

非性欲状態の制御とは、たとえていうと清澄の湖底から、雪中の洞窟から、ふたたび性行為のさなかにもどってゆくようなものである。性欲を開き、それを閉ざして非性欲状態にする、その両極を円滑に往還すること、開閉点を簡単に切り替えるようにそれができること、それでこそ性欲制御は達成されたといえるからだ。

そんな頃、ムレーサエール侯爵が客としてやってきた。

「お見限りでしたね、侯爵。あなたに半年会えなくてぼくはさびしかった」

「いっぱしの男娼の口の利き方をするようになったな、白い王子。自分が男娼ブッダと呼ばれていることを知っているのか？」

着衣を厩戸に脱がせながら侯爵は訊いた。

「人がぼくをどう呼ぼうと、興味はありません」

「お笑い草ではないか。男娼とブッダの取り合わせなど」

「そうでしょうか」厩戸は微笑をうかべてムレーサエールを見つめかえす。その姿に侯爵は、威厳めいたものを感じて背筋が伸びる思いだ。「とは?」

今度はムレーサエールが厩戸の服を脱がしつつ訊く。

「ブッダも男娼とさして変わらなかったと思うのです。ぼくがいうブッダとは、ブッダになる前のブッダ、つまりゴータマ・シッダールタ王子のことですけれど」

「シッダールタ王子が男娼も同然だったというのではないだろうな」

全裸に剝いた厩戸の性器は天を衝いてそそり立っていた。勝利感、満足感にムレーサエールは気をよくした。彼自身の性器はまだ反応をしめしていない。厩戸はもうその気まんまんだ。自分を待っていた、自分を欲している——そう思えば、侯爵は自分が厩戸の上に立ったように感じられるのだった。その実、彼のほうが厩戸を買い求めにきたのだが。ささやかな勝利感に、ムレーサエールも反応していった。

厩戸は侯爵の前にひざまずいた。「そのまさかなのです。王子は男娼と同じでした」

「莫迦な。そんなことがあるものか。説明したまえ」

しかし、厩戸の口はムレーサエールの一物でふさがれていた。侯爵が求めずとも前戯はこの行為からはじまるのがふたりの間の暗黙の了解だ。

「説明するんだ、アシュヴァ」侯爵は腰を引き、一物を厩戸の口腔から引き抜いた。

「同時にはできませんよ」

「では立場をかえよう」

侯爵は厩戸を立たせ、自分がその前にひざまずくと、それに舌を這わせた。

「カピラヴァストゥの王城で――」厩戸は腰をくねらせながら話しはじめる。「シッダールタ王子は暮らし、外に出ることがありませんでした。見方を変えれば、王城に虜にされていたともいえます。ぼくもナーガの館に暮らし、外に出ることがあまりありませんでした。似た立場です。王子か男娼かの違いがあるだけです。成長したシッダールタ王子に父のスッドーダナ王は大勢の女性をあてがいました。毎夜の淫楽。淫楽につぐ淫楽です。次から次へと女がかわる。男だっていたかもしれません。王子ですから何事も思いのまま。王子は常人にはありえない性の営みを得ていたのです。ぼくと同じです」

反論するため、ムレーサエールは含んでいた厩戸の分身を口から抜いた。

「どこが同じなのかね。きみは男娼だ。金で客に買われる存在で、そうである以上、だれも拒むことはできない。どんないやな男あるいは女であっても、相手をしなければならない」

「王子は違うとおっしゃりたいのですね。王子はどんなわがままだってし放題だ。絶大な王権で絶世の美女をあつめることができ、いちど抱いて気に入らなければもう呼ばなければいい。いつでもどこでも自分の好きな時に、好きな嗜好で相手を抱くことができる、と」

「そのとおりだ。わかっているではないか」

「でも、やっていることは同じですよ」

「何だって？」

「ここに、ふたつ並びの部屋があったとしましょう。右の部屋ではシッダールタ王子が見目麗しい侍女を相手に媾合している。左の部屋では、ぼくが底なしの色欲にとりつかれた後家と交わっている。何の予断も持たずにそれぞれの部屋の扉をあけて、どっちが王子でどっちが男娼か、区別がつくでしょうか？」

「………」

「ぼくは、これを王子と男娼の論理と名づけました。余分なすべてを捨象して本質に迫るのです」

「何だか言葉で云い負かされただけのようだが、今はちょっと反論の言葉は見つからないな。で、それが何だというのかね」

「男娼とブッダという二つの言葉の取り合わせが、さして奇異なものではない。ブッダも男娼と変わりがないという話の流れです。ブッダの前身であるシッダールタ王子が男娼と変わりがない、というところまで、侯爵はお認めくださいました」

「認めたわけではない。反論の言葉が今は見つからないと云ったまで。話の流れもあろうから、認めたとしておこうか。それで？」

「王子が出奔したのは、男娼だったからだと思うのです。ふつうの人間にとって淫楽は貴重なものです。相手を見つけることはむずかしく、見つけたとしてもひとりがせいぜいです。見つけられない場合は、このナーガの館のような娼館に金で淫楽を買いに来るか、力ずくで情欲を遂げるしかありません。裏返していうならば、淫楽とはそれほど貴重で、大切で、ありがたいものだということになります。たしかに、これほど強烈な愉悦をもたらしてくれるものは、ちょっとほかにありませんからね。シッダールタ王子にとってそれが日常でした。毎日供される食事のようなもので、あって当然、ないのが異常という感覚です」

「あって当然か。それでは、ありがたみが薄れるな。わたしも、きみに会いたい気持ちをこらえることで、情欲をつのらせたのだからね」

厩戸は身を屈め、両手でムレーサエールの頰をはさむと濃厚な口づけをして先をつづけた。「要点はまさにそこです、侯爵。淫楽へのありがたみが薄れた状態に置かれた王子はどうしたか」

「飽きたのだろう」

「王子は若さの盛りでした。飽きようにも、肉体がそれを許しません。わたしたちが毎日の食事に飽きるということがけっしてないように。それが性欲の本質であり、恐ろしさでもあるのです。仏典には王子が出家した経緯がこう記されています。その夜、シッダールタ王子は大勢の侍女たちと乱交の宴を催した。夜中、目をさました彼が見たものは、あまりに品を欠いた彼女たちの寝姿だった。それで王子は心に感ずるものがあって王城を出奔したのだ、と」

「定期的にやってくる食欲と同じというわけか。確かにそうだ。わたしはもう若くはないが、それでもアシュヴァ、きみのことを考えるとたまらなくなる情熱はある」侯爵は立ちあがって厩戸を抱きすくめ、くちびるを重ねた。舌をからませ合う口戯が終わると、息を荒くしながら訊いた。「では、飽きなかったとしたら、王子はどうしたのかね」

「探求に向かったと思うのです」

「探求？　何の？」

「性欲の探求です。性欲とは何か、なぜ起こるのか、性の快楽の正体とは何か――シッダールタ王子は、それを探求しようとしたのです」

「なぜ王子はそれを探求しようとしたのだろう？　食欲のたとえを持ち出したが、我々は食欲の探求などしようとは思わない。食欲とは何か、なぜ起こるのか、味覚の快楽の正体とは何か――そんなことを探求するものはいない。それよりも、いかに美味いものにありつけるかに労力を注ぐものだ」

「王子はごくたまにですが、郊外の遊園に遊びにゆくためカピラヴァストゥを出ることがありました。東の城門を出たところで老人に出会い、南の城門を出たときには病人に、西の城門では死者の葬列に出会って人生の無常の姿に深く心を動かされました。そして北の城門では出家者を目にし、自分の進むべき道を見出したといいます」

「四門出遊伝説だな」

「この伝説がいわんとするところは、王子が外の世界を目にしていた、ということだと思うのです。外の世界、すなわち庶民の姿を。そこに王子が見たのは、自分にとっては当然のものである淫楽を大切にし、ありがたがり、執着する庶民の姿であり、それと同時に淫楽ゆえに転落し、破滅する姿でした。シッダールタは衝撃を受けたことでしょう」

「格差か。食に満ち足りた者にとって、飢えた者の姿を見るのは衝撃であろうからな――や、何をする」

叫んだ時には、ムレーサエールの身体は厩戸によってかるがると抱きあげられていた。

「おぼえていますか、侯爵。はじめのころ、よくこうしてぼくを抱きあげて寝台に運んでくれましたね。大人になったら、侯爵に同じことをしてあげたいって思っていたんです」

厩戸はムレーサエールを寝台に横たえ、その上に覆いかぶさった。一物と一物を密着させ、さらなる接吻。成長した厩戸の背丈はいまや長身の侯爵とほとんど同じだった。

やがてくちびるがはなれると、ムレーサエールの口からは切迫した喘ぎ声がもれた。

厩戸の口からは、「淫楽の格差を見た衝撃が――」と、冷静な声が流れ出る。その間も彼の腰は上下になめらかにうごき、一物は一物を圧迫してこすりつけられていた。双方の鈴口から湧出する透明な粘液が潤滑油となっている。「性欲の真摯な探求へとシッダールタを向かわせたのです。これは王子のように淫楽を日常茶飯事とする環境においてはじめて可能なことでした。淫楽をありがたがり、淫楽を神棚にまつっていては不可能です。淫楽を主人として自分をその従者の立場においていてはできることではありません。王子がするのは淫楽の腑分《ふわ》け、すなわち解剖なのですから」

「淫楽の、腑分けか」侯爵は身をよじり、あえぎながら、その言葉を復唱する。

「シッダールタは淫楽の研究者に、性欲の学者になったのです。研究者あるいは学者にとって、淫楽と性欲は対象でしかありません。観察し、実験し、解明するための素材です。そして王子は、解明の糸口をつかんだと思った。それを実証するため、ひいては実践の方法を手に入れるため、王子はカピラヴァストゥを出奔しました。出家したのです」

「実践の方法？　何を実践する方法だね」

「性欲の制御を実践する方法です。――さあ、侯爵」

厩戸はムレーサエールをうながして、彼をうつぶせにさせた。彼の意図を察した侯爵は寝台の上でひざをついて四つん這いになり、高々と尻をかかげた。肛門への挿入をともなう男色行為においては、挿入する側が男役、される側が女役。この役割分担は通常、固定されるのがほとんどである。あくなき淫楽の探究者であるムレーサエール侯爵は女役を演ずるのをいとわなかったから、厩戸との媾合ではその日の気分やなりゆきで役柄が自然に決まった。今日は厩戸が男役、侯爵が女役であった。厩戸は侯爵の腰をかかえて引き寄せると、陽根をあてがい、菊座をつらぬいた。侯爵が女のような声をあげた。

「どうです、半年経ったぼくは？　あのときはあなたが男役だったから、九か月ぶりということになるのかな。ねえ、どうなんです、侯爵」

厩戸は腰を前に押し出して、なお深く侯爵の直腸を突いた。

「……お、大きくなった……きみは、その……ほ、ほんとうに……大きくなったなっ、白い王子」

息もたえだえに侯爵はこたえる。

「育ちざかりですから」

さらりと厩戸はいい、抽送をくりかえした。侯爵もただ突かれてばかりではなく、自分からも腰を前後にふる。その動きは完璧で、ふたりの息はぴったりと合い、長年の性愛の同伴者であるかのごとくだった。

「シッダールタ王子が解明した性欲縁起を言葉で表わすことはできません。ブッダはそれを〝法〟と表現するのみです。曖昧で抽象的ですね。法を会得するには修行しかない、とブッダはいいました。個々人の修行にかかっているのだと。つまり性欲が個人のものであるである限りにおいて、王子の方法論は万人に適用されるものではないということです。つまり性欲が個人のものルタ王子は王子なりの方法で解明しましたが、個々人も、やはり修行を通じて自分なりの方法論を手に入れ、解明するしかない。シッダールタはそれをやりとげて解脱しました。ブッダになったのです。そして弟子たちも弟子たちのやりかたで性欲の深遠を解明し、その制御方法を会得すれば、ブッダになれるのです」

厩戸は諄々とそう説く間にも、絶妙の性技で抽送しつづける。侯爵の快感は激しく高まり、荒波になすすべもなく翻弄された。ブッダになれる、という厩戸の言葉も耳から耳へと素通りするありさまだ。厩戸が引いてゆき、止まり、ふたたび突き入れてきた。それが奥までとどいたとき、至福の瞬間がおとずれる——侯爵が自分を解放しようとした時、不思議なことが起きた。

「やや?」侯爵はまったく違う声をあげていた。圧倒的な大きさと力強さで彼の敏感な直腸内壁を蹂躙していた厩戸のものが突然、消失したのである。抜かれていったのではなかったが、物理的に消失するわけもなく、正確にいえば萎んだのであり、そのやわらかい感触は感じとれていた。消失というのは、あくまで比喩。しかし時が時であった。「どうしたというのだ、アシュヴァ」

なじるようにそう云ったのではなく、声音に気づかいがにじんでいたことに、厩戸に対するムレーサエールの思いが露呈していた。

侯爵は厩戸が小さく笑うのを聞いた。四季の変化にとぼしいインドにも、ほんのひととき春の来訪を告げるやさしい風が吹くが、その春風を思わせるような笑い声だった。と、次の瞬間、厩戸は復活した。萎えていた一物が数秒前の大きさを、硬さを、寸分も変わることなく取り戻した。力強い抽送が再開された。ムレーサエールは荒波にもまれてゆき、すぐに絶頂は目の前に迫った。その瞬間、またも同じことが起きた。それが何度か繰り返されると、侯爵の我慢は限界に達した。

「焦らさないでくれ、白い王子！　はやく埒を明けてくれ！」

「焦らしているのではありません。あなたが感じているのは、侯爵、ぼくの悟りです」

「悟りだって？　ばかなことを！　さ、はやくっ、もうひと突きだ。それでわたしは――」

「話はまだ途中ですよ、侯爵」

「話はあとだ。それよりも、わたしをいかせろ、アシュヴァ！」

言葉だけは命令ふうだが、実際には哀願するように侯爵は訴え、女のように腰をふった。

焦らしに焦らされたすえの絶頂であったためか、快感は常にもまして激烈だった。暗黒の空に極彩色の巨大花火を見つつ侯爵は失神した。どれだけ意識を失っていたものか、目を開けると、厩戸が慈母《じぼ》のような笑みを浮かべて彼を見おろしていた。慈母であり、女神サラスヴァティを思わせる優艶な微笑だった。自分の体勢に気づいて彼は狼狽した。なんと厩戸にひざまくらされている。あわてて起きあがろうとしたが、虚脱していて、指先を動かすのがやっとだ。

「あんな侯爵の姿、初めてでした」

厩戸の手で頬を撫でられる。

「すごい性技だ、白い王子。どこで、いや、どのようにして会得したのだね」

「性技」厩戸は笑い声をあげた。「悟りと申しあげたはずですが」

「悟り？　何をばかな。わたしをけむにまこうとしても、そうはゆかぬぞ」

「では、ごらんください」厩戸は、手に少しだけ力をこめて、ムレーサエールの顔を横にかたむけた。

目の前に厩戸の陰部が迫った。それは雄々しくそそり立っていた。自分は厩戸の初めての男。手塩にかけて育ててきたという親心が侯爵にはある。

「きみは、わたしと一緒にいってくれなかったのか」

なじるように口にした。

と、陽根がたちまち萎んでいった。力を失い、体積を失い、張りを失って、可愛らしく縮こまる。次の瞬間、侯爵は目を瞠った。時を移さず陽根が復活した。みるみる力を得て、もとのとおりに天を衝いた。数瞬前に萎んでいたのが嘘のような回復ぶりだ。それも束の間、また萎んだ。十四歳の一物は萎えては勃ち、勃っては萎えた。それが何十回と繰り返されるのを、ムレーサエールは声を呑んで見つめた。なるほど、これが性技であるはずがない。肉体の機能上、およそあり得ることではないからだ。奇蹟としかいいようがない。

最初、侯爵は花を連想した。芽吹き、つぼみになり、開花して、萎んでゆく花、その過程を。ついで人間を連想した。人生の営みを。生まれ、成長し、大人になり、老い、死んでゆく、その過程を。繰り返される勃萎は、そこまでの感興を侯爵にあたえたのだった。やがて彼はそうではないと気づいた。これは花の、人間の、一代かぎりの栄枯ではない、盛衰ではない。

――循環なのだ！

花が咲き、花が散り、種が蒔かれ、また開花するように、人が生まれ、生き、老い、死ぬが、その子が生まれ、生き――その繰り返しを、無限の循環を、見る思いだった。侯爵はどうにか上体を起こした。厩戸の陽根が萎えたところをねらって手を伸ばした。やわらかな肉塊を指でやんわりとしごきあげる。いっこうに反応を示さない。

「どうなっているのだ？」

首を傾げ、手をはなすと、その瞬間、一物は淋漓《りんり》とそびえ立った。ムレーサエールを嘲笑うかのように。

「こいつめ」

ムレーサエールはふたたびそれを握った。緩急をつけてしごきあげるも、彼の手の中で一物は急速に力を失い、縮小して、するりと抜け出ていった。侯爵が手を引くと、陽根は復活した。彼はもう手を出さなかった。代わりに問いを発した。

「悟り、といったな?」

「はい。シッダールタ王子はこれを体得したのだと思います。——人間には三つの欲があります。睡眠欲、食欲、そして所有欲です」

「性欲はどうなのだ」

「所有欲に含まれますが、性欲はそれと一体のものとお考えください。さて、人間は眠らなければ死んでしまい、食べなければ死んでしまう。だから、これは人間に必須のものです。性欲については、これがなければ子孫を残せないのですから、やはり人間に必須のものだといえます。でも、性欲が睡眠欲、食欲とちがうのは、これが原因となって人間を破滅にみちびく危険な側面があるということです。シッダールタ王子は人間が生きるにおいては、性欲のその危険な側面を制御することが重要だと考えました。性欲を、淫楽を否定したのではなく、その制御が問題だとしたのです」

「…………」

「すなわち、性欲を断つのではなく、淫楽に溺れるのでもなく、どちらか両極に振れるのではなく、中間を行くことが大事だ、と。これが仏教でいう中道の精髄ですが、平たくいえば性欲の管理です。そうすれば性欲を満たすことを、睡眠欲を満たし、食欲を満たすごとくに愉しみ、睡眠欲を満たし、食欲を満たすごとく、それ以上には性欲を満たすことに心をかたむけない。寝過ぎず、食べ過ぎざるごとく、やりすぎないというわけです。それでこそ、性欲という所有欲によって引き起こされるあらゆる悪業から自由でいられるはずとシッダールタは考え、それに到る方法を自分で会得しました。――これです」

念を押すように、厩戸は勃起と萎縮の循環運動をさらに幾度か繰り返してみせた。

「それだけのことか、と思うかもしれません」

「思うものか！　アシュヴァ、今きみが見せている途方もない超絶のわざを見ただけで、このわたしをふくめて人はきみを超人と呼ぶだろう」

「シッダールタ王子がこの方法を発見するには、心と身体の探求が不可欠だったことでしょう。両者は密接なつながりがありますからね。すべての事象は心だ、とするのが仏教的な考え方です。それにのっとっていえば、王子は心の探求により力をそそいだはず。肉体はあくまで付随的なあつかいです。そして、あなたが〝途方もない超絶のわざ〟と呼んだものを得たのです。悟りを得たのです」

「それが、悟り……」

「この方法を発見する過程で、すなわち悟りに到達する過程で、シッダールタ王子はさまざまな仏教的真理を発見します。心がいっさいの主であること、諸行無常、一切皆苦、諸法無我、涅槃寂静《ねはんじゃくじょう》、中道、そして苦しみから解放されて悟りを得るための修行方法として四諦八正道《したいはっしょうどう》、法、十二因縁などを見出します。しかし間違えてはならないのは、それらは副次的なもの、副産物、付与物であって、もっとも重要なのは性欲の制御に到達することにあります」

「…………」

「厳密にいえば男性の性欲の制御です。というのもブッダは男性でしたから、女性の性欲の制御などわかりようもありません。だから最初のうち、女性の入信を拒絶したのです。仏教の根本は男性宗教、男性に対してだけのものだったのです。もちろん諸行無常、一切皆苦、諸法無我などの副産物は、性差を越えた普遍性を有するので、したがって女性たちを引き付けるには充分だったのですが、さぞやブッダは困ったろうと思います」

「男にとって性欲の対象はおおかた女性だからな。性欲の制御が根本である以上、女性には教団に近づいてほしくないというわけだ」

「仏典によっては、女はいったん男にならないと成仏できないなどと、はなはだ女性差別的なことが書かれているのはそのためです。女性の性欲の制御は、男性であるブッダのあずかり知らぬところだったのですからね。くどいようですが、悟りというものが、あくまでも男性の性欲の制御である以上、悟るためには女は男にならなくてはならないという論理なのです。べつに女性を差別しているわけではありません」

「今のきみは、その……どういう状態にあるのだね。そんな超絶のわざを身につけたきみは」

「ぼくはスジャータに誘惑されて色道に堕ちました。寝ても覚めても男女の媾合のことしか考えられず、そのためシーラバドラ師の期待にそえず、信頼を失ってナーランダー僧院を出る羽目になりました。そのころから較べると、今のぼくはまったく別人です。心は穏やかで、何ものにも誘惑されず、性欲とは無縁の清雅《せいが》な静けさを味わっています。とはいえ、このナーガの館に入って、ぼくは楽しかった。心の底から楽しかった。人生を棒に振る危険と隣り合わせだからこそ、性愛の悦びは強烈で、ぞんぶんにそれに耽ることができたのですから。ぼくは性欲を断ったのではありません。制御することができるようになったのです。たった今、侯爵、あなたとこよない愉悦のひとときをもったように。――これがブッダの到達した境地です」

「ううーむ」

ムレーサエールは背を丸めると、ひざにひじをついて、その先の拳に顎をのせた。その姿勢で沈思黙考に耽った。厩戸の話したことを、じっくりと咀嚼しているのだった。

その間、厩戸は瞑想に耽った。

やがて侯爵は身を起こし、顔を厩戸に向けた。

「性欲の制御か。楽しむべき時は楽しみ、慎しむべき時は慎しむ――まさに人間の理想だな。人は性欲という煩悩によって短い一生の貴重な時間を台無しにしているのだから。かくいうわたし、淫楽の探究者と自他ともに認めるこのムレーサエールも、性欲になどわずらわされさえしなければ、もっと大きな事業を展開するために時間を割くことができただろう。単に商売のことだけでなく、高尚な芸術や文化にふれて自分を高めることができたろうし、いま以上に社会事業に力を入れて、貧しい人々を救ってやれたことだろう。わたしはね、白い王子、自分をもっと価値のある人間にしたいと願ってきたのだ。しかし、それをしようとするたびに性欲にわずらわされ、果たせなかった。きみのようになれたら、どんなによかっただろうか。そこで訊くのだが、どうやってその超絶のわざを身につけたのだね。仏典にはそのやりかたが書かれてはいないのだろう？　ブッダがそれを弟子たちに説明したという記録は残っていないのだろう？」

「ブッダは説明したかったと思います。普及させたかったと思います。でも、そのための言葉がありませんから」

「では、なぜきみにも可能だったのだ」

「たぶん、ぼくがシッダールタ王子と同じ立場だったからでしょうね」

「同じ立場？　たしかにきみは倭国の王子だ。しかしそれだけのことだろう。王子は出家前にすでに妻帯者だった。きみはまだ子供で、そのうえ男娼――」

思い当たることがあるかのように、侯爵は小さな叫び声をあげた。

「そうです。さっき申しあげたように、シッダールタ王子は男娼と同じでした。立場が同じとは、そういうことなんです。だからぼくも性欲の探究者になれたんです。王子と同じく淫楽の研究者。性欲の学者に。研究者あるいは学者にとって、淫楽と性欲は対象でしかありません。観察し、実験し、解明するための素材です。シッダールタ王子の場合、研究室はカピラヴァストゥ城でしたが、ぼくにとってはここ、ナーガの館でした。娼館ですから素材には事欠きません。好きなだけ実験を――体験を積むことができます」

侯爵はうなり声をあげた。「なるほど、たしかに立場は同じだ」

「ただし、ぼくはブッダとはまったく逆の道筋をたどりました。ブッダはカピラヴァストゥ城という研究室を出て、出家した後、悟りを得ました。かたや、出家していたぼくはナーランダー僧院を出て、男娼に落魄《らくはく》して、そこで目覚めたのですから。でも、それはナーランダーで仏教の何たるかを学んでいたからこそ、できたことです。ブッダの教えのおかげです。そうでなければ、ぼくは今もただの男娼だったでしょうから」

「ただの男娼？　ばかをいうな。きみは最高の男娼だったぞ、アシュヴァ。超絶のわざを身につけた今もなお。いや超絶のわざではなく悟りであったな――何、悟り？」初めてそれに気づいたというように、ムレーサエール侯爵はまなじりを裂かんばかりにして厩戸を見つめた。「悟ったというのか、きみは？」

厩戸は微苦笑を返した。「さきほどから、そう申しあげているではありませんか。もう何度も」

そう、確かにそうだ。しかしムレーサエールはあくまでもシッダールタ王子が悟りにいたる過程としてのみ耳を傾けていたのだ。厩戸の話を完全に理解してはいなかったのだ。

しかし……しかし！　そんなことがあるだろうか。

「悟った、悟りを得た——きみは自分が何を云っているか、わかっているのかね」

「そのつもりですが」

「莫迦なっ」侯爵の顔にみるみる畏れの色が刷かれてゆく。「悟っただと？　悟りが開かれたということは、つまり成道したということだ。きみは、きみは……」

「ブッダです」

厩戸は答えた。

「——ブッダになるとは、こういうことだったのです」

長い、そして深い沈黙のあと、ふたたび厩戸は口をひらいた。

「大乗仏教は、ブッダを神格化しすぎました。でも大乗仏教によるぶ厚い誇張と粉飾をはぎとれば、ブッダの真の姿が見えてきます。欲望の制御を主唱したブッダの声が耳もとに聞こえてきます。ブッダはけっして欲の根絶を訴えたのではなかった。欲こそは人間の生存の根本で、それを断つということは死を意味し、種としての人間の絶滅をも意味します。ブッダがそんなことを訴えるはずがないではありませんか。ブッダのいう中道とは、制御のことだったのです。仏典によれば、悟りを得てブッダになったのはシッダールタ王子ひとりではありません。教団で彼にみちびかれた高弟たちは次々に悟りを得てブッダになっていったと仏典には書かれています。ぼくはそれに列《つら》なる一人でしかありません。仏教とはブッダを崇めるものではなく、自らがブッダになるための教えなのです。シッダールタ王子は、ブッダガヤのアシュヴァッタ樹のもとで瞑想して悟りを得て、ブッダとなりました。そのとき、彼に粥を提供したのがスジャータという娘です。ぼくは、同じスジャータという名のブッダガヤの淫婦に誘惑されたことがきっかけで、僧院から出家して、侯爵、あなたと出会い、ここナーガの館でブッダになりました。あなたこそは、ぼくをブッダにした大恩人です」

厩戸は寝台からおり、ムレーサエールをかき抱こうとした。しかし侯爵は厩戸の腕をすりぬけて、床にひざをついて敬礼した。

「ブッダよ」

「侯爵、頭をあげてください。ぼくは、そんな――」

「いいや、あなたに出会ったわたしこそ幸せ者だ。どうか、このムレーサエールを弟子にしてください」

「困ったなあ。悟りを得た以上、ぼくはここに、インドにいる必要はない。倭国に帰らなくては。あなたへの借財はもう帳消しになっているはずですけど」

「借財など！　では、帰国の準備をする間だけでも、どうかわたしをお導きください、ブッダよ」

「そうか、考えてみると、ぼくが今ここであなたに話したことは、初転法輪《しょてんぼうりん》になるわけか」

厩戸は考えに暮れた。初転法輪とは、ブッダがサールナートのミガダーヤで初めて教えを説いたことをいう。サールナートのミガダーヤは鹿野苑《ろくやおん》のことで、四代仏跡の一つでもある。かつてシーラバドラは厩戸を連れて四大仏跡をたずねる旅に出て、生誕の地ルンビニー、悟りを得たブッダガヤとまわり、つぎにサールナートに向かうはずだったが、ブッダガヤで厩戸がスジャータに籠絡《ろうらく》されたので旅は中断されたのだ。

「わかりました。帰国するといっても、今すぐというわけにはいきません。ご存じのように、ぼくには従者が二人います。ナーランダーから柚蔓を呼び寄せ、虎杖の行方をさがさなければ」

「そういうことでしたら」侯爵はうれしげな表情を見せ、大きくうなずいた。「ブッダよ、すべての手配は、このムレーサエールにお任せくださいませ」

その金人――全身が金色に輝く尊いお方が、柚蔓の夢に現われるのは、これが二度目だ。最初は二年前で、厩戸の旅立ちの前日のことだった。以来、御子は消息を断っている。連絡ひとつない。一年が過ぎたころ、柚蔓は心配のあまり憔悴《しょうすい》し、シーラバドラにかけあった。ひそかに見張り役の僧侶をつけて厩戸のあとを追わせたからには、シーラバドラが何か知っているはずだった。ところが厩戸の師僧は首を横にふった。何も知らぬと云う。見張り役の僧侶などつけたことはない、貴女の勘違いであろう、と素気なかった。

柚蔓は迷った。自分も托鉢に出るべきではないだろうか。ナーランダーを出て、行方不明になった御子を探し出すべきではないだろうか。それが護衛たる者の任務ではないか。それを思いとどまったのは、厩戸と入れ違いになることを恐れたからだ。やはり、ここにとどまって御子の帰りを待つのが賢明というものだ。

厩戸が死んでいるとまでは疑わなかった。そうであれば、夢に現われた金人が何かいってくるはずであろうとの、何の根拠もないが強烈な思いこみが柚蔓にはあった。それにしても厩戸は何をしているのだろう。

――ぼくに足りないのは外の世界の知識なんだ。

――人はどうして生きるのかを知りたい。人の営みを知りたい。

それが厩戸の云ったことだった。その言葉どおり、人の営みを学べているのだろうか。

柚蔓はナーランダーでの生活に飽きはじめていた。最初のうちは、ひたすら信仰に邁進した。貪るようにブッダの教えを吸収した。世の中にこれほど素晴らしい教えがあるものかと感動につぐ感動の毎日だった。今でも教理に対しては飽いていない。飽いているのは、あくまでも生活に、であった。

ともかく単調なのだ。何から何まで決まりきっている。新鮮さが皆無だ。喜びもなく、怒りもなく、哀しみもなく、楽しみもない。厩戸を心配することが、むしろこの単調さから彼女をすくう命綱のようになっているのは皮肉なことだった。感情を波立たすな。心が波立つゆえ――それがブッダの教えだということはわかる。わかるが、もう少し何かがないと、退屈さのあまり死んでしまいそうになる。彼女は剣術の稽古にふたたび熱を入れるようになった。厩戸の身を案じ、自分の剣がまたいつか厩戸の役に立つと信じることだけが、彼女にとって今や生きるよすがだった。

そんな時に、夢の中に金人が現われたのである。最初、柚蔓は身がまえた。厩戸の身に何か不吉なことが起き、それを金人は伝えにきたのではないか。

「案ずるなかれ」

金人の、それが第一声だった。

「御子さま!」思わず柚蔓は叫んだ。それはなつかしい厩戸の声ではなかったか。まぶしい輝きの中に、彼女は金人の容貌を確かめようと目をこらした。顔の輪郭、目鼻立ちなどがきらめきの中に少しだけわかった。成長した御子の顔のように見えなくもない。「御子さま?　御子さまなのですね?」

「きっと戻ってくる、そういっただろう、柚蔓」

「ええ、ええ、たしかに御子はそうおっしゃいました」夢の中だというのに、頰を熱いものが伝う感触。「御子さま、いまどちらでございます。柚蔓は御子さまに会いとうございます！」

「インドでの修行は終わった。わたしのところへ来てほしい。いっしょに倭国へ帰ろう、柚蔓」

「ああ、御子さま！　その言葉を、柚蔓はどんなに待ち望んでいたことか。参ります！　今すぐにでも参ります！　どちらにゆけばいいのです？」

「明日」

　夢の終わりは呆気なかった。その一言で金人は消え失せ、柚蔓は引き抜かれるように眠りから覚めた。僧房には夜の暗闇が黒々とわだかまっているばかりだった。

　翌日、柚蔓を訪ねてくる者があった。男はムレーサエール侯爵から使わされてきた、と云った。

　侯爵がナーランダーの柚蔓のもとに使者を派遣したのは、厩戸に弟子入りを志願してゆるされた、早くもその翌日だった。弟子たる者、師の願いは何はおいても早急に叶えなくてはならない。

「虎杖の消息につきましては、目下、全力をあげて探しておりますが、多少お時間をいただきたく存じます、師よ」

　それから毎日、侯爵はナーガの館に通い、厩戸の教えを受け、自邸に帰って修行に励む

〝修道者〟となった。厩戸を連れ帰りたかったが、厩戸は首をたてにふらなかった。自分はここで悟りを得たのだという思いがあったからである。娼館こそは彼にとってのブッダガヤ、成道の地なのだった。

「インドを離れるその日まで、ぼくはここで人々と接していたい。それが自分の務めだと思っています」

「わかりました。わたし一人でブッダを独占するわけにはまいりませぬからな。ブッダは皆の、衆生《しゅうじょう》のブッダですから」

残念そうに侯爵は云った。無理強いはしなかった。

ムレーサエール侯爵との関係に変化が生じたこと以外は、何も変わらなかった。厩戸は相変わらず男娼としての日々を送った。厩戸がブッダになったことは二人の間の秘密だった。

厩戸にとっては、あくまでも個人的な問題、個人の内面の問題であって、公言するようなことではないのである。侯爵にだけ明かしたのは、恩義に報いたいという気持ちからで、ひけらかそうとしてのことではなかった。そもそもシッダールタ王子の後身であるブッダにしてからが、悟りを得た後、この深遠な真理はおそらく誰も理解し得まいと布教を断念したほどであった。その考えを翻したのは、仏典によればブラフマン（梵天）が説得したからであるという。厩戸も布教する気はさらさらなかった。ムレーサエールにとっても、そのほうが好都合というものであった。ブッダとしての厩戸を自分一人のものにしておけるからである。それに、厩戸をブッダだと闡明《せんめい》すれば、どんな騒ぎを出来することになるかわかったものではない。港湾都市タームラリプティの治安をあずかる者として、それは避けなければならぬ。

厩戸がナーガの館から動こうとしなかったのには、もう一つ理由があった。確かに彼は悟りを得た。成道した。ブッダになった。シッダールタ王子が得たのも彼とまったく同じ能力であり、それを獲得する過程で副次的に収穫したものも含め、これを王子は、成道、悟り、ブッダと呼んだのだ、と厩戸は確信している。ゆるぎなくそう思っている。悟りとは畢竟、性欲の制御である。ブッダとは性欲を制御し得る者である――その目で仏典を思いかえせばいちいち腑に落ちる。けれども問題は、悟りの「持続」ということであった。いちど悟った者は、もう二度と前の状態にもどることがない。輪廻の輪から抜け出るからだ。仏典はそう教える。しかし、ほんとうにそうなのか。その一方でブッダは無常を説いているではないか。すべては無常である、と。悟りもまた無常である――ということはないのだろうか。それを確かめるためにも、まだしばらくは娼館にいて男娼をつづけなければ、と厩戸は考えたのである。引きつづき性交を生業として、自分の「悟り」がそれでも持続するものなのかを確信したかった。ひらたくいえば、厩戸はまだ不安だったのである。

厩戸だけではない。シッダールタ王子のブッダもそうであった。だから王子は悟りを得てブッダとなった後も、しばらくは瞑想をやめず、十二因縁を正反対の方向からたどりなおした。無明を縁として縁起をたどってゆく「順観」ではなく、到達点である無明の滅からたどりなおしてゆく「逆観」を行なった。逆からたどっても成立することを確信して、ようやく王子は自分がたしかにブッダになったのだと納得したのだった。ナーガの館で男娼業をつづける厩戸は、その逆観を行なっているのだといえなくもない。柚蔓の到着を待つ間、虎杖の所在が判明したという報せを待つ間、彼の能力は健在でありつづけた。瞬時にして萎縮し、瞬時にして勃起状態にもどすことができた。

悟りの副産物として、彼は自分の心の中へと分け入ることができるようにもなっていた。仏教では、通常の意識の下にマナスの識を設定し、さらにその下にアーラヤの識を据える。マナスの識は、意識が断たれた状態でも不断に存在し、煩悩をともない、心を汚す。それゆえ「汚れたマナス」とも呼ばれる。アーラヤの識はマナスの識を生むものであり、かつマナスの識の対象であって、意識されない経験の総体である。いまや厩戸はマナスの識のみならず、その下のアーラヤの識にまで降りてゆくことができた。アーラヤの識こそは個人を成り立たせている根源であり、それを点検し、把握すれば、すなわち厩戸は自分自身の仕様を完璧に把握することになるわけである。

ある夜のこと、厩戸は一日の生業を終えると、身を清め、寝台の上で座禅を組み、瞑想に耽った。毎日の業である。彼の思いは意識を沈降し、マナスの識へと降りていった。さらにその底部のアーラヤの識へと向かおうとした時、一筋の細い「回路」を発見した。これまでに幾度もマナスの識を遊泳し、保守点検してきたが、初めて見るものだった。あまりに細すぎて見落としていたものらしい。

――何だろう？

興味をおぼえ、たどってゆくことにした。それが道教の回路であるとすぐに気づいた。揚州《ようしゅう》の宿館で誘拐され、九叔《きゅうしゅく》道士によって道教の手ほどきを受けたことがある。そのときに形成されたもののようだ。

――こんなものも残っているんだな。

新鮮なおどろきを覚えつつ、なおも回路をたどってゆくと、まもなく六つの染みが見えてきた。いや、染みだったものである。かつて悪見《あくけん》、疑《ぎ》、慢《まん》、瞋《しん》、貪《とん》、癡《ち》だったものが、厩戸がブッダになったことで拭い去られた、その痕跡である。最初にこれを見たとき、厩戸は深い感動を禁じ得なかったものだ。

道教の回路は、根本煩悩である癡の痕跡へと向かっていた。その行き着く先に、厩戸は九叔道士の臭跡を見出した。九叔は揚州の道観で焼死したはず……。

――なぜこんなところに、あの道士が？

厩戸は霊的直観力を発動させ、ただちに真相を把握した。その臭跡は九叔の太一であった。執念深い道士は、恨みをはらすため太一となって厩戸の癡にとりついたのだ。彼がスジャータの誘惑に屈し、嵐のような性欲の奴隷となったのも、すべては九叔道士が原因であったことを今はじめて厩戸は悟った。しかし娼館という異世界では、それが男娼としての耐性となって作用し、結果として悟りに至ったのは皮肉なことといわねばならなかった。

——すべては縁だ！

人間は縁だ、世界は縁でできている——ブッダが看破した真理があらためて実感された。厩戸はこれが九叔の太一の半分に過ぎないことを知った。癡にとりついていたのは、陰陽からなる太一の陰だけだった。陽はどこにもない。

——もしや？

道観で出会った少年の顔が思い出された。少女と間違えた美しい顔立ちの、広という名の少年を。あの緊迫した脱出劇の際、彼はいっときだが蔵書室に引き返していった。理由は何も明かさなかったが、その後に起きたことを考えれば、火を放ちに行ったことは疑うべくもない。せんじつめていえば、九叔道士は広によって焼殺されたのである。とすれば、道士の復讐の念は厩戸よりも広に対するもののほうが強烈であろう。九叔の陽の太一は広にとりついたのではないだろうか。広の、癡に。厩戸は、広について九叔が「悪しき芽」と云っていたことを思い出した。

——生かしておくとこの世に大いなる災厄をもたらす悪しき芽、一人を殺すのではなく、その者のために何万、何十万人が無慈悲に死ぬことになる、そういう有害な人物にいずれ成長する子供。

陰の太一によって厩戸は性欲を増幅させられた。陽の太一によって広は何を増幅させられるのだろうか？

翌日、厩戸は不思議な客を迎えた。

その日数えて五人目の客だった。午前中に男二人、昼食をはさんで女二人と次々に身体を重ね、夕刻というにはまだ少し早い時刻に、

「新規のお客さまよ」

アグニスーリヤが案内してきたのだった。そのにこにこした顔を見れば、客が厩戸を買うために法外の金を払ったことがわかった。人気商品である厩戸には予約が殺到していて、どうしても早く抱きたいという客は、料金表には書かれていない金額を女主人にこっそりと上乗せするのである。

頭にターバンを巻いた若い男で、商人ふうの衣装はどこか板についていない感じだった。

「それでは、たっぷりとお楽しみくださいませ」

アグニスーリヤが出ていっても、客は扉によりかかって、目を大きく見開き、寝台の上に坐った半裸の厩戸を凝視していた。やがて、その口が開かれ、思いがけない言葉が飛び出した。

「ああ、ようやく会えた。しかし、まさかこんなところでとは。わたしはきみを追ってナーランダーに行ったのだ。しかし会わせてはもらえなかった。わたしの宗派は彼らマハーヤーナの堕落僧たちに忌み嫌われているのでね。それでもわたしはあきらめなかった。きみがシーラバドラと旅に出たのも知らず、おろかにも通い詰めたことだよ。そして、何たるすれちがいか。きみが托鉢修行に出たということにも、しばらく気がつかなかった。ナーランダーの守りはかたく、内部の情報はよほどのことがないかぎり洩れ聞こえることはない。わたしは出入りの商人を籠絡し、きみがシーラバドラと疎遠になり、もはやナーランダーにはいないと知って、一時は途方にくれた。しかし気力をふるい起こして、きみを求め全インドを駆けめぐった。このインドは全土に托鉢する僧侶だらけだが、きみにはほかの僧侶にはない身体的特徴があるからね。ところが、どこで訊ねても、托鉢してまわる白い肌の少年僧を見たという者は現われない。一時はあきらめかけたほどだ。ところが半月前、ここタームラリプティで不思議な噂を耳にしたんだ。ナーガの館という汚らわしい娼窟に、白い肌をした少年の男娼がいる。この白い男娼に悩みを相談してみろ、たちどころに解決してくれる。まるでブッダの説法に接しているみたいだ、という噂だ。その男娼を買って、悩み事に解答をもらったという者を探し当て、直接話を聞いた。どうやら、さがしていたきみらしく思える。ならば確かめずばなるまい。さすがに僧侶が訊ねる場所ではないから、わたしはこんなふうに俗世の人間に身をやつさねばならなかった」

客はターバンを脱いだ。その下に現われたのは、頭髪をきれいに剃りあげた黒光りのする禿頭《とくとう》だった。「驚いたことに、何とその白い男娼は超人気商品で、三か月先まで予約が入っている。そんなに待てるわけがない。そこで、袖の下を使うという出家者にあるまじき行為に手を染めて、ついにこうしてきみにめぐり合うことができたというわけだ。あの時のきみは――わたしをおぼえているかい。ほら、南の島ヤーヴァドゥイーパの港で」

「おぼえていますとも、カウストゥバ師。あなたはしきりに話しかけてこられて。ぼくもあなたと話がしたくてたまらなかったのに、虎杖に口をふさがれて、声を出すことができなかったのです」

「わたしの名前まで！　いったいどうして？」

「あなたはウルヴァシー号への乗船を希望して、断られたんですってね。船長からそう聞きました」

客の顔を見た瞬間、厩戸はその天性の記憶力で彼のことを思い出したのだ。インドへ向かう航路の南限の島、法顕も立ちよった耶婆提国ことヤーヴァドゥイーパで見た僧侶だと。彼の話は意外の一語につきた。一度会っただけの自分をずっとさがし求めていたって？

「それならば話が早い。わたしはきみに――」

そこまで云ってカウストゥバは絶句すると、まなじりを裂かんばかりに大きく目を見ひらいた。

「……ま、まさか、そんなことが……ブ、ブッ……」

つぎの瞬間、その場にひざをつき、ひたいを床につけて拝跪《はいき》敬礼した。

「ブッダよ！」

厩戸も驚きを禁じ得ない。自分が悟りを得たことをよもや見抜く者が現われようとは。カウストゥバは夢見るような声を出した。「し、信じられない……い、いや、信じられないというのは、ブッダがこのようなところに、という意味の驚きで、あなたがブッダになったことそれ自体ではない。それどころか、わたしはあなたがいずれブッダになる逸材だと、あの南の島で、一目で見抜いたのだ。いや、見抜いたのです。ああ、わたしの直観は正しかった。間違っていなかった。苦労してあなたをさがしまわったのはむだではなかった。報われた。この日がこようとは、まさに仏のおみちびきだ」

「顔をお上げください、カウストゥバ師。ぼくが悟りを得たと見抜いたあなたの眼力には敬服しますが、途惑ってもいます。どうして、ぼくをそこまでして？」

「失礼しました、ブッダよ。これからそれを申しあげましょう」

「その前にお聞きしますが、では、ぼくを抱く気はないのですね？」

「おたわむれを！」

「冗談です。あなたの顔を見れば、それがわかる。あまりに性急なので、ちょっとからかってみたくなったのです」

顔をあげたカウストゥバは、ようやく落ち着きをとりもどし、ヤーヴァドゥイーパ島で見た時のように琥珀色の瞳を妖しく光らせ、意志の力を表情に張らせた。

「では、申しあげましょう。わたくしカウストゥバは、ヒーナヤーナ派のトライローキヤム教団に所属しております。マハーヤーナとヒーナヤーナのちがいは申しあげるまでもなく――」カウストゥバは、にっこりすると、「これこそまさにシャーキャに説法ですので」

厩戸は無邪気に笑った。「おもしろいね、カウストゥバ師。でも、シャーキャっていうのはシッダールタ王子の出自であるシャーキャ族の族名で、ぼくとは関係がないよ。あ、これも広い意味ではシャーキャに説法だ」

「では、ブッダに説法と云いなおしましょう。ともかくブッダよ――わがトライローキヤム教団についてお聞きおよびでしょうか」

厩戸は首を横にふった。

カウストゥバは熱をこめて告げた。「イタカ長老を宗祖とする革新的な教団です。その主張はシャーキャに戻れというに尽きます。ブッダを誇張し、粉飾し、神格化するマハーヤーナの嘘をあばき、仏教の純粋さをとりもどそうとしている教団です」

「そう唱える宗派がいくつもあるって聞いたことはあるけど」

「わがトライローキヤム教団は、最右翼として知られています。シャーキャにもどれ、というわれらのスローガンを、ブッダはいかがお考えになりますか」

「ぼくは解脱したんだよ。ぼくに何の関係が?」

「それでこそ超越者、解脱者ならではのお答えでございます。何と素晴らしい」

「ぼくに何の用が? ぼくはね、ここで二つのことだけをこなしている。一つは、衆生の性欲のはけ口になること。もう一つは、みんなの悩みに耳を傾けて、仏教者としての回答を与えること。その二つだけ」

「もちろん、悩みを聞いていただきたいのです」

「カウストゥバ師の悩みって?」

「常日頃、イタカ長老が申すには、わがトライローキヤム教団には布教の柱石がない。宣教師たちはいずれおとらぬ一騎当千のつわものだが、布教の情熱はあれど人を魅するカリスマがない。だから、その霊的な力をもった者を探し出せ。探し出して、教団に迎え入れるのだ、と。あのときヤーヴァドゥイーパ島でわたしは布教に邁進しながら、イタカ長老の指示にしたがって候補者を探していたのです。そこに、ブッダよ、あなたが船で現われた。まだブッダにはなっていなかったが、あなたから放たれる霊力たるや畏るべきものがあった。いずれはブッダになるだろうとわたしは予見した。これぞイタカ長老の願いにかなう存在であろうと確信したのです。お願いです、ブッダ。われらにお力添えください。わがトライローキヤム教団にお越しになってくださいませ。イタカ長老以下、われら全信徒、三顧《さんこ》の礼《れい》でブッダをお迎えすることでありましょう」

「ぼくがあなたの教団に入る――それで、どうなる？」

「あなたの霊力を得たトライローキヤム教団は、勇者が加入した軍団のごとく、教勢が格段に伸長するのは確実です。シャーキャに戻れ、その主張は人々に受け容れられ、ブッダの教えを装ったマハーヤーナから人々を解放するでしょう」

「申しわけないけど、お断りします」厩戸は言葉を択んで穏やかに返事をした。

「断る？　な、なぜでございます」

「簡単なことです。ぼくは倭国の人間で、倭国に帰らなければならないから」

「では、それまでの間だけでも結構です。一時的にもせよ、わが教団にぜひ」

「遅すぎました、カウストゥバ師よ。ぼくはブッダになった。なった以上はインドにとどまるどんな理由もありません。帰国への準備はすでに始まっています」

「しかし……」

「ぼくは心に傷を負ってナーランダーを出ました。すべては自分のあやまちが原因で、シーラバドラ師に見離されてしまったことがわかったからです。ぼくは托鉢修行をすると称してナーランダーを後にしましたが、ほんとうに修行する気があってのことだったのか、いま考えても実はよくわかりません。そのときにあなたに出会っていたなら。あなたに誘われていたのなら、ぼくは一も二もなく応じたでしょう。あの時は、ぼくを必要としてくれる人に身を寄せるしかなかったのですから。でも今は違います。ぼくは悟りを得て、自分の意思で行動することができる」

カウストゥバの両眼に炎が揺らめいた。「ブッダよ、ブッダは現状をいかがご覧になります。シッダールタ王子のブッダが創始された仏教は異質のものに変貌してしまった。シャーキャの教えは忘れられ、マハーヤーナが幅をきかせ、人々はそれが仏教だと思い込まされております。疑いもなしに戒を守る姿は奴隷のごとく、仏の慈悲にすがって往生しようとするさもしさは物乞いのごとし。これをシッダールタ王子のブッダが目にしたらば、どのようにお思いあそばすことか」

「諸行無常――そう答えるでしょう」

「何ということを！　ではブッダの、あなたの目には現状がどう映じているのです？　それをお聞かせねがえましょうや」

「教義をめぐる解釈の争いや、教団の勢力争いには何の関心もありません。仏教とは、悟りを得るための手段です。手段を目的とするなんて。ぼくはこの娼館で自分の肉体を人々の性欲のはけ口として提供し、そのついでに、求められれば教えを口にしてきました。これがぼくの現状。それだけのことです」

「なんともったいないことを！　それでは、ブッダがお持ちの霊力のむだ使いと申すもの。ぜひトライローキヤム教団に君臨していただきたい。さすれば教団は成長し、ブッダの正しい教えがひろまりましょう。仏教は再興されるのです」

「お帰りください、カウストゥバ師。どこまでいっても話は平行線をたどるでしょう。ぼくは母国に帰らなければならない、それがあなたの〝悩み〟に対するぼくの答え」

「トライローキヤム教団？」

その夜、教えを乞いにやってきたムレーサエール侯爵は顔をこわばらせた。カウストゥバ来訪の顚末《てんまつ》を厩戸が話す間、腕組みをして聞き入ると、「仏教改革を唱える超先鋭的な新興教団とか。タームラリプティに布教者が入りこんだとは、まだ――」

「そのような革新教団は」侯爵の口ぶりが深刻だったので、厩戸は不審の念にかられた。

「いたるところに生まれているのでは？　ナーランダーで僧侶たちがそんな話をしているのを幾度も小耳にはさんだことが」

「突出しているのです。過激な言動で、各地で軋轢《あつれき》を引き起こしていると」

「ありがちなことでは？」

「この教団が特殊なのは、今のお話にも出てきたイタカ長老なる者の存在です。噂の域を出ませんが、イタカ長老は魔導師だと云われている」

「魔導師？」突飛な言葉に厩戸は面食らい、笑おうとして、ふと九叔道士の顔を思い浮かべ、笑いをひっこめた。「新興にせよ、仏教教団の長老ともあろう人物が魔導師よばわりされるなんて、ちょっと面妖ですね」

「そこなのです、わたしが憂えるのは。改革を声高に叫ぶ新興教団が過激に走るのは、やむをえない側面がある。改革は痛みをともなうものですから。よって魔導師なる呼称も、トライローキヤム教団に敵対する者たちが投げつけた悪罵にすぎない、ということは充分に考えられる。いうまでもないことですが、魔導師なる言葉はバラモンの用語で、シッダールタ王子のブッダは、バラモンと訣別して仏教を広めたのですからね。とはいうものの、仏教者に対して魔導師と罵るなど、ピントはずれもいいところ。となると、イタカ長老なる者がそう呼ばれるのも何か根拠があってのことか――と考えられなくもない。いずれにせよ、たちのよくない者に見込まれたものですな。いや、ご心配召さるな。このムレーサエールが責任をもってかの者どもを遠ざけます」

「情熱の塊のような人だった。べつの言葉でいえば妄執そのもの」

「カウストゥバと申しましたか。その者の宿舎を探し出します。二度と近づかぬよう申し渡し、タームラリプティから追い払いましょう」

「また来ると云っていた。――すぐに応じてもらえるとは思っていなかった。諾《うべな》ってもらえるまで、何度でも足を運ぶつもりだ、と」

「ならば好都合。探すまでもない。今度その者が来たら、お会いにはならず、すぐに使いをわたしのもとに走らせてください」侯爵は心から案じるように云い、「いや、それでも心配だ。明日からラクーマ・グン配下の腕こきたちを娼館の周辺に配置することとしましよう」

「とにかく過激なやつらとのことですから、それなりに要慎《ようじん》を」

「大げさでは?」

侯爵は瞑想の指導を受けて帰ってゆき、厩戸は自身の瞑想を終えて眠りについた。どれほど時間がすぎただろう。ふと叫び声のようなものを聞いた気がして目を覚ますと、室内は真っ暗だった。真夜中だ。耳をすますまでもなかった。階下で物音が響いている。叫び声、悲鳴、入り乱れる足音——異変がナーガの館に起きているのは確かである。厩戸の部屋は最上階にあった。階段を駆け上がってくる足音が響き、部屋の扉が開かれたのは、厩戸が寝台からおりて、灯火具に火をつけようとした時だった。

「アシュヴァさま!」

アグニスーリヤが叫びながら駆けこんできた。右手に龕灯《がんとう》をさげ、その光が照らす彼女の顔は恐怖でひきつっていた。

「お逃げください、さあ、今すぐ——」

言葉は彼女自身の悲鳴で途切れた。つづいて部屋に押し入ってきた覆面の一団が彼女の背に剣をふるったのだ。アグニスーリヤが背びれのように血を噴きあげて倒れる寸前、侵入者の一人が彼女の手からさっと龕灯をとりあげ、寝台のそばで硬直している厩戸を照らし出した。

「どうだ?」

覆面の下から仲間に向けた声があがり、覆面の一人が血刀をひっさげて進み出ると、厩戸の顔をのぞきこんだ。「間違いない」

その声が、夕方に聞いたカウストゥバのものだと思った瞬間、厩戸は脾腹《ひばら》に痛みをおぼえ、意識が晦冥《かいめい》におちこんだ。

(「神を統べる者(三) 上宮聖徳法王誕生篇」へ、つづく)

図版　瀬戸内デザイン

この作品は『神を統べる者　覚醒ニルヴァーナ篇』二〇一九年三月　中央公論新社刊を改題したものです。

中公文庫

神《かみ》を統《す》べる者《もの》（二《に》）
——覚醒《かくせい》ニルヴァーナ篇《へん》

2021年3月25日　初版発行

著　者　荒《あら》　山《やま》　徹《とおる》

発行者　松田陽三

発行所　中央公論新社
〒100-8152　東京都千代田区大手町1-7-1
電話　販売　03-5299-1730　編集　03-5299-1890
URL http://www.chuko.co.jp/

ＤＴＰ　嵐下英治
印　刷　三晃印刷
製　本　小泉製本

©2021 Toru ARAYAMA
Published by CHUOKORON-SHINSHA, INC.
Printed in Japan　ISBN978-4-12-207040-0 C1193
定価はカバーに表示してあります。落丁本・乱丁本はお手数ですが小社販売部宛お送り下さい。送料小社負担にてお取り替えいたします。

●本書の無断複製（コピー）は著作権法上での例外を除き禁じられています。
また、代行業者等に依頼してスキャンやデジタル化を行うことは、たとえ個人や家庭内の利用を目的とする場合でも著作権法違反です。

各書目の下段の数字はISBNコードです。978－4－12が省略してあります。

中公文庫既刊より

し-6-27
韃靼《だったん》疾風録（上）
司馬遼太郎
九州平戸島に漂着した韃靼公主を送って、謎多いその故国に赴く平戸武士桂庄助の前途に待ちかまえていたものは。東アジアの海陸に展開される雄大なロマン。
201771-9

し-6-28
韃靼疾風録（下）
司馬遼太郎
文明が衰退した明とそれに挑戦する女真との間に激しい攻防戦が始まった。韃靼公主アビアと平戸武士桂庄助を軸にした壮大な歴史ロマン。大佛次郎賞受賞作。
201772-6

し-6-30
言い触らし団右衛門
司馬遼太郎
自己の能力を売りこむにはPRが大切と、売名に専念した塙団右衛門の悲喜こもごもの物語ほか、戦国豪傑を独自に描いた短篇集。〈解説〉加藤秀俊
201986-7

し-6-31
豊臣家の人々
司馬遼太郎
北ノ政所、淀殿など秀吉をめぐる多彩な人間像と栄華のあとを、研ぎすまされた史眼と躍動する筆でとらえた面白さ無類の歴史小説。〈解説〉山崎正和
202005-4

し-6-32
空海の風景（上）
司馬遼太郎
平安の巨人空海の思想と生涯、その時代風景を照射し、日本が生んだ人類普遍の天才の実像に迫る。構想十余年、司馬文学の記念碑的大作。芸術院恩賜賞受賞。
202076-4

し-6-33
空海の風景（下）
司馬遼太郎
大陸文明と日本文明の結びつきを達成した空海は哲学宗教文学教育、医療施薬、土木灌漑建築と八面六臂の活躍を続ける。その死の秘密もふくめ描く完結篇。
202077-1

し-6-37
花の館《やかた》・鬼灯《ほおずき》
司馬遼太郎
応仁の乱前夜、欲望と怨念にもだえつつ救済を求めて彷徨する人たち。足利将軍義政を軸に、この世の正義とは何かを問う「花の館」など野心的戯曲二篇。
202154-9

し-6-38
ひとびとの跫音《あしおと》(上)
司馬遼太郎
正岡子規の詩心と情趣を受け継いだひとびとの豊饒にして清々しい人生を深い共感と愛惜をこめて刻む、司馬文学の核心をなす画期的長篇。読売文学賞受賞。
202242-3

し-6-39
ひとびとの跫音(下)
司馬遼太郎
正岡家の養子忠三郎ら、人生の達人といった風韻をもつひとびとの境涯を描く。「人間が生まれて死んでゆくという情趣」を織りなす名作。〈解説〉桶谷秀昭
202243-0

し-6-40
一夜官女
司馬遼太郎
「私のつきあっている歴史の精霊たちのなかでもいちばん気サクな連中に出てもらった」(「あとがき」より)。愛らしく豪気な戦国の男女が躍動する傑作集。
202311-6

し-6-43
新選組血風録
司馬遼太郎
前髪の惣三郎、沖田総司、富山弥兵衛……幕末の大動乱期、剣に生き剣に死んでいった新選組隊士一人一人の哀歓を浮彫りにする。〈解説〉綱淵謙錠
202576-9

し-6-55
花咲ける上方武士道
司馬遼太郎
風雲急を告げる幕末、公家密偵使・少将高野則近の東海道東下り。大坂侍・百済ノ門兵衛と伊賀忍者を従えて、恋と冒険の傑作長篇。〈解説〉出久根達郎
203324-5

み-36-11
呉　漢(上)
宮城谷昌光
貧家に生まれた呉漢は、運命の変転により、天下統一を目指す劉秀の将となるが……。後漢を建国し、中国統一を果たした光武帝が最も信頼した武将を描く。
206805-6

み-36-12
呉　漢(下)
宮城谷昌光
王莽の圧政に叛旗を翻す武将たちとの戦いの中で、光武帝・劉秀の信頼を得た呉漢。天下の平定と光武帝のためにすべてを捧げた生涯を描く。〈解説〉湯川　豊
206806-3

み-36-13
新装版　奇貨居《お》くべし(一)　春風篇
宮城谷昌光
秦の始皇帝の父ともいわれる呂不韋。一商人から宰相にまでのぼりつめた波瀾の生涯を描く。十五歳の少年・不韋は、父の命により旅に出ることになるが……。
206981-7

各書目の下段の数字はＩＳＢＮコードです。978－4－12が省略してあります。

み-36-14
新装版 奇貨居くべし（二） 火雲篇
宮城谷昌光
藺相如と共に、趙の宝玉「和氏の璧」を大国・秦の手から守り抜いた呂不韋。乱世に翻弄されながらも、荀子、孟嘗君らの薫陶を受け成長する姿を描く。
206993-0

み-36-15
新装版 奇貨居くべし（三） 黄河篇
宮城谷昌光
斉と魏の謀略により薛は滅びた。孟嘗君らが作り上げた理想郷・慈光苑に暮らす人々を救い出した呂不韋は、商人として立つことを考え始めるが……。
207008-0

み-36-16
新装版 奇貨居くべし（四） 飛翔篇
宮城谷昌光
あれは奇貨かもしれない――。秦王の信を得た范雎の台頭から生じた政変に乗じ、呂不韋は、趙で人質生活を送る安国君の公子・異人を擁立しようとするが。
207023-3

み-36-7
草原の風（上）
宮城谷昌光
三国時代よりさかのぼること二百年。劉邦の子孫にして、勇武の将軍、古代中国の精華・後漢王朝を打ち立てた光武帝・劉秀の若き日々を鮮やかに描く。
205839-2

み-36-8
草原の風（中）
宮城谷昌光
三国時代に比肩する群雄割拠の時代、天下に乱立する英傑と鮮やかな戦いを重ね、天下統一へ地歩を固める劉秀。天性の将軍・光武帝の躍動の日々を描く！
205852-1

み-36-9
草原の風（下）
宮城谷昌光
いよいよ天子として立つ劉秀。その磁力に引き寄せられるように、多くの武将、知将が集結する。光武帝の後漢建国の物語、堂々完結！〈解説〉湯川　豊
205860-6

と-26-26
早雲の軍配者（上）
富樫倫太郎
北条早雲に見出された風間小太郎。軍配者となるべく送り込まれた足利学校では、互いを認め合う友に出会い――。新時代の戦国青春エンターテインメント！
205874-3

と-26-27
早雲の軍配者（下）
富樫倫太郎
互いを認め合う小太郎と勘助、冬之助は、いつか敵味方にわかれて戦おうと誓い合う。扇谷上杉軍へ攻め込む北条軍に同行する小太郎が、戦場で出会うのは――。
205875-0